KENDRA LEIGH CASTLE

Erben des Blutes

Verborgene Träume

KENDRA LEIGH CASTLE

Erben des Blutes

VERBORGENE TRÄUME

Roman

Ins Deutsche übertragen von
Katrin Mrugalla und Richard Betzenbichler

LYX
EGMONT

Die Originalausgabe des Romans erschien 2012
unter dem Titel *Midnight Reckoning*
bei Forever, Hachette Book Group USA, New York.
Forever is an imprint of Grand Central Publishing.

Deutschsprachige Erstausgabe August 2013 bei LYX
verlegt durch EGMONT Verlagsgesellschaften mbH,
Gertrudenstraße 30–36, 50667 Köln

Dieses Werk wurde vermittelt durch die Literarische Agentur
Thomas Schlück GmbH, 30827 Garbsen.

1. Auflage
Redaktion: Nicola Härms
Satz: Greiner & Reichel, Köln
Printed in Germany (670421)
ISBN 978-3-8025-8653-8

www.egmont-lyx.de

Für meine Oma Hagar,
Herz der Familie.
Du versorgst mich zuverlässig mit Büchern,
Streicheleinheiten und Keksen.
Danke, dass du immer für mich da bist.

Die dunklen Dynastien

In den Vereinigten Staaten bekannte Abstammungslinien

DIE PTOLEMY

Anführerin: Königin Arsinöe
Ursprung: das alte Ägypten und die Göttin Sekhmet
Hochburgen: die Städte der östlichen Vereinigten Staaten, vor allem am mittleren Atlantik
Fähigkeiten: können sich blitzschnell bewegen

DIE CAIT SITH

Anführer: niemand; werden als Unterschichtvampire betrachtet, trotz ihres reinen Mals
Ursprung: keltische Linie, stammen von Feen ab
Hochburgen: keine; dienen den Ptolemy oder vegetieren in Armut dahin
Fähigkeiten: können Katzengestalt annehmen

DIE DRACUL

Anführer: Vlad Dracul

Ursprung: die Göttin Nyx

Hochburgen: Nördliche Vereinigte Staaten, Chicago (das sie sich laut einer Vereinbarung mit den Empusae teilen)

Fähigkeiten: können Fledermausgestalt annehmen

DIE GRIGORI

Anführer: Sariel

Ursprung: unbekannt

Hochburgen: die Wüsten im Westen der Vereinigten Staaten

Fähigkeiten: können angeblich fliegen; es gibt allerdings keinen Beweis

DIE EMPUSAE

Anführerin: Empusa

Ursprung: die Göttin Hecate

Hochburgen: Südliche Vereinigte Staaten; Chicago (gemeinsam mit den Dracul)

Fähigkeiten: können sich in Rauch verwandeln

DIE WIEDERGEBORENEN LILIM

Anführerin: Lily Quinn-MacGillivray

Ursprung: Lilith, die erste Vampirin, jetzt vermischt mit dem Blut der Cait Sith

Hochburgen: Nördliche Vereinigte Staaten

Fähigkeiten: tödliche Ausbrüche übernatürlicher Energie; können Katzengestalt annehmen

1

Tipton, Massachusetts

In einer Nacht, in der am Himmel der noch zarte Bogen des aufgehenden Monds zu sehen war, zu einem Zeitpunkt, als selbst die abenteuerlustigsten Menschen ins Bett gefallen und in Schlaf gesunken waren, strich einsam ein Kater über den Platz in der Stadtmitte. Er war groß, so groß wie ein Rotfuchs. Sein glattes pechschwarzes Fell glänzte im Licht der Straßenlaternen, und er bewegte sich rasch und geschmeidig, wenn auch ohne Ziel. Der Blick seiner wie blaue Glut funkelnden Augen war stur auf den Weg vor ihm gerichtet. Der Kater hatte in seinem langen Leben schon die unterschiedlichsten Namen gehabt. Seit mehr als einem Jahrhundert hieß er jetzt schlicht nur noch Jaden oder – noch schlichter – »Katze«. Wenn nötig, hörte er auf beides; aber weder auf das eine noch das andere, wenn er damit durchkommen konnte.

An diesem Abend, in der verführerischen Stille der Nacht, hörte Jaden nur auf sich selbst.

Langsam strich er durch die Stadt und genoss die Ruhe und die gesegnete Abwesenheit menschlicher Wesen mit all ihren Geräuschen, Gefühlen und Komplikationen. Vor dem dunklen Fenster eines Schönheitssalons blieb er stehen und ließ den Blick über das Schild wandern, auf dem HOCH ERFREUT stand. Er hob den Kopf und schnüffelte. Die Luft war feucht, und es roch nach Regen. Jaden spürte, dass der Sommer bald auch in diese Ecke Neuenglands kommen würde, aber er wusste auch, dass Anfang Mai immer noch mit Nachtfrost zu rechnen war, der den frischen Trieben seinen tödlichen Kuss gab.

Tödliche Küsse, dachte Jaden und peitschte mit dem Schwanz über den Boden. Ja, mit denen kannte er sich aus. Wenn man ein Vampir war, noch dazu ein niederer Katzengestaltwandler, gehörten tödliche Küsse quasi zum Alltag.

Verdammt. Eigentlich hatte er diesen spätnächtlichen Spaziergang doch unternommen, um den Kopf freizubekommen.

Die Verwandlung ging so einfach vonstatten wie Atmen. Es dauerte keine Sekunde, schon stand Jaden auf zwei statt auf vier Beinen. Seine Kleidung war auf magische Art wie immer tadellos, was er nie ganz verstanden, aber immer zu schätzen gewusst hatte. Er vergrub die Hände in den Taschen seines Mantels und ging weiter die Straße entlang, den Blick auf den Boden gerichtet. Jahrelang hatte er im Geheimen seine Wut gegen die Ptolemy genährt, seine adeligen Meister, die mit »Haustieren« wie ihm ziemlich gnadenlos umgegangen waren; doch in letzter Zeit schien sich seine ganze Wut ausschließlich gegen sich selbst zu richten.

Jaden hatte jetzt, was er sich vermeintlich immer gewünscht hatte: Freunde, ein Zuhause und, wichtiger noch, seine Freiheit. Die Ptolemy gab es noch immer, aber zurzeit waren sie ziemlich eingeschüchtert. Seinem Geschlecht dagegen, den so oft geschmähten Cait Sith, war eine unglaubliche Ehre zuteil geworden. Sie durften eine Adelsdynastie neu mitbegründen, die vor vielen Jahrhunderten ausgestorben war, jetzt aber in Gestalt einer einzigen menschlichen Frau, in deren Adern das Blut dieser Dynastie floss, wiederauferstanden war.

Die sieben Monate, in denen Jaden dieser Frau, Lily, geholfen hatte, sich gegen die Ptolemy zu behaupten, waren wie im Flug vergangen. Noch nicht so lange war es dagegen her, dass der Rat der Vampire Lilys Plan, wenn auch widerwillig, zugestimmt hatte, und erst seit diesem Tag war Jaden wirklich und wahrhaftig frei. Ob Lilys Entscheidung klug war, hätte Jaden nicht sagen können – die Cait Sith waren ein nur schwer zu bändigender Haufen.

Aber er war dankbar, genau wie die anderen Cait Sith, und das war nicht zu unterschätzen.

Jaden rieb über sein Schlüsselbein, ohne sich dessen bewusst zu sein. Dort, unter mehreren Schichten Kleidung, befand sich sein Mal, das Symbol seiner Dynastie. Bis vor Kurzem war dieses Mal ein Knäuel ineinander verschlungener Katzen gewesen. Aber ein Schluck von Lilys kraftvollem Blut hatte gereicht, es zu verändern. Jetzt stellte es auch das Pentagramm und die Schlange der Lilim dar. Zusammen mit diesem Mal hatte er neue Fähigkeiten erhalten, die er noch ausprobierte, und eine neue Rolle in einer Welt, in der man ihn sonst stets übersehen hatte. Jaden wusste, dass ihn das eigentlich fröhlich stimmen sollte. Zum ersten Mal in seinem langen Leben war er kein Paria mehr. Er war sein eigener Herr. Was wollte er mehr? Und dennoch …

In ihm war eine Leere, die wie eine offene Wunde schmerzte. Irgendetwas fehlte. Wenn er nur gewusst hätte, was.

Eine sanfte Brise strich durch sein Haar, und Jaden stieg ein Hauch von etwas in die Nase, das zugleich fremd und vertraut war.

Dann hörte er die Stimmen.

»Jetzt kannst du dich nirgendwo mehr verkriechen, nicht wahr?« Die raue männliche Stimme troff vor Selbstzufriedenheit. Ihr Besitzer kicherte bösartig. »Jetzt bleibt dir wohl nichts anderes übrig, als mich zu akzeptieren. Ich habe dich erwischt, also habe ich ein Recht darauf.«

Eine weibliche Stimme antwortete, und bei ihrem tiefen, melodiösen Klang lief Jaden ein angenehmer Schauer über den Rücken.

»Du hast kein Recht auf mich. Und dass du mich jagst, als wäre ich ein Beutetier, ändert daran auch nichts.«

Jaden war sich ziemlich sicher, dass er diese Stimme schon einmal gehört hatte, auch wenn er sie nicht gleich einordnen konnte. Was er allerdings durchaus einordnen konnte, war der Geruch, bei dem sich ihm die Nackenhaare aufstellten und Adrenalin durch seine Adern schoss.

Werwölfe.

Jaden verzog die Mundwinkel und unterdrückte das instinktive Bedürfnis, laut zu fauchen. Die Vampire hatten die Wölfe, die sie als unzivilisierte Wilde betrachteten, unter Androhung der Todesstrafe aus ihren Städten verbannt. Doch ihr moschusähnlicher Geruch löste eine Reaktion in ihm aus, die er nur schwer unter Kontrolle bekam. Es gab nur zwei Möglichkeiten: fliehen oder kämpfen. Fliehen wäre das Einfachere gewesen. Aber das hier war jetzt sein Territorium, Vampirterritorium. Diese Wölfe hatten echt Nerven, sich hier herumzutreiben!

Jaden hatte sich schon in Bewegung gesetzt, bevor er zu Ende gedacht hatte. Lautlos glitten seine Füße über den Boden, während er auf den Parkplatz zueilte, der hinter dem Gebäude lag. An einer dunklen Stelle blieb er stehen und lauschte.

»Du kannst es auf die sanfte oder auf die harte Tour haben, Süße. Aber nehmen wirst du mich, so oder so. Dagegen kannst du nichts tun.«

Die Frau gab ein tiefes Knurren von sich. Eine Warnung. »Ich ordne mich doch nicht irgendeinem dahergelaufenen Typen unter, dem es nur um seinen sozialen Aufstieg geht. Ich will keinen Mann.«

Diesmal klang die Stimme des Manns bösartig und bedrohlich, als hätte die Bestie in ihm die Oberhand gewonnen. »Meine Familie ist durchaus gut genug, um eine Verbindung mit einem Alphatier einzugehen. Sei froh, dass ich es bin, Lyra. Ich bin nicht so rücksichtslos wie manch anderer. Und wir wissen doch beide, dass das Rudel niemals ein weibliches Alphatier akzeptieren wird. Es steht zu viel auf dem Spiel, als dass man den Schwachen die Führung überlassen könnte.«

Lyra … Jetzt fiel bei Jaden der Groschen, und ihm wurde ganz flau im Magen.

Er kannte sie. Und die kurze Begegnung mit ihr hatte ihm eine der mieseren Stimmungen seines unnatürlichen Lebens beschert.

Er dachte zurück an das Sichere Haus in Chicago, das voller Vampire gewesen war, die in Schwierigkeiten steckten oder auf der Flucht waren. Und in jener Nacht war es auch das Versteck einer Werwölfin mit spitzer Zunge und unangenehmem Auftreten gewesen. Rogan, der Besitzer des Sicheren Hauses, hatte beiläufig erwähnt, sie sei ein zukünftiges Alphatier … gleich nachdem Jaden darauf bestanden hatte, dass sie das Zimmer verließ.

Lyra war zwar gegangen, hatte sich die Beleidigung aber nicht wortlos gefallen lassen. Und jetzt war sie hier, am Sitz der Lilim. Es war kaum zu glauben. Kurz fragte Jaden sich, ob Lyra ihm wohl hierher gefolgt war, um ihre kurze Auseinandersetzung blutig zu Ende zu bringen. Typisch Werwolf, grausam und unvernünftig. Aber als er endlich einen Blick auf Lyra und den Mann werfen konnte, der sie da gerade anpöbelte, wurde ihm klar, dass Lyra ein viel größeres Problem hatte als einen eventuellen Groll gegen ihn.

Jaden blieb im Schutz der Dunkelheit, mit der er in seiner menschlichen Gestalt fast genauso gut verschmolz wie als Katze. Jetzt konnte er den großen, muskelbepackten Neandertaler, der wie erwartet selbstgefällig grinste, deutlich ausmachen. Ein Raubtier. Das wusste Jaden sofort, schließlich war er selbst eins. Lyra sah er nur von hinten, aber auch so erkannte er sie sofort. Sie war groß und schlank, ihr Haar eine wilde dunkle Mähne, durch die sich einige platinblonde Strähnen zogen und das ihr bis fast zur Taille reichte. Besorgt betrachtete er sie von oben bis unten … Er konnte nur hoffen, dass seine Reaktion auf sie beim letzten Mal bloß eine dumme Anwandlung gewesen war. Damals hatte er es problemlos als solche abtun können. Wenn man ununterbrochen in Lebensgefahr schwebte, passierten einem schon mal merkwürdige Dinge. Jedenfalls konnte er sich noch gut erinnern, wie das seinem Ärger auf sie zusätzlich Nahrung gegeben hatte.

Und auch diesmal, genau wie damals, erweckte sie eine unerklärliche Begierde in ihm, wie das noch keiner Frau je gelungen war.

In Jadens plötzliche Erregung mischte sich ein Anflug von Blutdurst, und diese Mischung aus Lust und Bedürfnissen schnürte ihm schier die Kehle zu. Vorsichtig bewegte er sich vorwärts, ohne seine Deckung aufzugeben, und versuchte verzweifelt, nicht vom Mann zur Bestie zu werden. Da war nicht nur ihr kurzes Zusammentreffen gewesen. Obwohl er alles versucht hatte, um es auszublenden, hatte er von ihr geträumt … von ineinander verschlungenen Körpern, die bissen, sich umklammerten, leckten …

Ich kann doch nicht ernsthaft eine Werwölfin begehren, dachte Jaden entsetzt. Abgesehen davon, dass es beiden Rassen verboten war, kam es ihm auch einfach *falsch* vor. Außerdem – ging es ihm denn nicht auch so schon dreckig genug?

Nur gut, dass der Neandertaler ihn gleich wieder von seinen trüben Gedanken ablenkte. Der Werwolf bewegte sich geschmeidig und blitzschnell, was Jaden ihm bei seinem gedrungenen Körperbau gar nicht zugetraut hätte. Seine Hand schoss vor und riss etwas von Lyras Hals. Dann ließ er den Gegenstand vor ihrem Gesicht hin- und herpendeln, einen silbernen Anhänger an einem Lederband, wie Jaden jetzt erkennen konnte. Sie griff danach, aber der Werwolf hob es in der Manier des typischen Pausenhofrüpels weit über seinen Kopf.

»Wie kannst du es *wagen?*«

»Das ist doch bloß eine alte Halskette«, erwiderte er mit einem Grinsen. »Wenn du sie unbedingt wiederhaben willst, dann hol sie dir doch.«

Die hilflose Wut in ihrer Stimme war nicht zu überhören.

»Mein Vater –«

»Ist nicht hier, habe ich recht? Niemand ist hier.« Der Neandertaler krümmte den Zeigefinger zum Zeichen, dass sie näher kommen solle. Er wusste, er hatte gewonnen, das drückte seine Haltung deutlich aus. »Ich habe ein Hotelzimmer. Wir können es aber auch gleich hier machen. Wie du willst.«

Sein Grinsen war widerlich. Sie schien das genauso zu sehen.

»Nie im Leben, Mark.«

Lyra spannte die Muskeln an und machte sich bereit zur Flucht. Was hätte sie auch sonst tun sollen? Nur wusste der Mann leider auch, dass ihr nichts anderes blieb als ein Fluchtversuch. Und Lyra war zwar schneller, aber lange nicht so kräftig wie er.

Jaden fauchte durch seine zusammengebissenen Zähne hindurch. Er war kein Held. Aber auch wenn er nur ein Unterschichtvampir war, eine Gossenkatze mit einer gewissen Begabung für die Jagd, gab es unter seinesgleichen doch unausgesprochene Regeln. Und irgendetwas in Lyras Stimme, diese hilflose Wut von jemandem, der sich gegen ein unabwendbares Schicksal auflehnt, berührte etwas ganz tief in ihm. Jahrhundertelang hatte er sich von Leuten herumschubsen lassen müssen, gegen die er nicht hatte ankämpfen können. In all den Jahren hatte es nie jemanden geschert, was *er* wollte.

Wenn er sich da jetzt einmischte, konnte er nur hoffen, dass die Götter ihm gnädig waren.

Lyra drehte sich blitzschnell um und rannte erstaunlich graziös los. Der Mann, den sie Mark genannt hatte, reagierte genauso schnell. Er packte eine Handvoll ihres wunderbaren Haars und riss daran, dass ihr Kopf nach hinten flog. Als sie vor Schmerz aufschrie, brüllte er vor Lachen. Dann waren seine Hände plötzlich überall auf ihrem Körper, betatschten sie, zerrten an ihrer Kleidung …

Ein Blick in Lyras wilde, angsterfüllte Augen, und nichts konnte Jaden mehr zurückhalten. Bösartig knurrend sprang er aus seiner Deckung. Mit ausgefahrenen und gefletschten Zähnen landete er direkt vor den Kämpfenden. Sein überraschendes Auftauchen lenkte Mark wie erhofft einen Moment lang ab. Lyra konnte sich losreißen, aber sie war nicht schnell genug. Mark verpasste ihr einen Schlag auf den Kopf, und Jaden musste mit ansehen, wie sie schockiert aufschluchzte und auf die Knie sank. Der Anblick zerriss ihm schier das Herz.

Dennoch hatte er zumindest teilweise sein Ziel erreicht: Der Werwolf konnte Lyra nicht mehr als Schild benutzen.

Kaum hatte Mark kapiert, wer da vor ihm stand, verwandelte sich seine Verblüffung in unwillkürlichen Hass.

Auch er bleckte jetzt die Zähne und funkelte Jaden kampflustig an. Tief aus seiner Kehle drang ein Knurrlaut, dann stürzte er sich auf seinen Gegner, die Fingernägel bereits zu Klauen ausgefahren. Jaden fauchte, duckte sich weg und wartete auf seine Chance. Er wusste aus Erfahrung, dass Werwölfe mehr mit roher Gewalt als mit Verstand kämpften. Gegen einen Vampir zogen sie fast immer den Kürzeren.

Das war auch diesmal nicht anders.

Mark holte aus und schlug zu. Wieder duckte Jaden sich weg, fuhr nun seinerseits die Krallen aus und riss dem Werwolf die empfindliche Haut am Bauch auf. Die dünnen Blutrinnsale, die sein Hemd dunkel färbten, schienen Jadens Gegner erst richtig in Rage zu versetzen. Blindlings stürzte er sich auf ihn und fand sich im nächsten Moment mit dem Gesicht nach unten auf dem Asphalt wieder. Jaden konnte sich das Lachen nicht verkneifen, aber selbst für seine Ohren klang es hohl und unangenehm.

»Tja … Da geht heute wohl einer allein nach Hause.«

Mit blutigem Gesicht rappelte sich der Werwolf auf und knurrte seinen Peiniger wütend an.

»Verpiss dich, Blutsauger. Das hier ist eine Sache unter Werwölfen.«

»Ach wirklich?«, erwiderte Jaden. »Ich hatte eher den Eindruck, da führt sich einer auf wie der typische Widerling.« Rasch warf er Lyra einen Blick aus den Augenwinkeln zu. Sie hatte sich in eine sitzende Position hochgerappelt und hielt sich den Kopf. Jaden hatte keine Ahnung, wie schwer sie verletzt war. Typisch Wolf, eine Frau gewinnen zu wollen, indem man ihr wehtat. Höchste Zeit, diesen Drecksack davonzujagen und Lyra zu verarzten.

Dass sein Herz bei diesem Gedanken ins Stolpern geriet, versuchte er möglichst auszublenden.

»Hau ab«, sagte er leise, aber drohend. »Oder ich bringe dich um.«

Mark schnaubte. »So ein schmächtiger kleiner Blutsauger wie du? Ich glaube kaum –«

Unsanft wurde er mitten im Satz von zwei Tritten unterbrochen. Der eine traf ihn in den Magen, der andere am Kopf. Letzterer sorgte dafür, dass er wie ein Sack zu Boden sank und nur noch ein leises Stöhnen von sich gab. Diesmal kam er nicht wieder auf die Beine.

Jaden starrte einen Moment auf ihn hinunter. Am liebsten hätte er ihm sicherheitshalber noch einen weiteren Tritt verpasst. Aber der blöde Kerl würde sich auch so schon ziemlich lausig fühlen, wenn er am Morgen mit dem Gesicht nach unten auf dem Parkplatz erwachte. So befriedigend es auch wäre, ihn umzubringen – letztlich wäre es nur Zeitverschwendung.

Außerdem würde Jaden sich trotz seines verwirrenden Interesses an Lyra nicht zu etwas hinreißen lassen, das die Lilim in einen Kampf mit irgendeinem dahergelaufenen Werwolfrudel verwickelte.

Immerhin hatte er erreicht, dass sie jetzt quasi allein waren. Jaden ging neben Lyra in die Hocke, und als ihm ihr verführerischer Geruch in die Nase drang, lief ihm das Wasser im Mund zusammen. Wie Äpfel, dachte er. Süße Äpfel, wie man sie für Kuchen hernimmt, gemischt mit etwas Erdigem. Seltsamerweise hatte er weder das Bedürfnis, davonzulaufen, noch zu fauchen und zu spucken. Nur gut, dass er ihr letztes Mal nicht so nahe gekommen war. Sonst hätte er vielleicht etwas wirklich Dummes getan.

Wobei das, was er soeben getan hatte, auch nicht gerade unter die Rubrik »klug« fiel.

»Lyra?«, sagte er fragend und versuchte, seine Stimme möglichst beruhigend klingen zu lassen. Er war sich nicht sicher, ob ihm das so gut gelang … Schadensbegrenzung hatte er schon lange nicht mehr praktiziert. Normalerweise war er eher derjenige, der den Schaden *anrichtete*. »Alles in Ordnung? Brauchst du einen Arzt?« Wölfe heilten sich selbst, das wusste er, aber es brauchte seine Zeit, und das konnte bei einer größeren Wunde gefährlich sein.

Sie gab keine Antwort, rührte sich auch nach wie vor nicht, und Jadens Sorge wuchs. Das Bedürfnis, sie zu berühren, wurde übermächtig. Vorsichtig streckte er die Hand nach ihr aus, hielt aber mitten in der Bewegung inne, als sie plötzlich den Kopf hob und ihn ansah. Was immer er zu sehen erwartet hatte – Angst, Verwirrung, vielleicht sogar ein wenig Dankbarkeit –, nichts davon zeichnete sich auf ihrem Gesicht ab, aus dem ihm wutblitzende Augen wie Feuer in der Dunkelheit entgegenfunkelten.

»Wag es ja nicht, mich anzufassen, Katze«, sagte sie. »Ich kann selbst auf mich aufpassen.«

2

Und sie hatte geglaubt, schlimmer könne es in dieser Nacht nicht mehr kommen.

Lyra starrte ihren Möchtegernretter genervt an. Es war komisch anzusehen, wie überrascht er darüber war, dass sie nicht mit den Wimpern klimperte und ihm atemlos dankte. Genau das erwarteten diese Vamps doch immer: rückhaltlose Bewunderung. Und dank ihres Talents, menschliche Gehirne zu manipulieren, bekamen sie die meist auch. Vor allem Vamps, die so gut aussahen wie dieser mit seinen großen, unschuldigen blauen Augen und diesem Gesicht, bei dem man sofort auf sündige Gedanken kam. Glücklicherweise waren Werwölfe immun gegen den speziellen Blutsauger-Charme.

Nicht, dass dieser hier bei ihrer letzten Begegnung versucht hätte, seinen Charme spielen zu lassen. Musste unter allen Vamps ausgerechnet er sich heute Abend in ihre Angelegenheiten mischen?

Ruckartig zog er die Hand zurück, als hätte er sich verbrannt. Als Lyra sah, wie sich sein Gesichtsausdruck von offensichtlich echter Sorge in Gereiztheit verwandelte, fühlte sie sich einen Moment lang ein wenig schuldig. Aber er verdiente es nicht anders, fand sie. Als sie vor ein paar Monaten in diesem rattenverseuchten Sicheren Vampirhaus untergeschlüpft war, hatte er quasi behauptet, es stehe ihr nicht zu, sich im gleichen Raum wie er aufzuhalten. Sie hatte rasch kapiert, dass die anderen Bewohner des Hauses größtenteils Freunde von ihm waren, die sich ebenfalls auf der Flucht befanden – noch so ein Katzenvamp und eine menschliche Frau, die einen recht netten Eindruck gemacht hatte, trotz ihres zweifelhaften Geschmacks bezüglich ihrer Begleiter.

Aber *dieser* hier – dieser hier war ein Katzenvampirarschloch der Güteklasse eins.

Das zu wissen, machte es ihr leichter, in diese großen blauen Augen zu schauen und ihm zu sagen, wohin er sich scheren solle. Wäre er kein Vamp gewesen, hätte sie sein gutes Aussehen vielleicht in Versuchung geführt, aber das hätte nur wieder Ärger gegeben, und davon hatte sie bereits mehr als genug.

»Zuvorkommend wie eh und je«, murmelte er und erhob sich derart anmutig, dass sich Lyra, die im selben Moment aufstand, trotz ihres sonst so ausgeprägten Selbstbewusstseins auf einmal regelrecht tollpatschig vorkam.

Blöde Vampire.

»Ja, wo ich doch allen Grund habe, mich dir gegenüber zuvorkommend zu verhalten«, raunzte sie ihn an. »Erst verjagst du mich aus eurem supergeheimen Vampirtreffen, weil ich der falschen Spezies angehöre, und jetzt machst du hier einen auf Macho und schlägst diesen Idioten bewusstlos, mit dem ich auch allein fertig geworden wäre.« Sie verschränkte die Arme vor der Brust, weil es sie irritierte, wie sein Blick zu ihrem Busen und dann rasch wieder weg glitt. Sie hatte fast den Eindruck … aber das war Schwachsinn. Vamps standen nicht auf Werwölfe. Sie *jagten* sie, und daran würde sich auch nie etwas ändern.

Dennoch verleitete ihre krankhafte Neugier sie dazu, ihre Brüste mit den verschränkten Armen nach oben und zusammenzupressen und sie vorwitzig aus ihrer ärmellosen Bluse herauslugen zu lassen. Wahrhaftig wanderte sein Blick immer wieder dorthin und schnell wieder weg, als wolle er eigentlich nicht hinschauen, könne es aber nicht lassen. Lyra legte den

Kopf auf die Seite und betrachtete ihn genauer. Erstaunt stellte sie fest, dass ihr Retter offensichtlich wirklich auf sie stand. Sogar ganz rot war er geworden. Seine Nasenflügel bebten leicht, als würde er etwas riechen. Beute vielleicht.

Als sich ihre Blicke schließlich begegneten, lag in seinen Augen eine derartige Trauer und gleichzeitig so viel Hunger, dass ihr der Atem stockte. Sie ließ die Arme sinken, denn plötzlich fühlte sie sich sehr unwohl, dass sie so mit ihm gespielt hatte. Jede Lektion, die sie jemals gelernt hatte, alles, was ihr Rudel sie gelehrt hatte, fiel ihr schlagartig wieder ein.

Mit einem Vamp Spielchen zu spielen, selbst mit einem einzelnen und offensichtlich wohlgesinnten wie diesem, war nichts anderes als ein Spiel mit dem Feuer. Wo immer Wölfe und Vampire aufeinandertrafen, floss Blut. Und meistens – so ungerecht das auch sein mochte – war es vor allem das der Wölfe.

Es war zwar nur ein schwacher Trost, aber der Vampir schien sich plötzlich genauso unwohl in seiner Haut zu fühlen wie sie. Er wandte das Gesicht ab und starrte auf Mark hinunter, der noch immer den Schlaf der verdientermaßen Bewusstlosen schlief. Diese rasche Bewegung löste irgendetwas in ihr aus, und einen Moment lang erlaubte sie sich, seinen perfekten, geschmeidigen Körper zu betrachten, der in einer eng sitzenden schwarzen Jeans, abgestoßenen schwarzen Stiefeln und einem militärisch wirkenden hochgeschlossenen Mantel steckte. Das kinnlange pechschwarze Haar trug er hinter die Ohren zurückgekämmt, was die klaren Linien seines Gesichts noch zusätzlich betonte.

Statt eines jahrhundertealten Vampirs hätte er genauso gut ein junger, düsterer Rockstar sein können. Und, stellte Lyra voller Entsetzen fest – bei seinem Anblick lief ihr das Wasser im Mund zusammen.

»Soso, du wärest also spielend mit ihm fertig geworden?« Der Vamp stieß den reglos auf dem Bauch liegenden Werwolf mit der Stiefelspitze an, und jetzt fiel Lyra auch wieder sein Name ein. Sie erinnerte sich, dass die menschliche Frau den Namen auf eine Art ausgesprochen hatte, wie man das bei unartigen kleinen Kindern macht. Bei dem Gedanken daran hätte sie beinahe gelächelt.

»Ja, das wäre ich, *Jaden*«, erwiderte sie und genoss seine Überraschung, dass sie seinen Namen kannte. Für jemanden, der so alt war, wie er sein musste, war das ein seltsamer Name, fand sie. Er klang ziemlich modern. Vermutlich hatte er sich irgendwann umbenannt. Lyra hatte gehört, dass Vampire das gelegentlich taten. Da sie so lange lebten, hatten sie manchmal die Nase voll von dem Namen, den sie bei ihrer Geburt bekommen hatten. Vielleicht sollte sie auch … aber im Grunde gefiel es ihr, dass sie sonst niemanden mit dem Namen Lyra kannte.

»Da habe ich damals wohl einen bleibenden Eindruck hinterlassen«, sagte Jaden. »Statt so auf mich loszugehen, solltest du lieber ein bisschen Dankbarkeit zeigen. Gegen diesen Typen da hättest du keine Chance gehabt. Ich habe alles beobachtet. In dem Moment, als er dich an den Haaren gepackt hat, hattest du verloren.«

Sie mochte ihn ja vielleicht irgendwie attraktiv gefunden haben, aber dieses Gefühl verflüchtigte sich schlagartig. War er also doch nur ein arroganter Vampir. Dass er recht hatte, änderte daran gar nichts. Tatsache blieb, dass er und seinesgleichen einfach keinen Respekt vor ihr und ihren Leuten hatten.

»Mir wäre schon noch was eingefallen«, knurrte sie und trat näher auf ihn zu. »Ich brauche keinen Retter in Katzenvampirgestalt, der meint, ich müsste ihm vor lauter Dankbarkeit die Pfoten lecken.«

Jaden runzelte die Stirn und lächelte sie spöttisch an. Er wusste genau, dass sie ihn gebraucht hatte … oder irgendjemand anderen. Aber das ging ihr total gegen den Strich. Man hielt sie sowieso schon für ungeeignet als Anführerin, nur weil sie eine Frau war. Ihr ganzes Leben war es immer nur darum gegangen, Stärke zu beweisen, zu schauen, was die Männer des Rudels taten, um es dann besser zu machen. Dass man sie vor einem einzelnen Wolf retten musste, nur weil sie einen Moment lang nicht aufgepasst hatte, war zutiefst erniedrigend. Das einzig Gute war, dass ihr Rudel nie etwas davon erfahren würde. Und Marks Rudel vermutlich genauso wenig. Rasch warf sie einen Blick auf den Bewusstlosen und hätte bei seinem Anblick beinahe verächtlich den Mund verzogen. Sie würde nicht die Einzige sein, die nicht wollte, dass diese Geschichte bekannt wurde.

»Dann betrachte ich das jetzt mal als deine Art, mir zu danken, nachdem mehr offensichtlich nicht drin ist«, sagte Jaden.

»Mach doch, was du willst«, erwiderte Lyra. »Hauptsache, du verschwindest. Ich bin nicht in der Stimmung zu reden, und – sei froh – auf Katzenjagd habe ich gerade auch keine Lust. Das könnte sich allerdings ändern.« Aus irgendeinem Grund schien ihn das zu amüsieren, also kniff Lyra die Augen zusammen und forderte ihn nochmals auf zu verschwinden.

Sie hatte eigentlich erwartet, dass er jetzt, wo es keine weitere Heldentat mehr zu vollbringen gab, endlich abziehen würde. Doch zu ihrer Überraschung blieb er. Und zu ihrer noch größeren Überraschung drehte auch sie sich nicht um und ging, was sie – wie sie genau wusste – eigentlich hätte tun sollen. So nah, wie sie jetzt vor ihm stand, konnte sie seinen Geruch deutlich wahrnehmen. Er roch unverwechselbar nach Vampir, ein Geruch wie ein seltenes, uraltes Gewürz, den er selbst vermutlich gar nicht wahrnahm. Genau wie man ihr bei verschiedenen denkwürdigen Gelegenheiten erklärt – oder besser gesagt: ihr entgegengeknurrt – hatte, dass ihre Gattung nach wildem Tiermoschus stinke. Immer waren es die Vamps, die so taten, als hätte sie sich im Abfall gewälzt. Sie selbst konnte am Wolfsgeruch nichts Verkehrtes finden.

Aber Jaden reagierte nicht normal auf sie, schreckte nicht vor ihr zurück, als hätte sie eine schreckliche Krankheit. Er verhielt sich, als wäre er … interessiert. Und das hatte etwas in ihr ausgelöst, musste Lyra feststellen, zumal sie ihn auch nicht unbedingt als eine Beleidigung ihrer Sinne empfand. Für sie roch er angenehm. Richtig angenehm. So angenehm, dass sie sich am liebsten auf den Rücken gewälzt und …

Rasch trat sie einen Schritt zurück und holte tief Luft. Ihr war klar, was da gerade mit ihr passierte. Ihre Haut war auf einmal ganz warm, ihr Herz schlug schneller, und sie sog gierig Jadens Vampirgeruch ein. Ihre Brustwarzen hatten sich aufgerichtet, und das lag nicht an der Kälte. Sie war erregt, und alles in ihr verlangte danach, dass sie ihn nahm, für ihn ihren Hals entblößte, ihn hinter sich schob, um sich von ihm … von ihm …

Lyra schnaubte und starrte Jaden an, als wäre er der Höllenhund höchstpersönlich, eine mystische Bestie, die sie zur Strafe für ihre Treulosigkeit ihrem Rudel gegenüber in die Unterwelt verschleppen würde. Er starrte unverwandt zurück, aus Augen, die jetzt viel katzenhafter wirkten. Die Pupillen waren erweitert und hatten eine längliche Form angenommen, die Iriden leuchteten intensiv blau. Als er zwei Schritte auf sie zutrat und nun so nah vor ihr stand, dass sie seinen Atem an ihrem Gesicht spürte, wusste sie, dass sie in großen Schwierigkeiten steckte.

Allein ihr Stolz hielt sie davon ab, zurückzuweichen. Trotzig blieb sie stehen, selbst als er den Blick seiner ungewöhnlichen

Augen auf ihre Lippen richtete. Nervös fuhr sie mit der Zunge darüber. Jadens Kinnmuskeln spannten sich an. Es war nicht unbedingt ein Vorteil, stellte sie fest, dass Jaden höchstens drei Zentimeter größer war als sie. Immer war es ihr zuwider gewesen, wie die Männer ihrer Gattung ihre Größe und Muskelkraft eingesetzt hatten, um sie einzuschüchtern, obwohl sie mit ihren gut ein Meter siebzig auch nicht gerade klein war. Aber ein Gutes hatte dieser Größenunterschied immer gehabt: Wenn diese Männer ihr auf die Pelle gerückt waren, hatte sich ihr Mund nicht so nah an ihrem befunden. Jaden brauchte sich nur noch ein wenig vorzubeugen, und schon hatte er sie.

Das durfte nicht passieren. Allerdings war der Gedanke daran viel verführerischer, als er das hätte sein dürfen. Ihre Haut prickelte angenehm. Ihre Finger zuckten, weil sie sich am liebsten in seine Schultern, in sein Haar gekrallt hätten.

»Du bist mir echt eine«, sagte er leise, und sein britischer Dialekt stellte mit den Muskeln tief unten in ihrem Bauch schreckliche, verbotene Dinge an. »Glaubst, mir auf meinem eigenen Territorium befehlen zu können, wohin ich gehen soll. Du dürftest eigentlich gar nicht hier sein, Lyra. Du weißt doch, dass die Wölfe aus unseren Städten verbannt worden sind, und diese Stadt gehört jetzt den Lilim. Schon zum zweiten Mal treffe ich dich an einem Ort, wo ich jedes Recht hätte, dich in Stücke zu reißen.«

Das war eine Drohung, aber Lyra wusste sofort, dass sie nicht ernst gemeint war. Jaden hatte nicht vor, sie umzubringen, genauso wenig wie sie vorhatte, ihn anzugreifen. Aber ihr war durchaus klar, dass diese Situation irgendwie aufgelöst werden und sie von ihm wegkommen musste, koste es, was es wolle. Und tatsächlich brachten seine nächsten Worte ihre sowieso schon angespannten Nerven der Zerreißprobe ein weiteres Stück näher.

Er legte den Kopf auf die Seite, was ihm das Aussehen einer neugierigen und nicht gerade wohlgesinnten Katze verlieh.

»Was treibst du überhaupt hier in der Gegend? Erst versteckst du dich in diesem Sicheren Haus in Chicago, und jetzt kreuzt du auf einmal in einer kleinen Stadt in Massachusetts auf, die zufällig der Sitz der neuesten Vampirdynastie ist. Worauf bist du aus?« Er rückte ihr noch ein bisschen näher. »Du spionierst, um deinem Anführer erzählen zu können, wie eine Dynastie nur aus Katzen aussieht, stimmt's? Hast du geglaubt, wir merken es nicht, dass du dich hier rumtreibst? Oder versteckst du dich etwa hier? Vor was läufst du davon, Lyra?«

Lyra schluckte. Ihre Kehle war wie ausgetrocknet, und die Worte wollten einfach nicht kommen. Er würde sowieso glauben, was er glauben wollte, ganz egal was sie sagte.

Seine Gattung hatte ihre noch nie verstanden und würde es auch nie. Auch die Verzweiflung, gegen die sie ankämpfte, würde er nie verstehen, genauso wenig wie ihre Suche nach Ideen oder wenigstens Fitzelchen von Ideen, die ihr irgendwie weiterhelfen würden.

Wirklich schade, dass sie nun nicht länger bleiben konnte. Sie hatte gehofft, irgendwie zu Lily vordringen zu können – natürlich ohne dass Lily sie sah –, um sich ein Bild davon zu machen, wie eine Frau mit so viel Macht und Verantwortung umging. Gab es irgendein Geheimnis, wie sie auftrat, sich bewegte, redete? Wie hatte sie sich einfach derart viel nehmen können, ohne dass die Männer versucht hatten, es ihr streitig zu machen? Die Gerüchte, die sie über den Aufstieg der menschlichen Frau in die höchsten Ränge der Vampirgesellschaft gehört hatte, stimmten. Aber so verrückt die Gründe für die Wölfe auch geklungen hatten – jetzt wusste Lyra, dass auch der Rest der Wahrheit entsprach. Dies hier war jetzt eine Cait-Sith-Dynastie. Eine Dynastie aus Katzengestaltwandlern, egal was für einen Namen sie jetzt trugen. Und falls es eine noch vergiftetere Beziehung als die zwischen seiner und ihrer Gattung gab, dann hatte sie davon zumindest noch nie gehört.

Hier würde sie keine Hilfe finden, schon gar nicht, nachdem ihre Anwesenheit sowohl von einem Cait als auch von einem ihrer unerwünschten Verehrer entdeckt worden war. Wenn Mark sie hier aufgetrieben hatte, würde das anderen ebenfalls gelingen. Darin wurden sie immer besser, je näher die Prüfung rückte. Also würde sie erneut die Flucht ergreifen. Aber diesmal ging es nach Hause, denn allmählich musste sie sich ernsthaft vorbereiten. Allein. Aufsässig schob Lyra das Kinn vor und starrte Jaden in die Augen. »Wohin ich gehe und was ich tue, geht dich nichts an. Aber ›dein‹ Territorium überlasse ich dir gern. Hier gibt es nichts, was für mich von Interesse ist.«

Sie drehte sich um und bekam gerade noch mit, wie seine Augen gefährlich aufblitzten. Eine Hand legte sich um ihren Arm, mit einem Griff, in dem eine Menge kontrollierte Kraft lag. Jaden riss sie so ruckartig zurück, dass sie gegen ihn prallte. Einen kurzen, heißen Moment lang spürte sie jeden Muskel seiner großen, schlanken Gestalt. Sofort wollte sich alles in ihr an ihn schmiegen, wollte diese zwei Körper zu einem Ganzen zusammenschmelzen.

Jaden presste den Mund gegen ihr Ohr und rieb kurz den Kopf an ihrem Haar, wie eine Katze, die ihren Besitz mit ihrem Duft markiert. Sie versuchte, sich dagegen zu wehren – niemand hatte das Recht, sie zu besitzen, und er schon gar nicht! Aber ein leichter Druck seiner kräftigen Hand reichte, sie bewegungsunfähig zu machen.

»Du hast meine Frage noch nicht beantwortet, Lyra«, flüsterte er ihr ins Ohr. »Wovor läufst du davon?« Eine einfache Frage, gestellt von einem Fremden, und dennoch hätte sie ihm am liebsten auf der Stelle alles erzählt, hätte diesen Mann, der sich mit Sicherheit über sie lustig gemacht und sich abgewandt hätte, am liebsten angefleht, ihr zu helfen. Das war nur mit dem Stress erklärbar, unter dem sie stand. Sie wusste, was sich zu Hause gegen sie zusammenbraute, sowohl innerhalb des Rudels als auch außerhalb.

Endlich gelang es ihr, sich loszureißen. Sie bleckte die Zähne und knurrte ihn an, denn sie wusste nicht, was sie noch hätte sagen können. Angst, Wut und dazu ein Verlangen, dessen sie sich nicht erwehren konnte, das alles mischte sich in ihr und drohte, sie wieder in Jadens Arme stürzen und etwas tun zu lassen, das sie später bereuen würde. Jaden stand völlig reglos da und starrte sie aus seinen flammend blauen Augen so undurchdringlich an wie eine Sphinx. Dennoch spürte sie seine Begierde, das Tier in ihr witterte sie und verlangte, darauf zu antworten.

Aber es gab nur eine Antwort, die sie nicht bereuen würde.

»Lass mich ja in Frieden, Katze«, fuhr sie ihn an. »Ich habe auch so schon Probleme genug.«

Sie wandte sich ab und stellte überrascht fest, wie schwer ihr das fiel. Offensichtlich verlor sie allmählich die Nerven. Kein Wunder, wenn man so lange gejagt, verspottet und ausgeschlossen wurde. Aber das würde bald vorbei sein, so oder so.

Lyra sprintete los. Ihre Muskeln arbeiteten wie eine gut geölte Maschine. Ihre Stiefel mit den Absätzen waren kein Hindernis für Schnelligkeit. Ihr war egal, wie es aussah, wenn sie so vor ihm davonrannte. Er bedeutete ihr nichts. Genauso wenig wie irgendein anderer Vampir. Sie spürte, wie ihre Glieder zu brennen und sich zu verwandeln begannen, wie sie sie Richtung Boden und zum vierfüßigen Lauf zogen. Ihre Kleidung wich Fell, und jetzt endlich konnte sie auch wieder richtig atmen. Ohne sich noch einmal umzudrehen, raste Lyra davon und genoss die verführerische Umarmung der Nacht und die Freiheit, die sie ihr schenkte – auch wenn die nicht lange anhalten würde.

Es war Zeit, nach Hause zurückzukehren.

Jaden beobachtete, wie die Wölfin mit dem glänzenden rauchfarbenen Fell in die Nacht verschwand. In ihrer tierischen Form war Lyra genauso langbeinig und anmutig wie in ihrer menschlichen – das Sinnbild tödlicher Schönheit. Und schön war sie wirklich, auch wenn sein Naturell in allem das Gegenteil von ihrem war.

Eine Zeit lang blieb er stocksteif stehen, weil er fürchtete, sich nicht beherrschen zu können und ihr hinterherjagen zu müssen. Zweifellos steckte Lyra noch immer in irgendwelchen Schwierigkeiten, war noch immer auf der Flucht, und der unglückselige Verehrer zu seinen Füßen war nur ein Teil des Problems.

»Das geht mich nichts an«, sagte er laut, in der Hoffnung, beim Klang seiner Stimme wieder zur Vernunft zu kommen und den Zauber abschütteln zu können, dem er offenbar erlegen war. Aber nichts würde die Erinnerung daran verdrängen können, wie Lyra sich angefühlt hatte, als er sie an sich gezogen hatte. Es war, als hätte sie sich in seine Haut gebrannt. Leise verfluchte er sich dafür, sie berührt zu haben. Normalerweise hatte er sich gut unter Kontrolle. Aber irgendetwas hatte Lyra Black – ja, das war ihr Nachname, wie ihm jetzt wieder einfiel – an sich, dem er nicht hatte widerstehen können. Ihr Haar hatte so seidig über seine Wange gestrichen, und der Duft ihrer Haut …

»Es reicht«, knurrte er und wandte den Kopf ab. Sie hatte sich nicht auf ihn eingelassen, sondern war abgehauen, und genau das musste er ebenfalls tun. Jaden hatte keine Ahnung, woher sein Interesse für diese reizbare Werwölfin rührte, aber er wusste, so etwas konnte kein gutes Ende nehmen. *Nichts wie weg hier.* Schon bald würde die Sonne aufgehen, dann konnte er in seinen Träumen darüber brüten und hoffentlich erholt und frei von diesem Irrsinn wieder aufwachen.

Er wollte sich gerade zum Gehen wenden, als er aus dem Augenwinkel etwas aufblitzen sah. Sein Selbsterhaltungstrieb schrie, er solle es nicht weiter beachten, sondern einfach weitergehen. Die meisten seiner Impulse hatte Jaden ziemlich gut unter Kontrolle, aber seine Neugier hatte ihm – wie so vielen Katzen – schon manches Mal das Genick gebrochen. Jaden bückte sich und hob das Medaillon mitsamt seiner zerrissenen Kette auf.

Einen Moment lang ließ er es von seiner Faust herabbaumeln und schaute sich an, was Mark Lyra da vom Hals gerissen hatte. Am auffälligsten war der Stein: Er war in etwa so groß wie eine Dollarmünze und schon so lange getragen worden, dass seine Oberfläche ganz glatt gerieben war. Das glänzende Silberblau kannte Jaden: Mondstein. Das Juwel war in eine etwas größere Scheibe aus verschnörkeltem Weißgold eingelassen. Das Design erinnerte ihn an die Jahre, die er in Schottland verbracht hatte. Es war kein ausgesprochen weibliches Schmuckstück, eher etwas Kraftvolles, aber dennoch fand Jaden – ohne dass er das hätte begründen können –, dass es gut zu seiner Besitzerin passte.

Lyra würde bestimmt wütend sein, wenn sie merkte, dass sie ihren Talisman hatte liegen lassen. Ohne zu überlegen, steckte Jaden das Medaillon in die Tasche. Sofort spürte er das leichte Summen der Energie, die von dem Stein ausging. Er war schon lange genug in dieser Welt unterwegs, um zu wissen, dass man solch ein Kunstwerk mit Respekt behandelte. Lyra würde das Medaillon zurückhaben wollen. Vielleicht konnte er es ihr schicken, wenn sich herausfinden ließ, woher sie stammte. Vielleicht würde sie aber auch ihn finden, allerdings hielt er das nicht für sehr wahrscheinlich. Lyra hatte deutlich zum Ausdruck gebracht, dass sie ihn nicht wiedersehen wollte, und so, wie er auf sie reagierte, war das vermutlich auch besser.

Nein, mit Sicherheit ist das besser, korrigierte er sich und fuhr mit dem Daumen vorsichtig über den Stein, bevor er die Hand aus der Tasche zog und in die entgegengesetzte Richtung wie Lyra losmarschierte, zurück zum Herrenhaus. Kein Zuhause im eigentlichen Sinn des Worts, aber ein angenehmer Aufenthaltsort – vorläufig. Er würde sich schlafen legen und morgen nach dem Aufwachen entscheiden, was er mit dem Medaillon tun sollte. Bis dahin würde er einfach nicht mehr an die Werwölfin denken. Er hatte so schon genug Sorgen, auch ohne sich auf eine völlig bedeutungslose Frau zu fixieren, die ihm am liebsten den Kopf abgerissen hätte.

Dennoch träumte er von ihren Augen.

Und vom leidenschaftlichen, unkontrollierbaren Hunger wilder Tiere in der Nacht.

3

Lyra erwachte gegen Mittag. Sie lag quer über dem Bett, in Bauchlage, den Kopf zur Seite gedreht, die Arme unter dem Kissen, auf dem ihr Kopf ruhte. Decken und Laken hatten sich ineinander verknäult und reichten ihr nur noch bis zur Taille. Einen kurzen Moment lang freute sie sich über den neuen Tag, so spät sie ihn auch begann – kein Wunder, den gestrigen Tag hatte sie im Auto verbracht, auf der Fahrt nach Hause, und die Nacht davor war ebenfalls sehr aufreibend gewesen.

Aber als sie zum wohl tausendsten Mal daran dachte, was in der Nacht davor alles passiert war, verging ihr die Freude an der warmen Frühlingssonne sofort wieder.

Ihre Kette hatte auf dem Boden gelegen. Und sie wettete, dass diese miese Ratte von einem Vampir sie sich geschnappt hatte.

Lyra stöhnte wütend auf und vergrub das Gesicht im Kissen. Instinktiv fasste sie an ihren Hals, in der unsinnigen Hoffnung, das glatte Metall des Talismans ihrer Mutter zu spüren. Aber nein. Ihr Erstgeburtsrecht, ein Symbol der Stellung, die sie bekleidete, und eine geliebte Erinnerung an ihre Mutter, war in Massachusetts, vermutlich offen zur Schau gestellt in Jadens Schlafzimmer oder Sarg oder wo auch immer diese Vampire schliefen. Wenn ihr Vater merkte, dass sie die Kette verloren hatte, würde er ihr die Hölle heiß machen.

Als es leise an der Tür klopfte, zuckte sie zusammen. Er sah nach ihr. Natürlich tat er das. Dorien Black schien der festen Überzeugung zu sein, dass sein einziges Kind dabei war, den

Verstand zu verlieren – vor allem, seit er herausgefunden hatte, dass sie an der Prüfung teilnehmen wollte. Und jetzt erwartete er von ihr, dass sie einen Rückzieher machte und sich entweder einen Mann suchte, der statt ihrer in den Ring stieg, oder einen der anderen »durchsetzbaren« Kandidaten unterstützte. Zum Beispiel ihren Cousin.

Lyra knirschte mit den Zähnen. Ihr Vater hatte ihr in aller Deutlichkeit klargemacht – genau wie so ziemlich jeder im Rudel –, dass sie mit ihrer Sturheit eine Menge Sand ins Getriebe streute. *Zu schade aber auch.* Wie es aussah, konnte sie unter Umständen sogar ihre Stellung einbüßen. Und wenn es weiter so mies lief, würde das vielleicht tatsächlich passieren. Aber nichts, für das es sich zu kämpfen lohnte, war einfach.

Doriens warme, vertraute und trotz allem geliebte Stimme drang durch den Türspalt.

»Lyra? Geht's dir gut, Kleines?«

»Alles bestens, Dad«, erwiderte Lyra und räusperte sich, weil ihre Stimme fürchterlich rau klang. »Komm doch rein.«

Die Tür ging auf, und Dorien trat ein und setzte sich auf die Bettkante, während Lyra sich in eine sitzende Position hochschob und die Knie anzog. Es war, als wäre sie wieder acht und wartete darauf, wegen schlechten Betragens ausgeschimpft zu werden … vermutlich, weil sie wieder mit den Jungs gerauft hatte. Dass sie meistens gesiegt hatte, zauberte ein leichtes Lächeln auf ihre Lippen, das allerdings so rasch verschwand, wie es gekommen war.

Sie war kein Kind mehr. Sie war dreiundzwanzig, und die Jahre, die seit damals vergangen waren, hatten sich in Doriens schönes Gesicht eingekerbt. Noch immer war er für sie der Größte … aber nicht mehr unfehlbar. Und sie würde in dem alten, klebrigen Netz der Werwolftraditionen hängen bleiben, wenn sie nicht bald eine Möglichkeit entdeckte, wie sie sich daraus befreien konnte. Wie sie beweisen konnte, dass man nicht nur dann gute Arbeit leisten konnte, wenn man in einem kräftigen und vor allem männlichen Körper steckte.

Bis jetzt war ihr die zündende Idee noch nicht gekommen.

Dorien betrachtete sie prüfend aus Augen, die genauso goldbraun glänzten wie ihre eigenen.

»Und? Hast du vor mir zu erzählen, wo du diesmal gesteckt hast?«, fragte er schließlich grummelnd.

Lyra versuchte zu lächeln, was ihr nicht recht gelingen wollte. »Das tue ich doch nie.«

Dorien konnte das gar nicht lustig finden. Er seufzte so gequält, dass Lyra sofort Schuldgefühle bekam. Dabei war er selbst mit schuld an der Situation, rief sie sich in Erinnerung. So sehr sie ihn auch liebte – er würde die Tradition nie hinterfragen und Lyra unterstützen. Er war ein Black, und er fühlte sich diesem Namen viel zu sehr verpflichtet, um neue Wege einzuschlagen. Wie zum Beispiel seine Tochter zur Kämpferin auszubilden.

»Wenigstens riechst du diesmal nicht nach Vampiren«, sagte er. »Ich hoffe, nach unserem letzten Gespräch warst du klug genug, dich nicht wieder in solch eine gefährliche Situation zu begeben.«

Jetzt war es an Lyra zu seufzen, aber bei ihr war es eher ein Ausdruck ihres Ärgers. »Gespräch? Vortrag meinst du wohl!«, setzte sie sich zur Wehr. »Du hast mich doch gar nicht erst ausreden lassen. Glaubst du wirklich, ich hätte mich in einem Sicheren Vampirhaus verkrochen, wenn mir eine andere Wahl geblieben wäre? Ich musste hier raus, weg von diesem ganzen Machoscheiß. Typen, die sich schon ein Leben lang kennen, schlagen sich plötzlich gegenseitig den Schädel ein, um in meiner Nähe sein zu können. Dad, ich bin doch nicht blöd. Bevor ich mit zweiundzwanzig heiratsfähig wurde, hatten die lange nicht so ein Interesse an mir.«

»Du bist ein hübsches Mädchen … äh, eine hübsche Frau, Lyra«, erwiderte Dorien und strich ihr verlegen über den Arm. »Das haben die bestimmt auch früher schon bemerkt.«

Lyra schnaubte. »Meinst du? Dann erklär mir doch mal, wieso sich erst jemand mit mir verabreden wollte, als ich aufs College gegangen bin.«

»Du bist sehr selbstbewusst, mein Schatz. Manchmal wirkst du ein bisschen einschüchternd.«

Das brachte Lyra zum Grinsen. »Aufsässig meinst du wohl. Reizend, Dad.«

Er kicherte. »Nein, selbstbewusst. Und manchmal hast du eine ziemlich spitze Zunge. Beides hast du von mir, also kann es nicht schlecht sein.« Sein Humor, den sie immer geliebt hatte, verflog viel zu rasch.

»Es würde nicht schaden, ihnen eine Chance zu geben, Lyra. Das sind keine Jungs mehr. Aber es ist allein deine Schuld, wenn sie in die entgegengesetzte Richtung rennen; sie glauben alle, dass du völlig den Verstand verloren hast.«

Lyra vergrub die Finger in ihrem Haar und starrte ihren Vater finster an. »Oh ja. Ich will in der Prüfung mitkämpfen, also muss ich einen Knall haben. Ich möchte mein Erstgeburtsrecht ausüben, aber plötzlich bin ich nur noch eine schwache kleine Wölfin. Merkst du eigentlich nicht, wie sexistisch das ist? Allmählich wundere ich mich, dass du nicht versucht hast, eine Ehe für mich zu arrangieren.«

Sein trotziger Gesichtsausdruck verriet ihr sofort, dass ihm zumindest der Gedanke gekommen war. Sie knurrte und warf entnervt den Kopf in den Nacken.

»Das kann doch nicht dein Ernst sein! Glaubst du wirklich, ich hätte mir das gefallen lassen?«

»Nein. Deshalb habe ich auch nichts unternommen. In manchen Rudeln hätte man das so gemacht, sobald du alt genug gewesen wärst, also beschwer dich nicht. Ich möchte, dass du dich frei entscheiden kannst, aber du machst es mir nicht gerade leicht.«

Lyra musste sich zwingen, nicht wütend loszubrüllen. Sie liebte ihren Vater von ganzem Herzen. Aber kaum hatten ab ihrem zweiundzwanzigsten Geburtstag alle männlichen Werwölfe verrückt gespielt, schien jedes Gespräch in einen Kampf auszuarten. Er würde sie nicht in Ruhe lassen, bis sie tat, was man von ihr erwartete. Aber sie konnte einfach nicht nachgeben.

»Ich bin eine erwachsene Frau«, sagte sie und versuchte, die Bitterkeit aus ihrer Stimme herauszuhalten. »Du kannst froh sein, dass ich nicht endgültig abgehauen bin. *Das* ist in einigen Rudeln nämlich auch schon passiert.«

Allerdings nicht oft, dachte Lyra und betrachtete ihren Vater, dem der Kummer, den sie ihm seiner Ansicht nach bereitete, ins Gesicht geschrieben stand. Es kam nicht oft vor, dass ein Alphatier nur ein einziges Kind – und dann auch noch ein weibliches – hatte. Auch ein kräftiger Sohn hätte erst noch die Prüfung bestehen müssen, aber man hätte ihn entsprechend trainiert und vorbereitet und als Stellvertreter akzeptiert, lange bevor er die formalen Anforderungen erfüllt hätte. Aber eine Tochter … in einem patriarchalischen System wie dem der Werwölfe war kein Platz für ein weibliches Alphatier.

Vor allem dann nicht, wenn die Männer überwiegend wie Schränke gebaut waren und sich manchmal tödlich endende Kämpfe lieferten, um Alphatier zu werden.

»Wenn du hättest abhauen wollen, hättest du das längst getan«, sagte Dorien. Wieder seufzte er, und diesmal klang es wehmütig. »Das wäre mir fast schon lieber gewesen als die Situation, in die du dich jetzt hineinmanövriert hast. Aber du kannst die Thorn ebenso wenig verlassen wie ich. Du gehörst hierher, genau wie ich.«

Dass er recht hatte, ging ihr gegen den Strich, aber er kannte sie nun mal besser als irgendjemand sonst. Sie liebte Silver Falls, liebte den Wald, die versteckten Lichtungen, das Plätschern der zwischen den Bäumen dahinfließenden Bäche. Sie genoss die jahreszeitlichen Veränderungen in der kleinen Stadt und ihrer Umgebung, und noch mehr genoss sie es, auf allen vieren dahinzulaufen, wenn der Mond hoch oben am Himmel stand.

Außerdem liebte sie ihr Rudel. Es war ihre Familie, auch wenn sie nicht zu allen eine enge Beziehung hatte. Eine Reihe Frauen hatte nach dem Tod ihrer Mutter geholfen, Lyra großzuziehen, und zu diesen Frauen konnte sie auch heute noch mit Problemen gehen, mit denen sie ihrem mürrischen Vater nicht zu kommen brauchte. Die meisten im Rudel mochten sie, das wusste sie genau.

Auch wenn viele von ihnen glaubten, sie habe den Verstand verloren, sei selbstmordgefährdet oder beides zugleich.

Sie senkte den Blick und zupfte an der Bettdecke herum. »Ich will nicht weg von hier, Dad.«

»Dann bleib! Wenn du dich weiter so rumtreibst, wird dir irgendwann noch was zustoßen. Ich versuche, hier alles möglichst seinen normalen Gang gehen zu lassen, Lyra. Die Thorn haben hart gegen das Image der wilden Bestie angekämpft. Aber einigen deiner Verehrer ist nun mal jedes Mittel recht, dich zu erobern, und das weißt du ganz genau.«

Sie verdrehte die Augen. So waren ihre Auseinandersetzungen in letzter Zeit jedes Mal abgelaufen. »Dad, aus jedem Rudel im Osten der Vereinigten Staaten sind sogenannte Verehrer hinter mir her. Einige von ihnen haben sich hier, auf unserem eigenen Territorium, ganz schön aggressiv aufgeführt. Und außerhalb erst recht«, fügte sie hinzu, weil ihr Mark wieder eingefallen war. Sein Rudel lebte auf dem Territorium, das an das ihres Rudels angrenzte, und von Zeit zu Zeit trafen sich die beiden Gruppen. Lyra hoffte, sie müsse Mark nie wiedersehen, aber so viel Glück würde sie kaum haben.

Sofort erwachte Doriens Beschützerinstinkt. »Wer – ?«

»Ist doch egal«, unterbrach Lyra ihn. Doriens Gesichtsausdruck besagte eindeutig, dass er das ganz anders sah, aber Lyra hatte keine Lust, ins Detail zu gehen. Stattdessen fuhr sie fort: »Ich habe keinen Bock auf irgend so einen dahergelaufenen Idioten, der mich nur will, weil ich die Tochter eines Alphatiers bin, Dad. Ich sehe nicht ein, wieso ich die Eintrittskarte für jemanden sein sollte. Zumal ich die beste Kandidatin bin, die dieses Rudel hat, wenn es um deine Nachfolge geht. Du hast dich zwar geweigert, mir alles Nötige beizubringen, aber ich habe trotzdem von dir gelernt.«

Dorien strich ihr eine ihrer widerspenstigen Locken hinter das Ohr, und bei dieser zärtlichen Geste hätte sie am liebsten losgeheult. Sie wusste, dass dies alles zu viel für ihn war. Aber wenn sie antrat, würde Eric mit Sicherheit das neue Alphatier des Rudels werden. Ihr Vater war zwar konservativ und altmodisch, konnte sich aber wenigstens gelegentlich für neue Ideen begeistern; ihr Cousin dagegen war ultrakonservativ, ein autoritärer, puritanischer Eigenbrötler, der zum Lachen in den Keller ging.

Er würde die Thorn nicht voranbringen – im Gegenteil, er würde sie um mindestens hundert Jahre zurückwerfen. Diese Vorstellung konnte Lyra nicht ertragen, zumal sie selbst so viele Ideen hatte, wie man die Thorn ins 21. Jahrhundert führen konnte – auch wenn diese sich mit Händen und Füßen dagegen wehren würden. Sich anpassen oder aussterben – etwas anderes gab es nicht. Leider war das Rudel in den letzten Jahren geschrumpft, und so wurde über die Möglichkeit des Aussterbens manchmal schon hinter vorgehaltener Hand geflüstert.

Irgendwann muss es einfach ein weibliches Alphatier geben, dachte Lyra. Eine neue Stimme, eine neue Sichtweise. Wieso also nicht hier?

Wieso nicht sie?

Zu dem Thema schien sich ihr Vater ebenfalls eine Menge Gedanken gemacht zu haben.

»Ich bitte dich zum letzten Mal, Lyra. Zieh deine Bewerbung zurück. Es ist keine Schande, von der Prüfung zurückzutreten. Ehrlich gesagt weiß ich nicht mal, ob die männlichen Bewerber bereit sind, gegen dich anzutreten.«

»Das müssen sie«, erwiderte Lyra. »Ich habe es in den Geschichtsbüchern nachgelesen. Ich muss genau wie jeder männliche Kandidat behandelt werden.«

Doriens Augenbrauen schossen in die Höhe. »An die Stelle kann ich mich gar nicht erinnern. Allerdings ist es auch eine Zeit her, seit ich da zuletzt reinschauen musste. Wann wurde das geschrieben?«

Lyra spürte, wie ihre Schultern nach unten sackten, und zwang sich, den Rücken durchzudrücken. »1759. Das Rudel der Broken Arrow. Damals nahm eine Wölfin an der Prüfung teil.«

»Und?«

»Und … nun ja, sie konnte sich nicht durchsetzen, aber sie ist ziemlich weit gekommen.«

Sofort stürzte er sich auf das, was sie nicht gesagt hatte. »Und wie hat man sie behandelt, als sie unterlag?«

»Äh … ich glaube, sie wurde von den verbliebenen Kandidaten in Stücke gerissen«, murmelte Lyra so undeutlich sie konnte. Dorien schnappte nach Luft. Er hatte durchaus gehört, was sie gesagt hatte.

»Verdammt, Lyra!«, fuhr er sie an. Seine Geduld mit ihr schien für diesen Tag erschöpft zu sein. »Das kann nicht gut ausgehen. Genau das wird dir auch passieren, vor allem, wenn voraussichtlich dein Cousin das Rudel anführt. Ich werde dich auch nicht retten können. Verstehst du das nicht? Niemand wird dich retten können.«

Lyra verstand das besser, als er ahnte. Sie dachte an Mark, seinen entschlossenen Gesichtsausdruck, seine Kraft. Ein einzelner Wolf, und nicht einmal mit *ihm* war sie fertig geworden. Da konnte sie noch so waghalsig sein, ihre Kraft und Größe waren nun mal begrenzt. Aber irgendeinen Weg musste es geben. Vor ihrem geistigen Auge tauchte plötzlich die Szene auf, wie Jaden Mark mit ein paar raschen und scheinbar mühelosen Schlägen fertiggemacht hatte. Das brachte ihr allerdings nicht viel, schließlich konnte sie sich nicht wie ein Vampir bewegen und würde das auch nie lernen. Aber Jaden hatte nicht nur mit nackter Gewalt gesiegt, und das machte ihr Mut … sie musste nur herausfinden, wie sie ihm nacheifern konnte.

Lyra war stark, das würde niemand im Rudel leugnen wollen. Aber im Gegensatz zu den Männern hatte sie nie Kampftraining erhalten. Sie hatte sich alles selbst beibringen müssen. Doriens Weigerung, sie zu unterrichten, kränkte sie auch heute noch.

»Ich finde schon eine Lösung«, sagte Lyra. »Ich finde immer eine.« Sie hatte keinen Plan und niemanden, der bereit war, ihr zu helfen. Doch immer wenn sie darüber nachdachte, ob sie diese scheinbar unhaltbare Position nicht lieber aufgeben sollte, musste sie an ihren humorlosen Cousin denken. Seine starre Einteilung in gut und schlecht, seine entnervende Fähigkeit, ganze Passagen aus den Geschichtsbüchern egal welchen Jahres zu zitieren und dann auf die jeweilige Situation zu beziehen – das alles machte sie nervös, um es mal vorsichtig auszudrücken. Verdammt, er machte ganz schön viele Leute nervös. Ohne den geringsten Sinn für Humor auf die Welt zu kommen, war einfach nicht normal. Und dann waren da noch die Geschichten, die Simon angeblich über ihn gehört hatte. Wenn auch nur ein Bruchteil dieser Gerüchte der Wahrheit entsprach, dann schlummerte unter der makellosen Oberfläche ihres seltsamen Cousins jede Menge Hässliches.

In Eric Blacks Gegenwart hatten sich ihr immer die Nackenhaare aufgestellt. Aber wie es aussah, würde er – wenn sie es nicht doch noch verhindern konnte – Doriens Nachfolger werden. Und das würde das Ende des Rudels bedeuten.

Dorien fuhr sich durch das volle kastanienbraune Haar, das noch kaum ergraut war, und richtete den Blick nach oben, als ob irgendwelche mystischen Wolfsgötter von oben herabsteigen und ihm bei seiner widerspenstigen Tochter zu Hilfe eilen könnten.

»Ich weiß, dass du das unfair findest«, sagte er. Lyra konnte deutlich hören, dass er versuchte, seine Stimme gleichmäßig klingen und sich seine Angst und Wut nicht anmerken zu lassen. »Aber ob es dir gefällt oder nicht, wir sichern unser Überleben durch Kraft und Wildheit. Die verdammten Vampire haben uns auf dem Kieker, zudem haben wir uns auch noch die meiste Zeit untereinander in der Wolle. Das Rudel erwartet, dass der Stärkste das Alphatier ist. Du bist ganz schön stark und sehr klug, Lyra. Aber rein körperlich hättest du nicht mal gegen die größeren Männer in unserem eigenen Rudel eine Chance. Und nur das zählt.«

»Du bräuchtest mich nur ordentlich zu unterrichten, dann hätte ich durchaus eine Chance. Bei den Menschen würde man das alles für Schwachsinn halten. Bei denen sind die Frauen gleichberechtigt.« Lyra hasste diesen immer gleich ablaufenden Streit, der ihre Gespräche jedes Mal aufs Neue vergiftete.

»Die Menschen müssen nicht wie wir von ihren Fängen und Klauen leben!«, knurrte er. »Dich zu unterrichten, hätte überhaupt nichts gebracht. Du gegen einen Neunzig-Kilo-Wolf, selbst wenn ihr beide gleich gut kämpft – keine Chance. *Niemals*.«

»Das weißt du nicht«, fuhr Lyra ihn an. Dorien vergrub die Finger in seinem Haar. Er sah aus, als hätte er am liebsten die Zähne in irgendetwas geschlagen.

»Verdammt, Lyra, wieso kannst du die Dinge nicht einfach akzeptieren, wie sie sind? Warum musst du dich so dagegen auflehnen?« Er schloss die Augen und sammelte sich, etwas, das er oft tat, wenn er mit seiner Tochter über dieses Thema sprach. Sie wusste, er zählte bis zehn, um nicht zu explodieren. Auch diesmal klang er sehr viel ruhiger, als er die Augen wieder öffnete, dennoch war ihm anzuhören, wie aufgewühlt er war.

»Du hast noch nie eine Prüfung miterlebt, mein Schatz. Du glaubst, du könntest dich darauf vorbereiten, aber auf das, was dort geschieht, ist niemand wirklich vorbereitet. Dort zählen nur Klugheit und brutale Kraft. Ersteres hast du mehr als genug, aber Letzteres …«

Er schwieg einen Moment, dann fuhr er fort: »Ich habe schon deine Mutter verloren. Ich will nicht auch noch dich verlieren.«

Das tat weh. Und es machte sie wütend, denn er wusste genau, dass er sie damit traf. Andererseits drückte es natürlich aus, was er empfand. Lyra versuchte, ihm das zugutezuhalten, und tatsächlich gelang es ihr, sich ein wenig zu beruhigen. Nachgeben konnte sie dennoch nicht.

»Okay, ich bin eine Frau, und die Tradition spricht dagegen, aber Alphatier zu werden ist mein Geburtsrecht«, sagte sie leise. »Es liegt mir im Blut. Und wenn ich aufgebe, bekommen die Thorn Eric. Das weißt du doch, Dad.«

Dorien schnaubte. Dann sah er sie mit so trostlosem Blick

an, dass sie gleich wieder Schuldgefühle bekam, obwohl sie sich verzweifelt dagegen wehrte. »Du hast mir überhaupt nicht zugehört, nicht wahr? Ich sage es dir noch einmal: Du kannst nicht gewinnen. Regeln sind dazu da, befolgt zu werden, und wenn Eric die Prüfung gewinnt, dann nehme ich ihn. Er ist ein Black, und er hat die nötige Kraft, sich durchzusetzen. Ich weiß, er ist ein bisschen … mürrisch. Manchmal kann ich kaum glauben, dass er der Sohn meines Bruders ist. Gerik wäre vermutlich traurig, wenn er wüsste, wie er in Maras Familie aufgewachsen ist. Aber ich kann mit ihm arbeiten, ihn formen –«

»Er ist zu nichts zu gebrauchen, und daran wirst auch du nichts ändern.« Lyra konnte sich nicht mehr beherrschen. »Er ist so besessen von Regeln, dass er überhaupt nicht sieht, wo ein bisschen Veränderung ganz guttäte. Alles soll beim Alten bleiben, und jeder, der sich dem System widersetzt, wird hart bestraft. Außerdem hat er nicht alle Tassen im Schrank.«

Dorien sah sie tadelnd an. »Das weißt du nicht. Ich habe die Gerüchte auch gehört, Lyra, aber es gab nie einen Beweis.«

»Bis man dir endlich den Beweis liefert, dass er in seiner Freizeit gern menschliche Frauen jagt, werden die Menschen schon vor unseren Türen stehen. Und was das Thema Verschwinden angeht: Er hat sich in letzter Zeit auch ganz schön rar gemacht. Soll das also deine Lösung sein, dass du ihn dem Rudel auf dem Silbertablett präsentierst? Mir ist mein Rudel wenigstens wichtig, obwohl ich wegen dieser blödsinnigen Tradition immer zurückstecken musste.«

»Ich habe die Thorn nicht erschaffen, Lyra, ich halte sie nur am Leben. Du weißt seit Jahren, wie es läuft. Entweder schafft Eric es aus eigener Kraft, die Prüfung für sich zu entscheiden, oder eben nicht. Und was dich angeht: Zurückstecken ist besser als sterben.«

Er stand auf und ging zur Tür, doch Lyras nächste Frage ließ ihn innehalten. Natürlich hatte er gehofft, dass ihre Anmeldung zur Prüfung nur Bluff war, eine Möglichkeit, ihrem Ärger über die Rudeltradition und die gnadenlose Diskriminierung der weiblichen Mitglieder Ausdruck zu verleihen. Daher beschloss sie, ihn wissen zu lassen, dass es ihr ernst war.

Bitter ernst.

»Hast du vor, mich von der Prüfung auszuschließen?«, fragte sie. Eine einfache Frage, aber voller Sprengkraft. Angespannt wartete Lyra auf seine Antwort, von der eine Menge abhing. Falls er bejahte, würde ihr vielleicht keine andere Möglichkeit bleiben, als das Rudel zu verlassen. Allein bei dem Gedanken daran drohte ihr das Herz stehen zu bleiben. Dennoch – wenn sie ihr Schicksal hier nicht frei bestimmen konnte, dann wollte sie den Rest des Lebens nicht im goldenen Käfig verbringen, dafür war es einfach zu kurz.

Doriens Schultern sackten nach unten. Auf einmal sah man ihm jedes seiner fünfundvierzig Jahre deutlich an.

»Nein«, erwiderte er, ohne sich umzudrehen. »Ich werde dich nicht aufhalten, Lyra. Aber eins muss dir klar sein: Ich werde dich nicht retten können. Egal was passiert. Bei der Prüfung muss ich in erster Linie Alphatier sein, nicht Vater. Ich muss mich an die Vorschriften halten. Mit manchen Traditionen kann man einfach nicht brechen.«

»Ich werde beweisen, dass ich es kann«, sagte Lyra, die so gern wenigstens ein klein wenig Unterstützung bekommen hätte. Schließlich war er ihr Vater. Was hätte sie darum gegeben, zu wissen, dass er ihr die Daumen drückte – und sei es auch nur heimlich. »Hab doch ein bisschen Vertrauen in mich. Nur ein winziges bisschen. Bitte.«

Er drehte den Kopf leicht in ihre Richtung und lächelte sie traurig an.

»Hier geht es nicht um Vertrauen«, entgegnete er und verließ ohne ein weiteres Wort das Zimmer. Lyra sah ihm nach, sah, wie sich die Tür hinter ihm schloss, dann vergrub sie den Kopf in den Händen und schloss die Augen.

»Doch. Genau darum geht es.«

4

»Jaden? Wieso hockst du denn ganz allein hier rum? Versteckst du dich?«

Aufgeschreckt von der warmen weiblichen Stimme sah Jaden, der seit fast einer Stunde still dagesessen hatte, hoch. Im ersten Moment wollte er die Halskette, mit der er gespielt hatte, rasch verbergen, aber dafür war es bereits zu spät. Er hatte nicht damit gerechnet, dass ihn jemand stören würde. Zum einen war bekannt, dass er nicht sonderlich umgänglich war, zum anderen war dies hier eins der Zimmer, die noch nicht renoviert worden waren. Es gab keinen Fernseher und auch sonst nichts Interessantes – abgesehen von den Sitzmöbeln mit dem grässlichen Blümchenmuster. Hier kam niemand hin. Normalerweise.

Er hätte es wissen müssen.

»Oha. Du grübelst vor dich hin«, sagte Lily und kniff die Augen zusammen.

»Tue ich nicht«, widersprach Jaden mürrisch und wickelte die Kette um seine Finger. »Dein Mann ist derjenige, der grübelt. Ich … denke nach.«

Als er die Kette in seiner Faust verschwinden ließ, runzelte Lily die Stirn, allerdings schien sie nicht vorzuhaben, sich dazu zu äußern. Jedenfalls noch nicht. Stattdessen trat sie ins Zimmer, setzte sich ihm gegenüber auf das hässliche Sofa und lächelte ihn an. Ihr Lächeln hatte etwas Beruhigendes an sich, das musste Jaden zugeben. Natürlich wusste sie um diese Wirkung.

Er war sich nicht recht sicher, ob es ihm gefiel, wie schnell sie ihn immer durchschaute.

»Aha, du lenkst ab. Interessant. Ja, Ty brütet gern vor sich hin. Aber normalerweise nur, wenn es einen Grund dafür gibt. Und es macht Spaß, ihn so lange zu ärgern, bis er seine schlechte Laune vergisst.« Sie legte den Kopf auf die Seite. »Du bist süß, Jaden, aber ich glaube, die Methoden, die ich bei Ty anwende, sind auf dich nicht übertragbar. Du wirst mir also freiwillig erzählen müssen, was los ist.«

Es wäre so leicht, ihr einfach alles anzuvertrauen, dachte Jaden. Er hatte sie von Anfang an gemocht, und die immer noch wachsende Zahl von Cait Sith, die angereist kamen, um Teil ihrer Dynastie zu werden, schien ihn zu bestätigen. Ein paarmal hatte Jaden sich sogar gewünscht, er wäre derjenige gewesen, der Lily entdeckt hatte. Sie war eine Schönheit, und ihre Kräfte waren unvergleichlich. Aber Ty und sie passten perfekt zusammen, und noch nie hatte Jaden seinen alten Freund so unerträglich glücklich erlebt.

Er freute sich für die beiden. Eigentlich hätte auch er hier glücklich sein sollen, aber irgendetwas nagte an ihm und fraß ihn allmählich auf. Warum bloß konnte er nicht einfach glücklich sein?

»Geht es wieder um die Ptolemy?«, fragte Lily. »Ty rekrutiert weitere Wachen, aber das geht leider nicht so schnell, wie ich das gern hätte. Und der Rat scheint nicht gewillt zu sein, mir zu helfen.«

»Sie helfen dir nicht, weil sie dich und uns alle am liebsten los wären. Wir gehören nicht zum Club, Lily. Denen wäre es am liebsten, wenn die Lilim gleich in ihrer Entstehungsphase wieder ausgelöscht würden, während sie einfach wegschauen.«

Lily fluchte leise, was Jaden ein Grinsen entlockte. Ein niedliches Ding wie sie sollte eigentlich nicht so unflätige Wörter benutzen. Ty und er hatten einen schlechten Einfluss auf sie.

»Du hast recht. Ich weiß, dass du recht hast.« Lily schüttelte den Kopf. »Ich hatte nicht erwartet, dass es einfach wird, aber ich hätte mir nie vorstellen können, dass der Rat so …«

»Feindselig sein würde?«, vollendete Jaden ihren Satz. »Die Männer und Frauen im Rat beteiligen sich seit Jahren aktiv an der Unterdrückung von Mischlingen. Die meisten von ihnen werden nicht so weit gehen, uns anzugreifen, aber helfen werden sie uns auch nicht, wenn andere das tun.« Jaden lehnte sich zurück und betrachtete Lily, die in diesem Moment sehr jung und sehr verletzlich aussah. Inzwischen bereute er, dass er seinen Dolch nur gegen den Verräter Nero zum Einsatz gebracht hatte.

An jenem Abend hätte er auch Arsinöe umbringen sollen, das hätte ihnen allen eine Menge Ärger erspart. Egal welcher Ptolemy ihr Nachfolger geworden wäre, die Bedrohung wäre niemals so groß gewesen wie jetzt durch die alte Königin. Arsinöe grollte ihnen nicht nur, weil Lily die Sklaven ihrer Dynastie befreit hatte. Man hatte sie erniedrigt. Und dafür würde sie die Lilim büßen lassen.

Lily fuhr mit der Hand ruhelos über den ausgefransten Stoff der Armlehne.

»Nun ja … egal was die Leute denken, wenn ich noch einmal einen Ptolemy dabei erwische, wie er hier rumschleicht, dann schleppe ich Arsinöe vor den Rat. Auch wenn ich nur die Neue bin, gibt ihr das nicht das Recht, Jagd auf meine Leute zu machen, nur weil sie wütend ist und ihr ein paar hundert Sklaven fehlen.«

»Ich war in den letzten Nächten oft draußen, habe aber nichts bemerkt«, erwiderte Jaden. »Seit einem Monat ist niemand mehr aufgetaucht. Vielleicht haben sie aufgegeben.«

Aber so richtig konnte er das nicht glauben, und er sah, dass es Lily genauso ging.

»Mir wäre es lieber, du würdest nachts in der Nähe des Hauses bleiben und nicht allein da draußen rumwandern. Ich mache mir Sorgen.«

Er verstand ihre Beunruhigung, und sie berührte ihn. Aber die Ptolemy-Kundschafter würden Tipton auch weiterhin heimsuchen, und es würden weiterhin Cait Sith verschwinden, einer nach dem anderen. An irgendeinem Punkt musste es erneut zu einer Konfrontation kommen. Er hoffte nur, dass das nicht zu bald sein würde. Lily war noch nicht so weit, trotz ihrer außergewöhnlichen Kräfte. Und Jaden hatte den Verdacht – auch wenn er ihn noch niemandem gegenüber geäußert hatte –, dass er sein altes Gefängnis nur gegen ein anderes eingetauscht hatte, auch wenn es bequemer und selbst gewählt war.

Den Ptolemy würde es niemals reichen, dass er aus der Zeit bei ihnen eine Menge Narben davongetragen hatte. Ob es wohl eine Liste von Überläufern gab, die zurückgeholt und vernichtet werden sollten? Vermutlich. Arsinöe war außerordentlich nachtragend. Jaden war sich ziemlich sicher, dass die Königin der Ptolemy ihn umbringen lassen wollte.

Wahrscheinlich würde noch ziemlich viel Blut fließen, bevor sich alles einspielte.

»Ich passe schon auf mich auf, Lily. Mach dir keine Gedanken. Aber ich weiß es zu schätzen, dass du so besorgt um mich bist.«

»Mir wäre trotzdem lieber, ich wüsste dich in Sicherheit.« Lily seufzte frustriert. »Ich wette, der Rat würde das Problem am liebsten lösen, indem er Arsinöe und mich in einen Stahlkäfig sperrt, wo wir uns dann einen Kampf auf Leben und Tod liefern. Dieses verdammte, zweitausend Jahre alte Miststück!«

Jaden konnte sich das Grinsen nicht verkneifen. »Das würde ich echt gerne sehen. Und jede Wette, dass du gewinnst.«

»Wenn ich doch bloß so optimistisch wäre wie du!« Lily lächelte verzagt. »Ich habe mich nie der Illusion hingegeben, dass es einfach wird, aber … nun ja, einfach ist es wahrlich nicht. Aber – genug gejammert. Ich bin froh, dass es in diesem Fall nicht um die Ptolemy geht.« Sie schob eine Haarsträhne hinter das Ohr, und Jaden spürte, wie sich ihre ganze Konzentration wieder auf seine Person richtete. Er fluchte innerlich. Wenn Lily etwas haben, erreichen oder in Erfahrung bringen wollte, konnte sie außerordentlich hartnäckig sein.

Was durchaus amüsant war, wenn nicht gerade er im Zentrum ihrer Aufmerksamkeit stand.

»Also los, ich sterbe vor Neugier. Weshalb machst du ein Gesicht wie sieben Tage Regenwetter?«

»Da ist nichts«, wehrte Jaden ab. »Seit wann glaubst du, es würde was nicht stimmen, nur weil mir danach ist, allein zu sein?«

»Jaden«, erwiderte Lily und beugte sich vor. »Ich kenne dich. Bei dir gibt es unterschiedliche Stufen von Unnahbarkeit, und dies ist schon die zweite Nacht, in der du weit über deinem üblichen Niveau liegst. Hat das was mit der Halskette zu tun, die du da gerade so unauffällig versteckst?«

Jaden spürte, wie sich alles in ihm anspannte. Sie wusste Bescheid. Natürlich tat sie das – so war sie eben. Aber wie sollte er darüber reden, wenn er nicht mal selbst verstand, was in ihm vorging?

»Ich verstecke sie nicht. Die habe ich bloß … gefunden.«

»Soso.« Jaden hatte das Gefühl, ihrem prüfenden Blick nicht mehr lange standhalten zu können. Sie war ein außergewöhnlich empfängliches Wesen, und ihre Verwandlung in eine Vampirin schien das noch verstärkt zu haben. »Darf ich sie mal sehen?«

»Nein.«

»Hast du sie hier im Haus gefunden?«

»Nein.«

Lily seufzte genervt auf. Sie war mit ihrer Geduld am Ende. »James Dennis Harrison«, sagte sie gereizt. »Rück jetzt endlich damit raus, wo du diese verdammte Halskette gefunden hast, sonst schnappe ich sie mir. Und glaub nicht, dass ich das nicht kann.«

Jaden zuckte zusammen, als er seinen offiziellen Namen hörte. Er bereute zutiefst, ihn ihr in einer schwachen Stunde verraten zu haben. Diesen Namen hatte er zusammen mit seinem alten Leben hinter sich gelassen. Er hatte ihn nie gemocht, hatte ihn immer langweilig gefunden.

»Ich kann mich nicht mehr erinnern, wo ich sie gefunden habe«, erwiderte er mürrisch. »Vermutlich irgendwo *am Boden*.« Als Lily eine Augenbraue hochzog, zuckte er automatisch gleich wieder zusammen, wie ein Kind, das man bei einem Streich ertappt hat. Lily klopfte mit ihren langen Fingernägeln auf die Sofalehne und wartete schweigend. Jaden schämte sich, dass er sich so schnell weich kochen ließ.

»Ach, was soll's … Ich habe gestern Abend einer Frau aus der Klemme geholfen. Die Kette hier hat sie verloren, also habe ich sie mitgenommen. Zufrieden?«

Ihr wissendes Lächeln war fast noch schlimmer als ihr Bohren.

»Oh«, sagte sie. »*Deshalb* brütest du also vor dich hin. Dann lass dich nicht weiter stören.« Sie stand auf. Damit hatte er nun gar nicht gerechnet. Er war darauf gefasst gewesen, dass sie ihn noch ein bisschen länger ausfragen würde. So blöd ihm das auch vorkam – er wollte plötzlich gar nicht mehr in Ruhe gelassen werden.

»Was willst du damit sagen?«, fragte er verwirrt. »Könntest du mir das vielleicht noch erklären, bevor du davonrauschst? Ich weiß nämlich wirklich nicht, was daran so besonders sein soll.«

Lily verdrehte die Augen, stemmte die Hand in die Hüfte und sah ihn an wie ein genervter Teenager. »Jaden. Soweit ich weiß, hast du sonst nicht die Gewohnheit, Menschen zu helfen. Du rettest also diese Frau, sie verliert ihre Halskette, und ich finde dich hier, wie du dahockst und grübelst … glaubst du etwa, diese seltsame Stimmung kenne ich nicht?«

Er öffnete den Mund, um ihr eine schlagfertige Antwort zu geben, brachte allerdings nur ein verdrossenes »Schon, aber …« heraus.

»Ach, da seid ihr ja. Ich habe euch beide schon gesucht.«

Jaden warf einen Blick auf Ty MacGillivrays hoch aufgeschossene Gestalt und unterdrückte mühsam ein Stöhnen. Er hatte die Einsamkeit gesucht, und jetzt waren sie fast schon genügend Leute für eine Party. Falls er wirklich noch länger in Tipton bleiben sollte, musste er sich unbedingt eine eigene Wohnung besorgen.

Ty schien es dagegen zu genießen, in Gesellschaft zu sein. Seit er mit Lily zusammen war, war er lange nicht mehr so eigenbrötlerisch und humorlos wie in all den Jahren davor, in denen er immer um sein Überleben gekämpft und versucht hatte, sich für die Königin der Ptolemy so unentbehrlich wie möglich zu machen. Seine Energie war ungebrochen, aber Lily hatte ein sanfteres Wesen aus ihm gemacht. Dass Ty so humorvoll und witzig sein konnte, erstaunte Jaden immer wieder aufs Neue.

»Ich störe euch doch hoffentlich nicht bei einem geheimen Rendezvous?«, fragte er.

Lily lächelte ihn zärtlich an. »Doch, das tust du.« Sie stand auf, trat auf ihn zu und schlang ihm die Arme um die Taille. »Verschwinde, du zerstörst die Stimmung.«

Jaden beobachtete die beiden. Sie passten gut zusammen. So etwas hatte er nie gehabt, auch nichts annähernd Vergleichbares, und das nach zweihundert Jahren auf dieser Welt. Teilweise lag das natürlich daran, dass er ein Cait Sith war – weibliche Vampire rissen sich nicht gerade um Ptolemy-Sklaven –, aber teilweise lag es auch an ihm selbst. Noch nie hatte er eine Frau derart begehrt, nie eine kennengelernt, von der er nicht lassen konnte.

Bis zu jener Nacht in Rogans Haus. Aber das konnte doch unmöglich das Gleiche sein …

»Ach herrje, du bist am Grübeln«, sagte Ty, als er seine Aufmerksamkeit schließlich auf Jaden richtete. Sein melodischer schottischer Singsang und das lange gerollte R, mit dem er das letzte Wort dehnte, ließen Jaden ernsthaft erwägen, fluchtartig das Zimmer zu verlassen. Sollten Ty und Lily sich doch auf dem hässlichen Sofa lieben – oder was immer sie taten, wenn sie allein waren.

Eigentlich glaubte er ziemlich sicher zu wissen, was sie taten, wenn sie allein waren, aber das heiterte ihn auch nicht unbedingt auf.

Jaden wollte gerade eine abfällige Bemerkung machen, aber Lily kam ihm zuvor.

»Das haben wir bereits geklärt. Jaden grübelt nicht. Jaden denkt. Und da ich ihm bereits gesagt habe, dass ich ihn in Ruhe weiterdenken lasse, gehe ich jetzt und erledige ein paar Anrufe. Wenn wir demnächst beim Rat eine Petition für ein eigenes Territorium einreichen wollen, müssen wir uns noch ein bisschen besser organisieren.« Sie zog die Nase kraus. »Wenn die Dracul nicht wären, müsste ich glatt die Shades um Hilfe bitten. Das würde einen prima Eindruck machen … wobei das vermutlich zu diesem Zeitpunkt auch schon egal ist.«

»Damien könnte das bestimmt für dich einfädeln«, sagte Jaden grinsend. Sein Blutsbruder hatte sich dem Schicksal als Ptolemy-Sklave entzogen, indem er im berüchtigten Haus der Schatten Karriere als Dieb und Mörder gemacht hatte.

»Er kann gut mit dem Meister der Shades. Und sie wissen alles Mögliche über die Blaublute, die du gegen sie verwenden könntest.«

»Mit Erpressung habe ich nichts am Hut«, erwiderte Lily. »Und ich habe keine Lust, unseren Blutnachschub auf Gift hin untersuchen lassen zu müssen. Wie auch immer, die Pflicht ruft. Bis später.« Sie gab Ty einen flüchtigen Kuss, winkte Jaden zum Abschied und machte sich auf den Weg nach unten zu ihrem Büro.

Ty sah ihr hinterher, und sein Blick sprach Bände.

»Sie ist müde«, sagte er leise. »Verdammte Arsinöe. Dass Lily ihr das Leben gerettet hat, reicht ihr nicht. Sie muss trotzdem noch beweisen, dass ihre Dynastie die einzige von Bedeutung ist.«

»Das wird sich schon noch klären«, entgegnete Jaden. »So oder so. Das wissen wir doch beide.«

Ty nickte, dann richtete er den Blick wieder auf Jaden. Jaden fiel auf, dass Lily nicht die Einzige war, die müde aussah. Dass er sich hier aufhielt, trug noch zusätzlich zu ihren Sorgen bei. Sie hatten auch so schon genügend um die Ohren, auch ohne jemanden, der ganz oben auf Arsinöes Liste der meistgesuchten Vampire stand.

Vielleicht war es das Beste, die Stadt eine Zeit lang zu verlassen.

»Also, wem sollen wir denn nun die Hammelbeine lang ziehen?«, fragte Ty, der sich ein wenig zu entspannen schien.

Jaden verdrehte die Augen und kicherte.

»Niemandem. Aber du und deine Frau, ihr seid so erpicht darauf, dass ich mir wahrscheinlich was aus den Fingern saugen sollte, damit ihr losstürzen und meine Ehre verteidigen könnt.«

Mit Ty zu reden, war für Jaden deutlich einfacher, denn Ty war für ihn fast wie ein Bruder. Ty hatte ihn in seinen Anfangszeiten bei den Ptolemy unter seine Fittiche genommen. Er würde die Schwierigkeiten verstehen, die diese Situation mit sich brachte, im Gegensatz zu Lily, für die in der Vampirwelt noch alles neu war. Zwischen den Rassen der Nacht gab es tiefe Gräben. Ihm tat es fast leid, dass Lily das alles würde lernen müssen, um einen Weg durch dieses Minenfeld zu finden. Schon jetzt lagen viel zu viele Fallstricke auf ihrem Weg. Vielleicht war es besser, wenn sie nicht erfuhr, woher die Halskette stammte. Das würde ihr nur zusätzliche Sorgen bereiten, und das war das Letzte, was Jaden wollte.

Lily und Ty waren seine Familie, das wurde Jaden immer klarer. Er hatte vergessen, was für ein Segen – und gleichzeitig Fluch – Familie bedeuten konnte.

Jaden richtete den Blick wieder auf Ty, sah, wie ernst dieser ihn musterte, und beschloss, sich nicht länger zu zieren. »Wenn ich dir erzähle, was los ist, lässt du mich dann in Frieden?«

»Wahrscheinlich nicht.«

Jaden versuchte gar nicht erst, sein Lächeln zu unterdrücken, obwohl es bestimmt so müde wirkte, wie er sich die letzten beiden Nächte gefühlt hatte. »Wenigstens bist du ehrlich. Also gut. Als ich gestern Nacht unterwegs war, bin ich einer Frau begegnet, die gerade … Schwierigkeiten mit einem Mann hatte, mit dem sie nichts zu tun haben wollte. Ich habe mich des Problems angenommen, aber sie war, sagen wir es mal so, nicht gerade dankbar. Sie ist so schnell wie möglich abgehauen und hat dabei ganz vergessen, dass der blöde Kerl ihre Halskette auf den Boden geworfen hatte. Deshalb habe ich sie jetzt.«

Ty streckte die Hand vor. »Hm. Schauen wir sie doch mal an.«

Widerwillig händigte Jaden ihm die Kette mit der Scheibe aus. Ob Ty sie wohl wiedererkennen würde? Sein Freund betrachtete die Scheibe genau und drehte sie dann um.

»Ganz schön alt. Auf jeden Fall älter als ich, und vermutlich ziemlich wertvoll. Nichts, was man tagtäglich trägt. Das weißt du natürlich alles schon.« Er schaute Jaden fragend an. »Mondstein, das sehe ich doch richtig?«

»Ja. Und aus gutem Grund.«

Jaden war erleichtert. Er hatte sich Sorgen gemacht, was passieren würde, wenn er die Herkunft der Frau enthüllte. Doch Ty war zwar ein gefährlicher Mann, aber er hatte keine Vorurteile, nicht mal bei so etwas. Er schien eher verblüfft zu sein.

»Du hast also gemeint, du müsstest einer Werwölfin helfen?«

Jaden nickte. »Mein Motiv war allerdings nicht sehr ehrenwert.«

»Dann brauchst du dich nicht zu wundern, dass sie nicht begeistert war. Brutales Volk, selbst die Frauen. Erstaunlich, dass sie dem Werwolf nicht selbst die Kehle durchgebissen hat. Ich will dich jetzt nicht löchern, was du dir dabei gedacht hast, aber … was zum Teufel wollte sie eigentlich hier? Hier gibt es doch weit und breit kein Wolfsrudel.«

Ty gab Jaden die Kette zurück, und Jaden schämte sich fast für seine Erleichterung, sie wieder in der Hand zu halten. Das Metall wurde auf seiner Handfläche rasch warm. Die Vorstellung, dass die Kette vermutlich längere Zeit auf Lyras Haut gelegen hatte, faszinierte ihn. Wenn er sie in der Hand hielt, hatte er das Gefühl, ihr nah zu sein – so nah, wie er ihr wohl niemals kommen würde. Lyra war so warm … und er so kalt …

»Dass sie nicht in der Stimmung war zu reden, kannst du dir ja sicher vorstellen. Ich glaube, es war ihr peinlich, dass sie mit ihrem Bewunderer nicht selbst fertiggeworden ist.« Jaden schwieg einen Moment, weil er erst überlegen musste, ob er auch den Rest der Geschichte preisgeben sollte. Aber jetzt war es auch schon egal, und Ty würde es bestimmt für sich behalten. »Ich kannte sie«, fuhr er fort. »Sie war damals bei Rogan, als wir beide dort mit Lily untergeschlüpft waren.«

Ty ließ sich auf der Sofalehne nieder und runzelte die Stirn. »Die hübsche Wölfin? Die, die du vom ersten Moment an nicht ausstehen konntest?« Zu Jadens Überraschung fing Ty an zu lachen. »Kein Wunder, dass sie wütend war. Da hast du ja noch zusätzlich Öl ins Feuer gegossen. Du hast wirklich einen seltsamen Sinn für Humor, Bruder. Wenigstens verstehe ich jetzt, wieso du ihr geholfen hast. Obwohl es hier in der Gegend doch irgendwo bessere Unterhaltung für dich geben sollte.«

Jaden rang sich ein Kichern ab. Er war sich nicht sicher, ob er wirklich froh war, dass sein Geheimnis noch immer wohlbehütet war. Er hätte sich gewünscht, mit jemandem reden zu können, der schon mal eine ähnliche Erfahrung gemacht hatte. Aber er konnte doch nicht einfach irgendwelche Vampire anhauen und sie fragen, ob sie jemals den Wunsch gehabt hatten, sich nackt mit einer Werwölfin herumzuwälzen.

Man hatte ihm schon für geringere Vergehen eine Abreibung verpasst. Aber das hier – da würde er Kopf und Körper in entgegengesetzten Landesteilen zusammensuchen können.

»Trotzdem frage ich mich, was sie hier wollte. Vielleicht weiß ihr Rudel gar nicht, dass die Lilim sich hier niedergelassen haben, zumindest vorläufig. Andererseits könnte sie immer noch auf der Flucht sein … vor dem, wovor sie sich bei Rogan versteckt hatte, was immer das war.«

Jaden nickte. »Es sah ganz danach aus, als wäre sie aus eigenem Antrieb hier. Die Probleme, deretwegen sie sich letzten Oktober in dem Sicheren Vampirhaus versteckt hat, scheinen noch immer nicht gelöst zu sein. Sie wütend zu machen, war ein netter Nebeneffekt, aber eins kannst du mir glauben: Wenn Lyra nicht in Gefahr gewesen wäre, mehr als ihren Stolz zu verlieren, hätte ich mich niemals eingemischt.«

»Lyra«, murmelte Ty. »Stimmt, ich erinnere mich, dass Rogan sie so genannt hat. Und er war ziemlich genervt, weil du so fies zu ihr warst. Hat er nicht gesagt, sie sei die Tochter eines Alphatiers? Und dass sie vermutlich Anführerin ihres Rudels würde? Wobei ich mir das nicht vorstellen kann. Die Wölfe haben es nicht mit weiblichen Alphatieren, und auch sonst haben ihre Frauen nicht viel zu sagen.« Er wandte den Kopf in die Richtung, in die Lily verschwunden war. »Dieser Haufen haariger Wilder weiß gar nicht, was er da verpasst. Dass es in diesem Land Gegenden gibt, wo sie damit gar nicht auffallen, sollte uns wirklich Angst machen – schließlich ist ihre Haltung auch dann keine andere, wenn sie in ihrer menschlichen Gestalt stecken.«

»Irgendwo haben sie immer einen Ort zum Leben gefunden«, entgegnete Jaden und zuckte mit den Schultern. »Genau wie wir. Und ich stimme dir zu: Ich habe auch keine Lust, einem Wolfsrudel über den Weg zu laufen. Wenn das, was Lyra gestern Nacht passiert ist, typisch ist, dann sind sie immer noch genauso hinterwäldlerisch wie eh und je. Trotzdem habe ich ein schlechtes Gefühl, wenn ich das hier einfach behalte. Ich glaube durchaus, dass sie die Tochter eines Alphatiers ist. Das schien auch der Grund zu sein, warum dieser haarige Widerling was von ihr wollte. Aber das hier ist bestimmt etwas, was ihrer Familie wichtig ist. Wenn ich mir vorstelle, dass sie vielleicht Ärger bekommt, weil sie es verloren hat, dann scheint es einfach …« Einen Moment lang starrte er mit gerunzelter Stirn auf die Halskette hinunter. »Ich weiß auch nicht. Vielleicht kann ich sie ihr schicken.«

Aber das war nicht das, was er wollte. Er wollte Lyra wiedersehen. Alles, was er über Werwölfe dachte, alles, was man ihm über sie erzählt hatte, passte einfach nicht zu der starken, selbstbewussten Schönheit, die er gegen ihren Willen gerettet hatte. Außerdem war die Erinnerung daran noch frisch, dass man ihn selbst ebenfalls zweihundert Jahre lang für einen Wilden gehalten hatte, und alles nur wegen seiner Herkunft. Werwölfe und Vampire – das war natürlich, als wolle man Äpfel mit Birnen vergleichen. Die Parallelen ließen sich trotzdem nicht leugnen. Und er konnte nicht vergessen, wie weich sich ihr Körper angefühlt hatte, in diesem einen verletzlichen Moment, als er sie beinahe schon geschmeckt hatte.

Es dauerte einen Moment, bis ihm auffiel, dass Ty ihn mit seltsamem Gesichtsausdruck ansah.

»Ist wirklich alles in Ordnung? Oder geht es da noch um etwas anderes?«

»Was sollte da sonst noch sein?«, entgegnete Jaden, ein wenig barscher, als er das sonst getan hätte. Er steckte die Kette in die Gesäßtasche seiner Jeans, in der Hoffnung, dass er sich ein bisschen besser fühlen würde, sobald er sie nicht mehr vor Augen hatte.

»Ich weiß nicht. Mir kommt es nur irgendwie komisch vor, dass dich das so mitnimmt.«

Jaden überlegte fieberhaft, was er darauf antworten sollte, und schließlich fiel ihm etwas ein, das sogar der Wahrheit entsprach. »Man hat mich ausgepeitscht, und zwar nur deshalb, weil ich ein Cait Sith bin, Ty.« Die Narben bedeckten seinen gesamten Rücken. »Diese Narben werde ich mein ganzes Leben lang haben. Ich möchte mir nicht vorstellen müssen, dass Lyra Black ähnlich oder vielleicht sogar schlimmer bestraft wird, nur weil sie etwas verloren hat, während sie auf gemeinste Art und Weise bedroht wurde. Du kannst dir doch sicher denken, wie ihr Vater reagieren wird.«

Ty verzog angewidert den Mund. Oh ja, er erinnerte sich gut. Jaden und er hatten einmal einen Alphawerwolf zur Strecke gebracht, weil Arsinöe es satt gehabt hatte, dass sein Rudel ständig in ihr Territorium eindrang. Das Leittier der Nine Trees war sowohl in seiner tierischen als auch in seiner menschlichen Gestalt eine wilde Bestie gewesen, ein sabbernder Hüne mit mehreren unglücklichen Ehefrauen und – wenn die Gerüchte stimmten – einem Hang zu Menschenfleisch. Die trüben Augen der Frauen des Rudels hatte Jaden nie mehr vergessen können.

Lyras Augen dagegen waren voller Feuer gewesen. Aber das musste nichts zu sagen haben. Sie schien insgesamt eher jemand zu sein, der sich nicht leicht unterkriegen ließ.

»Also gut«, sagte Ty und klopfte Jaden freundschaftlich auf die Schulter. »Wenn du dir solche Sorgen um sie machst, Jaden, dann liefere die Kette persönlich ab. Vermutlich wird sie dir ja ins Gesicht spucken, selbst wenn der Typ ihr zwei blaue Augen verpasst hat. Sie kann nicht raus aus ihrer Haut, genauso wenig wie ihr Rudel. Geh trotzdem. Ich sehe doch, dass du vorher keine Ruhe findest, und du bist uns keine große Hilfe, wenn du so mies drauf bist.«

Jaden sah Ty fragend an, denn ihm war die Andeutung, die in dessen Worten lag, nicht entgangen.

»Gibt es denn irgendwas, wofür ihr meine Hilfe brauchen würdet?«, fragte er.

Ty rieb sich seufzend den Nacken. »Lily muss allmählich einen richtigen Hofstaat zusammenstellen und eine gute Wachmannschaft. Sie hat das immer wieder hinausgeschoben, aber wir können das hier nicht weiter wie eine Pension betreiben. Und so sehr sie auch möchte, dass die Lilim modern und offen sind – ein paar Dinge müssen einfach geklärt werden. Nicht nur, damit man sie ernst nimmt, sondern auch, um ihre Sicherheit zu garantieren. Vlad und ich bearbeiten sie schon länger, und allmählich freundet sie sich mit dem Gedanken an.«

»Wegen der Ptolemy?«, fragte Jaden, der spürte, wie seine Anspannung wuchs.

»Zum einen das, zum anderen hat Damien sie wissen lassen, dass eine Reihe Blaublute beim Haus der Schatten Informationen über ihre Schwachstellen eingeholt hat. Und zum jetzigen Zeitpunkt hat sie davon mehr als genug.«

Jaden seufzte. Genau das hatte er befürchtet. Lily lernte schnell dazu, mit Tys und seiner Hilfe und der Unterstützung der Dracul. Aber die anderen Dynastien würden nach einem Ansatzpunkt suchen, die Rechtmäßigkeit dessen, was sie taten, infrage zu stellen. Blaublute machten in ihrer exklusiven kleinen Welt nicht gern Platz für andere.

»Wofür brauchst du mich?«, fragte Jaden. Hatte er wirklich geglaubt, er hätte jetzt seine Freiheit? Er hatte nur die eine Verantwortung gegen eine andere eingetauscht. Immerhin würde man ihn bei den Lilim nicht so schnell umbringen, wenn er Mist baute.

»Lily möchte, dass du mithilfst, die Wachen auszusuchen«, erwiderte Ty. »Wir beide sollen das machen. Mir wäre nicht wohl bei der Sache, wenn ich die Entscheidungen allein treffen müsste, und du kennst dich mit so was genauso gut aus wie ich. Vlad dagegen hat Erfahrung mit zuverlässigen Höflingen und kann ihr bei deren Auswahl helfen. Und … renn jetzt bitte nicht schreiend davon, aber ich glaube, sie hält dich für den idealen Chef der Wachen.«

Jaden zuckte zusammen. Er fühlte sich geschmeichelt, gleichzeitig erschreckte ihn der Gedanke. »Chef? Ist sie verrückt?«

»Wenn sie das ist, bin ich es auch. Ich habe ihr sofort zugestimmt, als sie das Thema anschnitt, zumal ich mir das selbst schon überlegt hatte. Du bist ein überdurchschnittlich guter Jäger und Kämpfer, und du verstehst dich drauf, andere zu unterrichten.«

»Könnte ich nicht ein fauler Höfling werden und einfach nur hier rumhocken?«

Ty warf ihm einen wissenden Blick zu. »Genau das tust du doch schon die ganze Zeit, und es geht dir alles andere als gut damit. Du brauchst eine Aufgabe, eine wie diese.«

»Ich … ich weiß nicht«, stammelte Jaden, den Tys deutliche Worte kalt erwischt hatten. Alles, was Ty gesagt hatte, stimmte, aber Jaden war sich nicht sicher, ob er jemals wieder so eng an eine Dynastie gebunden sein wollte. Selbst an eine, die er respektierte. Hinzu kam, dass ihn der Gedanke entmutigte, zu einem Zeitpunkt für Lilys Schutz verantwortlich zu sein, an dem gerade alle ihre langen Messer wetzten. Dennoch – direkt ablehnen konnte er das Angebot auch nicht.

Ty schien seine Unentschlossenheit zu verstehen.

»Du musst dich nicht sofort entscheiden. Ich habe dir schon mal davon erzählt, damit du es dir in Ruhe überlegen kannst, während du weg bist.«

Jaden runzelte die Stirn. »Während ich weg bin?«

Ty nickte. »Das mit der Wache hat noch ein paar Tage Zeit. Geh und liefere die Halskette ab und befriedige deine Neugier auf diese Frau. Und wenn du dann wieder zu Hause bist, sagst du mir, was du tun willst.«

»Ich bin nicht neugierig –«

»Nein, ganz und gar nicht.« Ty schnaubte. »Aber aus irgendeinem Grund musst du sie dir anschauen, diese Lyra Black, und dann wirst du merken, dass sie eine typische Werwölfin aus einem typischen Rudel ist. Danach wirst du mich regelrecht anflehen, die drei hübschen Cait Sith kennenlernen zu dürfen, die gerade in der Stadt eingetroffen sind. Also los, hau ab. Die Blacks haben schon immer das Rudel der Thorn angeführt. Ich kann dir sagen, wie du hinkommst.«

»Danke«, war alles, was Jaden herausbrachte. Aber sein sonst so langsam schlagendes Herz raste jetzt in einem Tempo, das fast schon menschlich war. Er würde Lyra wiedersehen. Und dann würde er vielleicht – hoffentlich – herausfinden können, warum er seit Monaten an nichts anderes als an sie denken konnte.

»Ich breche morgen Abend auf.«

»Gute Idee. Dann kannst du die restliche Nacht damit verbringen, dir eine Strategie zu überlegen, wie du sie treffen kannst, ohne dass der Rest des Rudels dich in Stücke reißt. Du hast gar nicht gefragt, woher ich weiß, wo sie sich aufhalten. Ich hatte letztes Jahr einen unangenehmen Zusammenstoß mit den Thorn. Ein Tipp: Vermeide möglichst, in Katzengestalt aufzutreten. Diese Wilden machen gern Beute, egal ob in ihrer menschlichen oder in ihrer tierischen Gestalt.«

»Verstanden«, erwiderte Jaden, der sich gerade fragte, ob es wirklich so klug war, als einzelner Vampir das Territorium des Rudels zu betreten. Dennoch – Ty hatte recht. Jaden würde keine Ruhe finden, wenn er seinem Instinkt nicht folgte.

»Das will ich hoffen. Komm. Wir können Lilys Computer benutzen. Sie freut sich sicher über Gesellschaft.«

Jaden stand wortlos auf und folgte Ty. Er war dankbar, Freunde zu haben, die ihn sogar bei so etwas unterstützten, und er konnte nur hoffen, dass ihm seine Neugier diesmal nicht zum Verhängnis wurde.

5

Jaden hätte nicht sagen können, was genau er sich von Silver Falls, New York, erwartet hatte – jedenfalls nicht das, was er bisher von dem Ort gesehen hatte. Er war eher auf ein typisches Hinterwäldlerkaff am Ende der Welt gefasst gewesen, voller verrosteter, aufgebockter Pick-ups, Wohnwagen mit Rädern auf dem Dach und gelegentlich einem trübsinnig blickenden Nutztier in dem ein oder anderen Vorgarten. Stattdessen war er durch eine entzückende Innenstadt gekommen und fuhr jetzt durch Straßen, an denen überwiegend gut gepflegte Häuser standen, von viktorianischen bis hin zu modernen Gebäuden. Nirgendwo zeigten irgendwelche Lokalpatrioten ihm und seiner Corvette den Stinkefinger, und es waren auch keine kaum menschlichen Werwölfe unterwegs, um Eindringlingen wie ihm hinterherzuspüren. Das Beste aber war, dass er bisher noch keinen Wolfsgeruch wahrgenommen hatte.

Vielleicht war das Rudel kleiner, als Ty angenommen hatte, überlegte Jaden sich gerade, als sein GPS ihn in Lyras Straße dirigierte. Vielleicht existierte nur noch eine Handvoll räudiger Einzeltiere, die sich zusammengeschlossen hatten und verzweifelt an dem Einzigen festhielten, was für sie noch von Wert war. Zumindest hatte er noch nie von Werwölfen gehört, die in einer solch schönen Umgebung lebten. Silver Falls war nicht allzu weit von Syracuse entfernt, es lag ziemlich in der Mitte des Bundesstaats inmitten der Finger Lakes. Es war ein pittoreskes Städtchen, wie viele in dieser Gegend, eingebettet in eine herrliche Landschaft, die gerade aus einem weiteren langen Winter erwachte. Der Ort selbst lag abgeschieden, etwa fünfzehn Meilen von allen benachbarten Orten entfernt. Wenigstens das ergab Sinn.

Im Gegensatz zu dem heimeligen Haus mit der einladenden Veranda, vor dem er zum Stehen kam.

Hier sollte der Anführer des Thorn-Rudels leben, eines Rudels, das laut Ty für seine Wildheit bekannt war?

Jaden stellte den Motor ab und blieb einen Moment still sitzen. Er musste erst mal verarbeiten, dass nicht nur das Haus in bestem Zustand war, sondern auch der Garten. Dass Lyra gern im Garten arbeitete, konnte er sich beim besten Willen nicht vorstellen. Vielleicht ihre Mutter? Was das wohl für eine Frau war, die ein wildes Ding wie Lyra in die Welt gesetzt hatte? Nun, das würde er vermutlich gleich herausfinden – wenn ihn nicht der Mut verließ.

»Verdammt. Ich werde mit einem ganzen Rudel fertig, wenn es sein muss«, grummelte er. Es nervte ihn, dass er aufgeregt war wie ein bemitleidenswerter Teenager. So etwas hatte er seit über zweihundert Jahren nicht mehr erlebt, und er hatte nicht die geringste Lust, noch mal in seine Pubertät zurückzukehren. Jaden riss den Schlüssel aus dem Zündschloss und stieg aus.

Sofort wurde ihm sein Fehler klar, aber jetzt war es zu spät. Er konnte nur dastehen und verzweifelt versuchen, nicht den Verstand zu verlieren.

Es roch überall intensiv nach Werwolf.

Jaden wusste nicht, wie ihm das hatte entgehen können. Vielleicht hatte er die Klimaanlage auf Umluft eingestellt. Eigentlich hätte er schon vor einiger Zeit ein Fenster öffnen müssen, um sich langsam an den Geruch zu gewöhnen, denn so bedeutete er einen Schock für seinen Kreislauf. Die Luft, die er einatmete, die Brise, die durch sein Haar fuhr, alles roch nach

Wolf. Und die Katze in ihm wollte – nein, verlangte –, dass er zurück ins Auto hechtete und so schnell wie möglich die Stadt verließ. Nur mit Mühe konnte Jaden ein schmerzvolles Aufjaulen unterdrücken. Seine Muskeln waren wie gelähmt, und ihm brach der kalte Schweiß aus. Er bekam kaum Luft, und alle seine Sinne kreischten ihm zu, dass er vom Feind umzingelt sei.

Vielleicht wäre er davongelaufen, vielleicht hätte er gar nicht anders können – doch in dem Moment sah er Lyra durch eins der Fenster. Sie warf keinen Blick nach draußen, sondern trat, offensichtlich tief in Gedanken, ins Zimmer, bückte sich, hob etwas auf und verließ das Zimmer dann wieder.

Sofort war Jaden wieder völlig in ihrem Bann. Der Geruch, die Gefahr, das alles trat in den Hintergrund. Er fragte gar nicht erst, warum. Seine Gedanken galten nur noch Lyra, der Frau mit dem ungebändigt auf die Schultern herabfallenden Haar. Ihr Gesicht wirkte ernst und abweisend, als mache sie sich große Sorgen.

Vielleicht konnte er ihr wenigstens einen Teil dieser Sorgen abnehmen.

Jaden griff in seine Jackentasche, strich einmal kurz über die Halskette, als wäre sie ein Talisman, der ihm Glück bringen würde, holte tief Luft und ging die Stufen zur Eingangstür hinauf.

»Ihr passt doch perfekt zusammen. Simon, verdammt, sag es ihr!«

Lyra, die im Zimmer auf und ab getigert war, blieb stehen und starrte ihren Vater an, was ihm allerdings gar nicht auffiel. Er war zu sehr damit beschäftigt, Simon anzuflehen, er möge sie heiraten. Eigentlich hätte sie sich schämen müssen, aber Simon schaute bereits beschämt genug für zwei.

»Ich höre sehr gut, was du sagst, besten Dank auch«, konnte Lyra sich schließlich nicht mehr verkneifen. »Ich werde nicht heiraten. Nicht jetzt, vielleicht sogar nie.« Bei diesen Worten warf sie ihrem Freund einen warnenden Blick zu. Simon Dale saß steif auf dem Sofa und sah aus, als wäre er am liebsten ganz weit weg. Seit ihrer Kindheit war er ihr bester Freund, und wenn ihr Vater ihm nur genügend Druck machte, würde er nachgeben und versuchen, so etwas wie ein Werben um sie zustande zu bringen. Von diesem Teil seines Lebens hatte sie sich immer ferngehalten, aber sie hatte durchaus das eine oder andere mitbekommen. Was sie gesehen hatte, ließ nichts Gutes ahnen. Was manche Mädchen linkisch, aber charmant fanden, fand Lyra meistens nur linkisch, und Simon war das Paradebeispiel dafür: nett … aber unbedarft. Und verdammt, er fing schon an einzuknicken.

Meine Güte, hatte sie die Nase voll von diesen anmaßenden Männern!

Simon fuhr sich mit der Hand durch sein eh schon zerzaustes schokoladenbraunes Haar und sah sie aus seinen großen, gefühlvollen grün-braunen Augen an. Als Freunde hatten sie sich immer bestens ergänzt: Er blieb ruhig, wenn mit ihr ihr Temperament durchging; er war nachdenklich, wenn sie unüberlegt drauflosstürzte. Dennoch waren sie bereits vor langer Zeit zu dem Ergebnis gekommen, dass sie gute Freunde waren, aber eben nicht mehr.

Am liebsten hätte sie sich die Ohren zugehalten.

»Schau, Lyra«, sagte Simon. »Er hat ja recht. Es muss nicht irgendein Fremder sein. Hier gibt es genügend Männer, die dich nur zu gern beschützen würden, und Eric hat die Prüfung schließlich noch nicht in der Tasche.«

»Hm«, war alles, was Lyra sagte, bevor sie sich umwandte und ihre Wanderung durchs Zimmer wieder aufnahm. Sie hoffte inständig, dass Simon nicht weiterreden würde. Doch wie immer konnte er nicht aufhören. Wenn Simon etwas zu sagen hatte, war er nicht zu bremsen.

»Vielleicht sollten wir zumindest mal darüber nachdenken. Freunde sind wir doch schon. Es könnte klappen.«

»Natürlich würde es klappen!«, rief ihr Vater glücklich. »Das Problem ist gelöst!«

Lyra blieb stehen, legte den Kopf in den Nacken und wünschte sich, sie hätte die Geduld, die ihr zurzeit völlig abging. »Simon«, erwiderte sie, wobei sie versuchte, nicht so frustriert zu klingen, wie sie sich fühlte. »Muss ich dich wirklich daran erinnern, dass wir uns auf *der* Ebene nicht sonderlich mögen? Als Paar würden wir uns gegenseitig ziemlich unglücklich machen, das kannst du mir glauben.«

Sein Gesichtsausdruck verriet ihr, dass es ihr gelungen war, ihn zu kränken, obwohl sie bloß die Wahrheit gesagt hatte. Lyra seufzte entnervt auf. Sie verstand nicht, warum ausgerechnet er plötzlich so empfindlich war. Das war ja wie im Mittelalter.

»Was ist los?«, fragte sie. »Willst du etwa behaupten, ich hätte unrecht?«

»Nein. Aber du hättest ruhig noch ein bisschen länger mit meinen Gefühlen spielen können, bevor du mich abschießt. Da werde ich zur Pizza eingeladen, und was kriege ich stattdessen? Einen Schlag ins Gesicht.« Seine Grübchen vertieften sich, doch gleich wurde sein Gesichtsausdruck wieder ernst. Er zögerte einen Moment, dann warf er Dorien einen Blick zu, als wünsche er sich, der Mann würde das Zimmer verlassen. Da das allerdings kaum passieren würde, murmelte er nur: »Trotzdem ist es nicht die schlechteste Idee. Ich könnte mit Eric fertigwerden – vor allem, wenn mir dein Vater vorher hilft. Wenn ich mit dir zusammen wäre, könnte er mich rückhaltlos unterstützen. Und Freundschaft ist doch gar nicht so übel für den Anfang …«

Lyra sah ihn mit einer Mischung aus Zuneigung und Verzweiflung an. Richtig goldig, wie sehr ihn die ganze Situation mitnahm. Wie schon oft zuvor wünschte sie sich, sie könne in Simon mehr als nur einen Freund sehen. Das hätte das Leben um einiges leichter gemacht. Außerdem wusste sie nur zu gut, dass Simon – wenn er durch die Heirat mit ihr zum Alphatier geworden wäre – sie gern im Hintergrund die Fäden hätte ziehen lassen. Aber das nötige Gefühl war einfach nicht vorhanden.

Dazu kam, dass sie Simon zwar für einen guten Kämpfer hielt, aber auch für jemanden, der keine miesen Tricks anwandte – im Gegensatz zu Eric. Was bedeutete, dass Simon verlieren würde.

»Nein«, sagte Lyra entschlossen und schüttelte den Kopf. »Auf gar keinen Fall. Ich schaffe das selbst. Die Prüfung ist doch kein Kampf auf Leben und Tod, oder? Es geht um Schnelligkeit, Beweglichkeit, List –«

»Und um wüste Schlägereien ohne Rücksicht auf Verluste«, ergänzte Simon leise. Lyra beschloss, ihn nicht länger zu beachten.

»Was ich brauche, ist ein Monat Intensivtraining mit euch beiden. Alle Techniken, alle üblen Tricks. Ich will alles wissen und üben. Wir trainieren so lange, bis ich weiß, wie ich mit den großen Jungs fertigwerde.«

Ihr Vater und Simon sahen sich an, und Dorien öffnete den Mund, um etwas zu sagen. Mit Sicherheit etwas, das ihr nicht gefallen würde. Vermutlich weitere Ausflüchte. Sie war eine Frau, sie würde das nicht verstehen, die anderen Kandidaten würden sich aufregen, blablabla. »Sag mir nicht …«, versuchte sie ihm zuvorzukommen.

Dass es plötzlich an der Tür klopfte, brachte sie aus dem Konzept. Sie drehte den Kopf in die Richtung, aus der das

Geräusch gekommen war, genau wie die beiden Männer. Einen Moment lang rührte sich keiner der drei Werwölfe. Lyra warf rasch einen Blick auf die Uhr. Kurz nach acht, der Mond war gerade erst aufgegangen, da rechnete man noch nicht mit Besuchern. Die meisten Mitglieder des Rudels brauchten eine geschlagene Woche, um sich vom Vollmondfest zu erholen, und bei dem letzten war es so wild zugegangen wie eh und je. Wilder noch, denn ihre Ankündigung, auf jeden Fall bei der Prüfung anzutreten, hatte für große Aufregung gesorgt.

Wieder klopfte es. Als die beiden anderen sich nicht rührten, verdrehte Lyra die Augen und grummelte: »Okay, ich gehe ja schon. Vielleicht will mich da noch einer vor meiner eigenen bodenlosen Dummheit retten.«

Während sie den Flur entlangging, fragte sie sich besorgt, wer da wohl vor der Tür stehen mochte. Vermutlich kein weiterer Verehrer, eher schon – nachdem inzwischen eine ganze Woche vergangen war und sie bezüglich der Prüfung noch immer keine Einsicht gezeigt hatte – ein älteres Rudelmitglied, das ähnlich weise Reden schwingen wollte wie ihr Vater. *»Such dir einen starken Partner, der für dich kämpft, setz diesem Schwachsinn ein Ende … ach und übrigens, erinnerst du dich noch, dass meine Tochter in das Rudel der Black Tree eingeheiratet hat? Sie hat einen großartigen Jungen, ungefähr in deinem Alter …«*

Lyra machte sich gar nicht erst die Mühe, einen Blick durch das Seitenfenster zu werfen, nahm nur am Rande wahr, dass draußen eine einzelne menschliche Gestalt stand. Sie hatte bereits beschlossen, demjenigen – sollte ihre Vermutung zutreffen – die Tür vor der Nase zuzuschlagen.

Wütend riss sie die Tür auf, um ihrem neugierigen Besucher die Meinung zu sagen.

Als sie sah, wer da stand, fiel ihr die Kinnlade herunter. Sprachlos starrte sie ihn an.

Er war genau so, wie sie ihn in Erinnerung hatte. Schlank und blass und übernatürlich schön, und sein zerzaustes Haar sah aus, als müsse es sich wie Seide anfühlen. Seine Augen waren so unvorstellbar blau, dass sie den Farbton in ihrer Erinnerung immer wieder gedämpft hatte, weil es solch eine intensive Farbe schlichtweg nicht geben konnte.

Endlich gingen Lyra wieder Worte durch den Kopf, nur ergaben sie leider alle keinen Sinn. Jaden hier zu sehen, mitten im Werwolfgebiet, als wäre er einem ihrer fiebrigen Träume entsprungen, war ein bisschen zu viel für sie.

Dass Jaden genauso sprachlos zu sein schien wie sie, war nur ein schwacher Trost. Er hatte die Hände in den Taschen seiner Militärjacke vergraben, die er auch in jener Nacht getragen hatte, und stand regungslos da, als habe er Angst, bei der geringsten Bewegung könne sie ihn angreifen.

Im Moment war sie dazu nicht in der Verfassung.

»Hi«, sagte Jaden schließlich.

Nur dieses eine Wort, mit dieser sanften, sinnlichen Stimme, und nicht einen Augenblick wandte er den Blick ab. Man hätte beinahe glauben können, er wolle sie betören, nur dass das bei ihrer Rasse nicht funktionierte, wie er sehr wohl wusste. Was also bedeuteten diese weit aufgerissenen Augen, dieser hoffnungsvolle und zugleich ein wenig verängstigte Blick?

»Lyra? Wer ist da?«, rief ihr Vater, und das brachte sie unangenehm zurück in die Realität.

»Nichts. Ich bin gleich wieder da«, rief sie zurück. Sie konnte nur hoffen, dass Simon und ihrem Vater nicht auffiel, wie seltsam ihre Stimme klang. Sie holte tief Luft, wobei ihr ein Hauch von Jadens Rasierwasser in die Nase drang. Meine Güte, roch er gut! Warum musste er bloß so gut riechen? Sie musste ihn sofort loswerden, bevor irgendetwas Schreckliches passierte. Sie hatte schon genug um die Ohren, auch ohne ihr Rudel davon abbringen zu müssen, einen verirrten Katzenvampir in Stücke zu reißen.

Sie beugte sich nahe zu ihm, um nicht so laut reden zu müssen, wünschte sich aber gleich, sie hätte das nicht getan. Die Erinnerung daran, wie er sie an sich gepresst hatte, war noch zu frisch und hatte sie dauernd verfolgt, im Schlaf, aber auch sonst, wenn ihre Gedanken ungewollt auf Wanderschaft gingen.

Sie gab sich einen Ruck. Das hier war zu wichtig, um darüber den Kopf zu verlieren. Und sie würde sich doch nicht wegen eines Vampirs lächerlich machen.

»Was willst du hier?«, zischte sie. »Hast du den Verstand verloren? Die anderen Wölfe bringen dich um, sobald sie dich riechen.«

Kaum zu glauben, aber Jaden zuckte nur mit den Schultern. »Ich kann schon auf mich aufpassen. Ich wollte dir was bringen.«

Er zog eine Scheibe an einer langen Kette aus der Tasche, die Lyra sofort wiedererkannte. Sie schnappte nach Luft, weil sie ihr Glück kaum fassen konnte. Ihr Vater hatte vor lauter Aufregung noch gar nicht bemerkt, dass sie die Kette nicht mehr trug. Jetzt brauchte er gar nicht erst zu erfahren, dass sie sie verloren hatte. Und das alles nur, weil Jaden beschlossen hatte, sie ihr zurückzubringen.

Trotz des weiten Wegs.

Jaden runzelte die Stirn, als er ihr die Kette hinhielt, und sah sie verständnislos an.

»Du bist extra gekommen, um mir die Kette zurückzubringen?«, fragte sie. »Wieso?« Die Sache musste einen Haken haben. Nur dass sie sich überhaupt nicht vorstellen konnte, was ein Vampir von ihr wollen könnte, außer sie beleidigen. Lyra war irgendwie aus dem Konzept gebracht, genau wie in der Nacht, als Jaden sie vor Mark gerettet hatte. Warum er das getan hatte, überstieg ebenfalls ihren Horizont – abgesehen mal davon, dass es ihm vermutlich Spaß gemacht hatte, sie auf die Palme zu bringen.

Es sei denn, Jaden wäre einfach irgendwie ... nett. Aber diese Möglichkeit wollte sie lieber gar nicht erst in Erwägung ziehen. Außerdem wusste man bei Vampiren sowieso nie, woran man war.

»Sie schien dir wichtig zu sein«, erwiderte Jaden leise und warf rasch einen Blick über ihre Schulter. Lyra fiel auf, dass ihr Vater und Simon verdächtig still waren. Sie wusste, es konnte nicht mehr lange dauern, bis sie ebenfalls zur Tür kamen. Das durfte nicht passieren.

»Jedenfalls hast du versucht, sie zu schützen, als dieser Typ – Mark, nicht wahr? – sie dir vom Hals gerissen hat. Also dachte ich mir, bringe ich sie ihr lieber zurück.«

Sie hätte seinen in beruhigendem, melodiösem britischen Dialekt gesprochenen Worten gern geglaubt. Aber sie war zu sehr daran gewöhnt, gebissen zu werden – im wörtlichen wie im übertragenen Sinn –, sobald sie nicht auf der Hut war.

»So einfach ist das nicht, und das weißt du genau«, sagte Lyra. Auch sie sprach leise, obwohl sie das Gefühl hatte, dass das auch nicht viel brachte. Wölfe konnten außerordentlich gut hören. Rasch griff sie nach der Halskette und spürte erleichtert, wie sich die Metallscheibe an ihre Handfläche schmiegte. Ihr fiel auf, dass Jaden ihre warme Hand mit seinen kalten Fingern ein wenig länger berührte, als notwendig gewesen wäre. Aber wie alles andere an diesem Vampir fand sie auch das unwiderstehlich.

»Wie hast du mich überhaupt gefunden?«, flüsterte sie. »Was willst du, Jaden?«

Zu ihrer Überraschung schien er nicht recht zu wissen, was er antworten sollte.

»Ich – «

Ein tierischer Knurrlaut schnitt ihm das Wort ab, und schon dröhnte die Stimme ihres Vaters durch den Flur.

»Was zum Teufel ist denn das? Weg von meiner Tochter, du mieser – «

Doriens Fluch wurde von Lyras überraschtem Aufschrei übertönt, als ein riesiger roter Wolf hinter ihr hervorgesprungen kam und sich auf Jaden stürzte. Sie wurde zur Seite gestoßen, aber noch rechtzeitig von ihrem Vater aufgefangen. Rasch machte sie sich frei. Sie drehte sich um, um ihn anzusehen. Ihr sank das Herz. Seine Augen funkelten mordlüstern.

»Ich weiß nicht, was dieser Blutsauger hier will und wieso er einfach in unsere Stadt spaziert, aber Simon wird ihm schon klarmachen, was passiert, wenn jemand in unser Territorium eindringt. Da«, knurrte er und deutete mit dem Kopf auf die Szene. »So kämpft man, Lyra. Gnadenlos.«

Auch Lyra wandte den Kopf jetzt in die Richtung des Dramas, das sich gerade im Vorgarten abspielte. Selbst wenn Jaden ein Vampir war – sie wollte nicht, dass er in Stücke gerissen wurde. Nur gut, dass es dunkel war und ihre Nachbarn ebenfalls zum Rudel gehörten. In einer normalen Stadt hätte es gleich Anrufe bei der Polizei und auch beim Tierschutz gehagelt.

Lyra hatte eigentlich erwartet, Simon mit einem von Jadens Gliedern im Maul und ein oder zwei weitere Glieder irgendwo auf dem Boden zu sehen. Stattdessen musste sie mit weit aufgerissenen Augen feststellen, wie sich Jaden, der der brutalen Kraft des Werwolfs durchaus gewachsen war, mit einigen anmutigen Bewegungen aus Simons Klauen wand. Sofort ging er zum Angriff über, bleckte die Zähne und hieb sie in Simons Fell. Simon brüllte wütend auf. Blut lief an beiden Seiten seines Körpers herunter, und auch seine Nase war aufgerissen. Lyra sah es kommen, dass er einen tödlichen Fehler machen würde.

Er ließ sich von seiner Wut überwältigen.

Und diese Wut ließ Simon unaufmerksam werden, wohingegen Jaden eher noch konzentrierter wirkte. Jedes Mal, wenn Simon auf ihn losging, wich er ihm geschickt aus. Ohne seinen Gegner aus den Augen zu lassen, wandte er sich an Dorien.

Lyra stellte fest, dass sich ihre Angst in Faszination verwandelt hatte. Dieser Mann war nicht einmal außer Atem.

»Sir, ich bin nur hierhergekommen, um Ihrer Tochter etwas zurückzubringen. Wenn das für Sie ein Problem darstellt, okay, aber deshalb habe ich es trotzdem nicht verdient, umgebracht zu werden. Ich bin allein hier.«

Dorien blickte noch nicht einmal zu seiner Tochter, um sich das bestätigen zu lassen. »Mir ist völlig egal, was du behauptest. Warum sollte ich einem Vampir glauben? Ihr habt uns aus euren Städten verbannt. Vielleicht wollt ihr euch jetzt auch noch die ländlichen Gegenden unter den Nagel reißen, aber das wird euch nicht gelingen. Wir werden dich in Einzelteilen zurückschicken. Damit dürfte sich das Problem dann erst mal erledigt haben.«

Jaden stöhnte entnervt auf, als befände er sich gerade in einer kontroversen politischen Diskussion und nicht in einem Kampf auf Leben und Tod. Wieder stürzte Simon sich auf Jaden. Jaden duckte sich weg und riss Simon die linke Flanke auf. Der Wolf brüllte los, doch diesmal mehr vor Schmerz als vor Wut. Lyra sah, dass er inzwischen heftig blutete. Werwölfe heilten schnell, aber nicht schnell genug für einen Kampf wie diesen. Simon würde Ruhe brauchen, Ruhe und Schlaf.

Aber wenn es so weiterging, würde er beides nicht bekommen.

Allmählich fürchtete sie nicht mehr, dass Jaden sterben könne, sondern eher, dass er Simon umbringen würde.

»Dad«, rief sie, als ihr klar wurde, dass Simon nicht vorhatte aufzugeben. »Er sagt die Wahrheit. Er hat mir Moms Halskette zurückgebracht. Ich … ich hatte sie neulich nachts verloren, und er hat sie mir zurückgebracht.« Ihr Vater drehte sich zu ihr um und starrte sie an, als wäre ihr ein zweiter Kopf gewachsen.

»Sag Simon, er soll aufhören«, schrie sie verzweifelt. »Verdammt, er wird noch sterben, dabei ist Jaden gar nicht zum Kämpfen hergekommen! Das ist alles mein Fehler, verstehst du? Sag ihm, er soll aufhören!«

Endlich war sie zu ihm durchgedrungen. Sie merkte es daran, wie er sie erst vorwurfsvoll, dann angewidert ansah. Ihr zog sich der Magen zusammen, aber was hätte sie anderes tun sollen? Sie würde ihren Freund nicht sterben lassen, nur weil sie zu stur war, die Wahrheit zu sagen.

Dorien bewegte sich schnell wie der Blitz. Zwar behielt er seine menschliche Gestalt bei, aber von der kontrollierten Kraft, mit der er zwischen die beiden sich umkreisenden Kontrahenten sprang, hätte ein Mensch nur träumen können. Jadens Augen funkelten wie blaues Feuer, und auch Simon machte trotz seiner schweren Verletzungen keine Anstalten aufzugeben.

»Es reicht«, brüllte Dorien so laut, dass die Luft zu vibrieren schien. Lyra sah, dass überall in den Fenstern der umliegenden Häuser neugierige Gesichter auftauchten. Sie stöhnte innerlich auf. Schon bald würden die Nachbarn aus ihren Häusern kommen, um besser verfolgen zu können, was da vor sich ging. Sobald ihnen auch nur ein Hauch von Vampirgeruch in die Nase drang, würde sie nichts mehr aufhalten können. Und ihr Vater würde sich wohl kaum die Mühe machen, ihnen Einhalt zu gebieten.

»Geh nach drinnen«, sagte Dorien leise knurrend zu Simon. »Deine Wunden müssen behandelt werden. Lyra soll sich darum kümmern … das ist das Mindeste, was sie tun kann.«

Simon gehorchte sofort und hinkte, nach wie vor in Wolfsgestalt, an Lyra vorbei ins Haus, ohne sie anzusehen. Sie nahm an, dass er sich schämte. Aber später, wenn er erfuhr, weshalb der Vampir überhaupt hier aufgetaucht war, würde er wütend werden. Sie ging ihm hinterher, allerdings langsam, weil sie hören wollte, was ihr Vater Jaden zu sagen hatte. Dorien bemerkte, was sie vorhatte, und der Blick, den er ihr zuwarf, hätte Eis in Feuer verwandeln können.

»Geh zu Simon«, fuhr er sie an. »Wenn es wirklich deine Schuld ist, dass dieser Vampir hier aufgekreuzt ist, werde ich ihm nichts tun. Er ist zwar ein Blutsauger, aber nicht er hat dich dazu angestiftet, schutzlos durch das ganze Land zu streifen. Und die Halskette hat sich vermutlich auch nicht von allein selbständig gemacht, oder?«

Lyra schwieg. Was hätte sie auch sagen sollen? Sie hatte nichts zu ihrer Verteidigung vorzubringen. Nicht mal für die Sache mit Mark. Auch daran würde ihr Vater bestimmt ihr die Schuld geben, weil sie den Schutz des Rudels verlassen hatte. Und jetzt das hier … ein Vampir im Territorium des Rudels …

Lyra nickte und warf Jaden einen letzten Blick zu. Sie war sich sicher, dass sie ihn nie mehr wiedersehen würde. Ihr einziger Trost war, dass Dorien Black ein Mann war, der Wort hielt. Wenn er sagte, dass er Jaden nichts antun würde, dann konnte sie sich darauf verlassen. Jadens Augen, die in dem trüben Licht seltsam intensiv funkelten, waren so ganz anders als die der Werwölfe, unter denen sie aufgewachsen war. Ihre Wut auf ihn war verraucht und Verwirrung und einer tiefen Sehnsucht gewichen. Aber das durfte sie sich auf keinen Fall eingestehen, sonst würde sich dieses Gefühl in ihr einnisten und wachsen.

Dass sie Dinge wollte, die sie nicht bekommen konnte, war nichts Neues für sie. Aber Jaden zu wollen, wäre nicht nur sinnlos, sondern auch eine unglaublich bescheuerte Verschwendung von Energie. Dennoch hatte er es zumindest verdient, dass sie sich bei ihm bedankte. Auch wenn ihr sein Auftauchen eine Menge Ärger eingebracht hatte – wenigstens eine Sorge hatte sie jetzt weniger.

»Jedenfalls danke, dass du sie mir zurückgebracht hast«, sagte sie.

Jaden nickte. »Gern geschehen«, erwiderte er mit todernster Miene.

Sie zögerte einen kurzen Moment, weil sie das Gefühl hatte, es gäbe noch mehr zu sagen, auch wenn sie nicht recht wusste, was das hätte sein können. Schließlich blieb ihr nichts anderes übrig, als sich umzudrehen und nach drinnen zu gehen.

Wieder lief sie davon. Aber diesmal hatte sie aus irgendeinem Grund das Gefühl, in die völlig verkehrte Richtung zu laufen.

6

Jaden sah Lyra hinterher und genoss einen Moment lang den Anblick ihrer sinnlich schwingenden Hüften. Ob sie sich ihrer Anziehung überhaupt bewusst war? Vermutlich war es wirklich das Beste, dass ihr Vater ihn jetzt aus der Stadt jagen würde.

Oder versuchen würde, ihn umzubringen.

Oder beides.

Jetzt hatte er endlich Zeit, Dorien Black genauer zu betrachten. Lyra sah ihm nicht sonderlich ähnlich. Doriens Haar war rotbraun, während Lyras Haar die Farbe dunkler Schokolade hatte, und seine Gesichtszüge waren kantig und hart. Aber sie hatte eindeutig seine Augen. Warmes Gold, mit einem wilden Glitzern darin, leicht schlitzäugige Form.

Es war nur ein schwacher Trost, diese leichte Ähnlichkeit mit der Frau, deren Anziehungskraft ihn hierhergelockt hatte. Schließlich war Dorien Black ein Werwolf, noch dazu ein Alphatier. Was nichts anderes bedeutete, als dass er Jaden mit Sicherheit überlegen war. Simon war jung, ein leichter Gegner. Dorien war vermutlich ein anderes Kaliber.

Der Ton, in dem das Alphatier ihn ansprach, war alles andere als ermutigend.

»Wenn du abzuhauen versuchst, jage ich dich, bis du nicht mehr kannst. Ich will ein paar Antworten.«

Jaden rührte sich nicht. Er wusste, er sollte lieber fliehen – wahrscheinlich bluffte der Wolf nur –, aber falls er nach Beantwortung einiger einfacher Fragen gehen durfte, war das natürlich besser, als um sein Leben laufen zu müssen.

»Das kommt auf die Fragen an«, erwiderte er.

Dorien schnaubte verächtlich. »Du befindest dich auf meinem Territorium, Junge. Ich verstehe zwar nicht, wie du auf die Idee kommen konntest, auch nur einen Fuß auf unser Gebiet zu setzen, aber jetzt bist du nun mal hier. Mein Territorium, meine Regeln.«

Das war typisches Wolfsgebaren, dennoch musste man solch eine Warnung durchaus ernst nehmen. Jaden war noch nie einem Wolf über den Weg gelaufen, der nicht sofort auf hundertachtzig gewesen wäre, und auch Lyra war da keine Ausnahme. Sie war ein typisches Kind ihrer Rasse.

»Na gut«, erwiderte er. »Bringen wir es hinter uns. Was wollen Sie wissen?«

»Das dürfte doch offensichtlich sein.« Doriens Augen funkelten in der Dunkelheit. »Wieso hattest du die Halskette meiner Tochter? Woher kennst du Lyra? Und vor allem, was tust du hier mitten im Territorium meines Rudels?«

Jaden verlagerte das Gewicht auf den anderen Fuß, dann zog er eine Augenbraue nach oben und erwiderte: »Vielleicht bin ich ja einfach auf der Durchreise.«

Der Versuch, einen Witz zu machen, war an Dorien verschwendet. Wütend bleckte er die Zähne. Seine Schneidezähne waren genauso scharf wie die eines Vampirs. »Du findest das also lustig. Meine Familie, unsere Ehre, unsere Rasse … alles nur ein *Witz*.«

Jaden spürte, wie sich ihm die Nackenhaare aufstellten. Mühsam unterdrückte er ein Fauchen. Seine Augen sahen einen Mann, aber seine Sinne schrien Wolf … sein natürlicher Feind. In Dorien tobte vermutlich der gleiche Kampf, und ein tiefes Knurren warnte Jaden, dass die Situation dabei war, außer Kontrolle zu geraten.

Vielleicht hätte er sich doch noch auf einen Kampf mit dem

Alphatier eingelassen, hätte er nicht nach oben geschaut und dort an einem der Fenster Lyra entdeckt. Einen kurzen Moment trafen sich ihre Blicke, lang genug, dass Jaden in ihren Augen Sorge und Angst sehen konnte … und die gleiche seltsame Sehnsucht, die ihn hierhergeführt hatte. Diese Erkenntnis traf ihn wie ein Schlag. Aber nein, das konnte er sich nur eingebildet haben, er wusste doch genau, dass nur er ihr Zusammentreffen in seinen heißen Träumen wieder und wieder durchlebte.

Doch der Gedanke, dass da vielleicht wirklich ein winziges bisschen Interesse von ihrer Seite war, brachte ihn wieder zur Vernunft.

Lyras Gesicht verschwand, und Jaden hob besänftigend die Hände.

»Ich wollte Sie nicht beleidigen. Ich bin zwar ein Vampir, aber nachdem ich bis vor gar nicht so langer Zeit ein Sklave war, ist es nicht gerade meine Lieblingsbeschäftigung, mich über andere Rassen lustig zu machen.«

Einen Moment lang schien es, als könne Dorien sich nicht entscheiden, ob er Jaden glauben sollte. Jaden machte sich bereits darauf gefasst, dass sich Doriens Hände in Klauen verwandelten und ihm Fell wuchs. Stattdessen holte Dorien tief Luft und beruhigte sich ebenfalls wieder.

»Trotzdem«, sagte er leise. »Wir kriegen hier draußen auch das ein oder andere mit. Es liegt in unserem eigenen Interesse, euch im Auge zu behalten, falls ihr auf einmal beschließt, dass euch die Städte nicht mehr gefallen und ihr lieber da leben wollt, wo wir sind. Du bist ein Cait Sith, das rieche ich eindeutig. Was vermutlich heißt, dass du neuerdings zu den angesehenen Vampiren gehörst.«

Jaden wusste, dass er sich auf dünnem Eis bewegte. »Das könnte man so sagen«, antwortete er ausweichend. Er hatte keine Ahnung, was alles zu den Wölfen durchgedrungen war.

Das Alphatier schnaubte verächtlich. »Ja, das könnte man. Die Cait Sith haben sich mit dieser Dämonen-Dynastie vereinigt. Was mich nicht unbedingt überrascht.«

»Lily MacGillivray ist keine Dämonin«, fauchte Jaden. Er war sofort in Verteidigungshaltung, wenn es um seine Freundin ging, die Frau, die seine Dynastie aus der Gosse befreit hatte. »Ich weiß vielleicht nicht, wie Wölfe das Wort ›Ehre‹ definieren, aber andererseits wissen Sie über meine Dynastie offensichtlich nicht das Geringste.«

Aus irgendeinem unerklärlichen Grund schien Jadens Ausbruch Dorien zu gefallen. Langsam verzog sich sein Gesicht zu einem Grinsen.

»Nein. Und ich will auch gar nichts darüber wissen. Aber ich freue mich, dass du loyal zu deiner Dynastie stehst und Rückgrat beweist … hätte ich einem Vampir gar nicht zugetraut.«

»Na ja … damit, dass ich hier mit einem Alphawolf stehe und rede, nachdem ich gerade einen seiner jüngeren Wölfe auseinandergenommen habe, hätte ich auch nicht unbedingt gerechnet. Haben wir also beide eine neue Erfahrung gemacht.«

Er schwieg einen Moment, doch als er den berechnenden Ausdruck in Doriens Augen sah, schlug er alle Vorsicht in den Wind.

»Was *wollen* Sie, Black? Sie wollen doch was, sonst würde ich längst nicht mehr hier stehen.«

Dorien grinste, und Jaden wusste sofort, dass er recht gehabt hatte. Hier ging es um mehr. Dorien trat näher zu Jaden und sah sich dann vorsichtshalber um, ob sie noch immer allein waren. Auch Jaden ließ den Blick neugierig über die umliegenden Häuser schweifen. Die Gesichter waren aus den Fenstern verschwunden, und alles war ruhig. Vermutlich gab es hier häufiger kleine Raufereien. Für den zufälligen Beobachter hatte alles wahrscheinlich ganz harmlos gewirkt. Dennoch war ihm deutlich bewusst, dass dort irgendwo im Dunklen jemand lauern konnte. Hier gab es dermaßen viele Wölfe … Jaden fragte sich, ob in dieser Stadt auch nur ein einziger Mensch lebte. In der Luft hing schwer der Moschusgeruch der Wölfe, an den er sich allerdings inzwischen gewöhnt hatte. Es überraschte ihn, dass er ihn jetzt so gut aushielt. Andererseits hatte er auch noch nie den Versuch gemacht, sich ihm längere Zeit auszusetzen. Seine Nerven waren nach wie vor angespannt – etwas anderes war nicht zu erwarten, wenn man ununterbrochen den Geruch des Feindes in der Nase hatte –, aber immerhin konnte er ganz normal atmen, normal reden und war nicht mehr dauernd hin- und hergerissen zwischen Flucht und Kampf.

Die mit Simons Angriff verbundene Ablenkung hatte ihm offensichtlich gutgetan.

Dorien schien inzwischen zu dem Schluss gekommen zu sein, dass sie nicht belauscht wurden. »Was weißt du über Werwolf-Prüfungen?«

Die Frage kam Jaden seltsam vor, aber da er nicht unhöflich sein wollte, überlegte er sich trotzdem eine Antwort.

»Tja. Ein Haufen Wölfe reißt sich gegenseitig in Stücke, und das Rudel feuert sie an? Dem Sieger gehört alles?«

»Das ist … eine interessante Vereinfachung«, erwiderte Dorien ausdruckslos. »Die Prüfung dient dazu, dass das Rudel sein zukünftiges Alphatier wählt. Die Kandidaten müssen ihre Kraft, ihre Geschicklichkeit und ihre Klugheit unter Beweis stellen. Der Sieger hat die Ehre, beim amtierenden Alphatier in die Lehre zu gehen und wird damit sein Stellvertreter.«

»Wollen Sie damit sagen, dass sich die Wölfe bei der Prüfung nicht gegenseitig in Stücke reißen?«

Dorien seufzte laut und sah Jaden genervt an. »Manchmal gehört das dazu. Du kannst davon halten, was du willst. Vamps sind auf ihre Art auch ganz schön grausam.«

Jaden dachte an die langen Narben auf seinem Rücken, die von der Peitsche eines Ptolemy stammten. »Dem kann ich nicht widersprechen.«

Jadens Antwort schien den Wolf zu überraschen. »Na also.«

»Und was hat diese Prüfung jetzt mit mir zu tun?« Jaden vergrub die Hände in den Taschen, um sie vor dem kühlen Wind zu schützen. Ihm war wärmeres Wetter lieber, vielleicht auch deshalb, weil seine Körpertemperatur ein paar Grad unter der der Sterblichen lag.

»Bei uns findet in Kürze eine Prüfung statt. Beim nächsten Vollmond. Dann werde ich meinen Stellvertreter wählen.«

»Aufregend«, erwiderte Jaden in einem Ton, der deutlich zum Ausdruck brachte, dass er genau das Gegenteil dachte. In seinem Leben hatte es eine Menge Gewalt gegeben, aber er hatte sie immer nur als notwendiges Übel betrachtet, nicht als etwas, das Spaß machte. Werwölfe dagegen gingen sich bereits wegen Kleinigkeiten an die Kehle, einfach so. Die Grenze zwischen Mensch und Tier war bei ihnen außerordentlich fließend, zumindest bei einigen. Es hatte durchaus seinen Grund, dass man sie im Mittelalter so erbittert gejagt hatte.

»Lyra hat sich zur Prüfung angemeldet.«

Jaden brauchte einen Moment, bis er kapierte, was Dorien gesagt hatte. »Lyra hat …« Er starrte Dorien an, der groß und massig wie die meisten männlichen Werwölfe war, und stellte sich dann Lyra neben ihm vor, die sowohl als Mensch als auch als Wolf groß und schlank war. Er versuchte sich auszumalen, wie sie sich in eine blutige Auseinandersetzung mit einem Haufen riesiger Bestien stürzte, aber der Gedanke war einfach zu verstörend. Vielleicht hatte er ja die falsche Vorstellung von diesen Prüfungen … vielleicht ging es dort doch anders zu, als er dachte, und Lyra nahm teil, weil sie sich eine reelle Chance auf den Sieg ausrechnete.

Er hatte nicht die geringste Ahnung, was er jetzt sagen sollte.

»Das ist ehrgeizig«, stammelte er schließlich.

»Sie wird es nicht überleben«, erwiderte Dorien rundheraus. »So einfach ist das. Die meisten würden sie nur so schwer verletzen, dass sie möglichst bald aus dem Wettbewerb ausscheiden muss. Aber ihr Cousin, der Sohn meines Bruders, sucht schon lange nach einem Vorwand, ihr die Zähne in die Kehle zu schlagen. Er wird siegen, und dann muss ich den Wolf ausbilden, der mein einziges Kind getötet hat. Und die ganze Zeit wird mir bewusst sein, dass es ihm auch noch Spaß gemacht hat.«

Jaden starrte Dorien an, verblüfft, dass der Mann so offen über den zu erwartenden Ausgang der Prüfung redete. Erst jetzt fiel ihm auf, wie müde der Wolf aussah. Die Ringe unter seinen Augen sprachen Bände. Er hatte mehr als nur eine schlaflose Nacht hinter sich. Und auch wenn Jaden selbst keine Kinder hatte und auch nicht viele Leute, um die er sich Sorgen dieser Art gemacht hätte, empfand er plötzlich ein unerwartetes Gefühl für den Werwolf.

Mitleid.

»Können Sie sie nicht zur Vernunft bringen? Lyra scheint doch nicht dumm zu sein. Dickköpfig, aber nicht dumm. Sie muss doch wissen, wie ihre Chancen stehen –«

»Natürlich weiß sie das«, unterbrach Dorien ihn. »Ich glaube, wenn sie einen der anderen Kandidaten für fähig hielte, mit Eric – so heißt mein Neffe – fertigzuwerden, dann würde sie denjenigen vermutlich unterstützen. Sie hat nicht den Wunsch, zu sterben … zumindest hatte sie den bisher nicht. Ich verstehe ja, dass es sie wütend macht, wie die weiblichen Mitglieder des Rudels immer von der Führung ausgeschlossen wurden. Aber ich habe diese Regeln nicht gemacht, ich kann sie auch nicht abschaffen. Bei uns bestimmen Fänge und Klauen, wir folgen dem

Kräftigsten ... und kräftiger als ein ausgewachsener männlicher Werwolf kann einfach niemand sein.« Er seufzte, dann schüttelte er den Kopf und wandte den Blick ab. »Sie hat Angst, was Eric aus dem Rudel machen wird. Hinzu kommt, dass sich viele bei ihr Rat holen und auf das hören, was sie sagt ... deshalb geht sie wohl davon aus, als Alphatier anerkannt zu werden, falls sie als Siegerin aus der Prüfung hervorgeht. Vielleicht stimmt das sogar. Nur dass sie so weit niemals kommen wird.« Er richtete den Blick wieder auf Jaden. »Alles wäre viel einfacher, wenn sie einen Mann finden würde, der für sie in den Ring steigt. Aber sie hat noch nie getan, was man ihr gesagt hat. Ich hätte gar nicht erst erwarten sollen, dass das diesmal anders ist.«

Beim Gedanken an Lyras Sturheit konnte Jaden sich eines Lächelns nicht erwehren, trotz der düsteren Stimmung, die auf einmal auf der Nacht lastete. Es war eine Schande, dass ein derart beherztes Wesen in eine Rasse hineingeboren worden war, die ihre Fähigkeiten vermutlich niemals schätzen würde. Sie wäre eine großartige Vampirin, dachte Jaden, schob diese verlockende Vorstellung aber gleich wieder zur Seite. Sein Lächeln schwand. So etwas zu denken, war Blödsinn. Sie war keine Vampirin und würde auch nie eine sein. Und der Empfang, den sie ihm hier bereitet hatte, war auch nicht gerade herzlich gewesen.

Zum tausendsten Mal fragte er sich, was ihn bloß dazu getrieben hatte, hierherzukommen – und in was er da bloß hineingeraten war.

»Warum erzählen Sie mir das alles?«, fragte er leise. Seit Doriens Geständnis war die Spannung zwischen ihnen verflogen, trotzdem wurde Jaden das Gefühl nicht los, dass Dorien etwas von ihm wollte. Etwas, von dem er sich meilenweit entfernt halten sollte, wenn er auch nur über einen Rest von Verstand verfügte. Dennoch fühlte sich Jaden wie am Boden festgenagelt.

In den mehr als zweihundert Jahren seines Lebens hatte er nur selten das Gefühl gehabt, dass ihm sein Schicksal klar vor Augen stand. Meistens hatte er einfach versucht, sich durchzuschlagen, seine Haut zu retten und gelegentlich jemandem eine helfende Hand zu reichen, wenn derjenige es wert schien und der Aufwand nicht allzu groß war. Aber dies hier war … anders.

So als wüsste man, dass einem gleich ein Klavier auf den Kopf fallen würde und man trotzdem unfähig war, zur Seite zu springen. Aber wenn er jetzt kniff – wie er eigentlich sollte –, dann würde ihn die Vorstellung ewig verfolgen, wie sich Lyras goldene, lebendige Augen für immer schlossen.

Meine Güte, er hatte wirklich den Verstand verloren.

»Ich erzähle dir das, weil ich verzweifelt bin, was sonst?«, sagte Dorien und gab ein kurzes, unfrohes Kichern von sich. »Du hattest immerhin so viel Interesse an Lyras Wohlergehen, dass du ihr die Kette zurückgebracht hast … die Kette meiner verstorbenen Frau. Vielleicht ist dein Interesse groß genug, dass du dir meinen Vorschlag anhörst. Für einen Vamp scheinst du ziemlich aus der Art geschlagen zu sein. Und – offen gestanden – habe ich nichts zu verlieren.«

»Außer Ihrer Tochter«, erwiderte Jaden.

Doriens Gesichtsausdruck wurde grimmig. »Wenn ich nichts tue, verliere ich sie, so oder so. Auf irgendetwas muss ich also vertrauen. Zumindest habe ich dann alles getan, was in meiner Macht steht.«

So ungern Jaden das auch tat – er musste Dorien recht geben. Seine Chance, am Leben zu bleiben, war äußerst gering gewesen, und dennoch stand er jetzt hier … weil er und seine Freunde ein großes Risiko eingegangen waren und sich gegen eine ganze Dynastie aufgelehnt hatten.

Dass er irgendeine Gemeinsamkeit mit einem Wesen hatte, das er normalerweise als wertlose, gewalttätige Bestie abgetan hätte, war ihm nicht gerade angenehm – um es vorsichtig auszudrücken.

»Jetzt sagen Sie schon, in was ich hier reingestolpert bin«, erwiderte Jaden. »Ich habe keine Ahnung, wie ich Ihnen helfen könnte, aber Sie haben offensichtlich schon eine ganz genaue Vorstellung.«

Dorien sah ihn durchdringend an. »Die habe ich. Sie kam mir, als du mit Simons … Willkommensgruß fertigwerden musstest. Du hast kurzen Prozess mit ihm gemacht, und das, obwohl er ein großartiger Kämpfer ist.«

»Er ist jung.« Jaden zuckte mit den Schultern. »Er hat sich von seiner Wut hinreißen lassen. Das wird er schon noch lernen. Hoffe ich.«

»Du bist die ganze Zeit um ihn herumgetänzelt. Ich bin kein Experte für Vampirkämpfe, aber du bist ein beeindruckender Kämpfer, Junge – auch wenn ich nicht mal auf meinem Totenbett zugeben würde, das je gesagt zu haben. Ich konnte noch nie beobachten, wie ein Vampir kämpft. Meistens war ich zu sehr damit beschäftigt, ihn oder sie einen Kopf kürzer zu machen. Jedenfalls hatte ich erwartet, dass du ein paar fiese Tricks anwenden würdest. Aber das brauchtest du gar nicht.« Er schwieg einen Moment. »Das spricht vermutlich nicht unbedingt für Simon.«

Verblüfft zog Jaden eine Augenbraue hoch. Er war schon lange nicht mehr »Junge« genannt worden, noch dazu von jemandem, der fast zweihundert Jahre jünger war als er selbst. Aber das Kompliment tat ihm gut, auch wenn ihm klar war, dass ihm da gerade Honig ums Maul geschmiert wurde. Komisch – Dorien sah eher wie ein Preisboxer aus, Verhandlungsgeschick hätte man ihm nicht unbedingt zugetraut. Aber der Anschein täuschte offensichtlich.

Jaden konnte nicht anders, er musste höflich antworten.

»Wie ich schon sagte, er ist noch jung. Ich hatte ein paar Jahre Zeit, an meiner Technik zu feilen. Aber Sie haben mir immer noch nicht gesagt – «

»Du sollst ihr beibringen, so zu kämpfen wie du. Ich zahle dir so viel du willst.«

Jaden starrte ihn verblüfft an. Er war sich nicht sicher, ob er richtig gehört hatte. »Das soll ich ihr beibringen?«

Dorien blickte vertrauensvoll drein. »Lyra hat eher deinen Körperbau ... nicht, dass du wie eine Frau aussiehst, aber größenmäßig entspricht sich das eher. Sie ist stark, außerdem schneller als die meisten männlichen Wölfe im Rudel. Und beweglich ist sie auch. Ich kann ihr nicht helfen. Du schon.«

Es war ewig her, dass Jaden sich zuletzt derart überrumpelt gefühlt hatte. Er dachte, Dorien würde ihn bitten, Lyra irgendwie zu beschützen. Aber das hier – darauf war er überhaupt nicht gefasst gewesen. Vermutlich, weil es völlig irrsinnig war. »Ich wüsste nicht, wie das gehen sollte. Mal abgesehen davon, dass ich noch nie jemanden unterrichtet habe, gehören Lyra und ich ja auch nicht gerade zur selben Spezies.«

Dorien machte eine wegwerfende Handbewegung. »Okay, sie ist kein Vampir. Aber Wölfe sind Kämpfer. Sie ist klug, sie lernt schnell. Willst du mir etwa weismachen, du hättest dich gleich von dem Moment an, als du deine Tätowierung bekommen hast, so bewegen können? Dass du jeden x-beliebigen Wolf in weniger als fünf Minuten erledigen konntest, kaum dass du dich in einen Vampir verwandelt hattest?«

»Ich ... nein. Nein, mir wurde schon das ein oder andere beigebracht.« Jaden versuchte, sich zurückzuerinnern. »Das meiste allerdings in der Praxis. Ich wollte am Leben bleiben. Also habe ich die anderen beobachtet und mir abgeschaut, was mir nützlich schien. Und nachdem mich die Ptolemy aufgegriffen hatten, habe ich das alles perfektioniert.«

»Dann bring es ihr bei, so wie man es dir beigebracht hat.« Dorien nickte. »Sie hat schon lange keinen Sparringspartner mehr gehabt. Sobald sie älter wurde, wollten die männlichen Wölfe nicht mehr mit ihr kämpfen. Aber ich weiß, dass sie sich fit hält. Lyra hat eine rasche Auffassungsgabe. Was sie als Wölfin nutzen kann, wird sie rasch kapieren. Was meinst du?«

Vor seinem geistigen Auge sah Jaden sich plötzlich mit Lyra raufen. Nur dass es kein Kampf war. Und dass sie beide nackt waren. Unruhig trat er von einem Fuß auf den anderen und versuchte, sich eine halbwegs sinnvolle Antwort zu überlegen. Aber es war frustrierend, ihm fiel einfach nichts Sinnvolles ein.

»Sie sind genauso verrückt wie Ihre Tochter«, sagte er schließlich. Sein Ton entbehrte nicht einer gewissen Schärfe. »Glauben Sie ernsthaft, ich könnte sie auf magische Weise in eine Kämpferin verwandeln, die mit Wölfen fertig wird, die doppelt so groß sind wie sie? Das ist doch völlig irrsinnig! Sagen Sie Ihrem Neffen einfach, dass er nicht Alphatier werden kann, und suchen Sie sich jemand anderen.«

Sofort legte sich Doriens Stirn wieder in Falten. »So läuft das nun mal nicht. Außerdem spricht äußerlich gesehen nichts gegen ihn. Apropos Kampf mit einem großen Wolf … du hast gerade einen meiner Männer schwer verwundet. Sei froh, dass du dir mein Angebot nicht anhören musst, während ich dich am Nacken gepackt halte und auf den Boden drücke.«

Jaden bleckte die Zähne. »Ich lasse mir das von Ihnen nicht aufzwingen. Ich habe keine Ahnung, wie man jemanden im Kämpfen unterrichtet.«

»Das lernst du schon noch.«

»Ihre Tochter mag mich nicht mal.«

»Wenn ich mich recht erinnere, muss man seine Lehrer nicht unbedingt mögen. Ich habe die meisten meiner Lehrer gehasst.«

Jaden vergrub die Hände in den Haaren und knurrte den gleichgültigen Mond an. »Verdammt noch mal, Black! Ich soll hier mein Lager aufschlagen, in einer Stadt voller Wölfe? Die werden versuchen, mich umzubringen, sobald sie mitkriegen, dass ich hier bin, genau wie Simon. Ich soll Lyra beibringen, wie sie einen Wettbewerb gewinnt, von dem ich nicht das Geringste weiß, außer dass es um rohe Gewalt geht? Ganz egal, wie viel Sie mir zahlen wollen – das ist und bleibt eine Schnapsidee!«

»Nicht, wenn dein Unterricht ihr das Leben rettet.«

Dorien sagte das völlig ruhig, aber er musste gewusst haben, dass er Jaden damit von einer Sekunde auf die andere den Wind aus den Segeln nahm.

»Ich habe keine Ahnung, ob ich das auch nur ansatzweise schaffen könnte«, erwiderte Jaden. Er hatte keinen seiner speziellen Tricks anwenden müssen, um mit Simon fertigzuwerden, das stimmte. Wenn er dazu gezwungen gewesen wäre, hätte Lyra schlechte Karten. Kein Wolf war in der Lage, mit psychischer Energie um sich zu werfen, um nur ein Beispiel zu nennen. Aber ihr beizubringen, wie sie sich zu bewegen hatte, wie sie ihre kleinere Statur zu ihrem Vorteil nutzen konnte … er war sich nicht sicher, ob das möglich war. Er konnte sich noch gut erinnern, wie oft man ihn aufgemischt hatte, bevor er zu seiner heutigen Form gefunden hatte. Das Talent hatte er von Anfang an gehabt, aber es war ungeschliffen gewesen, ähnlich wie vermutlich jetzt bei Lyra. Er hatte sein Können erst noch verfeinern müssen, hatte lernen müssen, wie man richtig kämpfte.

Aber er war ein Vampir. Er hatte unendlich viel mehr Zeit gehabt als nur einen Monat.

Dorien starrte ihn an, schien fast schon *in* ihn hineinzustarren. In diesem Moment waren seine Augen außerordentlich wölfisch, voller Stolz, Kraft und einer instinktiven Intelligenz, die Vampire ihren natürlichen Gegnern immer gern absprachen. Es waren die Augen eines Wesens, das Respekt einforderte. Jaden hatte auf einmal ein ganz komisches Gefühl, als würde ein kalter Windhauch über seine Haut streichen. Plötzlich wusste er mit absoluter Sicherheit, dass er vor dieser Aufgabe nicht davonlaufen würde. Vielleicht, weil man ihm immer gesagt hatte, was er tun sollte, und dies hier zum ersten Mal seine ganz eigene Entscheidung war. Vielleicht aber auch, weil er wusste, wie es sich anfühlte, sich in einen aussichtslosen Kampf stürzen zu müssen. Vielleicht hielt er aber auch einfach die Vorstellung nicht aus, dass Lyra sich ohne seine Hilfe für eine Horde blöder Wölfe opfern würde.

Was auch immer es war, das ihn wie angewurzelt dort stehen bleiben ließ – er wusste, wenn er jetzt ginge, würde ihn Doriens Bitte für den Rest seiner Tage verfolgen. Nicht gerade eine erfreuliche Vorstellung, wenn die ganze Ewigkeit vor einem lag. Als er antwortete, klang es für ihn, als käme seine Stimme von ganz weit weg.

»Was bieten Sie mir als Gegenleistung?«

Dorien nickte. Die Erleichterung war ihm deutlich anzusehen. Der Wolf wusste, dass Jaden angebissen hatte … allerdings wusste er hoffentlich nicht, was Jadens eigentlicher Beweggrund war. Falls der Vater auch nur die geringste Ahnung von den unkeuschen Gedanken des zukünftigen Lehrers seiner Tochter gehabt hätte, hätte er bestimmt versucht, Jaden in Stücke zu reißen, Prüfung hin oder her.

Glücklicherweise schien der Mann eher an Geld zu denken.

»Ich weiß nicht, was ein Wesen wie du braucht oder will. Blut kann ich dir nicht geben, aber ich habe ein bisschen Geld. Natürlich würde ich während deines Aufenthalts hier für deine Sicherheit garantieren. Mir wird schon was einfallen, was ich den anderen erzähle.« Seine Stimme wurde fester. Mit seinem klangvollen Bariton fuhr er fort. »Sie will nun mal nicht nachgeben, und ich weiß nicht mehr, was ich noch tun soll. Ich will nicht, dass meine Tochter wegen so etwas stirbt. Selbst wenn es am Ende nicht gut aussieht, werde ich … nun ja, wir werden darüber reden. Lieber soll sie mich hassen, aber am Leben bleiben, als mir durch ihren Tod beweisen, dass ich recht hatte. Ich gebe dir alles, was in meiner Macht steht, Hauptsache, du unterrichtest meine Lyra. Gib ihr eine Chance. Du wirst dich vielleicht noch wundern.«

Genau das bereitete Jaden Kopfzerbrechen. Dennoch lag ihm die Zusage bereits auf der Zunge.

Alles, was in meiner Macht steht. Solch ein unbesonnenes und großzügiges Angebot! Woher wollte Dorien wissen, dass Jaden nicht eine maßlos übertriebene Summe fordern würde oder vielleicht sogar einen Teil des Territoriums des Rudels? Die Antwort war einfach: Dorien konnte es nicht wissen. Und das zeigte deutlicher als alles andere, wie verzweifelt die Situation war, in der Lyra steckte. So vieles konnte schiefgehen … und würde es wahrscheinlich auch. Bei dem Gedanken an Doriens Alternativplan – wie auch immer der aussehen mochte – überlief Jaden ein kalter Schauer. Er hatte nur noch eine einzige Frage, die, so einfach sie auch war, alles umfasste.

»Warum?«

Der Blick, den Dorien Jaden zuwarf, war zu gleichen Teilen rätselhaft und mitleidig. »Sie ist mein Kind. Ich liebe sie. Hat es in deinem Leben noch nie jemanden gegeben, für den du alles getan hättest?«

Jaden konnte nur den Kopf schütteln. Aber das hieß nicht, dass er Dorien nicht verstehen konnte oder wollte.

»Ich mache es«, sagte er.

Doriens Gesichtsausdruck wurde todernst. Misstrauisch und zugleich hoffnungsvoll fragte er: »Und … was willst du als Gegenleistung?«

»Ganz einfach«, erwiderte Jaden. »Ich möchte, dass dein Rudel mir einen Gefallen schuldet. Was das sein kann, entscheiden wir später. Egal was ich dann verlange, es darf mir nicht verweigert werden. Ein einziger Gefallen.«

Der Wolf runzelte die Stirn. »Das gefällt mir nicht.«

»Das ist mir egal. Das ist der Preis, den ich verlange.« Er wusste, wie wertvoll es war, wenn einem jemand noch einen Gefallen schuldete. Man konnte nie wissen, wann einem das gelegen kommen würde.

Es dauerte eine Minute, aber schließlich nickte Dorien. »Also gut – die Götter mögen mir vergeben. Ein Gefallen, irgendwann später einzufordern. Aber ich warne dich, Katze: Wenn du ihr wehtust oder mich irgendwie hintergehst, reiße ich dir alle Glieder einzeln aus. Dann rettet dich auch deine schicke Beinarbeit nicht mehr vor dem Zorn meines Rudels. Ist das klar?« Er streckte Jaden die Hand hin, eine Geste, die Jaden zwischen einem Wolf und einem Vampir noch nie erlebt hatte.

»Schicke Beinarbeit«, knurrte er, ergriff aber trotzdem Doriens Hand, die seine mit eisernem Griff packte. »Man könnte ja fast glauben, ich werde hier als Tanzlehrer eingestellt.«

Nachdem sie sich die Hände geschüttelt hatten, deutete Dorien einladend auf das Haus. »Komm. Es gibt eine Menge, worüber wir uns unterhalten müssen. Und dann müssen wir mit Lyra reden, damit wir das Gezeter auch hinter uns gebracht haben.«

Als Dorien die Treppe hinaufstieg und unzusammenhängend vor sich hin brummelte, konnte Jaden sich das Lachen nicht verkneifen. Langsam ging er ihm hinterher, auf das anheimelnde, warme Licht im Haus zu. Eigentlich hätte er entsetzt über sich sein müssen oder zumindest hätte er irgendwelche Bedenken haben sollen. Stattdessen fühlte er sich so gut wie schon lange nicht mehr.

Immerhin würde sein Leben – oder was man so Leben nennen konnte – jetzt sehr viel interessanter werden. Zum ersten Mal seit langer Zeit hatte er keine Ahnung, was als Nächstes passieren würde. Und auch wenn ein Wolf niemals das unendliche Einerlei des ewigen Lebens verstehen würde, betrachtete Jaden diese plötzliche Wendung als das Geschenk, das sie war.

Jahrelang hatte man ihn versklavt, hatte ihn gefoltert, dann war ihm die Flucht gelungen, und er hatte mitgeholfen, eine Dynastie zu besiegen, damit eine neue entstehen konnte. Niemand konnte behaupten, dass in seinem langen Leben nichts los gewesen wäre. Aber jetzt schien es möglich, ja sogar wahrscheinlich, dass ihm ein völlig neues Abenteuer bevorstand.

Vielleicht würde ihm Lyra Black in jeder Hinsicht nur Scherereien machen.

Vielleicht aber war sie – wie auch dieser Job – genau das, was er brauchte.

7

Es war schon spät, als Simon sich verabschiedete und schlecht gelaunt nach Hause schlich. Lyra war es nicht gelungen, ihn aufzumuntern. Sie hatte seine Verletzungen oben im Badezimmer so gut es ging versorgt und sich so viel unwirsches Knurren angehört, wie sie gerade noch aushalten konnte, aber letztlich würde ihm nur eins helfen: sich richtig ausschlafen und ein paar Tage seine Wunden lecken. Obwohl sie ihn wie einen Bruder liebte, war sie froh, als sie ihn endlich so weit verarztet hatte, dass sie ihn nach Hause schicken konnte.

Es dauerte eine Weile, bis sie den Mut fand, nach unten zu gehen. Normalerweise scheute sie vor keiner Auseinandersetzung zurück, aber normalerweise war sie auch nicht schuld daran, dass ein Vampir vor ihrem Haus aufkreuzte. Sie vermutete, dass ihr Vater ein Weilchen brauchen würde, bis er darüber hinwegkam, und dass es ohne ein gewisses Gebrüll wohl kaum abgehen würde.

Die Woche war lang gewesen. Lyra hatte Lust, das mit dem Gebrüll noch etwas aufzuschieben.

Schließlich beschloss sie, sich etwas Bequemes anzuziehen und dann hinunterzugehen und es hinter sich zu bringen. Sie schnappte sich eine kurze, baumwollene Pyjamahose und ein Kapuzenshirt, steckte ihr Haar zu einem unordentlichen Knoten auf und lief dann barfuß die Treppe hinab. Im Haus war es ruhig. Ob das ein gutes Zeichen war, konnte sie nicht beurteilen, denn Dorien war es durchaus zuzutrauen, dass er still vor sich hin kochte.

Hoffentlich konnte sie sich wenigstens noch schnell etwas zu essen holen, bevor er über sie herfiel. Ihr knurrte der Magen, und im Schrank lag eine Tüte mit Cheetos, die sie magisch anzog.

Nichts war zu hören, als sie durch den Flur und dann Richtung Küche ging. Dass in der Küche jemand am Tisch saß, war an sich keine Überraschung.

Doch als sie begriff, wer dort saß, traf sie fast der Schlag.

Jadens hellblaue Augen blitzten auf, als er sie sah. Er hatte zusammengesunken über dem schweren Holztisch gehangen, aber jetzt richtete er sich auf und musterte sie rasch von oben bis unten. Er war also immer noch hier, nicht nur in ihrer Stadt, nein, sogar in ihrem Haus. Und ihr Vater war nirgendwo zu entdecken. Sofort kam ihr ein böser Verdacht.

»Was machst *du* noch hier?«, fragte sie. »Was hast du mit meinem Vater gemacht?«

Die Andeutung eines Lächelns spielte um seine Lippen, als er antwortete: »Du hast es wirklich drauf, immer das Schlimmste von mir anzunehmen. Ist dir das schon mal aufgefallen?«

Lyra verschränkte die Arme vor der Brust. »Du brauchst gar nicht so harmlos zu tun. Er hätte dich nie und nimmer ins Haus eingeladen. Wo ist er?«

Jaden seufzte. Er schien sich nicht recht wohl in seiner Haut zu fühlen. »Weggegangen. Er muss sich um ein paar Sachen kümmern. Ich hatte gehofft, er wäre zurück, bevor du runterkommst.«

»Ja klar, und seine Termine hat er auch mit dir besprochen. Meines Wissens hat er heute Abend gar keine.«

»Jetzt schon, jedenfalls wenn ich hierbleiben und dir helfen soll. Er meinte, er müsse alle vorwarnen, dass ich hier bin, und ihnen klarmachen, dass sie mich weder jagen noch mir die Glieder ausreißen oder mich fressen dürfen.«

»*Helfen?* Mir? Soll das ein Witz sein?«, fragte Lyra ungläubig. Dass er ihr den Talisman der Familie zurückgebracht hatte, war eine angenehme Überraschung gewesen und hatte sie glauben lassen, er habe vielleicht wirklich ein paar gute Eigenschaften … zumindest für einen Vamp. Sie hatte sich sogar ein bisschen um ihn gesorgt, als sie ihn mit ihrem Vater allein gelassen hatte, so blöd das auch war. Es ging sie schließlich nichts an, was mit ihm passierte. Sie verkehrten nicht in denselben Kreisen, und da es bis zur Prüfung nicht mehr lange hin war, würde sie ihm wohl kaum noch mal über den Weg laufen.

Mit der Rückgabe der Kette hätte eigentlich alles erledigt sein sollen. Er hätte längst wieder fort sein müssen.

Und dennoch war er noch immer hier, hing in ihrer Küche herum, als gehöre er dorthin, und verursachte ihr Schmetterlinge im Bauch. Wieso musste ein derart nerviges Wesen bloß so verdammt gut aussehen? Und dann dieses viel zu unschuldige Gesicht! Er hatte ihr gleich im ersten Moment den Kopf verdreht, und darüber war sie auch jetzt offensichtlich noch nicht hinweg.

Sie erinnerte sich daran, wie er ihr leise ins Ohr geflüstert hatte, daran, wie seidenweich sich seine Haare angefühlt hatten, als sie es mit der Wange gestreift hatte …

»Dein Vater«, sagte Jaden gelassen und holte sie damit in die Gegenwart zurück, »hat mir einen Job angeboten. Und da ich gerade nichts Besseres zu tun und außerdem offensichtlich eine masochistische Ader habe, habe ich angenommen.«

»So ein Quatsch.«

Jadens Gelassenheit wich Wut, und darüber war Lyra froh. Es war viel einfacher, wenn sie wusste, was in Jaden vorging. Er machte einen ehrlichen Eindruck … aber sie wusste aus Erfahrung, dass Vampire Meister im Manipulieren waren. Dennoch war es ihr seltsam vorgekommen, als sie vorhin aus dem Fenster geschaut hatte und feststellen musste, dass sich Jaden und ihr Vater nicht wie erwartet zu streiten schienen, sondern sich offensichtlich ganz friedlich unterhielten.

Aber kein Alphatier würde jemals einen Vampir zu sich ins Haus einladen … oder ihn um Hilfe bitten, wo das doch allem widersprach, wofür das Rudel stand …

Es sei denn, dieses Alphatier wäre völlig verzweifelt. Es sei denn, es hätte eine Tochter, die es schließlich in den Wahnsinn getrieben hatte.

Sie riss die Augen auf.

»Lyra, ich habe deinen Vater nicht umgebracht. Er steckt nicht in irgendeinem der Schränke. Ich sitze hier nicht rum und warte auf einen günstigen Moment, um wie Hannibal Lecter über dich herzufallen. Könntest du dich nicht einfach hinsetzen? Wenn hier einer nervös sein sollte, dann doch wohl ich. Die ganze Stadt riecht wie eine Hundehütte.«

Aus dem gepeinigten Ton, in dem er das sagte, schloss sie, dass er sie nicht belogen haben konnte. Ihr Vater hatte ihn ins Haus geholt. Einen Moment lang wusste Lyra nicht, ob sie lachen oder laut schreiend davonlaufen sollte. Wenn es ein anderer Vamp gewesen wäre, hätte es sie vielleicht fasziniert, dass Dorien über den Tellerrand althergebrachter und beengender Rudeltraditionen hinauszusehen bereit war. Aber musste es ausgerechnet der Vampir sein, dem sie am liebsten die Zähne in den Hintern geschlagen hätte?

Jaden zog eine seiner dunklen Augenbrauen nach oben. »Jetzt hast du aber Angst vor mir, nicht wahr?«

Lyra beschloss, wenigstens dafür dankbar zu sein, dass sich ihre Schwärmerei sofort in Luft auflöste, sobald Jaden den Mund aufmachte.

»Das hättest du wohl gern!« Sie schlenderte gemächlich in die Küche, öffnete die Tür zur Vorratskammer und griff nach den Cheetos. Jaden beobachtete sie mit ausdruckslosem Gesicht und wartete darauf, dass sie sich setzte. Sie aber ging erst mal zum Kühlschrank und holte eine Limonade heraus.

»Ich glaube, Dorien hat einen Zettel für dich an den Kühlschrank geklebt«, sagte Jaden. »Falls dich das interessiert.«

Neugierig schaute Lyra auf das neue gelbe Post-it, das an der Kühlschranktür hing. Mit Filzstift stand darauf geschrieben:

Friss mir nicht die Katze. Bin bald wieder da.
Dad

Lyra wandte den Kopf und starrte Jaden an.

»Dir ist schon klar, dass du dir eine Menge Überzeugungsarbeit erspart hättest, wenn du mir den Zettel gleich gezeigt hättest?«

Er zuckte mit den Schultern. »So war es interessanter.«

Lyra schnaubte und ging zum Tisch. Jetzt, wo ihre letzten Zweifel beseitigt waren, fühlte sie sich gleich deutlich wohler hier in ihrem Haus.

»Dir macht es wohl Spaß, mich zu ärgern?«

»Könnte sein.«

Sie konnte sich ein Grinsen nicht verkneifen. »Der Spaß sei dir gegönnt.«

Sie ließ sich auf den Stuhl gegenüber von Jaden fallen, zog ein Knie zur Brust hoch und machte sich über die Tüte mit dem himmlischen künstlichen Käsearoma her, das ihre Geschmacksknospen sofort in helle Begeisterung versetzte. Jadens Anwesenheit irritierte sie allerdings noch immer, zumal ihr absolut kein Grund einfallen wollte, warum ihr Vater ihm erlaubt haben sollte zu bleiben. Wenigstens war sie jetzt auf ihrem eigenen Terrain. Die vertraute Umgebung half ihr, mit der Unruhe, die er in ihr ausgelöst hatte, fertigzuwerden –

zumindest so weit, dass sie einen halbwegs lockeren Eindruck machte.

Lyra bezweifelte, dass sie jemals wirklich locker würde sein können, wenn Jaden in der Nähe war. Und das nicht nur, weil er ein Vampir war.

Seine Anziehungskraft ging ihr ganz schön auf die Nerven.

»Also gut«, sagte sie. »Wieso bist du immer noch hier?«

»Weißt du«, erwiderte Jaden, »jetzt, nachdem ich deinen Vater kennengelernt habe, ist mir auch klar, woher du diesen Charme hast. Das ist übrigens widerlich«, fuhr er fort und deutete auf die Tüte mit den Cheetos.

Lyra runzelte die Stirn. »Willst du wirklich darüber diskutieren, wer hier die ekelhafteren Essgewohnheiten hat? Finde dich gefälligst ab mit meinen Cheetos. Außerdem hast du mir noch immer nichts von diesem ultrawichtigen Helferjob erzählt, den du meinem Vater irgendwie aus dem Kreuz geleiert hast. Wir brauchen keine Vampire, außer als Köder. Wobei mir so ein Extraköder vielleicht ganz gelegen kommen könnte.«

»Nun ja, dein Vater scheint zu glauben, dass gerade *ich* es bin, den du unbedingt brauchst.«

Seine Worte, vielleicht aber auch die Art, wie er sie sagte, ließen in Lyras Bauch Tausende von Schmetterlingen nervös aufflattern. Im nächsten Moment schien Jaden klar zu werden, wie man seine Worte auch verstehen konnte, und er wurde doch wahrhaftig ein wenig rot. Lyra hatte nicht einmal gewusst, dass Vampire rot werden konnten. Zum ersten Mal wandte Jaden den Blick ab und starrte auf irgendeinen offensichtlich äußerst interessanten Punkt an der Wand.

Lyra versuchte, seine Reaktion zu ignorieren. So etwas konnte sie nicht brauchen. Weder jetzt noch später.

»Mein Vater«, fuhr sie ihn an, in dem Versuch, das Gespräch wieder unter Kontrolle zu bringen, »hat häufig Ideen, denen ich nicht zustimme. Und falls er wirklich glaubt, ich bräuchte irgendwas, noch dazu ausgerechnet von dir, dann muss er den Verstand verloren haben.«

Jaden schien durchaus bereit, nach dem Köder zu schnappen, was eine große Erleichterung war. Mit Wut konnte sie viel leichter fertig werden als mit … was auch immer da unter der Oberfläche gärte. Vielleicht galt das sogar für sie beide.

»Er will, dass du den Kampf überlebst, und wenn das verrückt ist, dann ist er es vielleicht auch. Aber wenn du lieber einen Kurs in Kickboxen besuchen möchtest, anstatt mich als Lehrer zu haben … nur zu. Vielleicht hast du zumindest noch einen gewissen Unterhaltungswert, bevor dein Cousin dich in Stücke reißt.«

Lyra schnappte nach Luft, und dabei gerieten ihr ein paar Krümel ihres Junkfoods in die Luftröhre. Sie brachte nur ein einziges Wort heraus, aber der Tonfall zeigte deutlich, wie schockiert sie war.

»*Lehrer?*«

Sie musste ihn missverstanden haben. Es konnte gar nicht anders sein. Nie und immer wäre ihr Vater auf so etwas Verrücktes gekommen. Während Lyra verzweifelt versuchte, die Krümel aus ihrer Luftröhre herauszubekommen, fiel ihr auf, dass Jaden immer noch sehr in Verteidigungshaltung zu sein schien. Seine nächsten Worte bestätigten ihre Annahme.

»Ich verstehe ja, dass das etwas unkonventionell ist, aber deswegen gleich zu ersticken, halte ich doch für ein bisschen übertrieben.«

Endlich gelang es ihr, den Hustenanfall unter Kontrolle zu bekommen. Um die restlichen Krümel hinunterzuspülen, öffnete sie die Limonade, trank einen großen Schluck und genoss, wie das kalte Getränk ihre angeraute Kehle hinablief. Dann richtete sie die Aufmerksamkeit wieder auf Jaden. Ihre

Stimme klang angespannt, und das kam nicht allein von dem Hustenanfall.

»Du willst mir ernsthaft weismachen, dass mein Vater, von dem ich noch nie ein gutes – oder auch nur neutrales – Wort über deine Art gehört habe, beschlossen hat, dass du hierbleiben und die Vampirversion von Mister Miyagi aus *Karate Kid* spielen sollst?«

»Er hat mir erklärt, dass er dich nicht selbst unterrichten kann«, erwiderte Jaden tonlos, doch seine blauen Augen funkelten.

»Nicht will trifft es wohl eher«, erwiderte Lyra wie aus der Pistole geschossen. »Weder er noch sonst jemand. Hat er dir auch erklärt, wieso er mich nicht unterrichten kann?«

»Er meinte, es würde dir nichts bringen«, entgegnete Jaden. »Er glaubt, wenn du versuchst, genauso zu kämpfen wie die anderen, bist du ziemlich schnell weg vom Fenster.«

Lyra verdrehte die Augen. »Das kann er doch gar nicht wissen, schließlich hat er mir nie die Chance gegeben, mich zu beweisen.« Sie trank einen weiteren Schluck von ihrer Limonade. Ihr war durchaus bewusst, dass sie über so etwas mit Jaden eigentlich nicht reden sollte. Das ging nur die Wölfe etwas an – wenn überhaupt –, aber nicht ihn. Nur dass sie außer Simon quasi niemanden hatte, bei dem sie sich ausheulen konnte … und Simon, so nett er war, war bei diesem Thema einfach nicht neutral. Und helfen wollte er ihr auch nicht.

Also musste jetzt Jaden, immerhin ein halbwegs neutraler Beobachter, herhalten.

»Wusstest du, dass es in der gesamten Geschichte der Werwölfe gerade mal drei weibliche Alphatiere gab? Drei! Das ist doch erbärmlich! Und die Umstände damals waren schon sehr außergewöhnlich. Seit dem Wahlrecht für Frauen und der Frauenbewegung sind Jahre vergangen, aber hier geht es immer noch danach, wer die kräftigsten Muskeln hat.« Sie hörte selbst, wie keifend ihre Stimme klang, aber sie konnte nichts dagegen tun. Das alles hatte sich schon zu lange in ihr aufgestaut. Und seltsamerweise schien Jaden ihr sogar zuzuhören.

»Wenn ich in eine andere Familie im Rudel hineingeboren wäre, hätte ich wenigstens mein eigenes Leben leben können. Weggehen, wenn mir danach gewesen wäre, heiraten, wen ich will, eine Arbeit finden, ein Haus bauen, eben ein eigenes Leben. Aber nein. Ich bin Dorien Blacks Tochter, also wohne ich mit dreiundzwanzig noch bei Daddy und habe keinen Job, weil mir niemand einen geben will, bevor ich nicht einen Mann gefunden habe und nicht dauernd alle möglichen Streuner meinetwegen in den Ort kommen. Man verwehrt mir, was eigentlich mein Geburtsrecht ist, nur weil ich nicht das nötige Gehänge habe. Da möge Gott vor sein, dass sie ein niedriges Weibchen zur Kämpferin ausbilden! Ich könnte genauso gut kämpfen wie sie. Das ist so dämlich!«

Um ihre Schimpfkanonade zu unterstreichen, knallte Lyra die Faust auf den Tisch und zertrümmerte einen armen, unschuldigen Cheeto. Sie hörte, wie es knackte, hob die Faust, sah, was sie angerichtet hatte, und seufzte tief auf.

»Verdammt.« Ein wenig verlegen richtete sie den Blick wieder auf Jaden. Ihre Nerven mochten zum Zerreißen gespannt sein – genau wie ihr Geduldsfaden –, aber einen Fremden vollzulabern, war vermutlich nicht die Lösung.

»Tut mir leid. Ich … steigere mich da rein. Es war in letzter Zeit nicht ganz einfach.« Der Gesichtsausdruck, mit dem er sie musterte, kam Lyra äußerst seltsam vor. Nun – sie hatte ihn doch loswerden wollen. Sich wie eine entlaufene Irre aufzuführen, war schließlich auch eine Methode.

Allerdings schien das nicht der Grund zu sein, warum er sie so eingehend musterte. Sollte das wirklich … Verständnis sein?

»Das muss dir nicht leidtun. Ich stimme dir durchaus zu.«

»Du – «

»Ich habe dir gut zugehört. Dir steht die Rolle als Alphatier zu.« Lyra konnte nicht umhin zu bewundern, wie rasch er umschalten konnte. Eben hatte er sich noch schrecklich unwohl in seiner Vampirhaut gefühlt, und jetzt war er ganz der sachliche Pragmatiker.

»Du hast mich richtig verstanden. Ich stimme dir zu. Oder besser gesagt: Unter normalen Umständen würde ich dir zustimmen. Aber das hier sind keine normalen Umstände. Laut deinem Vater – der übrigens total verzweifelt ist – hast du nur noch knapp einen Monat, um dir zu überlegen, wie du nicht nur die größeren männlichen Wölfe deines Rudels besiegen kannst, sondern auch diesen bulligen, mörderischen Cousin. Noch dazu in einem Kampf, der vermutlich nicht gerade fair ablaufen wird. Egal ob dir das, was ich dir beibringen könnte, etwas nützt – ich finde, man hätte dich schon aus praktischen Gründen von Anfang an trainieren sollen, aber ich will mich nicht in eure seltsamen Geschlechterprobleme einmischen. Tatsache ist jedenfalls: Bei der kurzen Zeit, die dir bleibt, hast du nicht die geringste Chance zu siegen, wenn du so kämpfst wie die Männer.«

Lyra stieß verblüfft die Luft aus, und es klang fast wie ein Lachen. »Die allgemeine Lebensweisheit hier lautet, dass ich keine Chance habe, weil ich zu klein und *eine Frau* bin.« Sie wusste, dass sie die letzten Worte regelrecht herausknurrte, aber sie konnte einfach nicht anders. Hätte sie andere Interessen gehabt, wäre ihr Geschlecht kein Hindernis gewesen. Alles war möglich, nur nicht, dass sie das Rudel anführte, und so hatte sie wegen ihres Geschlechts schon immer gehässige Seitenhiebe einstecken müssen.

Lyra wusste, dass die meisten Frauen sich hätten einschüchtern lassen oder sich zumindest eine andere Aufgabe gesucht hätten. Sie aber hatte das alles nur fuchsteufelswild gemacht. Und noch entschlossener.

Jadens gelassene und ein wenig geringschätzige Reaktion auf all das war genau das, was sie von einem Vampir erwartet hätte, und dennoch fand sie sie seltsam beruhigend. Sie war nicht die Einzige, die das Gesellschaftssystem der Werwölfe unfair fand, unfair und überholt und einfach nur dämlich. Es überraschte sie, dass sie in ihm, genau wie in jener Nacht in Massachusetts, einen Verbündeten fand.

Allerdings hatte sie nicht den geringsten Schimmer, was sie mit dieser Erkenntnis anfangen sollte.

Jaden machte eine wegwerfende Handbewegung. »Größe ist nicht alles. Talent ist wichtiger. Aber in dieser Zwangslage, in der du steckst, brauchst du mehr, als was ein Wolf dir beibringen könnte.«

»Und an der Stelle kommst du ins Spiel.« Lyra schüttelte ungläubig den Kopf und stopfte sich einen weiteren Cheeto in den Mund. »Das ist doch verrückt. Durch und durch irre. War mein Vater etwa so beeindruckt davon, wie du Simon fertiggemacht hast?«

Jaden nickte. »Vermutlich. Mit solch einer Reaktion hatte ich auch nicht gerechnet, aber so ist es nun mal.«

Lyra seufzte und schob eine dem Haarknoten entschlüpfte Locke hinter das Ohr. Auch sie war beeindruckt gewesen. Jaden bewegte sich mit so viel Eleganz, strahlte so viel Kraft aus. Simon kämpfte gut für einen Wolf, aber bei den Werwölfen drehte sich alles immer nur um Klauen und Zähne und Muskeln. Das war durchaus erfolgreich … aber wenn Jaden kämpfte, war das, als würde man dem Meister einer tödlichen Kampfkunst zuschauen. Es sah irgendwie schön aus. Und beunruhigend sexy, wie Lyra sich eingestehen musste. Sie brauchte nur daran zu denken, wie Jaden sich bewegt und Simon aufgemischt hatte, schon gab ihr Motor wieder Vollgas.

»Dorien mag es, wenn jemand gut kämpft«, sagte Lyra und versuchte, sich wieder auf die praktischen Dinge zu konzentrieren. »Simon wird dich allerdings umbringen wollen. Das war hässlich.«

»Für *ihn* vielleicht schon.« Jaden lächelte, ein sinnliches Lächeln, bei dem seine Augen voller Schalk aufblitzten. »Er kann es ja noch mal versuchen. Aber das Resultat wird ihm nicht gefallen.«

»Du darfst ihn nicht umbringen. Auch nicht noch mal verletzen.«

Sein Lächeln verschwand so rasch, wie es gekommen war. »Oh. Mir war nicht klar, dass du einen … Freund hast. Oder Liebhaber? Das würde die Sache verkomplizieren. Vor allem, wenn er sich stellvertretend für dich beworben hat.«

Lyra stieß einen ungeduldigen Knurrlaut aus. »Ja, das hat er, aber nicht weil er mein Liebhaber ist. Simon ist einer meiner besten Freunde, schon seit meiner Kindheit. Und wenn du nicht magst, dass ich voreilig Schlüsse über dich ziehe, dann mach das umgekehrt gefälligst auch nicht.«

Jaden rutschte auf seinem Stuhl hin und her. »Oh«, wiederholte er, und es klang verstimmt.

Lyra verdrehte die Augen. »Ja, oh. Zurück zu dem Thema, über das wir gesprochen haben, bevor du mit deinen seltsamen Vorstellungen über mein Liebesleben abgeschweift bist. Was ich sagen wollte: Mein Vater hat sich vielleicht irgendwie in den Kopf gesetzt, dass du mir ein paar fiese Tricks beibringen kannst, damit ich gewinne, aber ihr beide überseht dabei eine einfache Tatsache.«

»Als da wäre?«

»Ich bin kein Vamp. Ich bin eine Wölfin.«

Jaden legte den Kopf auf die Seite. »Das ist … nichts Neues.«

Lyra rang die Hände und hätte dabei beinahe die Tüte mit den Chips vom Tisch gefegt. »Aber das ist der entscheidende Punkt! Ich kann mich nicht so bewegen wie du. Ich verfüge nicht über diese ganzen abgefahrenen Fähigkeiten, die ihr Vampire habt. Ich kann nur mit dem arbeiten, was ich habe. Und das ist ganz anders als das, was dir schon von Anfang an zur Verfügung stand.«

»Da magst du recht haben«, musste Jaden zugeben. »Aber es hat mir nicht viel Mühe gemacht, Mark und Simon zu besiegen, dafür musste ich nur sehr wenig von meinen Fähigkeiten einsetzen. Glaub mir.« Er beugte sich vor, und wieder fiel Lyra die Intensität auf, die er ausstrahlte und die in interessantem Kontrast zu seinen Anflügen von Humor und Freundlichkeit stand. Interessant, verwirrend und nicht unbedingt begrüßenswert. Sie stand nicht auf Überraschungen.

»Ich will nicht behaupten, dass ich dich auf jeden Fall so gut trainieren kann, dass du gewinnst, Lyra. Aber ich kann dir beibringen, wie du aus deiner kleineren Statur Nutzen ziehen kannst und wie du einen Angriff startest, auf den deine Gegner nicht gefasst sind. Du bist von Natur aus kräftig und geschmeidig. Das kannst du effektiver nutzen, wenn du dich nicht einfach nur auf deinen Gegner stürzt und wild drauflos beißt und kratzt.«

»Woher willst du das wissen? Du hast mich doch noch nie kämpfen sehen.«

»Ich … weiß es einfach.« Wieder wurde er rot. Vermutlich war es falsch, sich darüber zu amüsieren, aber sie konnte einfach nicht anders. Er war goldig. Gefährlich goldig.

»Ich sehe ja, wie du dich bewegst«, fuhr er fort. »Nach zweihundert Jahren voller Rangeleien hat man einen Blick für so etwas.«

»Soso.« Lyra tat, als wäre ihr das egal, aber zu wissen, dass er beobachtet hatte, wie sie sich bewegte – genau beobachtet hatte –, ließ die Schmetterlinge in ihrem Bauch gleich wieder auffliegen. Die Erinnerung an seine Hände auf ihrer Haut, an die Hitze zwischen ihnen, kam wieder hoch, aber Lyra schob sie mit aller Gewalt fort … Wenn – falls – sie sich auf diesen Wahnsinn einlassen wollte, musste sie sich erst mal ein paar Gedanken über die Wirkung machen, die Jaden auf sie hatte. Dieses Gefühl war ungesund, es konnte nirgendwohin führen, und falls irgendjemand davon erfuhr, würde man sie mit eingekniffenem Schwanz aus der Stadt jagen. Die Frage war also nicht nur, ob sie es draufhatte, mit einem Vampir zu trainieren, sondern auch, ob sie damit umgehen konnte, mit diesem *speziellen* Vampir so viel Zeit zu verbringen.

Dass sie das nicht einschätzen konnte, machte ihr schwer zu schaffen.

»Du willst also einfach hier rumhängen und mir beibringen, wie ein Vampir zu kämpfen? Ist das der ganze Plan?«

»Im Prinzip ja.« Er bewegte ein wenig den Kopf, und eine Haarsträhne glitt hinter seinem Ohr hervor und fiel ihm ins Gesicht. Er machte sich nicht die Mühe, sie zurückzustreichen, aber Lyra juckte es in den Fingern. Stattdessen begann sie, mit einer ihrer dem Knoten entflohenen Locken zu spielen.

»Und verstecken wirst du dich …«

»In eurem Keller. Dorien meinte, ihm würde schon eine Ausrede für meine Anwesenheit einfallen, also kann man nicht unbedingt von Verstecken reden.«

Lyra fing an zu lachen, laut und herzhaft, was Jaden zu überraschen schien. Ihr war gerade aufgegangen, wie irre und lächerlich die ganze Situation war. Jaden zog eine Augenbraue hoch und betrachtete sie neugierig, schien also nicht beleidigt zu sein.

Sie schüttelte den Kopf, weil sie es einfach urkomisch fand, dass er glaubte, in einer Stadt voller Werwölfe einfach so überleben zu können.

»Du bildest dir ganz schön was auf dich ein, nicht wahr?«

»Kann sein, dass ich das schon ein- oder zweimal gehört habe«, erwiderte er. »Wieso?«

»Dir ist schon klar, dass die Leute hier durchdrehen werden, sobald sie auch nur einen Hauch von Vampir und Katze in die Nase bekommen? Und das hältst du für völlig unproblematisch?«

»Du bist auch nicht durchgedreht, dabei sitzt du hier schon eine Weile. Außerdem hast du nie deine Fänge ausgefahren und mich gejagt.« Bei der Vorstellung, genau das zu tun, musste sie grinsen, obwohl sie fürchtete, dass er den Ernst der Situation noch immer nicht begriffen hatte.

»Nun ja, ich habe mich vermutlich inzwischen daran gewöhnt, wie du stinkst. Aber auch wenn ich mein Rudel liebe – nicht jeder hier ist so ein Ausbund an Selbstbeherrschung wie ich.«

Jaden zuckte mit den Schultern. »Dorien hat mir versichert, dass er etwas aushandelt. Ich nehme an, es hat seinen Grund, dass er sich schon so lange als Alphatier gehalten hat, deshalb habe ich ein gewisses Vertrauen in ihn.«

Während sie ihn beobachtete, wie er da ruhig und gelassen am Tisch saß, wurde ihr zweierlei klar: zum einen, dass Jaden nicht die geringste Ahnung von Werwölfen hatte, zum anderen, dass es ihm todernst damit war, ihr zu der ihr zustehenden Position im Rudel zu verhelfen. Ersteres war seltsam herzerwärmend, selbst wenn es vermutlich seinen Tod bedeuten würde. Letzteres war und blieb ein Rätsel, das sie einfach nicht lösen konnte, und das machte ihr zu schaffen. Normalerweise konnte sie Leute recht gut einschätzen. Aber für jemanden wie ihn war ihr Erfahrungshorizont einfach nicht weit genug. Nachdem er sich also in den Kopf gesetzt hatte, dass ein Vampir problemlos im Zentrum des Rudels der Thorn herumlaufen könne, stellte sie die eine Frage, die alle anderen Fragen beinhaltete.

»Warum?«

»Warum was?«

Sie kniff die Augen zusammen, weil er auf einmal wieder derart auf der Hut zu sein schien. »Warum das alles? Warum kreuzt du hier mit dem Talisman meiner Familie auf? Warum bleibst du und hilfst mir? Ich nehme an, Dad zahlt dir was dafür, aber Unsummen können es nicht sein. Du dürftest Besseres zu tun haben, als dich in Werwolfpolitik einzumischen, und es ist ja auch nicht so, dass wir beide uns auf Anhieb prima verstanden hätten. Ich ... kapiere das alles einfach nicht.«

Jaden legte die Stirn in Falten. Lyra spielte mit ihren Cheetos herum, sodass ihre Finger schon ganz orangefarben waren. Ihr war der Appetit vergangen, was nicht häufig vorkam. Aber auf einmal schien es außerordentlich wichtig, genau in Erfahrung zu bringen, was Jaden hier wollte – auch wenn sie den Verdacht hatte, dass sie vieles an ihm niemals ganz verstehen würde.

Schließlich sagte er: »Ich bin weit über zweihundert Jahre alt, Lyra. Die meiste Zeit musste ich tun, was man mir befahl, und nicht, wozu ich Lust hatte. Aber jetzt liegen die Dinge anders, und das hier interessiert mich. Warum, weiß ich nicht. Spielt das denn eine Rolle? Wenn du willst, helfe ich dir, einfach so.«

»Und wenn ich nicht will?«

»Dann werde ich schon eine andere Aufgabe finden«, erwiderte Jaden beiläufig, aber sein Blick blieb ernst. Lyra musterte ihn. Seine Schultern waren angespannt, genau wie die Kieferpartie. Aus irgendeinem Grund schien er wirklich hierbleiben zu wollen. Was wohl auch bedeutete, bei ihr. Trotz ihrer eigenen Reaktion auf ihn konnte sie das kaum nachvollziehen.

»Also, was nun?«, fragte Jaden leise. »Ich glaube, Dorien hat mir nicht richtig zugehört, als ich gesagt habe, dass du das entscheiden musst. Aber offensichtlich hatte ich recht. Dies ist dein Kampf, deine Entscheidung. Wenn es dir lieber ist, kann ich aus der Stadt verschwunden sein, bevor er zurückkommt. Aber wenn du willst, dass ich bleibe, können wir uns einen sicheren Platz suchen und an die Arbeit gehen.«

Lyra rutschte unruhig auf ihrem Stuhl hin und her und rollte die Cheetos-Tüte zusammen, damit sie ihn nicht anschauen musste. Sie hasste es, in Verlegenheit gebracht zu werden, und hier ging es um einiges, da konnte sie nicht einfach mal schnell eine Entscheidung treffen. Außerdem haderte sie damit, dass sie Jadens Motivation nicht recht verstand und vielleicht auch nie verstehen würde. Sie wusste ein wenig über seine Dynastie – zumindest über die Zeit, bevor sie sich mit der der Lilim vermischt hatte. Aber dieser ganze Dynastien-Mist mit Aristokratie und seltsamer mittelalterlicher Gesellschaftsform war nicht ihre Welt und ging sie auch nichts an.

Jaden war eine unbekannte Größe. Sie war sich nicht sicher, ob sie solch ein Risiko eingehen sollte. Andererseits wusste sie nicht, ob sie es sich leisten konnte, sein Angebot auszuschlagen …

Frustriert und ohne sich zu überlegen, was sie da tat, steckte Lyra den Finger in den Mund, um die letzten Käsereste abzulutschen. Plötzlich fiel ihr auf, dass Jadens ganze Konzentration auf ihren Mund gerichtet war. Gleich darauf trafen sich ihre Blicke – und diesen Gesichtsausdruck würde Lyra niemals mehr vergessen. Jaden wirkte auf eine Art hungrig, die sie nie gekannt hatte, gequält von einer Sehnsucht, die so tief war, dass niemand sie jemals würde stillen können.

In diesem Moment sah er ganz und gar wie ein Vampir aus: uralt, verloren und schier zerfressen von seinen Bedürfnissen.

Jetzt, wo er ihr in die Augen sah, spürte Lyra diesen unergründlichen Hunger wie einen Schlag, der ihren gesamten Körper erschütterte. Er mochte ein Vampir sein, aber das Tier in ihr reagierte erschreckend deutlich auf das Tier in ihm. Sie musste sich beherrschen, um nicht über den Tisch zu springen, ihre Beine um ihn zu schlingen und ihre Zähne in seine Haut zu schlagen.

Sie richtete sich steif auf, verschränkte die Finger ineinander, ließ die Hände vor sich auf den Tisch sinken und legte ein Bein über das andere. Auch Jaden schien das Bedürfnis nach ein bisschen Abstand zu haben. Er lehnte sich auf seinem Stuhl zurück, verschränkte die Arme vor der Brust und schaute gelangweilt zur Seite, als wäre nichts zwischen ihnen vorgefallen.

Lyra wurde klar, dass auch er so etwas nicht wollte. In gewisser Weise war das eine Erleichterung. Andererseits war das keine Garantie, dass er sich auch weiterhin benehmen würde. Oder sie.

Schließlich gab sie ihm die einzige Antwort, zu der sie sich durchringen konnte.

»Es ist schon spät. Ich bin völlig erledigt, und ich muss das alles erst mal verarbeiten. Machen wir es doch so: Du bleibst vorläufig hier. Wir versuchen es einfach. Wenn sich das Ganze als Flop erweist, gehst du, und ich denke mir irgendwas anderes aus. Nichts für ungut.«

Jaden nickte langsam. »Okay. Klingt vernünftig.«

»Gut«, erwiderte Lyra und versuchte, möglichst gleichgültig zu klingen, auch wenn das ganz und gar nicht ihrem Gefühl entsprach. Sie brauchte Luft, sie brauchte Platz, und am liebsten wäre sie auf vier Beinen im Licht des abnehmenden Monds vor sich hin gelaufen. Aber selbst dieses winzige Vergnügen war ihr seit einiger Zeit verwehrt. Zu gefährlich. Selbst hier.

Sie konnte sich nur in einen anderen Teil des Hauses zurückziehen. Das musste reichen. Und vielleicht würde ihr eine ausgiebige Runde Schlaf helfen, die Dinge klarer zu sehen.

»Pass auf, ich muss noch ein paar Sachen erledigen, bevor ich mich in die Falle haue, und ich habe keine Ahnung, wann mein Vater wieder zurückkommt.« Sie versuchte zu lächeln. »Vermutlich versteckt er sich vor mir. Wie auch immer … ich bin sonst eigentlich ein Nachtmensch, aber die letzte Woche war ganz schön anstrengend, deshalb …« Sie schwieg, in der Hoffnung, dass er die Anspielung verstehen würde.

»Kein Problem«, erwiderte Jaden leichthin. »Ich brauche keinen Babysitter. Mir fällt schon was ein, was ich tun kann, bis Dorien zurückkommt. Geh du ruhig.«

Lyra war so erleichtert und ihr Wunsch, aus dem Zimmer zu laufen, so riesig, dass sie viel zu rasch aufstand. Ihr fiel erst auf, dass Jaden sich gleichzeitig mit ihr erhoben hatte, als sie fast schon in ihn hineingelaufen war – wie es mit ziemlicher Sicherheit seine Absicht gewesen war.

»Oh, tut mir leid«, entfuhr es ihr, während sie instinktiv die Hände hob, um nicht die Balance zu verlieren. Und natürlich griff sie nach dem Nächstbesten, was Halt bot: nach ihm. Sie spürte seine Hände an ihrer Taille, spürte die angespannten Muskeln unter ihren Händen. Und ob es nur ihre Erschöpfung oder irgendein anderer, unbewusster Grund war – jedenfalls schmiegte sie sich an ihn und gab sich ein paar Sekunden dem herrlichen Gefühl hin, einfach gehalten zu werden.

Sie hörte, wie er einatmete, und spürte, wie er die Arme um sie schlang und sie an sich zog. Lyra wehrte sich nicht dagegen, obwohl sie wusste, dass das gefährlich war. Auch Jaden schien dieses unsichtbare Band zu spüren, das sie zueinander hinzog. Noch einen Moment lang überließ sie sich dem Genuss, dass ihr Körper so perfekt mit seinem harmonierte und sein Atem so sanft über ihre Haut strich.

Dann entzog sie sich seiner Umarmung und versuchte, die Sehnsucht und das Bedauern zu unterdrücken, die sie überfielen, kaum dass sie sich von ihm gelöst hatte. Das war ein Test, sagte sie sich. Sie musste wissen, ob sie ihm so nah sein konnte, ohne sich ihm an den Hals zu werfen oder sonst etwas Dummes zu tun. Und im Großen und Ganzen hatte sie den Test bestanden.

Aber sie konnte den Triumph nicht recht auskosten, denn in Jadens Augen spiegelte sich die wilde Begierde, die auch sie aufwühlte.

»Gute Nacht, Lyra«, sagte er leise. Seine Stimme klang wie dunkler Samt.

»Gute Nacht«, erwiderte sie. Und aufgewühlt wie sie war, tat Lyra das Einzige, womit sie sich in Sicherheit bringen konnte, auch wenn es ganz und gar nicht dem entsprach, was sie wollte. Mit zitternden Knien drehte sie sich um und ging.

Und fragte sich, ob das auch beim nächsten Mal noch so leicht zu schaffen sein würde.

8

Jaden schlief wie ein Toter, weil er nicht anders konnte, aber er wurde von Albträumen geplagt. Als er erwachte, fühlte er sich aufgewühlt und verwirrt. Ruckartig setzte er sich auf und musterte die unbekannte Umgebung. Die Wände waren mit hässlichen Holzplatten verkleidet, im Raum standen ein Billardtisch und ein altmodischer Fernsehapparat. Vor den kleinen Fenstern hingen dicke Stoffvorhänge, um das Licht auszusperren. Ein Blick nach unten verriet ihm, dass er auf einem alten, braun-karierten, bequem gefederten Sofa geschlafen hatte, das jemand mit Laken, Decken und Kopfkissen ausgestattet hatte.

In seinem langen Leben war Jaden an so vielen merkwürdigen Orten wach geworden, dass es ihm gar nicht in den Sinn kam, panisch zu reagieren. Stattdessen holte er tief Luft, schloss die Augen und brachte Ordnung in seine Gedanken, was er immer nötig hatte, wenn er bei Sonnenuntergang aufwachte. In der selbst gewählten Dunkelheit sah er Lyra vor sich, wie sie aus ihren golden glänzenden Augen zu ihm aufsah, während er sie in Armen hielt.

Dann fiel es ihm ein.

»Scheiße«, stöhnte er, zog die Knie an die Brust und raufte sich die Haare. Ringsum stieg ihr Duft auf, warm und würzig und unverkennbar Lyra. Das ganze Haus war darin getränkt. Und er würde noch einige Wochen hier wohnen, in ihrem Duft schwelgen und sich selbst in den Wahnsinn treiben.

Na großartig.

Letzte Nacht schien ihm das alles eine tolle Idee gewesen zu sein. Erstaunlich, wie ein wenig Schlaf doch die Perspektive verschieben konnte. Dennoch, im Moment steckte er mittendrin. Bis zum Hals.

Leise stöhnend schwang Jaden die Füße auf den Boden und gähnte. Er schob die Decken beiseite, stand auf, streckte sich, atmete tief durch und genoss es, wie seine Lebensgeister erwachten. Die kühle Luft im Keller wirbelte um seinen nackten Rumpf und um seine Beine, die ebenfalls unbekleidet waren, abgesehen von tief sitzenden Boxershorts.

Er erinnerte sich, dass Dorien ihm hier unten ein Badezimmer mit Dusche gezeigt hatte. Sich eine Weile Wasser übers Haupt laufen zu lassen, war eine verlockende Vorstellung. Jaden blickte sich um. Irgendwo musste seine Reisetasche sein, die er stets gepackt bei sich trug für den Fall, dass er unerwartet längere Zeit irgendwo bleiben musste.

Ihre leise, heißblütige Stimme ließ ihn innehalten.

»Hallo, ich habe dir einige … oh, tut mir leid.«

Jaden drehte sich um. Lyra stand auf der Treppe, drei Stufen über dem Boden, und glotzte ihn aus weit aufgerissenen Augen und wie zur Salzsäule erstarrt an. Von ihrer Hand baumelte ein Körbchen mit Toilettenartikeln. Sie hob es, beinahe entschuldigend, hoch.

»… Dinge gebracht. Zum Waschen und so. Ist für dich. Du bist nicht angezogen. Ja, ich geh dann mal wieder.«

Jaden fand es lustig, dass die sonst scheinbar so unbeeindruckbare Lyra Black allein dadurch aus der Fassung zu bringen war, dass man sich bis auf die Unterwäsche auszog. Sie drehte sich um und wollte flüchten, aber er hatte keinerlei Absicht, sie so einfach fortzulassen. Die Gelegenheit, sie ein bisschen zu quälen, konnte er nicht ungenutzt verstreichen lassen.

»Nein, lauf nicht weg. Das da kann ich gut gebrauchen«, sagte er, marschierte stracks auf sie zu und streckte die Hand aus. Ihre Wangen liefen dunkelrot an, aber ihm entging nicht, dass sie ihn rasch von oben bis unten musterte, ehe sie den Kopf zur Wand drehte. Sie begehrte ihn. Endgültig sicher war er sich letzte Nacht gewesen, als sie in seine Arme gesunken war. Beziehungsweise sich hatte sinken lassen. Er hatte den kurzen Moment gespürt, als sie innerlich losgelassen und ihr Körper auf seinen reagiert hatte. Und wenn es noch weiterer Beweise bedurft hätte, wäre die Art und Weise, wie sie aus der Küche abgezischt war, mehr als genug gewesen.

Normalerweise hätte ihm dieses Wissen genügt, um sie anzubaggern. Er mochte ja etwas eingerostet sein, aber er war überzeugt, dass er die meisten Frauen ohne größere Probleme verführen könnte. Bei Lyra war die Sache jedoch ein wenig heikler. Was sie war … was sie werden wollte … und erst der Umstand, dass ihr Vater ihn mit größtem Vergnügen in seine Einzelteile zerlegen würde, sollte er es wagen, sie auch nur anzufassen.

Er wusste, die Beziehung rein platonisch zu belassen, wäre vernünftiger. Aber das hieß ja nicht, dass er sich nicht ein paar einfache Freuden gönnen durfte … wie etwa ihre Reaktion, als sie ihn fast unbekleidet sah.

Jaden hob das Körbchen am Henkel hoch und prüfte neugierig den Inhalt. Da war jemand einkaufen gegangen – alles, einschließlich des Körbchens, war neu. Er blickte zu ihr hoch, obwohl sie immer noch krampfhaft woanders hinsah.

»Du hast mir Zahnseide mitgebracht.«

Jetzt schaute sie ihn an. »Ja. Und?«

»Du hast mir Aftershave mitgebracht.«

»Ich dachte mir, du könntest es vielleicht brauchen. Wachsen Vamps keine Haare im Gesicht? Ein Rasierer ist ebenfalls drin.

Willst du jetzt alles, was ich gekauft habe, einzeln auflisten? Meine Güte. Ich bin jetzt weg.«

Er musste grinsen. Er hatte keine Ahnung gehabt, wie anziehend sie war, wenn sie auf dem falschen Fuß erwischt wurde wie eben.

»Danke. Ich muss nur aufpassen, dass die Körperpflege nicht zu tuntig wird. Aber damit kann ich leben.«

»Ich könnte dir auch noch ein paar andere Vorschläge machen, wo du dir das Zeug hinstecken kannst«, grummelte Lyra. »Keine Ursache. Und, äh, mach einfach, was du halt so machst, und komm dann rauf. Es war ein langer Tag, also lass dir nicht ewig Zeit.«

»Versprochen. Keine Ahnung, was du so vorhast, aber ich würde mir gern die Gegend anschauen, wo deine Prüfung stattfinden soll, ehe wir mit dem Training anfangen. Du erklärst mir, wie das Ganze über die Bühne geht, und dann überlegen wir uns was.«

»Ist mir recht. Ich warte oben auf dich.«

Sie drehte sich erneut um und wollte gehen, aber Jaden konnte nicht widerstehen, sie ein letztes Mal zu triezen.

»Lyra?«

Sie hielt inne, versteifte sich, drehte sich aber nicht um. Ihre Stimme verriet Anspannung.

»Was denn noch?«

»Warum war es ein langer Tag? Ist alles in Ordnung?«

Sie stieß ein kurzes, freudloses Lachen aus. »Ja, sicher. Das ganze Rudel weiß, dass ich mit unserem allerersten Vampirbotschafter überhaupt unter einem Dach wohne. Den ganzen Nachmittag war ich beim Einkaufen, und überall miauten sie mich an. Kann ein Tag *noch* schöner sein?«

Ohne ein weiteres Wort stampfte sie die Treppe hoch, und Jaden brachte es nicht übers Herz, sie erneut zurückzurufen.

Sie hatte sich selbst in diese Lage gebracht, gewiss … aber auch wenn er sie erst kurz kannte, war er überzeugt, dass sie gute Gründe dafür hatte. Und außerdem: Hatte sie ihn soeben als »Vampirbotschafter« bezeichnet?

Jaden schüttelte den Kopf und trug das Körbchen mit den Waschutensilien ins Bad. Er freute sich, dass sie sich so viel Mühe gemacht hatte. Wann hatte das letzte Mal eine Frau etwas für ihn besorgt? Klar, es waren nur Zahnpasta und Shampoo, ermahnte er sich selbst. Genau das würde auch Lyra sagen, sollte er sie daraufhin ansprechen. Aber als Jaden dann den Wasserhahn aufdrehte und nach dem Shampoo griff, fiel ihm auf, dass er eine Kleinigkeit übersehen hatte: die Probe eines – wie er wusste – teuren Eau de Cologne.

Gespannt entfernte er den Stöpsel und roch. Es war dezent, aber einnehmend … genau die Note, die er selbst gewählt hätte. Und die er auch verwenden würde, da sie sich nun schon mal die Mühe gemacht hatte, sie für ihn zu besorgen. Wenn er ihr dafür dankte, würde sie nur abwinken, das war ihm klar. Bedanken würde er sich trotzdem. Auf ihre Art versuchte Lyra, ihm ein Gefühl von Zuhause zu vermitteln. Ihm, mit seiner ewigen Reisetasche, immer bereit, von einer Sekunde auf die nächste weiterzuziehen.

Ihre nette Geste machte ihm bewusst, wie lange er nun schon ständig auf Achse war. Wie lange er schon keinen festen Platz für seine Sachen mehr hatte – oder Sachen für einen festen Platz.

Wider Willen war er gerührt. Ein Gefühl, das sich noch steigerte, als ihm plötzlich klar wurde, dass er vorhin, als Lyra in den Keller gekommen war, mit nacktem Rücken zu ihr gestanden hatte. Sie hatte also seine Peitschennarben gesehen, ohne es sich anmerken zu lassen. Als er sich zu ihr umgedreht hatte, hatte er nichts entdecken können, keinen Ekel, keine Geringschätzung und vor allem kein Mitleid.

Eine Überraschung. Wie alles an dieser Frau.

Seufzend stieg Jaden aus seiner Unterhose und stellte sich unter die Dusche. Den Vorhang zog er zu. Für eine scharfzüngige, einigermaßen unhöfliche kleine Wölfin hatte sie eine verstörend große Zahl attraktiver Eigenschaften. Da war der Anblick, den sie in Jeans bot, wie heute Nacht, noch gar nicht eingerechnet.

Er konnte nur hoffen, dass sie den Rest der besseren Hälfte ihres Charakters unter dem Deckel hielt, damit er sich auf den Unterricht konzentrieren konnte, anstatt darauf, den Deckel weiter zu lüpfen. Er war fest entschlossen, ihre Anziehungskraft zu ignorieren. Alles andere war sinnlos. Wenn das hier vorbei war, würde er nach Tipton zurückkehren und Blut trinken, und sie würde in ihrer Freizeit wieder ihr Leben als zu groß geratene Hündin führen. Das wär's dann gewesen. Vielleicht würde er sich nach dem Cait-Sith-Trio erkundigen, von dem Ty gesprochen hatte. Da fiel ihm ein ... er musste Ty eine kurze SMS schicken und ihm Bescheid geben. Zweifellos würde auch mindestens eine Nachricht auf ihn warten. Anschließend würde er das Handy ausschalten und für die Dauer seines Aufenthalts hier ganz unten in seiner Reisetasche vergraben. Sie wussten, wo er sich aufhielt, und er war kein Kind mehr, auf das man ständig aufpassen musste.

Abgesehen davon – je weniger Leute in Tipton erfuhren, worauf er sich hier eingelassen hatte, desto besser.

Mit diesem Gedanken versuchte sich Jaden wieder auf das Hier und Jetzt zu konzentrieren, auf die verdammte Prüfung und darauf, womit er Lyras Training beginnen sollte.

Aber erst mal wusch er sich den Kopf.

Er war gefoltert worden.

Den ganzen Abend hatte sie mühsam versucht, das Bild von Jadens Rücken aus ihrem Kopf zu verscheuchen, bislang vergebens. Erst war sie sprachlos gewesen, und dann hatte sie ihre ganze Willenskraft benötigt, ihn nicht danach zu fragen. Jaden legte großen Wert auf seine Privatsphäre, und sie bezweifelte, dass er sich ihr gegenüber öffnen würde, wenn sie ihn mit der Frage überfiel: »He, wer hat dich denn derart ausgepeitscht, dass du dich nicht selbst heilen konntest?«

Vampire als unterdrückte Wesen zu sehen, fiel ihr schwer. Es war das Gegenteil dessen, was man ihr von klein auf eingetrichtert hatte. Andererseits hatte ihr der Anblick auch keinen Schock versetzt. Lyra hatte einige Zeit in der Gesellschaft von Vamps verbracht, als sie das Gefühl hatte, sie müsse einfach mal raus aus Silver Falls. Sehr zum Missfallen ihres Vaters. Nicht, dass Vampire auf ihre Gegenwart jemals erpicht gewesen wären, aber sich in eine »verbotene« Stadt zu schleichen, um einzukaufen, Spaß zu haben und süße Jungs zu treffen, die bei Vollmond auch nicht seltsamer waren als zu anderen Zeiten, war eine hervorragende Methode, sich dem ständigen Druck zu entziehen und mal ordentlich Dampf abzulassen. Auf ihren Ausflügen hatte sie festgestellt, dass es bei den Blutsaugern eine breite Unterschicht gab. Und diejenigen, die Blaublute genannt wurden, waren in aller Regel nicht so süß. Keiner wollte einen Wolf um sich haben … aber normalerweise musste man sich nur vor den Blaubluten in Acht nehmen, auch wenn es nicht so viele gab.

Bösartige Gesellen.

Lyra sah kurz zu Jaden, als sie auf den Parkplatz einbog und den Motor ihres kleinen roten Pick-ups ausschaltete. Er wirkte recht entspannt. Für seine Verhältnisse. Allerdings war er auf dem Weg hierher auch reichlich abgelenkt gewesen, deshalb konnte sie das nur schwer beurteilen.

»Okay, wir sind da.« Sie ließ den Blick über den Parkplatz schweifen, hinter dem sich eine Grünfläche befand, die sich bis zu dem dichten Baumbewuchs erstreckte. Er war leer – aber das musste nichts bedeuten. Sie mussten ihn im Auge behalten.

»Gut«, antwortete er. »Schauen wir uns mal um.« Und noch ehe sie ihn – ein weiteres Mal – warnen konnte, dass vielleicht noch andere Wölfe hier herumstrichen, war er bereits ausgestiegen und schlenderte auf die Grünfläche zu, als würde sie ihm gehören. Verärgert spitzte Lyra die Lippen, aber einen kurzen Moment erlaubte sie es sich, die Art zu bewundern, wie er sich bewegte. Wolfskörper waren auf Kraft angelegt.

Jadens Körper war angelegt auf Geschmeidigkeit und Geschwindigkeit. Und auf … andere Dinge.

Knurrend stieg sie ebenfalls aus, eifrig bedacht, diese ständig wiederkehrenden Gedanken so weit von sich zu schieben wie nur irgend möglich. Wenn alles glatt lief, würde sie in Kürze gegen ihn zum Sparring antreten. Dazu müsste sie ihre Einstellung ändern und sich wünschen, dass seine Hände ihren Körper *nicht* berührten.

Anders als Jaden nahm sich Lyra Zeit, den Geruch der Luft zu prüfen, auf noch so weit entfernte Stimmen zu lauschen oder auf das sanfte Auftreten von Pfoten. Sie schloss zu ihm auf, als er stehen blieb und ruhig alles in sich aufzusaugen schien. Ein paar Minuten würde sie abwarten, ob er vielleicht wie durch ein Wunder zu irgendwelchen für sie neuen Einsichten über diesen Ort kam. Sie trat ein paar Schritte zur Seite, legte den Kopf in den Nacken und erfreute sich an den Sternen am nächtlichen Himmel.

»So treffen Werwölfe die wichtigsten Entscheidungen über ihre künftige Führung auf … einem Spielplatz.«

Er sprach leise wie immer, doch seine Stimme war in der Stille weit zu hören. Lyra warf ihm einen bösen Blick zu und verschränkte die Arme vor der Brust, um sich gegen die rasch abkühlende Luft zu wappnen. Sie war gern hier oben, aber

Mann, sie wünschte wirklich, der Sommer würde wenigstens hin und wieder früher Einzug halten, statt dass Winter und Frühling sich bis Ende Juni im Tauziehen maßen.

»Das ist kein Spielplatz. Grant Park ist eine riesige Grünfläche, du Genie«, entgegnete Lyra. »Nimm das gefälligst zur Kenntnis.«

Er zog die Mundwinkel leicht nach oben. Langsam verstand Lyra seinen Sinn für Humor, der immer wieder durchschimmerte, auch wenn er gut darin war, ihn zu verbergen.

»Und wo sitzt dann das Publikum? Auf dem Klettergerüst? Den Schaukeln? Oder auf dem Schaukelpferdchen?«

Lyra knirschte mit den Zähnen, was es gar nicht so leicht machte, ihm zu antworten. Jadens angedeutetes Lächeln hatte sich in ein freches Vampirgrinsen verwandelt. Diesen Blick kannte sie, diesen typischen »Wölfe sind blöd, igittigitt«-Blick, den sie so oft bei Angehörigen seiner Gattung gesehen hatte. Der Wunsch, ihn zu beißen, wuchs – und den Biss hätte er bestimmt nicht genossen. Aber das konnte sie nicht bringen, deshalb versuchte sie es mit Sarkasmus.

»Es gäbe da noch eine kleine Gartenlaube. Und Bäume. Und vermutlich irgendwo auch noch ein Dixie-Klo. Du findest das alles sicher saukomisch, weil du auf der Stufe eines Fünfjährigen stehen geblieben bist. Nichtsdestotrotz, hier findet die Prüfung statt. Können wir jetzt weitermachen?«

Sein sexy Lächeln hatte für Lyra etwas ausgesprochen Katzenhaftes.

»Klar.«

»Blödmann«, grummelte sie leise vor sich hin, aber laut genug, dass er es hören konnte. Jaden schaute sich einmal mehr um, und Lyra beobachtete ihn dabei. Und in diesem Moment wurde ihr etwas Seltsames bewusst: Sie fühlte sich rundum wohl.

Lyra tat so, als hätte sie etwas Interessantes auf dem Boden entdeckt, während sie heimlich zu Jaden hinüberlinste. Er brauchte ja nicht mitzubekommen, wie intensiv sie ihn musterte. Seine Reaktionen auf alles hier draußen waren einfach zu spannend. Er tat, als wäre alles neu für ihn: Park, Bäume, sogar der nächtliche Himmel, auf den Silver Falls mit ziemlicher Sicherheit kein Monopol hatte. Hin und wieder hatte er auf dem Weg hierher sogar Bemerkungen über Vaters Blumenbeete fallen lassen – keineswegs abfällig, sondern einfach interessiert. Allerdings vermutete sie, dass Jadens Kommentar etwas spitzer ausfallen würde, wenn er erführe, dass ihrem Vater ein ganzes Gartencenter gehörte.

Aber diese Information würde sie noch eine Weile für sich behalten.

Lyra wartete, dass er etwas sagte, aber als er nur mit weit aufgerissenen Augen umherwanderte, gab sie auf.

»Jaden, jetzt mal im Ernst. Das sind Bäume. Eine spannende Sache, ganz klar, aber falls sie nichts mit meiner Ausbildung zur Vampirninja zu tun haben, könntest du dich vielleicht wieder auf das Wesentliche konzentrieren.«

Lyra freute sich tatsächlich schon auf die bissige Entgegnung, die er sich hoffentlich einfallen ließ. Sie kannte nicht viele Leute, die sich auf ein Wortgefecht mit ihr einließen, abgesehen von Simon, und selbst er wurde ihrer manchmal überdrüssig. Doch als Jaden sie schließlich ansah, wurden ihre Hoffnungen enttäuscht. Sein Gesichtsausdruck war so voll ehrlicher Verwunderung, dass Lyra sofort ein verdächtiges Flattern in der Magengegend verspürte.

Schmetterlinge, dachte sie, frustriert, weil sie sie nicht bändigen konnte. Rechnete sie das seltsame Küchenerlebnis hinzu, bestand Anlass zur Sorge, dass sich das Ganze zu einem Trend auswachsen würde.

»Entschuldigung, ich habe mich ein bisschen hinreißen lassen«, sagte er und lächelte dann. Ja, er strahlte übers ganze Gesicht, und wenn er bereits finster verlockend gewesen war, wurde er nun vollends hinreißend.

»Mir war gar nicht klar, wie lange ich schon nicht mehr an Orten wie diesem gewesen bin«, fuhr er fort.

Lyras Mund zuckte. »Auf Spielplätzen? Soll ich dich auf eine Schaukel setzen und ein wenig anschubsen?«

Jaden kicherte leise und herzlich. Ein totaler Gegensatz zu allem, was Lyra mit Vampiren assoziierte. Aber das galt für Jaden bislang generell.

»Nein«, sagte er. »Ich hatte nur vergessen, wie schön es ist, nicht eingesperrt zu sein. Städte können eine ziemlich klaustrophobische Wirkung entfalten. Inzwischen habe ich mich ja dran gewöhnt, aber am Anfang war es hart. Früher war ich nur ein –«

Er brach mitten im Satz ab, schüttelte den Kopf und lächelte kläglich. Lyra, deren Neugier geweckt war, hoffte, er würde weiter erzählen. Wieso war es anfangs hart gewesen? Woher stammte er? Wo war er gewesen? Nicht, dass das eine Rolle spielen würde, redete sie sich selbst ein. Aber man konnte leicht vergessen, dass Jaden vor ein paar hundert Jahren ein richtiger Mensch gewesen war und sein Leben ganz anders geplant hatte, als es schließlich verlaufen war.

»Warst du ein Landei?«, fragte sie. Er zögerte, nickte dann langsam.

»Somerset. Damals bin ich nicht einmal bis London gekommen. Inzwischen allerdings … bin ich überall gewesen.« Er schob die Hände in die Jackentaschen und krümmte sich leicht zusammen, was Lyra mittlerweile als Abwehrhaltung kannte. Er wollte das Thema nicht vertiefen. Sie vermutlich genauso wenig, dachte Lyra, wenn sie alles verloren hätte und noch einmal bei null hätte anfangen müssen.

Leute zu trösten, war keine ihrer angeborenen Gaben. Aber Jaden versuchte sie schon zu trösten, noch ehe ihr überhaupt bewusst war, was sie da tat.

»Na ja, die englische Provinz ist das hier nicht, aber es hat was. Ich würde an keinem anderen Platz leben wollen«, sagte sie.

Der Anflug eines Lächelns umspielte seine Lippen, völlig anders als das respektlose Grinsen, das er eben noch gezeigt hatte. Ein launisches Wesen, folgerte Lyra. In der einen Minute spöttisch, in der nächsten wehmütig. Er überraschte sie immer wieder.

Noch ein Punkt, der ihr wider besseres Wissen gefiel.

»Das Gefühl kenne ich«, sagte Jaden, und damit war das Thema für ihn offenbar erledigt.

»Also schön. Warum erklärst du mir nicht zunächst diesen mysteriösen Vorgang, damit ich kapiere, worin diese Prüfung nun genau besteht.«

Lyra nickte und versuchte, dankbar zu sein, dass sich das Gespräch weg vom Persönlichen wieder hin zum Sachlichen wendete.

»Okay, komm mit.« Sie ging ein paar Schritte auf ihn zu, dann durchquerten sie nebeneinander den Park. Das junge Grün der Bäume und das Gras strahlten selbst in der spärlichen Beleuchtung der eisernen Laternenmasten, die in unregelmäßigen Abständen aufgestellt waren, eine besondere Kraft aus. Die Luft roch nach feuchter, fruchtbarer Erde und nach Frühling.

Sie deutete nach rechts, wo sich das Gelände auf eine große, ebene Fläche hin senkte. Weiße Tore erhoben sich aus dem Boden wie Gespenster. »Da ist der Fußballplatz. Wir benutzen ihn nicht jeden Monat für das Vollmondfest. Das würde die Dinge … ein wenig zu offensichtlich machen. Aber es war seit jeher der Platz für die Prüfungen.«

Jaden schnaubte. »Was alles andere als offensichtlich ist. Was habt ihr denn mit den Menschen vor, die in der Stadt leben, wenn es hier losgeht? Sperrt ihr sie in ihre Wandschränke ein?«

Jetzt musste Lyra kichern. »In der Stadt gibt es keine Menschen, Jaden. Wenn Wölfe sich niederlassen, dann gründlich. Außerdem können sie uns spüren. Unterbewusst wahrscheinlich. Offenbar bewahren ihre Überlebensinstinkte die Menschen davor, eine Stadt voll natürlicher Feinde zu betreten. Sie zu jagen, mag jetzt gesetzlich verboten sein, aber das war nicht immer so, und etwas in ihnen erinnert sie daran.«

Ihr Lächeln erstarb, als sie an ihren Cousin und seine Speichellecker im Rudel dachte, Wölfe, die die Uhren um einige Jahrhunderte zurückdrehen wollten. Natürlich hatte er nie offen zugegeben, wieder auf Menschenjagd gehen zu wollen – das würde das Ende all seiner Führungsansprüche bedeuten, egal wie stark er war –, aber seine Haltung Menschen gegenüber war einfach abstoßend.

Falls Eric Black sein Ziel erreichen sollte, würde seine Regentschaft kein goldenes Zeitalter einläuten.

Sie schob diesen verstörenden Gedanken beiseite. »Jedenfalls, auf der anderen Seite der Stadt liegt ein riesiger Acker, der für die Vollmondfeierlichkeiten besser geeignet ist und viel besser für das Leuchtfeuer. Der Wald hier ist ideal für die Prüfung. Auch die Wasserfälle sind nur wenige Meilen entfernt.«

»Und wieso ist das bedeutsam?«

»Weil dort mein Vater den Talisman verstecken wird, der das neue Alphatier bestimmt. Schau, es ist eigentlich ganz einfach. Wir rennen alle durch den Wald zu den Wasserfällen und versuchen, den Talisman zu erschnüffeln. Wer ihn findet, bringt ihn zurück. Auf zwei oder vier Beinen, egal. Alles ist erlaubt.«

»Aha«, sagte Jaden in einem zweifelnden Ton, der Lyra gar nicht gefiel. »Im Grunde genommen ist das also eine rechtsfreie Zone, bis irgendjemand deinem Vater den Talisman aushändigt.«

Sie verlagerte das Gewicht von einem Fuß auf den anderen. »Ja, genau. Ich habe dir ja gesagt, es geht um Kraft, Schnelligkeit … und Gerissenheit, aber ich glaube kaum, dass Letzteres normalerweise eine so große Rolle spielt.« Sie lachte kurz auf, klang aber etwas verzweifelt. Als sie mit ihrem Vater und mit Simon darüber gesprochen hatte, hatte das längst nicht so aussichtslos geklungen. Aber damals hatte sie nichts erklären müssen … vielleicht lag es daran. Sie hatte es nicht laut aussprechen und sich der Tatsache stellen müssen, wie gering ihre Überlebenschancen waren, wenn man das Ganze zu Ende dachte.

Sein Blick schweifte wieder zum dunklen Wald hin. »Du, da drin, mit einer Horde riesiger männlicher Werwölfe, die für den ersten Preis über Leichen gehen? Ja, Lyra, um da lebend wieder herauszukommen, musst du dich schon ganz besonders schlau anstellen. Nahkampfausbildung, klar, wenn du am Ende nur noch einem Auge in Auge gegenüberstehst, ist das bestimmt nützlich, aber bis dahin …« Der Rest ging in leisem Gemurmel unter. Jaden schlenderte langsam auf die Bäume zu. Lyra betrachtete seinen sich entfernenden Rücken, blieb selbst aber stehen und hoffte, dass er gerade irgendeine Taktik austüftelte.

Wenn es überhaupt eine Erfolg versprechende Taktik gab.

Plötzlich wurde sie von Zweifeln geplagt, wie es manchmal geschah, wenn sie allein war. Das Rudel verlangte, dass sie sich in ihr Schicksal fügte. Aber Lyra wusste: Falls sie dies akzeptierte, dann würde sie ebenso sicher sterben, wie wenn sie bei der Prüfung scheiterte. Nur eben innerlich, wo niemand es sehen könnte.

Deshalb würde sie nicht nachgeben, sondern ihr Schicksal selbst in die Hand nehmen. Ohne Mann, der für sie einstehen und an ihrer Stelle kämpfen würde. Wenn es ihr glücken sollte, das Rudel zu führen, das sie so sehr liebte, dann wollte sie es aus eigener Kraft schaffen … dann gäbe es auch keine Fragen, ob sie für den Job geeignet wäre.

»Ich kann es schaffen«, sagte Lyra leise, während sie Jaden nachsah, der immer weiter weg von ihr in die Dunkelheit hineinspazierte. »Ich kann alles schaffen.«

In dem Moment sah sie es: Ein Schatten flog rasend schnell von hinten auf Jaden zu. Die Gestalt war in ein paar Metern Entfernung an ihr vorbeigezischt, und die von der Geschwindigkeit aufgewirbelte Luft trug den Geruch uralten Tods in sich – den Geruch nach Vampir. Instinktiv reagierte Lyra. Ohne lange zu überlegen, sprang sie los. Ihr Körper veränderte sich in der Bewegung und nahm die schlanke, muskulöse Form des Wolfs an. Ihre Pfoten hatten kaum den Boden berührt, da sprang sie schon weiter und setzte all ihre Kraft ein, um Jaden vor diesem Eindringling zu erreichen.

Obwohl sich das Folgende binnen weniger Sekunden ereignete, würde in Lyras Erinnerung künftig alles wie in Zeitlupe ablaufen: Wie der Schatten, sobald er Jaden erreicht hatte, die Gestalt eines Menschen annahm, wie Jaden sich umwandte, kampfbereit mit flatterndem Mantel, wie seine Augen gefährlich blitzten. Sie sah den Blutschwall, der aus Jadens Brust spritze, sah den Schock und die Wut in seinem Gesicht, und dann rammte sie den angreifenden Vampir mit voller Wucht. Beide rollten sie über den Boden, Lyra knurrend auf der Suche nach einem lohnenden Ziel für ihre Zähne und Klauen.

Sie schlug ihre Fänge in einen fleischigen Oberarm, hörte ein Schmerzgekreisch wie von einem dieser Silvesterknaller, die so durchdringend heulten, während ihr gleichzeitig ein fauliger Geschmack den Mund füllte. Der Vampir riss seinen Arm los, Lyra stieß er beiseite, als wäre sie gewichtslos, und floh wild fauchend. Sie rollte sich geschmeidig ab, dennoch hatte ihr der heftige Schlag die Luft aus den Lungen gepresst.

Sie benötigte einige wertvolle Sekunden, um wieder zu Atem zu kommen, noch länger, um sich aufzurappeln und sich zu vergewissern, dass der Vampir fort war. Er war wirklich fort, auch wenn sie ihn im leichten Wind noch riechen konnte. Angst, Zorn – Rückzug. Lyra bleckte die Zähne in die Richtung, in der er verschwunden war, und machte so ihren Anspruch auf diese Gegend geltend – und auf diesen Mann.

Rasch verwandelte sie sich wieder in eine Frau und eilte zu Jaden. Er lag bleich und mit geschlossenen Augen auf dem Boden. Unter dem Mantel trug er ein königsblaues Hemd, das getränkt war von dunklem Blut aus einer Stichwunde in seiner Brust. Seine Glieder waren seltsam verrenkt, der Kopf lag zur Seite gekippt da.

Schlagartig wandelte sich ihre Wut in Besorgnis. Sie fiel neben ihm auf die Knie.

»Na los, Jaden«, keuchte sie. »Du kannst nicht tot sein. Dein Kopf hängt doch noch dran. Du kannst nicht tot sein.« Dann fielen ihr wieder die üblen Narben auf seinem Rücken ein. Man konnte einen Vampir eigentlich nicht so verletzen, dass sich Narben bildeten, und dennoch hatte es jemand geschafft. Vielleicht hatten seine Peiniger auch einen Weg gefunden, einen Vampir zu töten, ohne ihm den Kopf abzutrennen oder ihn im Sonnenlicht verdorren zu lassen.

Plötzlich atmete Jaden mit einem langen, zitternden Atemzug ein, wie ein Mensch, der aus großer Tiefe wieder nach oben taucht. Sie wusste, sie hätte nicht derart erleichtert sein dürfen, aber sie war es, sogar so sehr, dass sie dieses Gefühl auf die Knie gezwungen hätte, wenn sie nicht ohnehin schon gekniet hätte. Allerdings schienen all ihre Empfindungen übergroß auszufallen, sobald es um ihn ging.

Lyra wurde klar, dass nicht nur ihr eigenes Leben auf dem Spiel stand. Diese Gemeinsamkeit mit ihm hätte sie nun als Allerletztes erwartet. Aber bei Jaden war offenbar nichts so, wie es zu sein schien. Also hörte sie vorerst auf mit ihren Grübeleien und überließ sich einfach dem, was sie fühlte. Sie legte ihm die Hände auf die Brust und spürte den für Vampire typischen, faszinierend langsamen Puls. Dann wartete sie, dass er die Augen aufschlug und ihr sagte, alles sei in Ordnung.

9

Es gab Schlimmeres als aufzuwachen und die Hände einer schönen Frau auf dem Körper zu spüren.

Benommen, aber Gott sei Dank noch sehr lebendig schlug Jaden die Augen auf und fand Lyra über ihn gebeugt. Die Locken hingen ihr ins Gesicht, und selbst benebelt war er betroffen von der Sorge in ihren golden glänzenden Augen, die wie Zwillingsfunken in der Dunkelheit glitzerten. Ihre Hände bewegten sich vorsichtig über seine Brust auf der Suche nach der Wunde, die bereits verheilt war.

Allerdings hatte er keinerlei Absicht, ihre Überprüfung zu beenden.

»Jaden.« Die Erleichterung war ihr mehr als deutlich anzuhören. »Alles in Ordnung mit dir? Was war das?«

»Auch ein Vampir. Aber das hast du vermutlich nicht gemeint, oder?« Selbst für seine Ohren klang seine Stimme zu leise, zu zittrig. Sie sollte nicht mitbekommen, wie sehr ihn diese Begegnung erschüttert hatte. Es musste ein Ptolemy gewesen sein – die einzig logische Erklärung. Allein die Geschwindigkeit des Angriffs wies eindeutig in diese Richtung. Wie hatten sie ihn hier aufgespürt? War sein Tod, der Mord an einem Niemand, egal welches Zeichen er trug, tatsächlich so wichtig?

Ausnahmsweise ließ Lyra keine höhnische Bemerkung hören. Erschrocken musste er erkennen, dass sie ebenso erschüttert war wie er.

»Da war ein tiefes Loch. In deiner Brust«, sagte sie, während sie ihn immer noch abtastete und drückte und streichelte. Er glaubte kaum, dass sie wusste, was sie da tat.

»Ich dachte, es geht bis in dein Herz. Ich meine, ich weiß, dass das nicht stimmt mit dem Pfahl durchs Herz, aber –«

»Das stimmt auch nicht«, unterbrach er sie leise und nahm ihre Hände in seine. Er presste sie auf seine Brust und ließ Lyra seinen langsamen, gleichmäßigen Herzschlag fühlen, der seit Jahrhunderten den immer selben Rhythmus beibehielt. Rasch wurden seine Hände so warm wie ihre, und er genoss es, dass Lyra keine Anstalten machte, sie ihm zu entziehen.

»Ein Pfahl durchs Herz würde mich nicht töten«, erklärte Jaden. »Aber es ist eine gute Möglichkeit, jemanden außer Gefecht zu setzen, um das Ganze richtig zu Ende zu bringen.« Er versuchte zu lächeln, aber es wirkte gezwungen und aufgesetzt. »Er hat mich nicht richtig getroffen. Dank dir. Dann sind wir jetzt wohl quitt.«

Ohne sie, ohne ihre rasante Verwandlung und ihren Angriff, der den verhinderten Attentäter abgelenkt hatte, säße jetzt, das war Jaden klar, sein Kopf nicht mehr auf den Schultern. Lyra Black hatte ihm das Leben gerettet. Das war nicht leicht nachzuvollziehen, aber sobald der Schock nachließ, würde er sich damit auseinandersetzen müssen.

Und sie schaute ihn so verdammt besorgt an. Das freute ihn – gleichzeitig hatte er Angst davor. Angst, sie zu begehren. Nur sehr wenige Leute bedeuteten ihm etwas. Und jeder Einzelne von ihnen hatte ihn ein- oder zweimal emotional durch die Hölle gejagt, weil er oder sie beinahe umgekommen wäre. Deshalb war er froh, dass es sich um eine kleine Gruppe handelte. Doch er hätte nie erwartet, Lyra in diese Gruppe aufzunehmen. Dies sollte eigentlich nur ein einmaliger Ausrutscher sein, eine merkwürdige, unbedeutende körperliche Faszination, die schon bald wieder erlöschen würde.

Aber wie sie nun dalagen, die Hände ineinander verschränkt, ihr Atem warm auf seinem Gesicht, da erkannte Jaden, dass er dramatischer gar nicht hätte irren können.

»Ich lasse doch nicht irgendeinen dahergelaufenen Vampir hierherkommen und dich erledigen«, sagte Lyra, verwirrt von seinem Dank. »Solange du hier bist, stehst du unter dem Schutz des Rudels. Und das heißt: Niemand tritt dir in den Hintern oder sticht mit spitzen Stöcken nach dir. Außer mir.«

Sie hatte sich allmählich wieder im Griff, das sah er ihr an, und diesmal war ihr Lächeln echt. Er hatte inzwischen genügend peinigende Blicke hinter ihre schöne, aber abweisende Fassade erhascht, um zu wissen, dass dahinter ein sehr viel weicheres Herz schlug, als sie nach außen zeigen wollte. Bald würde sie ihre Hände zurückziehen und den körperlichen Kontakt beenden. Schnell rieb er mit den Daumen über ihre Handgelenke, um diesen Moment hinauszuzögern. Er wollte, dass sie blieb, wo sie war. Ihr Gesichtsausdruck änderte sich, wurde sanft.

Langsam setzte Jaden sich auf, ihre Hände immer noch in seinen. Er löste die eine Hand aus ihrer und strich sanft über ihre seidenweiche Wange. Sie saß ganz still, machte auch keine Anstalten, ihn wegzuschieben. Stattdessen blickte sie ihm tief in die Augen und wartete – sehnsüchtig. Bevor er lange grübeln konnte, auf welche und wie viele Arten er das, was er im Begriff war zu tun, bedauern würde, ließ Jaden seine Hand in ihr Haar gleiten und zog ihren Mund zu seinem.

Sie beugte sich vor und kam ihm entgegen.

Ihre Lippen waren weich, unglaublich weich. Jaden berührte sacht ihren Mund, ohne allzu großen Druck. Er genoss diesen kleinen Vorgeschmack. Leise, zögernd holte sie bei der ersten Berührung Luft. Einen Moment lang dachte er, sie würde ihn wegschubsen, ihm eine Ohrfeige verpassen oder ihn beißen …

jede dieser Reaktionen wäre berechtigt gewesen. Sie war nicht seine Freundin oder gar Frau. Er nutzte die Situation aus. Und er ging ein enormes Risiko ein.

Dann spürte er, was auch sie gespürt haben musste – heiße Funken der Begierde, die sich von den Lippen rasch über den ganzen Körper ausbreiteten. Er hätte sich wohl erschreckt, hätte er sich auf irgendetwas anderes konzentrieren können als auf diese unglaubliche Empfindung. So etwas hatte Jaden sein ganzes Leben noch nicht gefühlt.

Lyra legte ihm den Arm um den Nacken und schmiegte sich an ihn, schmolz ihm entgegen, so wie es ihr Mund getan hatte. Ihre Lippen öffneten sich, die Zunge schob sich vor, um sacht über seine zu streifen. Die Flammen, die zwischen ihnen glimmten, loderten auf und wurden zu einer Feuerwalze der Lust, die ihn überrollte wie ein heißer Sommersturm. Jaden hörte, wie er Laute von sich gab, leise, sehnsüchtige Laute, die viel zu viel von seinen Gefühlen preisgaben, von seinen Wünschen an sie.

Sie schien zu wissen, zu verstehen. Wie auf Kommando fielen sie gleichzeitig übereinander her.

Je heißer, hungriger Lyras Küsse wurden, desto fester krallte sie die Hand in sein Hemd. Die anfängliche Zärtlichkeit verschwand im Angesicht der Begierde, die unter der Oberfläche gebrodelt hatte, seit Jaden sie zum ersten Mal gesehen hatte. Als er spürte, wie sie ihn wieder auf den Boden drückte, ließ er es geschehen, zog sie mit sich und rollte sie auf den Rücken. Jaden lag teilweise auf ihr, die Hauptlast auf einer ihrer Hüften, und genoss das Gefühl, sie endlich unter sich zu haben. Lyra schien nichts dagegen zu haben. Ihre Küsse wurden zunehmend fordernder, die Hände glitten über sein Hemd, dann darunter auf der Suche nach bloßer Haut. Seine Bauchmuskeln zuckten unter ihrer leichten Berührung.

Jaden stöhnte auf. Er umschloss eine ihrer kleinen, perfekten Brüste und fuhr über ihre aufgerichtete Brustwarze. Ihre Hände wurden wie ihr Mund immer fordernder. Jaden spornte sie nur zu gern an, strich über ihren Körper und förderte das wilde Tier zutage, das sie ihrem Wesen nach war.

Und ließ gleichzeitig dem Tier in ihm selbst die Zügel locker.

So ist das also, wenn man mit einer Wölfin zusammen ist, dachte er benommen. *Den Vampiren entgeht da was …*

Ein dünner Schweißfilm bildete sich auf seiner ansonsten kühlen Haut. Lyra machte ihn scharf, schärfer als er je gewesen war. Sein Herz passte sich dem Rhythmus ihres Herzens an, während sie sich ineinander verschlungen am Boden wälzten, ein Knäuel aus Händen, Mündern und Zähnen. Er konnte an nichts anderes mehr denken, als mit ihr im Gras zu liegen, Haut an Haut. Erst als Jaden ganz zwischen ihren Beinen lag und sein Glied ungeduldig vor ihrem Zentrum vibrierte, wurde ihm klar, wie gefährlich nah er dran war, sich zum Narren zu machen wie damals als junger, ungeschickter Sterblicher. Er drückte sich auf sie, sanft, gefühlvoll, stöhnend. Ihm verschwamm alles vor Augen, und das Japsen, das sie beisteuerte, verstärkte das Gefühl noch.

Er konnte sich vorstellen, wie sie aussehen würde, unter ihm liegend, ihre im Mondschein gelbbraun schimmernde Haut. Was sie fühlen würde, bereit, ihn in sich aufzunehmen …

Lyras Finger glitten unter seinen Hosenbund, suchten den heißesten Teil seines Körpers. Er schloss die Augen. Ihre Finger schlossen sich um sein Glied.

»Lyra«, flüsterte er.

»Lyra!«

Die unbekannte Stimme durchschnitt die Luft. Beide erstarrten mitten in der Bewegung. Einen Moment lang rührten sie sich nicht, warteten, ob die körperlose Stimme wirklich war oder nur eine Warnung von unbekannten Mächten, die sie darüber aufklärte, dass die diversen Gottheiten der Vampire und der Werwölfe ihre Darbietung alles andere als amüsant fanden.

»Lyra!«

Beim zweiten Ruf war klar, dass die Stimme zu einer realen Person gehörte, die noch dazu näher kam. Jaden schlug die Augen auf und sah, wie die wilde Leidenschaft aus Lyras Gesicht verschwand, um Verwirrung und Verlegenheit Platz zu machen. Schnell zog sie die Hand zurück, was leider nicht half, seine offenkundige Erregtheit zu besänftigen. Verzweifelt suchte Jaden nach Worten, um etwas von der hitzigen Leidenschaft zurückzuholen, die sie sich ihm gegenüber soeben gestattet hatte. Sein ganzer Körper fühlte sich an, als sei er von der Sonne geküsst worden.

Schäme dich nicht deswegen, wollte er sie auffordern. Schäme dich nicht meinetwegen, nicht wegen dem, was wir getan haben …

»Ich … Jaden, das ist Simon … Mist, wir müssen … kannst du …?« Sie atmete stoßweise und wand sich unter ihm, um ihn abzuschütteln. Mühsam kam Jaden ihrer nur bruchstückhaft übermittelten Bitte nach, da ihre Bemühungen die gegenteilige Wirkung bei ihm erzielten. Schließlich verlagerte er das Gewicht so, dass er von ihr herunterrutschte und seitlich auf dem Boden liegen blieb. Lyra setzte sich auf und zog die Knie an die Brust. Ihm fiel auf, wie schnell sie sich von ihm gelöst hatte, wie sie ihren Körper nicht auf ihn, sondern auf den nahenden Simon ausrichtete.

Auf der Verstandesebene wusste er, dass sie zu weit gegangen waren. Aber diese Ebene war ihm momentan egal. Vor allem, da sein Körper deutlich machte, dass sie für ihn nicht weit genug gegangen waren.

Eifersucht wallte in ihm auf. Und der junge Wolf, der auf sie zugerannt kam, war die perfekte Zielscheibe.

Simon schaute finster vor Sorge und Misstrauen, und er war ziemlich außer Atem. Offenbar hatte er es eilig gehabt, sie zu finden. Jaden beobachtete den Wolf, wie er das Bild, das er und Lyra boten, hier im Dunkeln auf dem Boden und dazu noch ziemlich zerzaust, auf sich wirken ließ. Als Simon endlich alle Teilchen zusammengesetzt hatte, konnte Jaden ein süffisantes Grinsen nur mit Mühe unterdrücken.

»Die Frage, ob hier alles in Ordnung ist, kann ich mir wohl sparen«, sagte Simon.

Aus dem Augenwinkel heraus sah Jaden, wie Lyra rot anlief. Ihm selbst blieb das zum Glück erspart.

»Ja«, sagte Jaden und setzte sich auf. »Allerdings.«

»Wir haben … ich war gerade … Jaden hatte einigen Ärger«, meldete sich Lyra zu Wort, jedoch so schnell, dass sie nur umso schuldiger wirkte. Jaden störte das nicht, er genoss sogar, dass Simons Gesicht noch finsterer wurde.

»Aha. Und da hast du Doktor gespielt. Schon kapiert.«

Simon hatte so trocken geantwortet, dass Jaden ein Glucksen entwich, noch ehe er es verschlucken konnte. Allerdings legte der Wolf derzeit nur wenig Wert auf diese Würdigung seines Humors. Als er seine dunklen Augen auf Jaden richtete, funkelten sie böse und anklagend.

»Das findest du wohl witzig, was? Du schneist in unsere Stadt, als würde sie dir gehören, machst dich im Haus des Alphatiers breit, gönnst dir eine Kostprobe von dem, was wir hier zu bieten haben –«

»Simon, Herrgott noch mal, ich bin doch keine *Ware*!«, fuhr Lyra ihn an. »Und von wegen Kostprobe. Siehst du das Blut auf seinem Hemd? Irgendein zweiter Vampir ist hier aufgetaucht und ist auf ihn losgegangen. Ich wollte nur sichergehen, dass er noch lebt – was übrigens die meisten nicht völlig gefühllosen Leute tun würden, wenn jemand einen Pfahl durch die Brust bekommt!«

Immerhin war Simon fähig, seine Wut zu zügeln, das musste Jaden ihm lassen. Auch wenn Simons Hauptsorge offensichtlich Lyra galt.

»Dann war also ein Vampir hier draußen.« Er fluchte wie ein Kesselflicker, dann streckte er Lyra die Hand hin. »Hat er dir was getan? Fehlt dir was?«

Simon half ihr auf die Beine und musterte sie von oben bis unten, ohne sie loszulassen. Lyras Bereitschaft, Simons Hilfe so ohne Weiteres anzunehmen, beflügelte das kleine grüne Monster, das auf Jadens Schulter hockte. Still beobachtete er sie und stand dann ebenfalls auf.

»Ihr fehlt nichts. Wer auch immer das war, er war nur an mir interessiert«, knurrte er. »Lyra hat ihn verscheucht.«

»Lieber einmal zu viel gefragt als zu wenig«, sagte Simon. Er wirkte nicht mehr wütend, misstrauisch allerdings schon noch. Jaden richtete den Blick auf Lyra, aber sie wich ihm demonstrativ aus. Die Enttäuschung bildete einen kleinen harten Knoten in seinem Bauch, der sich noch verschlimmerte, als Lyra sich sofort wieder an Simon wandte.

»Wirklich, mir geht es gut. Ich habe dem Kerl fast einen Arm abgebissen, das war alles.« Sie zog eine Grimasse. »Geschmeckt hat's nicht, aber gewirkt.«

Simon schaute grimmig drein. »Du hast Glück gehabt«, sagte er. Mit selbstgefälliger Zufriedenheit bemerkte Jaden, wie Lyra erstarrte und ein mordlüsternes Funkeln in ihre Augen trat. Das waren genau die falschen Worte. Er beschloss, noch ein wenig Öl ins Feuer zu gießen.

»Mit Glück hatte das nichts zu tun. Man nennt das Mut und Kraft. Lyra verfügt über beides. Der Vampir, der uns angegriffen hat, wäre nicht geflohen, wenn er geglaubt hätte, er könnte sie problemlos fertigmachen.« Er machte eine kurze Pause. »Du magst dafür ja blind sein, aber meine Gattung hat kein Problem, solche Eigenschaften bei unseren Frauen anzuerkennen.«

Der Knoten in seinem Magen löste sich etwas, als Lyra ihn wieder anschaute. Die Nähe und Wärme waren, wenigstens teilweise, zurück, sie blickte nicht mehr so angespannt drein, lächelte sogar ganz leicht.

»Danke«, sagte sie.

Simons Blick wanderte zwischen den beiden hin und her. Der Argwohn hatte ihn wieder fest im Griff.

»Was treibt ihr zwei hier draußen überhaupt? Dorien hat gesagt, der Vamp wolle sich das Gelände ansehen, wo die Prüfung stattfindet. Aber was gibt es hier schon groß zu sehen?« Sein Ton wurde schärfer, als er sich erneut an Lyra wandte. »Du kannst von Glück reden, dass du Eric nicht über den Weg gelaufen bist. Du bist kaum die Einzige, die sich diesen Monat hier vorbereiten will.«

»Wenn wir ihn getroffen hätten und wenn sich daraus ein Problem ergeben hätte, dann hätte ich ihr schon geholfen«, warf Jaden ein und blickte Simon genauso feindselig an wie der ihn. »Interessanter ist allerdings die Frage, wieso du hinter ihr hergelaufen kommst. Lyra braucht keinen stümperhaften Jungspund, der ihr an den Hacken klebt.«

Simons Augen schossen Blitze ab und zogen sich zusammen. Jaden riss allmählich der Geduldsfaden. Sein Blut kochte noch immer, er war hungrig, überreizt und musste sich dringend irgendwie abreagieren. Wenn er das tat, indem er Simon erneut die Scheiße aus dem Leib prügelte – na wenn schon.

»Ach wirklich? Ich weiß, was sie nicht braucht: einen dahergelaufenen Vampir, der eine Situation ausnutzen will, während er sich herablässt –«

»Jetzt reicht's aber«, fuhr Lyra dazwischen. »Ich habe keinen Nerv, mir so etwas noch einmal anzusehen.« Sie richtete die Aufmerksamkeit auf Simon. »Wenn du mir nicht verraten willst, wieso du mich gesucht hast, erfahre ich das auf andere Weise.«

Sie marschierte los, ohne sich um die beiden Männer zu kümmern. Jaden und Simon eilten ihr sofort hinterher. Für viel mehr als ein paar böse Blicke hatten sie allerdings keine Zeit, denn Lyra war flott unterwegs.

»Warte! Du kannst nicht einfach abhauen, Lyra!«, rief Simon.

»Das werden wir ja sehen.«

»Ich hatte einen guten Grund, dich zu suchen.«

»Klar«, funkte Jaden dazwischen. »Du bist ein Stalker.«

Simon ließ seine Fänge in Richtung Jaden aufblitzen, aber als Lyra einfach weiterlief, fluchte er leise vor sich hin und rief dann: »Es war wegen des Vampirs. Reed hatte vor etwa einer halben Stunde seinen Geruch aufgeschnappt und deinen Vater angerufen, der wiederum ein paar Wölfe losgeschickt hat, um ihn aufzuspüren. Und mich hat er losgeschickt, damit ich dich suche.« Er warf Jaden einen vorwurfsvollen Blick zu. »Vampire kommen nie zu uns. Erst seit du da bist. Deshalb glaube ich, dass du ihn irgendwie mit eingeschleppt hast.«

»Simon«, sagte Lyra. Ihr Tonfall war eine eindeutige Warnung. Jaden hob jedoch besänftigend die Hand und sah Simon durchdringend an.

»Du hast recht. Wer immer das war, er ist offensichtlich meinetwegen gekommen. Normalerweise greifen wir uns nicht gegenseitig nur aus Spaß an der Freude an. Wenn Lyra nicht gewesen wäre, hätte er mich getötet.«

Simon blinzelte, als müsse er die Tatsache verarbeiten, dass Jaden ihm recht gegeben hatte.

»Tja … also, hast du, äh, gesehen, wer es war? Kennst du ihn?«

Jaden erinnerte sich, ganz kurz triumphierend aufblitzende Fangzähne gesehen zu haben und dunkelblau glänzende Augen. Er schüttelte den Kopf. »Nein, es ging alles ziemlich schnell, aber es war niemand, den ich kenne.« Dann fügte er trocken hinzu: »Im Gegensatz zu dem, was du offenbar glaubst, kennt bei uns nicht jeder jeden.«

Lyra verschränkte die Arme und starrte ihn ebenso durchdringend an, auch wenn die Sorge in ihren Augen die Sache leichter für ihn machte.

»Wer wäre zu so etwas fähig?«

Jaden zuckte mit den Schultern. Ihm war nicht ganz wohl dabei, dass er seine Probleme mit den Ptolemy für sich behielt. Aber was hätte es gebracht, wenn er darüber geredet hätte? Wenn die Werwölfe gewusst hätten, dass Attentäter einer uralten und mächtigen Vampirdynastie hier auftauchen und ihm an den Kragen gehen könnten, würden sie ihn auf der Stelle verjagen. Er musste jedoch erst Gewissheit haben, bevor er die Entscheidung traf, ob seine Sicherheit hier gewährleistet war – seine und die aller anderen. Er war kein Freund der Werwölfe, aber er legte auch keinen Wert darauf, dass seinetwegen welche getötet wurden.

»Als ich noch ein Sklave der Ptolemy war, habe ich jede Menge Aufträge für sie erledigt. Bei einem Teil davon musste ich mir die Finger schmutzig machen, aber mir blieb keine andere Wahl. Möglicherweise hängt es damit zusammen. Aber das könnte Hunderte von Gründen haben. Ich weiß es wirklich nicht.«

Lyra stieß den Atem aus. »Na, das ist ja großartig.«

»Kann man wohl sagen. Aber egal, ob du was dafür kannst oder nicht, dir wird man auf jeden Fall die Schuld in die Schuhe schieben«, warnte ihn Simon ungerührt. »Wir mögen es nicht, wenn Vampire sich auf unserem Gebiet rumtreiben. Ein unwillkommener Besucher reicht völlig. Bei zweien wird das Rudel die Messer wetzen, und das wirst auch du zu spüren bekommen, wenn du den Mumm hast hierzubleiben. Unsere Rasse hat nicht vergessen, wozu deine fähig ist, was sie uns angetan hat. Dorien kann dich nicht vor allem bewahren, oder vor jedem.«

Jaden lächelte ihn matt und ohne jeden Humor an. »Da ich jetzt weiß, dass es da ein Problem gibt, kann ich mich sehr gut selbst verteidigen. Und die Opferkarte brauchst du mir gegenüber auch nicht zu ziehen. Wölfe haben kein Monopol auf Unterjochung, das kannst du mir glauben.«

»Wir müssen zurück. Dad weiß bestimmt, ob jemand die Fährte wiederaufnehmen konnte.« Sie betrachtete ihn etwas genauer, und Jaden wäre gern offener zu ihr gewesen, hätte dieser Frau mit den abgründigen, funkelnden Augen am liebsten alles erzählt.

»Und du hast bestimmt keine Ahnung, wer das gewesen sein könnte?«

Plötzlich war Jaden alles zu viel. Selbst auf diesem offenen Gelände verspürte er Klaustrophobie. Er wollte keine Fragen hören, wollte sich dieser Frau nicht verpflichtet fühlen, die ihn an sich band wie nichts. Er wollte die Zähne in sie schlagen, sich an ihr laben, sie küssen, sie besänftigen und sich in ihr verlieren. Am meisten jedoch wollte er Freiheit von den Ptolemy, die Freiheit, sein Leben nach eigenem Gutdünken zu führen, ohne die ständige Bedrohung, von ihnen geschnappt und ermordet zu werden. Unmögliche Dinge.

»Ich weiß nicht, wer das war, aber ich werde mich umhören. Sag Dorien, nach meiner Rückkehr werde ich mit ihm reden.«

Simons Augen funkelten in der Dunkelheit. »Sieh an, sieh an. So leicht lässt du dich ins Bockshorn jagen?«

Was Simon dachte, interessierte Jaden einen Dreck; was Lyra von ihm dachte dafür umso mehr, auch wenn ihre Gefühle wohl für sie beide mit einer Enttäuschung enden würden. Bei der Aussicht, dass er sich aus dem Staub machen könnte, wirkte sie so verletzlich, wie er sie noch nie erlebt hatte. Er fragte sich, ob sie den Kuss bereits bedauerte. Glaubte sie etwa, er hätte eine Art Vampirpest in die heilige Stätte ihres Rudels eingeschleppt?

Und wenn … hatte sie recht?

»Kommst du wieder?«, fragte sie. Eine einfache Frage. Eine einfache, bedeutungsschwangere Frage. Sie versuchte, unbeeindruckt zu klingen, doch die Risse, die er in ihre Rüstung geschlagen hatte, waren nicht zu übersehen.

»Ich bin vor Sonnenaufgang zurück. Ich muss … ein paar Dinge erledigen. Mach dir keine Sorgen«, fügte er hinzu und lächelte ein wenig, in der Hoffnung, dadurch die Lyra wieder zum Leben zu erwecken, mit der er umgehen konnte. Diesmal hatte er etwas begonnen, von dem er keine Ahnung hatte, wie es enden würde.

»Ganz bestimmt nicht.« Abwehrhaltung. Und eine Lüge, aber eine Lüge, über die er froh war.

Ein letztes Mal schaute Jaden Lyra lange an, deutete dann eine spöttische Verbeugung vor Simon an und tat schließlich das, was er immer getan hatte, wenn ihm alles über den Kopf zu wachsen drohte. Er verwandelte sich in eine schlanke schwarze Katze, in die Gestalt, in der er sich so oft freier gefühlt hatte als in seiner menschlichen.

Und rannte los.

10

Lyra hatte gehofft, der Schlaf würde ihr guttun.

Stattdessen war sie am frühen Nachmittag aufgewacht und hatte sich gefühlt wie etwas, das man von der Schuhsohle abgekratzt hat. In ihren Träumen war sie gequält worden von Visionen von Jaden und sich selbst im Park. Nur hatten sie es in ihrer Fantasie nicht bei heißen Küssen belassen. Aber egal wie er sie berührt, wie er sie zum Stöhnen gebracht hatte, ein Teil von ihr hatte stets gewusst, dass dies alles nicht real war. Sie hatte gewusst, dass es viel besser wäre, wenn sie einfach zu ihm gehen würde und …

»Blödsinn«, grummelte Lyra, starrte die bernsteinfarbene Flasche vor ihr an und ignorierte die Musik und das angenehme Geplauder rings um sie herum. Dieser blöde Vampir, dachte sie. Wieso hatte er seine Hände – und seinen fantastischen Mund – nicht bei sich behalten können?

Natürlich hätte sie sich bei diesem kleinen gattungsübergreifenden Experiment, bei dem die Gesetze gegenseitiger Anziehungskraft erprobt worden waren, auch etwas besser zurückhalten können. Aber wie sollte sie mit jemandem kämpfen, dem sie am liebsten die Kleider vom Leib gerissen hätte?

Lyra fuhr mit einem Finger durch das Kondenswasser an der Außenseite der Flasche hinab und sah zu, wie die Tropfen langsam auf den Tresen fielen. Zumindest wusste sie, dass er letzte Nacht zurückgekommen war. Sie hatte nachgesehen. Zweimal … oder öfter? Als sie um die Abendessenszeit hierhergegangen war, hatte Jaden noch friedlich und geradezu widerlich sorgenfrei in ihrem stockfinsteren Keller geschlafen. Sie hatte nicht einmal gehört, wie er kurz vor Sonnenaufgang hereingekommen war.

Nicht, dass sie oben auf der Lauer gelegen hätte oder so.

Lyra stützte die Ellenbogen auf den Tresen und seufzte vernehmbar. Sie schwelgte in Gedanken, das war ihr durchaus klar, aber sie wollte es noch eine Weile genießen, ehe sie sich überlegte, was zu tun war. Sie nippte am Bier, an dem sie schon seit einer halben Stunde nuckelte, und lächelte der Barkeeperin Beth zu, auch wenn sich am Rand ihrer Schläfen eine böse Migräne zusammenbraute, die sich mit einem leichten, aber bereits schmerzhaften Trommelwirbel ankündigte.

»Ich kann immer noch nicht fassen, dass dein Vater ihn hierbleiben lässt. Noch dazu in eurem *Haus*«, sagte Simon zum wohl hundertsten Mal. Seine grünbraunen Augen waren verquollen und blutunterlaufen, und wo er sich mit den Fingern durch die Haare gefahren war, standen diese seltsam ab. Nachdem er all die Jahre der süße, liebenswerte Junge von nebenan ohne einen einzigen Feind auf der Welt gewesen war, hatte Simon in Jaden nun einen Erzfeind gefunden. Offenbar konnte er an gar nichts anderes mehr denken als daran, dem Vampir ordentlich an den Kragen zu gehen.

»Du machst aus einer Mücke einen Elefanten«, erwiderte Lyra leise, was ihr ein verächtliches Schnauben einbrachte. Der Gedanke, dass sie die Ursache für dieses maßlos übertriebene Gehabe war, missfiel ihr. Dieser besitzergreifende Beschützerinstinkt, den Simon neuerdings an den Tag legte, war so merkwürdig wie unerwünscht. Ihr gefiel ihre Freundschaft so, wie sie war. Warum musste er jetzt alles verkomplizieren?

»Weil er ja so was Besonderes ist«, fuhr Simon fort, ohne auf ihre Worte zu reagieren. »Wenn unsere Stadt von Blutsaugern überrannt wird, wird er gleich nicht mehr ganz so was Besonderes sein. Vampirbotschafter – dass ich nicht lache. Ich weiß nicht einmal, was das überhaupt sein soll.«

Lyra atmete hörbar ein und schaute sich um, ob irgendjemand auf ihren betrunkenen Freund achtete. Dass letzte Nacht ein Vampir in ihr Revier eingedrungen war, war mittlerweile kein Geheimnis mehr – so etwas sprach sich schnell herum. Aber dass er Jaden angegriffen hatte, sollte eigentlich unter ihnen vier bleiben. Dorien wollte das Rudel nicht unnötig nervös machen.

Dass seine einzige Tochter so nervös war wie nur sonst was, schien ihn freilich nicht zu stören.

»Nicht so laut, Simon«, knurrte sie leise und fuhr in normalem Tonfall fort. »Ich habe dir doch gesagt, warum er hier ist. Die Führerin der Lilim ist so neu im Amt, dass sie von den üblichen Vampir-Werwolf-Auseinandersetzungen völlig unbeleckt ist. Sie möchte mehr über uns erfahren und wahrscheinlich auch einen guten Eindruck machen, deshalb ist Jaden hergekommen, um uns … ein wenig unter die Lupe zu nehmen.«

Er warf ihr einen bösen Blick zu. »Das ist mir nicht entgangen.«

Lyra schlug Simon mit dem Handrücken in den Magen, sodass er ein Grunzen von sich gab. »Halt die Klappe, Simon. Ich habe dir bereits gesagt, dass es ganz anders war.«

Zum Glück wollte er die Diskussion genauso wenig weiterführen wie sie, aber sie fragte sich schon, welchen Verdacht er wegen der vergangenen Nacht tatsächlich hegte.

»Meinetwegen. Und was haben wir davon? Abgesehen davon, dass wir nicht von Katzenvampiren angegriffen werden, die beleidigt sind, weil wir ihren bescheuerten Botschafter umgelegt haben. Das mit dem guten Eindruck klappt bis jetzt ja nicht so richtig, und dass überhaupt irgendjemand davon einen Nutzen haben könnte, sehe ich definitiv nicht.«

Lyra zuckte mit den Schultern und trank erneut einen Schluck Bier. »Er ist erst seit zwei Tagen hier. Vielleicht ändert sich die Lage noch, und wir bekommen am Ende einen Bündnispartner. Man kann nie wissen.«

Selbstverständlich war das völliger Blödsinn. Aber überraschenderweise hoffte Lyra wirklich, dass es so weit käme. Der Gedanke an zusätzlichen Schutz für ihr Rudel durch eine derart mächtige Dynastie hatte etwas Bestechendes. Das hatte für alle Alphatiere gegolten bis weit in die Vergangenheit zurück. Das Problem war, dass die Annäherungsversuche der Wölfe an Vampire im Allgemeinen in bösem Blut und Metzeleien geendet hatten. Selbst wenn die Lilim ihnen die Hand reichen würden, könnte Lyra sich nicht sicher sein, dass einige Mitglieder ihres Rudels diese Hand nicht einfach abbeißen würden.

Simon verdrehte die Augen und bestätigte so unwissentlich ihre Bedenken.

»Ach so, logisch. Diese Vampire sind ja ganz anders. Wahrscheinlich suchen sie in Silver Falls nur nach einer geeigneten Sommerresidenz für die Lilim. Und vielleicht, wenn wir Glück haben, lassen sie uns sogar bleiben, und wir dürfen ihnen Drinks servieren. Und mit Palmwedeln Luft zufächern. Was ihnen ihrer Meinung nach eben so zusteht. Und wir sollen auch noch dankbar sein, weil uns endlich eine Dynastie Aufmerksamkeit schenkt? Entweder sind sie verzweifelt oder dumm.« Er machte eine kurze Pause. »Ich bin zwar neugierig, was von beiden es ist, aber auch nicht so neugierig, dass sich deswegen ein Katzenvampir hier rumtreiben müsste.«

Lyra wollte sich nicht mit ihm streiten. Seine Schultern sackten nach unten, während er mit seinem Glas herumspielte. Sie log Simon nur sehr ungern an über den wahren Grund für Jadens Anwesenheit. Genauso wenig wollte sie mit ihm zerstritten sein. Sie waren sich über einen langen Zeitraum hinweg gegenseitig eine große Stütze gewesen. Sie stupste ihn freundschaftlich an, und als er sie aus seinen geröteten Augen ansah, entdeckte sie darin zu ihrer Überraschung Traurigkeit.

»Was hast du denn?«, fragte sie. »Du bist in letzter Zeit gar nicht mehr du selbst. Schon vor dem Durcheinander mit der Prüfung. Und … allem.« Wenn sie Jaden namentlich erwähnte, würde er nur dichtmachen.

Simon zog eine Augenbraue hoch. Er ist wirklich hübsch, dachte sie. Im Moment ein bisschen rührselig, aber wirklich gut aussehend im klassischen Sinn. Sie hatte sich immer gewundert, warum ihn sich nicht längst eine andere Frau geschnappt hatte. Bei dem Gedanken, sie könnte andere Frauen abgeschreckt haben, fühlte sie sich mehr als nur ein wenig schuldig … genau wie bei dem Gedanken, dass er am Ende auf sie warten könnte.

»Na ja«, antwortete er, »dass du so wild entschlossen bist, dich umbringen zu lassen, nimmt mich in letzter Zeit ziemlich mit, Lyra. Einmal das. Und was meinst du damit, ich sei nicht ich selbst? Dass ich nicht langweilig bin? Nicht zuverlässig? Nicht immer zur Stelle, weil ich nichts Besseres zu tun habe? Daran wird sich auch nichts ändern.«

Lyra runzelte die Stirn angesichts der Schärfe seiner Worte. »Ich habe gemeint: freundlich, lustig und charmant. Das alles bist du momentan nicht. Beziehungsweise seit einiger Zeit.«

Er sah sie lange an, als müsse er überlegen, was er sagen solle. Zumindest wirkte er nicht verletzt. Aber diese Seite war ihr an Simon unbekannt – dass er so aufgewühlt vor sich hin brütete. Sie machte sich Sorgen. Allerdings machte ihr offenbar momentan alles Sorgen. Es hätte sie nicht überraschen dürfen, dass Simon sich einmischte.

»Ich weiß es nicht, Lyra«, antwortete er schließlich. »Ich weiß, dass du all das willst. Aber ich denke immer … es gibt sehr viel mehr als Silver Falls.« Er wandte den Blick ab. »Vielleicht bist du nicht die Einzige, die es satt hat, in eine bestimmte Schublade gesteckt zu werden.«

Es tat weh, ihn so niedergeschlagen zu erleben. Sie hatte keine Ahnung gehabt, dass er mit seinem Leben im Rudel so unzufrieden war. Dass er ihr nichts davon gesagt hatte, machte die Sache nur schlimmer. Besser spät als nie, dachte sie. Wenn sie nur die rechten Worte fände, sein Leiden zu lindern.

»Simon«, sagte sie sanft, »du bist großartig. Du bist eins der hoffnungsvollsten Mitglieder der Rudelwache. Jeder sagt das. Ganz zu schweigen davon, dass du der Einzige bist, der es länger mit mir aushält. Du bist wie …« Sie suchte nach einem treffenden Vergleich. »Wie ein Ritter in seiner glänzenden Rüstung. Im Werwolfstil.«

Er zog einen Mundwinkel nach oben, aber seine Augen blieben melancholisch. »Und für wen?« Er holte tief Luft und stand auf, wobei er leicht schwankte. »Ich glaube, ich schneide mir eine Scheibe von dem Vampir ab und schnappe ein bisschen frische Luft. Bis später, Lyra.«

Ihre Reaktion war etwas, das sie normalerweise vermied. Körperliche Sympathiebeweise lagen ihr nicht, und sie war auch nie eins dieser Mädchen gewesen, die sich nicht ohne überschwängliche Theatralik von einem Freund verabschieden konnten. Aber bevor sie noch wusste, wie ihr geschah, war sie schon aufgesprungen und hatte Simon umarmt. Lyra hatte das Gefühl, dass ihr alles, was ihr wichtig war, entglitt, und sie wusste keinen Ausweg. Sie folgte einem inneren Zwang, obwohl ihr klar war, dass diese Geste der Gerüchteküche neue Nahrung geben würde.

Sie spürte, wie Simon sich verspannte, dann wieder lockerer wurde und schließlich ebenfalls die Arme um sie legte, um sie einmal kurz, aber innig zu drücken. Lyra hörte noch Beths zustimmendes Gurren.

»Alles ändert sich«, sagte Lyra unglücklich. Ihr Kopf ruhte an Simons breiter Brust.

»Ja«, sagte er. »Da hast du wohl recht.« Dann machte er sich los und trat zurück, um sie ebenso zu verlassen wie Jaden letzte Nacht. Der Unterschied war nur, dass sie Jaden gar nicht erst verlieren konnte. Simon schaute nach links zum Eingang der Bar und runzelte die Stirn.

»Na toll. Und mich schimpft er einen Stalker.« Er warf ihr einen vielsagenden Blick zu. »Wenn du weißt, was gut für dich ist, hältst du ihn dir vom Leib, Lyra. Vampire bringen nichts als Ärger. Und der da ganz besonders. Ich behalte ihn im Auge.«

Sie wollte protestieren, aber er schüttelte den Kopf. »Das ist meine Pflicht. Es ist mir egal, wie gut er aussieht oder wie geheimnisvoll er sein mag oder was du sonst Besonderes in ihm siehst. Benutze deinen Verstand, sonst wirst du nicht bekommen, was du dir so sehr wünschst.«

Simon warf einen Blick zur anderen Seite der Bar, wo einige Unruhe aufkam. Die Wölfe knurrten und tuschelten, bildeten aber eine Gasse, um den Neuankömmling durchzulassen. Simon machte kehrt und marschierte zum Hinterausgang. Nun musste sie allein mit der Situation fertigwerden. Ihr wurde flau im Magen. Die Atmosphäre knisterte vor Spannung, die Augen der Wölfe leuchteten wie Punktstrahler in der dunklen Bar. Der Grund war nicht schwer zu erraten.

Sie konnte ihn riechen: Vampir, Katze, Mann durch und durch. Der Unterschied zwischen ihr und dem Rest der Wölfe war, dass dieser Geruch bei ihnen Angriffslust auslöste, während Lyra der Quelle des Dufts entgegenstrebte, um sich darin zu baden.

Ihr Puls beschleunigte sich, als sie ihn zu Gesicht bekam. Er hielt den Kopf hoch und ignorierte die feindseligen Blicke, das leise Knurren und die nicht so leisen Bemerkungen, während er mit einer geradezu übernatürlichen Anmut, die weder Mensch noch Wolf je an den Tag legen konnten, den Raum durchschritt. Jaden schien alles zu erfassen, ohne jemanden anzuschauen. Er vermied jeden direkten Blickkontakt, den viele Mitglieder ihres Rudels als Herausforderung verstanden hätten. Sie war keiner Bewegung fähig, konnte sich nicht sattsehen an ihm. Er war ganz in Schwarz gekleidet, seine hellblauen Augen funkelten, als er sich umsah, vermutlich um abzuschätzen, wie bedrohlich die Lage tatsächlich war. Angesichts des kaum verhüllten Hasses, mit dem ihn die meisten Wölfe musterten, sicher keine Fehlentscheidung.

Als sein Blick dann auf ihr ruhen blieb, war ihr sofort klar, dass er gesehen hatte, wie sie Simon umarmt hatte. Er wirkte erregt, aufgewühlt und starrte sie so rücksichtslos besitzergreifend an, dass ihr die Luft wegblieb. Genau davor hatte sie sich gefürchtet, genau das hatte sie vermeiden wollen, auch wenn die Versuchung übermächtig war.

Warum er?, fragte sie sich. *Warum ich?*

Da einfach abzuhauen nicht ernsthaft zur Debatte stand, entschloss sich Lyra zur Flucht nach vorn. Sie spürte Dutzende Blicke auf sich ruhen, einige neugierig, die meisten argwöhnisch und ein paar geradezu feindselig. Im Raum war es merkwürdig still geworden. Geräusche kamen nur noch von der Jukebox und vom elektronischen Pokerautomaten. Lyra strich die Haare nach hinten, straffte die Schultern, als kümmere sie das alles nicht im Geringsten, und schlenderte Jaden so lässig wie möglich entgegen.

Jaden stach heraus wie ein bunter Hund, allerdings auf höchst attraktive Art. Mut bewies er, hier aufzutauchen, das musste sie ihm lassen, oder zumindest Starrköpfigkeit. Da konnte ihr Vater seinen Befehl, dem Katzenvampir kein Haar zu krümmen, mit noch so viel Nachdruck unter die Leute gebracht haben, einige der weniger beherrschten, dafür umso betrunkeneren Mitglieder ihres Rudels würden sich nicht mehr lange am Riemen reißen.

Sie musste Jaden hier herausbekommen.

»Jaden«, begrüßte sie ihn locker, als sie vor ihm stand.

»Lyra«, erwiderte er. Er war auf der Hut, das war nicht zu übersehen, und das trotz der hungrigen Blicke, die er ihr zuwarf. Das hätte kein großer böser Wolf besser hingekriegt. Erneut musterte er die Anwesenden, die ihn jetzt ungeniert angafften. Wie viele von ihnen hatten überhaupt schon einmal einen Vampir zu Gesicht bekommen?, fragte sich Lyra. Die Thorn waren eine Art geschlossene Gesellschaft, der die Vampire lange Zeit keine Beachtung geschenkt hatten.

»Dein Vater hat gesagt, wenn ich Leute des Rudels kennenlernen wollte, dann wäre ich hier richtig.«

Lyra runzelte die Stirn, während rings um sie eine Woge gedämpften Lachens aufbrandete.

»Äh, ja, könnte man so sagen.« Herr im Himmel, was wollte er bloß hier?

»He, Vamp! Du kannst dich doch in eine Katze verwandeln, oder? Warum zeigst du es uns nicht mal?«

Wieder Gelächter. Lauter diesmal. Kyra erkannte die Stimme von Dan Marshall, einem Freund ihres Vaters, und konnte ein Knurren nur mühsam unterdrücken. Wenn Jaden sich zur Wehr setzte, konnte das hier rasch ein böses Ende nehmen. Zum Glück schien er unbeeindruckt. Bis jetzt. Sie musste sich dringend eine Rückzugsstrategie einfallen lassen, ohne den Eindruck zu erwecken, dass sie *zu* gut mit ihm auskam. Ein Drahtseilakt. Wie ihr ganzes Leben.

»In einer so hübschen Kneipe würde ich nur ungern haaren«, erwiderte Jaden und sah Dan direkt an, zwinkerte aber. »Außerdem habe ich wohl bessere Chancen, wenn ich eine Runde ausgebe. Was meint ihr?«

Lyra stockte der Atem, sie rechnete mit dem Schlimmsten. Doch Dan stieß sein whiskeygeschwängertes Lachen aus.

»Aber klar doch. Wir lassen uns nicht leicht Honig ums Maul schmieren, Vamp … aber wenn du einen ausgibst, bist du auf dem richtigen Weg.«

»Habe ich mir gedacht. Die Drinks gehen auf mich«, rief Jaden und erntete damit fröhliches Gejohle und Geheule, das Lyra allerdings sehr viel freundlicher vorkam, als sie bis vor wenigen Minuten noch für möglich gehalten hatte. Erleichtert atmete sie auf, als sich alle wieder ihrer vorherigen Beschäftigung zuwandten, vielleicht nicht ganz so laut wie zuvor, dafür aber entspannter.

Jaden beugte sich zu ihr, da er jetzt die Chance sah, nicht mehr belauscht zu werden. »Du bist spät dran. Ich bin schon seit einer Stunde auf.«

Als sein Atem über ihr Ohr strich, wäre sie beinahe zusammengezuckt. »Du bist doch letzte Nacht abgezischt. Ich wusste nicht mal, ob unsere Abmachung noch steht.«

Er trat einen Schritt zurück. Offensichtlich war ihm klar, dass er ihr nicht länger ins Ohr flüstern konnte, ohne bei den anderen Gästen einen falschen Eindruck zu erwecken. Leise redete er weiter, damit ihn bei dem allgemeinen Geräuschpegel niemand außer ihr hören konnte.

»Ich habe mir gedacht, beim Essen würdest du mir nicht gern zuschauen wollen. Habe ich mich geirrt?«

Schlagartig tauchte in ihrem Kopf ein Bild auf: Jaden, die Arme um eine hübsche Blondine geschlungen, seine Zähne in ihrem Hals. Ihre Klauen gruben sich in ihre Hand, so sehr ballte sie die Hände zu Fäusten. Nein. Er hatte sich nicht geirrt.

»Es geht nicht nur darum, das weißt du genau«, entgegnete Lyra ebenso leise wie er. »Wir müssen uns unterhalten.«

»Ja, allerdings. Aber nicht jetzt. Dein Vater ...«

Lyra nickte. Jaden musste den Satz nicht vollenden. Ihr war sehr wohl klar, dass ihr Vater wegen letzter Nacht wütend war. Ihn interessierte nur, dass seine Tochter am Leben blieb. Und Lyra wusste ebenfalls, dass sie sich auf das Wesentliche konzentrieren musste. Simon hatte recht: Sich mit Jaden einzulassen, würde ihr nicht helfen, das zu bekommen, was sie wollte. Im Gegenteil: Sie konnte sehr leicht alles verlieren.

»Ich gebe der Barkeeperin meine Kreditkarte«, sagte Jaden, der ein wenig verdrießlich dreinschaute, als Beth unter dem Tresen eine teure Flasche Champagner hervorzauberte, während zwei grinsende Werwölfe fröhlich den Daumen hochreckten. »Danach können wir verschwinden.«

Lyra nickte, sah ihm nach und versuchte, sich nicht allzu sehr über die Folgen von Jadens Spendierhosenphase zu freuen. Beth füllte gerade einige sehr große Gläser mit einem Gebräu, das Lyra noch nie gesehen hatte. Das würde heute Abend noch eine lustige Party werden. Zumindest konnte niemand behaupten, die Wölfe wüssten nicht zu feiern. Und die anerkennenden Klapse, die Jaden von den Mutigeren unter den Rudelmitgliedern einheimste, ließen in ihr einen kleinen Hoffnungsschimmer aufglimmen. Auch wenn der erste Klaps Jaden erwischte wie ein Blitz aus heiterem Himmel und ihn beinahe zu Boden gestreckt hätte, was zweifellos Absicht gewesen war.

Als er Beth, deren Wangen sich verdächtig rosa färbten, sein typisch sardonisches Lächeln schenkte, wünschte sie sich, die Dinge lägen anders. Ein dummer Wunsch, klar doch, aber ehrlich gemeint. Schließlich schaffte es nicht jeder x-beliebige Typ, einen Laden voller Werwölfe zu betreten und ohne Schramme oder Kratzer wieder zu verlassen.

Na ja, ganz draußen war er noch nicht. Und als sie sah, wie ein riesiger, nur allzu bekannter Wolf direkt auf Jaden zusteuerte, wäre sie am liebsten im Boden versunken. Die Zeit ihrer Feuertaufe schien gekommen. So schnell sie ihre langen Beine trugen, eilte sie los, um sich zwischen Jaden und den einzigen Wolf zu schieben, von dem sie gehofft hatte, er würde Jaden nie begegnen. Noch ehe sie die beiden erreichte, setzte sie ein ausdrucksloses, undurchschaubares Gesicht auf. Sie wusste, sobald sie echtes Interesse an Jaden zeigen würde, riskierte sie, ihn zu verlieren. Dafür würde Eric schon sorgen.

»Eric«, sagte sie sanft, als sie vor den beiden stand und sich wie beiläufig – hoffte sie – zwischen sie drängte. »Wie ich sehe, wolltest du dich gerade vorstellen. Jaden, das ist mein Vetter Eric Black.«

Jaden zog eine Braue hoch und musterte den Koloss von oben bis unten. Schließlich streckte er ihm die Hand hin. »Freut mich.«

Wie erwartet ignorierte Eric das Angebot und setzte sofort auf Einschüchterung. Nicht einmal ein falsches Lächeln rang er sich ab – das war nicht seine Art. Er war groß und dunkel, mit goldgelben Augen wie alle Blacks, und hätte ein hübscher Kerl sein können, hätte er nicht dauernd geschaut, als würde er gerade jemanden zu einer grausamen Hinrichtung verurteilen.

»Du bist also unser neuer Gast«, sagte Eric. »Ich habe schon gehört, dass ein Katzenvampir bei uns in der Stadt sein soll, aber ich habe es nicht geglaubt, bis ich dich jetzt gesehen habe.« Er musterte Jaden abschätzig. »Ich hatte ganz vergessen, wie klein ihr Vampire sein könnt.«

Jaden lächelte höflich. »Ja. Winzig. Ein Wunder, dass du mich überhaupt bemerkt hast.«

»Und selbstverständlich hältst du dich mit dem Trinken zurück.«

»Jaden ist hier, um etwas über uns zu lernen«, mischte Lyra sich ein. »Nicht, um Ärger zu machen. Er ist unser Gast, und mein Vater erwartet, dass man ihn dementsprechend behandelt.«

Eric richtete seinen strahlend goldenen Blick auf sie. Darin lauerte dicht unter der Oberfläche die Gewalttätigkeit, von der sie so oft gehört hatte.

»Er macht bereits Ärger. Jeder weiß, dass letzte Nacht ein weiterer Vampir in unserer Stadt aufgetaucht ist. Willst du mir weismachen, dass es sich dabei um Zufall handelt? Es ist immer verkehrt, einen Vampir reinzulassen. Erst kommt einer, dann ein zweiter … und bald wird man überrannt. Vampire sind wie Küchenschaben. Die sind ja auch nicht umzubringen.«

Lyra sah sich um, betrachtete die Gesichter der anderen Rudelmitglieder, die darauf warteten, ob sie Eric Paroli bieten oder einen Rückzieher machen würde, ob sie einen Vampir einem Artgenossen gegenüber verteidigen würde.

»Ich traue dem Urteilsvermögen meines Vaters. Wenn er Jadens Anwesenheit hier akzeptiert, tue ich das auch. Das sollten wir alle. Er war immer ein gutes Alphatier.« Sie schaute in die Runde. »Änderungen können schwierig sein, aber sie sind nicht immer falsch.«

Das brachte ihr zustimmendes Gemurmel und widerwilliges Nicken ein, Erics Gesichtszüge wurden hart. Er lächelte freudlos. »Dann warten wir wohl einfach ab. Dorien ist vertrauenswürdig. Bei einem Vampir, egal wie verlockend seine Versprechungen auch sein mögen, habe ich da meine Zweifel.«

Mit diesen Worten ging er und ließ eine innerlich zitternde und verunsicherte Lyra zurück. Gefühle konnte sie eigentlich gut verbergen, aber als sie sich Jaden zuwandte, blickte der sie an, als stünden ihr all diese Empfindungen ins Gesicht geschrieben.

Plötzlich war ihr alles in der Kneipe – die Leute, die Musik, der Lärm – zu viel. Die Kopfschmerzen, die sie schon den ganzen Tag hatte näherrücken spüren, machten sich jetzt deutlich bemerkbar. Sie wollte raus an die frische Luft. Wie es für die anderen aussah, wenn sie mit Jaden zusammen fortging, war ihr mittlerweile egal.

»Lass uns verschwinden«, sagte sie.

Jaden nickte, und dass er sich jeden Kommentars enthielt, verriet ihr, dass er sehr genau wusste, wie kurz vor einem Zusammenbruch sie stand. »Nach dir.« Mehr sagte er nicht.

Ohne sich noch einmal zu ihm umzudrehen, bahnte sie sich einen Weg durch die Menge. Er folgte ihr wie ein Schatten. Alle gingen ihnen aus dem Weg, die meisten verabschiedeten sich freundlich, einige wenige glotzten Jaden an, als wäre er eine Art Missgeburt. Sie hörte, wie er ebenfalls ein paar herzliche »Auf Wiedersehen« murmelte. Ob das eine positive Wirkung hatte, wusste sie nicht. Wenn es nach Eric ginge, der an der Bar bereits Bewunderer um sich geschart hatte, dann mit Sicherheit nicht. Und gegen ihn würde sich letztlich niemand stellen, denn er war schlicht und ergreifend der Stärkste von allen.

Sie stieß die Tür auf, trat in die Nacht hinaus und versuchte, sich selbst davon zu überzeugen, dass sie alles Notwendige schaffen würde, dass sie eine echte Chance hatte, ihr Geburtsrecht in Anspruch zu nehmen. Aber als sie sich dann die Prüfung ausmalte, sah sie nichts als Erics mächtige Gestalt – er war locker doppelt so groß wie sie – und seinen eiskalten Blick.

Zum ersten Mal verließ sie jegliche Zuversicht, dass sie sich durchsetzen würde.

Alles, was sie jetzt noch hatte, waren zerstobene Hoffnungen, ein unerwünschter Vampir und dumpfe Verzweiflung.

11

Lyra sperrte ihren kleinen Pick-up auf und setzte sich ans Steuer. Jaden folgte ihr schnell auf den Beifahrersitz. Sie knallten die Türen zu und blieben dann eine Weile schweigend im Dunkeln sitzen. In der Bar hatte sie sich unbehaglich gefühlt, aber zumindest hatten dort andere Leute als Puffer gedient. Die Situation jetzt empfand sie als sehr viel … aufreibender.

Lyra fummelte mit dem Schlüssel im Zündschloss herum. Alles erinnerte sie ungut an ihr erstes Schäferstündchen: der Wagen, die Dunkelheit, die Anspannung …

»Bist du nicht mit dem Auto hergekommen?«, platzte sie schließlich heraus. Es schien ihr besser, die Stille mit Worten zu füllen, auch wenn es eine dumme Frage war. Sie fühlte sich ohnehin denkbar mies. Peinliches Schweigen machte die Sache nicht besser. Und da sie wusste, was kommen würde, wollte sie das Ganze möglichst schnell hinter sich bringen.

»War nicht nötig. Du hast offenbar vergessen, dass ihr nicht als Einzige ziemlich flott auf euren vier Beinen sein könnt«, antwortete er.

»Oh.«

Dann herrschte wieder Stille. Als sie hörte, wie Jaden sich auf dem Sitz ein wenig bewegte, kam es ihr in den Sinn, dass er sich genauso unwohl fühlte wie sie. Lyra biss die Zähne zusammen und wollte gerade den Sprung ins kalte Wasser wagen, da brach Jaden das Schweigen.

»Ich habe dir noch gar nicht gedankt. Dass du mir letzte Nacht das Leben gerettet hast.«

Sie schaute zu ihm hinüber, zu verblüfft, um ihm zu antworten.

»Na ja, das hast du doch vermutlich getan. Ich behaupte nicht, dass ich es allein nicht geschafft hätte, aber …« Etwas verlegen machte er eine kurze Pause. »Also, wahrscheinlich doch nicht. Ich bin dir was schuldig.«

»Aha, äh, gern geschehen.« Seine unerwartete Dankbarkeit traf Lyra unvorbereitet. In Wahrheit hatte sie gar nicht viel über die Ereignisse nachgedacht, die dazu geführt hatten, dass sie schließlich gemeinsam am Boden lagen. Erst jetzt wurde ihr klar, dass sie Jadens Versicherung, den Angreifer nicht erkannt zu haben, für bare Münze genommen hatte.

Schon merkwürdig, einem Vampir so leicht Vertrauen zu schenken. Aber Jaden hatte etwas an sich, dass es einem leichtfiel, ihm zu glauben. Wahrscheinlich zu leicht, dachte sie.

»Du bist mir nichts schuldig«, fügte sie hinzu und lachte nervös auf. »Du hast mich vor Mark gerettet. Ich würde also sagen, wir sind quitt.«

»Einverstanden.« Jaden wirkte erleichtert, als wäre eine schwere Last von ihm abgefallen. Vielleicht waren sie sich in dem Punkt sehr ähnlich, dachte Lyra. Sie hasste es, jemandem verpflichtet zu sein. Der Gedanke, sie könnten etwas gemeinsam haben, löste unverhofft eine gewisse Freude in ihr aus. In ihrer momentanen Stimmung hielt sie dies für gefährlich. Sie fühlte sich schwach und viel zu geneigt, mit jemandem, der dazu willens war, ihre Sorgen zu teilen. Das hieß: mit *ihm*.

»Wir sollten uns auf den Weg machen«, sagte er. »Nachdem ich Eric nun zu Gesicht bekommen habe, dürfte klar sein, dass du alle Hände voll zu tun haben wirst. Am besten, wir schauen noch mal bei dir zu Hause vorbei. Zieh dir was an, worin es sich besser trainieren lässt, und dann kann's losgehen. Dein Vater hat gemeint, du wüsstest, wo wir hinmüssen.«

Lyra verschlug es einen Moment lang die Sprache. War das alles? Sicher, er hatte gesagt, er wolle später darüber reden, aber … sie wollte nicht länger warten. Es beschäftigte sie ununterbrochen, und sie wollte *jetzt* darüber reden. Sie war müde und frustriert, gab aber die Hoffnung nicht auf, nach dem Gespräch den Kopf etwas freier zu haben.

»Okay, hör mal«, begann sie und wandte sich Jaden zu. »Ich weiß immer noch nicht genau, was da letzte Nacht passiert ist, aber bevor wir weitermachen, sollten wir ein paar Dinge klären.«

Er seufzte und strich sich mit der Hand das Haar nach hinten. »Muss das wirklich sein?«

»Ja, allerdings.« Lyra umklammerte das Steuerrad so fest, dass sie bestimmt Abdrücke hinterlassen würde. »Wenn du mich weiterhin trainieren willst, muss sich das auf eine professionelle Ebene beschränken. Was auch immer das war – das, letzte Nacht –, es darf sich nicht wiederholen. Nie wieder.«

Sie schämte sich, weil sie ihm bei diesen Worten nicht ins Gesicht schauen konnte, aber dann wäre es zu schwierig gewesen, es ehrlich zu meinen. Trotzdem konnte sie den Blick seiner funkelnden Augen auf ihrer Haut spüren. Was sah er in ihr? Selbst wenn sie Männern nicht generell abgeschworen hätte, hätte sie ihm derzeit nichts zu bieten. Vor allem nicht einem Blutsauger.

»Nur aus Neugier«, sagte Jaden leise. »Was ist der Grund, dass du nicht mit mir schlafen willst: Weil ich ein Vampir bin oder weil du die Tochter eines Alphatiers bist?«

Jetzt musste sie ihn doch anschauen, denn die Frage ließ den Verdacht aufkommen, dass er den Verstand verloren hatte.

Seine Neugier schien auch noch echt zu sein. Sie wusste nicht, ob sie ihm für seine Blödheit eine knallen oder ihn aus dem gleichen Grund küssen sollte.

»Beides«, antwortete sie. »Was ist denn das für eine Frage? Du weißt genau, dass unsere beiden Gattungen nicht … dass wir nicht …«

Lyras Mund wurde trocken, ihr Gesicht heiß. Wie kam er überhaupt dazu, so eine Diskussion anzuleiern?

»Es geht nicht mit uns, Jaden. Es wäre … ich meine … Wenn das jemand herausfände, wäre ich eine Aussätzige. Mein Vater würde mich enterben, und ich … ich …« Sie kam ins Stottern, hielt kurz inne und holte tief Luft. »Du sollst mich auf den Kampf vorbereiten, sonst nichts. Warum musst du alles komplizierter machen, als es sowieso schon ist?«

Er bewegte keinen Muskel, beobachtete sie wie ein Raubtier seine Beute. So hatte sie noch nie jemand angeschaut, und weil er es war, der sie so anschaute, genoss sie es sehr viel mehr, als gut für sie war.

»Du hast doch damit angefangen«, sagte er. »Und du hast mich letzte Nacht ja nicht gerade von dir gestoßen. Da hab ich doch wohl das Recht zu fragen, was du daran so abscheulich findest, wenn du offenkundig gar nichts mehr dagegen hast, kaum dass ich dich berühre.« Seine Augen begannen zu funkeln. Für Lyra das Zeichen, dass er wütend war.

»Es ist dieser Wolf, oder? Simon. Ich habe gesehen, wie ihr euch in den Armen gelegen habt.« Jaden schüttelte den Kopf. Seine Wut war so schnell verraucht, wie sie gekommen war. Jaden ließ sich in den Sitz zurückfallen und starrte auf das Handschuhfach. Seine Stimme war nun nur noch dumpfes Gemurmel. »Vergiss es. Mit dem Wolf bist du vermutlich besser dran. Es kommt nicht mehr vor, okay? Jetzt fahr endlich los.«

Dass Jaden so offen gegen das ankämpfte, was sie im stillen Kämmerlein niederzuringen versuchte, besänftigte irgendwie ihre angegriffenen Nerven. Das war für ihn nicht irgendein Witz. Und Lyra wusste auch, dass er sich nicht wegen ihrer Stellung zu ihr hingezogen fühlte. Die würde ihm keinen Vorteil bringen. Er … begehrte sie. Und war dazu noch eifersüchtig. Völlig bescheuert.

Eine Weile brachte Lyra kein Wort heraus. Sie starrte ihn an. Er brütete vor sich hin und sah aus, als hätte er am liebsten jemanden umgebracht.

»Dir ist es ernst damit?«, fragte sie schließlich.

Er drehte den Kopf in ihre Richtung und schaute sie gequält an.

»Normalerweise erniedrige ich mich nicht aus Spaß.«

Sie öffnete die Lippen in der Hoffnung, irgendeine sinnvolle Erwiderung möge aus ihrem Mund kommen. Aber nichts. Sie brauchte wohl eine Minute Bedenkzeit. Jaden konnte ohnehin nirgendwohin. Lyra ließ den Wagen an und fuhr wortlos vom Parkplatz. Das Radio hatte sie angelassen, und The Black Keys spulten gerade eine harte, sexy Blues-Ode an die Anziehungskraft ab, die nicht dazu angetan war, ihren Gedanken eine neue Richtung zu geben.

Sie drehte die Lautstärke herunter, schaltete aber nicht aus, um die Situation nicht vollends surreal werden zu lassen.

»Okay, dann will ich mal ein paar Dinge klarstellen«, sagte sie. »Erstens: Ich bin nicht an Simon interessiert. Er ist mein bester Freund, seit wir Kinder waren. Nicht, dass dich das irgendwas anginge, aber allein die Unterstellung ist … widerlich. Vergiss das schnell wieder.«

Jadens Erwiderung war kaum mehr als geknurrt. »Spielt das eine Rolle, was ich denke?«

»Vielleicht«, gab sie zu und spürte, wie seine Aufmerksamkeit schlagartig neu erwachte. Sie musste sich auf das konzentrieren, was sie sagen wollte. Er meinte es ehrlich. Und in Anbetracht dessen, was sie letzte Nacht getan hätten, wäre Simon nicht aufgetaucht, war sie ihm die gleiche Offenheit schuldig.

»Zweitens: Was wäre denn, wenn ich mit dir ins Bett wollte, Jaden? Das würde uns beiden nicht helfen. Ich suche keinen Partner, und du könntest ohnehin keiner für mich sein. Abgesehen von der Tatsache, dass dich mein Rudel dann jagen und töten würde, funktioniert das Band nur zwischen Wölfen.«

»Band?«

Oh Gott, darauf wollte sie eigentlich gar nicht näher eingehen. Lyra spürte, wie ihre Wangen wieder glühten, aber da musste sie jetzt durch. Sie wollte es hinter sich haben.

»Ja, das Partnerband. Es wird geschlossen, wenn zwei Wölfe … äh … du weißt schon. Es ist unzerreißbar. Wolfspaare bleiben ein Leben lang zusammen. Leider hat das System seine Fehler. Die Person, mit der einen das Band verknüpft, muss einem nicht unbedingt sympathisch sein.«

Sie schaute ihn kurz an und sah, dass er die volle Bedeutung dieser Aussage durchaus erfasst hatte. Angeekelt presste er die Lippen aufeinander.

»Ja, ich weiß«, sagte sie. »Willkommen in meiner Welt.«

»Deshalb bist du andauernd auf der Flucht. Du musst gar nicht einwilligen, wenn einer der Wölfe um deine Hand anhält. Es reicht, wenn du zur falschen Zeit am falschen Ort bist.« Er rümpfte die Nase und schüttelte den Kopf. »Worin liegt denn der Reiz, um eine Frau zu werben, wenn die einen Antrag gar nicht ablehnen kann? Ich werde euch Wölfe nie verstehen.«

»Musst du auch nicht. Das nennt man Biologie. Mir gefällt das genauso wenig. Das ist einer der Gründe, warum Werwölfinnen immer noch als Personen zweiter Klasse gelten, und das ist wesentlich mit schuld daran, dass Rudel sich so abkapseln. Ein Überfall eines anderen Rudels reicht, und alle Weibchen im gebärfähigen Alter gehören den Rivalen.«

»Das ist ja widerlich.«

Lyra nickte achselzuckend. »Kann man wohl sagen. Vor langer Zeit ist so etwas tatsächlich passiert, und mehr als ein Rudel wurde auf diese Weise ausgelöscht. Heutzutage kommt das seltener vor. Aber als Mädchen geboren zu werden, ist immer noch gefährlich. Vor allem, wenn man die Tochter eines Alphatiers ist und die Ehe mit ihr jede Menge Vergünstigungen mit sich bringt.«

Er grübelte eine Weile darüber nach. »Und was bedeutet dieses Band für dich? Könntest du es nicht einfach ignorieren? Den Kerl abblitzen lassen, auch wenn es mühsam ist?«

»Also, daran sieht man mal wieder, wie wenig du über Wölfe weißt.« Sie lächelte matt. »Wir bekommen zusätzlich ein Mal. Am Oberarm. Die dienen ausschließlich der Partnersuche. Die Male der Paare stimmen überein. Man kann es nicht entfernen, und es ist leicht zu überprüfen. Was aber noch schlimmer ist: Das Band macht es schwer, vom anderen getrennt zu sein. Habe ich zumindest gehört. Es hat so etwas wie eine emotionale Komponente, fast wie Telepathie. Ich weiß nicht genau, wie es funktioniert, und ich will es auch gar nicht wissen. Angeblich zerstört der Tod das Band. Aber mein Vater hat den Verlust meiner Mutter nie überwunden, und das ist schon Jahre her.«

Über ihre Mutter wollte sie nicht reden, und ihr tat es bereits leid, sie überhaupt erwähnt zu haben. Und wie nicht anders zu erwarten, stellte Jaden umgehend die Frage, und zwar in einem so ruhigen Tonfall und frei von jedem Vorurteil, dass sie schon antwortete, ehe sie es sich noch anders überlegen konnte.

»Was ist passiert?«

»Jäger«, sagte Lyra. »Sie war allein weit weg von zu Hause in den Wäldern unterwegs. Das hätte sie nicht tun sollen. Vielen Menschen ist es egal, auf was sie schießen. Hauptsache, die Trophäe macht sich gut an ihrer Wand. Viel weiß ich nicht darüber. Ich war damals noch ganz klein. Aber das nur nebenbei.«

Dieser Teil der Diskussion war zu Ende. Von all den Tränen, die sie um ihre Mutter vergossen hatte, die nie mehr nach Hause kommen würde, brauchte er nichts zu erfahren. Von der Lücke in ihrem Leben, die sich nie geschlossen hatte. Er würde es vermutlich sowieso nicht verstehen.

»Der entscheidende Punkt ist«, fuhr sie mit fester Stimme fort, »mir ist völlig unklar, wie mir das, was da anscheinend zwischen uns ist, helfen könnte, mein Ziel zu erreichen. Im Gegenteil: Wie gesagt, ich bin nicht auf Partnersuche. Das gilt für alle Männer. Selbst wenn du kein Vampir wärest, würde das nichts ändern. Ein Mann würde dem Rudel nur als Vorwand dienen, mich beiseitezuschieben, und ich muss die Prüfung gewinnen, und zwar allein.«

»Da ich auch nicht heiraten will und schon vor langer Zeit gelernt habe, mich emotional nicht allzu sehr auf Sterbliche einzulassen, verstehe ich nicht, wo das Problem liegt.«

Sie schaute ihn an und musste über seinen Pragmatismus lächeln. »Du plädierst also für bedeutungslosen Sex. Ach so, das ist dann natürlich ganz was anderes.«

Er deutete ebenfalls ein Lächeln an, und in dem fast stockdunklen Wagen war sein Gesicht gleichzeitig wunderschön und traurig, wie das eines gefallenen Engels. »Bedeutungslos ist der falsche Ausdruck. Schau, ich war länger in Sklaverei oder auf der Flucht, als irgendwer von deinem Rudel auf der Welt ist. Jetzt bin ich endlich frei und habe, ehrlich gesagt, keinen blassen Schimmer, was ich eigentlich will. Aber eins weiß ich ganz genau: Manchmal ist nichts dagegen einzuwenden, etwas einfach nur zu genießen. Das ist nicht bedeutungslos. Nur realistisch. So ist das Leben.«

Die Ehrlichkeit dieser Feststellung berührte Lyra, auch wenn ihr unklar war, wie sie darauf reagieren sollte. Schweigend fuhr sie weiter, während sie versuchte, Ordnung in ihre

Gedanken zu bringen – um herauszufinden, was sie wollte, was sie brauchte. Bis Jaden ihr sein Angebot gemacht hatte, war ihr gar nicht bewusst gewesen, wie attraktiv diese Vorstellung klang. Wenn es wirklich ohne Verpflichtungen abging …

Ihr Puls beschleunigte sich bei der bloßen Aussicht, sie könnte Ja sagen. Aber es gab noch andere Aspekte, über die sie erst gründlich nachdenken musste. Und sie hatte nicht die Absicht, sich mit ihm darüber auf eine Diskussion einzulassen, solange dies alles so frisch war.

»Das ist nicht gerade das, womit ich gerechnet hatte, Jaden«, sagte sie, als sie in die Straße einbog, wo sie wohnte. »Nichts ist so einfach, so folgenlos. Irgendein Haken muss dabei sein.«

Er kicherte leise. »So misstrauisch. Nein, es ist auch ohne Haken schon problematisch.«

Das erinnerte sie an ein möglicherweise sehr großes Problem. »Was ist mit dem Vampir von letzter Nacht?«

Sofort machte Jaden dicht, das konnte sie buchstäblich fühlen, und es beunruhigte sie. Es gab viele Dinge, die sie von Jaden nicht wusste – und wahrscheinlich nie erfahren würde. Aber sie musste Gewissheit haben, dass seine Geheimnisse ihr Rudel nicht gefährden würden.

»Darum kümmere ich mich schon. Kein Grund zur Sorge, weder für dich noch für dein Rudel.«

»Heißt das, du weißt, wer das war?«

»Nein«, antwortete er kurz angebunden. »Aber das finde ich heraus. Die Möglichkeiten dazu habe ich, und ich werde sie auch nutzen. Falls es zu einem Problem werden sollte, dann würde ich gehen, Lyra. Aber nicht, ohne einen Ersatz für mich zu suchen. Ich würde dich nicht einfach im Stich lassen, schon gar nicht, nachdem ich deinen bezaubernden Vetter kennengelernt habe. Und deinem Rudel wird nichts zustoßen, das Ziel des Angriffs war eindeutig ich. Ich habe mir im Lauf der

Zeit viele Feinde gemacht, deshalb werde ich auch weiterhin Zielscheibe bleiben. Der Angreifer weiß, dass mir hier niemand eine Träne nachweint, falls ich verschwinden sollte. Oder falls mein Kopf verschwinden sollte.«

Da steckte mehr dahinter. Dessen war sie sich sicher. Gleichzeitig glaubte sie nicht, dass er hinsichtlich der Gefährdung log. Das würde zu dem Mann, den sie langsam immer besser kennenlernte, nicht passen. Er besaß Ehrgefühl. Was das genau bedeutete, hatte sie noch nicht vollständig entschlüsselt, aber es war da.

»Ist es einer von denen, denen du die Narben auf deinem Rücken zu verdanken hast?«

Er versteifte sich. Sie hatte sich zu weit vorgewagt.

»Über die will ich nicht reden.«

Ja, das war nicht zu übersehen. »Das verlange ich ja gar nicht. Ich frage nur, ob es sein könnte –«

»Hoffentlich nicht. Aber selbst wenn, betrifft das nicht euch.«

Lyra schrak zurück vor der Kälte, die in seiner Stimme lag und die sie seit ihrer allerersten Begegnung nicht mehr zu hören bekommen hatte. Erneut fragte sie sich, wer ihm das angetan und was das zu bedeuten hatte. Aber das Thema war tabu. Über die Vergangenheit wollte er nicht reden. Was ihr eigentlich ganz recht sein sollte.

Nur dass sie mehr über ihn in Erfahrung bringen wollte, auch wenn er sich dagegen sträubte.

Sie lenkte den Wagen in die Auffahrt und stellte den Motor ab. Der vertraute Anblick des Hauses, der einladenden Lichter in der Dunkelheit, tat ihr gut. Hier hatte sie so viele einfachere, glücklichere Tage verbracht. Der Gedanke tröstete sie, machte sie aber auch traurig. Jetzt war alles so kompliziert … ihre Gefühle waren kompliziert. Sie hatte gewusst, dass der Weg, den sie beschritten hatte, ein einsamer war. Aber es überraschte sie, wie groß das Verlangen nach einer Beziehung, das Jadens Gesellschaft in ihr geweckt hatte, war. Ein Verlangen, dem sie sich lange verweigert hatte.

Eine Beziehung, die er ihr zu ermöglichen schien, wenn auch nur vorübergehend.

Jaden war so still – Lyra hatte fast vergessen, dass er neben ihr saß, bis er schließlich wieder sprach, wenn auch nur zögernd.

»Lässt du dir die anderen Dinge, die ich angesprochen habe, wenigstens durch den Kopf gehen?«, fragte er, während sie den Schlüssel abzog und die Hand auf den Türgriff legte.

Die entscheidende Frage. Deren Beantwortung sie auch nicht ausweichen würde. Lyra holte tief Luft, drehte den Kopf und sah ihm direkt in die Augen. »Ich glaube, es ist wahrscheinlich eine schlechte Idee. Aber ich weiß es ehrlich gesagt nicht. Ich brauche etwas Zeit, um darüber nachzudenken.«

»Einverstanden«, antwortete Jaden leise und wirkte so ernst wie nie zuvor, obwohl er ohnehin nur selten lächelte. »Mein Angebot steht, solange ich hier bin. Gib mir einfach Bescheid.«

Ihr Herz, verräterisch wie eh und je, begann nervös zu flattern.

»Abgemacht«, sagte sie und wechselte, um ihr Herzrasen unter Kontrolle zu bringen, zu einem weniger verfänglichen Thema. »Ich ziehe mich nur schnell um, dann geht's ab auf die Felder im Westen der Stadt, und zwar auf allen vieren. Das ist nicht so auffällig.« Einen kleinen Seitenhieb konnte sie sich nicht verkneifen. »Vorausgesetzt, du glaubst, du kannst mithalten.«

»Keine Bange«, erwiderte Jaden. »Ich bin so scharf aufs Training wie du. Dein Vetter mag ja Persönlichkeitsdefizite haben, aber das gleicht er durch Muskelkraft aus. Wir haben viel Arbeit vor uns.«

Sein Grinsen war jetzt ausgesprochen bösartig und voller sinnlicher Versprechen … ob sie den Mut haben würde, ihn diese Versprechen einlösen zu lassen? Abwarten.

Der Wolf trabte leise durch das Unterholz in Richtung Wasserfälle. Seine Pfoten machten kaum einen Laut. Den Auslauf hatte er dringend gebraucht, aber nicht einmal die körperliche Betätigung hatte es heute Abend vermocht, seine düsteren Gedanken aufzuhellen. Deshalb suchte er nun seinen Seelenfrieden bei den Wasserfällen, wo er Tiere jagen konnte, die sich vor ihm im Gebüsch versteckten. In dem Punkt fühlte er sich seltsam verwandt mit dem unerwünschten Gast in ihrer Stadt. Wie die Vampire fand auch er Trost im Blut.

Es hatte ihn nicht überrascht, dass Lyra sich als Beschützerin dieses Blutsaugers aufspielte. Sie war leicht reizbar, aber der harte Kern verbarg nur ihre größte Schwäche: ihr weiches Herz. Er beobachtete jeden ihrer Schritte und wusste genau, wohin sie rannte, wenn sie wieder einmal beschloss zu verschwinden. Sie hatte sich schon früher mit Vampiren abgegeben, und warum auch nicht? Sie hatten die Macht. Und würden sie immer haben. Die Anziehungskraft der Macht verstand er sehr gut.

Aber Lyra hatte nicht das Zeug dazu, einen Teil dieser Macht für sich abzuzwacken, oder für das Rudel. Allein das machte sie schon ungeeignet für die Position des Alphatiers. Mehr noch als die Tatsache, dass sie bloß eine Frau war. Sie zu töten, würde ein wahrer Genuss sein, dachte der Wolf, während er von Schatten zu Schatten huschte wie ein Geist.

Hoffentlich würde er Zeit haben, es auszukosten. Die Prüfung machte ihm keine Sorgen. Falls nötig würde er Hilfe bekommen, doch die würde er nicht brauchen. Die Konkurrenz war ein Witz, allen voran Lyra.

Aber der Vampir, ihr neues Schoßkätzchen, würde zum Problem werden. Dieser Jaden war kein dahergelaufenes 08/15-Gossenblut. Mit seinen Verbindungen konnte er alles vermasseln. Und dennoch hatte man ihm nichts über ihn verraten, hatte ihn nicht vorgewarnt, dass man letzte Nacht einen Versuch starten würde, ihn aus dem Weg zu schaffen. Wie sollte er Herr der Lage bleiben, wenn man ihn derart außen vor ließ?

Er hatte sich seine Anwartschaft erkämpft und sich abgerackert, um alles auf die Reihe zu bekommen. Alles war perfekt vorbereitet. Und er wollte verdammt sein, wenn sein Plan im letzten Moment an Lyra scheiterte, nur weil sie aus traurigen Rehaugen einen frischgebackenen Lilim anschmachtete.

Er hätte die blöde Kuh längst umgelegt, wenn er eine Chance gesehen hätte, ungeschoren davonzukommen.

Der Wolf sprang über einen umgestürzten Baumstamm, ohne sein Tempo zu drosseln. Die Gerüche des Walds besänftigten sein angekratztes Nervenkostüm. Er hatte momentan viel um die Ohren – mehr, als irgendjemand ahnte –, und in manchen Nächten, wie in dieser, wuchs ihm beinahe alles über den Kopf.

Nur noch drei Wochen, sagte er sich. *In gut drei Wochen bin ich ein gemachter Mann*.

Ein Schatten schälte sich aus einem Baum vor ihm, so schnell und still, dass er ihn erst bemerkte, als er ihn fast erreicht hatte. Ruckartig blieb er stehen, zu verblüfft, um auch nur zu knurren. Kalte blaue Augen funkelten ihn aus der Finsternis an, und ein verärgerter Seufzer war zu hören.

»Lass die Umgebung nicht aus dem Auge«, sagte eine leise, kultivierte Stimme mit vornehmem englischen Akzent. »Lerne es, Wolf. Ich hätte dich zehnmal töten können, wenn mir der Sinn danach gestanden hätte.«

Angesichts der schlanken, eleganten Silhouette des Vampirs wechselte der Wolf rasch in seine menschliche Gestalt und versuchte, den Schock zu verbergen, dass ein Shade mit ihm reden wollte, nachdem sie ihn zuvor von jedem Informationsfluss abgeschnitten hatten. Diesem hier war er erst einmal begegnet, aber die scharfe Zunge und die Hochnäsigkeit hatte er nicht vergessen. Vielleicht war es das Katzenvampirblut, das ihn so unausstehlich machte.

»Was willst du, Damien?«, fragte der Wolf. »Wenn die Shades mich sprechen wollen, gäbe es sicherere Möglichkeiten, das zu tun.«

Der andere schnaubte verächtlich. »Ich bin hier nicht in Gefahr. Du hingegen schwebst in umso größerer, wenn du nicht besser achtgibst.«

»Keine Ahnung, wovon du sprichst.«

Doch die Angst streckte bereits die Fühler nach seinem Herzen aus. An die Shades hatte er sich gewandt, um seinen Horizont zu erweitern, um zu erfahren, wie die wirklich Mächtigen ihre Geschäfte führten … und wie sie sich gegenseitig vernichteten. Die kurze Spanne, die er bei ihnen verbracht hatte, war sehr lehrreich gewesen.

Und hatte ihn zu weitaus Größerem geführt als zu einer kriminellen Vereinigung.

»Ach, ich glaube doch. Als Erstes will ich dir sagen, dass es das Haus der Schatten nicht gern sieht, wenn Lehrlinge uns als Sprungbrett für bessere Positionen missbrauchen.«

»Ich habe niemanden missbraucht«, schnauzte er zurück und malte sich das Vergnügen aus, das es ihm bereiten würde, Damien Tremaine den Hals umzudrehen und ihm den Kopf abzureißen. Vampire waren durch die Bank Wichser, aber Damien war eine Klasse für sich. »Abgesehen davon, was interessiert es dich, wenn ich nützliche Kontakte knüpfe? Ihr habt mich fortgeschickt. Schon vergessen? Drake hat behauptet, ihm gefalle mein Stil nicht.«

»Wie wahr«, entgegnete Damien regungslos. »Weil dein Stil eine deutlich größere Zahl an Todesopfern verursacht hat als befohlen. Nicht zu vergessen die Gossenblut-Jungfer, die du in Stücke gerissen hast. Genau betrachtet war das der Tropfen, der das Fass zum Überlaufen gebracht hat, nicht wahr?«

Der Wolf wünschte, er wüsste nicht, wovon der Vampir redete, aber das war nicht so leicht zu vergessen. »Sie war mir im Weg«, knurrte er. »Ich habe bloß meinen Auftrag erfüllt.«

»Inakzeptabel. Das war Pfusch, und das Haus der Schatten hat den Ruf, schnell, sauber und diskret vorzugehen. Ich weiß nicht, wie oft Drake mit seinen grandiosen Ideen noch Schiffbruch erleiden will, aber ich hatte ihn gewarnt, dass du als Lehrling ungeeignet bist.«

»Weil ich ein Wolf bin?« Er schnaubte. »Ihr Vampire seid doch alle gleich. Ihr glaubt, eure Scheiße würde nicht stinken.«

»Der eigentliche Grund war, dass du ein unzuverlässiger Schläger mit soziopathischen Zügen bist. Dass du ein Wolf bist, ist zwar lästig, war aber nicht ausschlaggebend. Du warst sein erster Versuch mit einem Wolf, aber ich bezweifle, dass du der letzte sein wirst.« Damien seufzte. »Ich verstehe ja, dass er auf vielen Hochzeiten tanzen will, aber deine Gattung verfügt nicht über das, was wir brauchen. Als Nächstes kommt wohl ein Kobold oder sonst eine Missgeburt.«

Das Blut des Wolfs kam immer mehr in Wallung. Er hatte es sich gründlich überlegt, bevor er sich an das Haus der Schatten gewandt hatte, die Gilde der Meuchelmörder und Diebe unter den Vampiren. Und es war ihm gelungen, Alistair Drake, den Meister der Shades, zu überzeugen, ihm eine Chance als Lehrling zu geben. Letztlich hatte es zwar nicht geklappt, aber reine Zeitvergeudung war es nicht gewesen. Zum Glück war es nicht so weit gekommen, dass sie ihn als Risiko für die Shades eingestuft hätten. In dem Fall ließen sie einen kaum wieder gehen.

Er öffnete die Fäuste, fuhr die Klauen aus, dann wieder ein und zwang sich, die Nerven zu bewahren.

»Bist du den ganzen Weg hierhergekommen, nur um mich runterzuputzen?«, fragte er ruhig. »Oder hast du noch was Sinnvolles anzubieten?«

Die blauen Augen wurden eiskalt, dem Wolf wurde unwohl in seiner Haut. Mit Damien hatte er nicht gearbeitet. Der hatte sich geweigert, wie man ihm berichtet hatte. Aber er war sicher nicht ohne Grund einer von Drakes Lieblingen. Und die Shades waren sehr viel kaltblütiger, als er sich das vorgestellt hatte. Er bezweifelte, dass sie ihm noch in die Quere kämen, wenn er erst einmal das Alphatier war, zumindest nicht offen. Aber noch war er kein Alphatier.

»Drake hat mich mit einer Botschaft zu dir geschickt. Er ist ein Mann, der seit Jahrhunderten die Dynastien beobachtet und, nicht zu vergessen, ihnen gegen Bezahlung auch dazwischenfunkt. Ich empfehle dir deshalb, dir seinen Rat zu Herzen zu nehmen.«

Ungeduldig zuckte der Wolf mit den Schultern. Er wollte laufen, wollte diesen Monat endlich hinter sich bringen, wollte ganz bestimmt nie wieder mit einem Cait Sith oder einem Lilim zu tun haben. Wenigstens nicht, um zu reden. Sie zu jagen und zu erlegen, das wäre ihm ein Vergnügen.

»Sag, was du zu sagen hast, und dann verschwinde von hier, bevor ich die Wache rufe.«

Damien starrte ihn an, und kurz schlich sich Mitleid in seinen Blick. Dann sprach er langsam und gelassen, ohne jede Gefühlsregung.

»Drake wollte dir mitteilen, du solltest vorsichtig sein, wem du dein Vertrauen schenkst. Dass Freunde aus den Dynastien nur selten das sind, was sie zu sein scheinen, und dass niemand, vor allem nicht deine neuen ... Geschäftspartner ... etwas tun, wenn sie sich keinen Vorteil davon versprechen. Ein Angebot, jemandem zur Macht zu verhelfen, ist normalerweise ein Angebot, jemanden als Marionette einzusetzen ... oder als besseren Sklaven. Wenn du willst, dass dein Rudel überlebt, ohne Schaden zu nehmen, trennst du dich von ihnen.«

Das Lachen des Wolfs klang eher wie ein kurzes, scharfes Bellen. »Soll das ein Witz sein? Vielleicht hat Drake ja Angst, dass wir Wölfe irgendwann mal mehr Macht und Schlagkraft haben als seine lächerliche kleine Organisation. Und weißt du was? Zu recht. Bestell ihm bitte, wo er sich seinen Rat hinstecken kann. Mit verbindlichstem Dank meinerseits, selbstverständlich.«

Damien seufzte und kniff die Augen zusammen. »Genau die Antwort, die ich ihm vorhergesagt habe. Trotzdem, er wollte es versucht haben. Ich glaube, es tut ihm leid, dass es mit dir nicht geklappt hat. Es spricht immer irgendwas für hirnlose Muskelkraft und die Bereitschaft, die Gegenseite zu verschlingen.«

Der Wolf grinste, vor allem, um seine zugespitzten Zähne zu zeigen. »An diese Worte wirst du noch denken, Katze. Und zwar ab dem Zeitpunkt, wenn ihr euch alle in den Schatten verkriecht aus Angst vor den großen bösen Wölfen. Ich kenne deinen Geruch, und wenn die Zeit gekommen ist, werde ich mich an ihn erinnern.«

Damien wirkte nicht im Mindesten eingeschüchtert, und das machte den Wolf wütender als alles andere. Er hatte die Schnauze voll davon, dass Typen wie der da ihn als Versager abstempelten und auf ihn hinabsahen. Schließlich war er von Wesen auserwählt worden, die alles ändern konnten. Und ihnen – ihr – galt unwiderruflich seine Loyalität und die seines Rudels. Wenn dessen Mitglieder erst einmal kapiert hatten, was auf dem Spiel stand. Und das würde nicht mehr lange dauern.

»Wie vorhersehbar«, sagte Damien. »Du bist ja sehr von dir selbst überzeugt. Aber sobald jemand ein Kopfgeld auf deinen blöden, zerzausten Schädel aussetzt, melde ich mich als Erster für den Job. Lange wird es nicht mehr dauern. Du bist zu dumm, um lange am Leben zu bleiben. Ich bezweifle stark, dass du den Tag noch erleben wirst, an dem deine Leute in Ketten geschlagen werden. Schade eigentlich.«

»Du wertloses Fellknäuel, wieso regeln wir die Sache nicht gleich an Ort und Stelle, wenn du schon so scharf darauf bist, mich um die Ecke zu bringen?«

Damien lachte spöttisch. »Weil ich nur für Geld töte. Und wenn ich mich gedulde, verdiene ich an dir ein hübsches Sümmchen.«

Mit einem rauen Knurren sprang er auf Damien zu, seine Gestalt verwandelte sich in der Luft zu einem riesigen, muskelbepackten Wolf. Er war geboren, um zu jagen und zu töten. Warum dagegen ankämpfen? Warum? Wenn er doch nur davon träumte, seine Klauen in Fleisch zu schlagen und zu schwelgen wie die Wölfe in grauer Vorzeit.

Aber als er auf dem Boden aufsetzte und mit den Vorderpfoten zuschlug, traf er nur Luft und harte, unnachgiebige Erde. Laut grunzend blieb er einen Moment vor hilflosem Zorn und vor Verwirrung liegen. Der Vampir war weg. Aber wie?

Egal. Sobald die Jagd begann, wäre Damien Tremaine der Erste auf seiner Liste. Das Mal der Katze würde in einem Meer aus Blut weggeschwemmt werden. Und er stünde an der Spitze des ersten Rudels seit Hunderten von Jahren, das die restlichen Geschöpfe der Nacht wirklich respektieren und wirklich fürchten würden.

Langsam rappelte er sich auf. Er wusste, was er zu tun hatte. Er war das künftige Alphatier der Thorn. Er würde sich nicht aufs Abstellgleis drängen lassen, egal was Damien behauptete.

Der Gedanke besänftigte ihn, und er setzte sich wieder in Bewegung, um unter dem abnehmenden Mond zu rennen.

Der Freiheit entgegen.

12

Der Mann war ein Sadist.

Lyra saß in ihrem Auto, starrte auf die Einkaufspassage und fragte sich, ob ihre Beine sie tatsächlich hinein- und wieder heraustragen konnten. Ihr tat alles weh. Selbst an Stellen, von denen sie gar nicht gewusst hatte, dass dort Muskeln saßen. Und heute Abend, nach fast einer Woche unablässiger Folter, waren sie und ihre ächzenden Muskeln erneut auf dem Weg zu diesem verdammten Feld, um das ganze Programm zu absolvieren.

Noch eine Woche weiter so, und sie wäre tot. Oder würde herumtaumeln wie Quasimodo.

Schon traurig, wo es für ihn doch kaum mehr als Aufwärmtraining war. Andererseits war sie ein Wolf, was sie ihm immer und immer wieder zu erklären versucht hatte. Durch die Luft zu schnellen und anmutig mit den Krallen um sich zu schlagen, das war ihr einfach nicht in die Wiege gelegt. Leute zu Boden zu schleudern und zu zerfleischen … das schaffte sie blind.

Jetzt wusste sie auch wieder, wieso sie beim Ballett versagt hatte.

Einen Moment lang genoss sie die rotgoldene Farbe der Sonne, die langsam hinter der Passage versank. Als ihr dann bewusst wurde, was das bedeutete, stöhnte sie kurz auf. Jaden würde in zwei Stunden wach werden. Und sie wäre immer noch nicht wieder zu Kräften gekommen. Vielleicht konnte sie sich heute hier irgendwo verstecken, zusammengekauert zwischen den Imbissbuden, und vor sich hinmampfen. Da würde er sie nie finden …

Ein Klopfen am Fenster ließ sie zusammenfahren. Peinlicherweise konnte sie ein Quietschen nicht unterdrücken. Doch als sie den Kopf umwandte, entdeckte sie zum Glück ein freundliches, wenn auch belustigtes, auf jeden Fall aber bekanntes Gesicht. Da sie immer noch wacklig auf den Beinen war, stieg sie lieber nicht aus, sondern kurbelte das Fenster herunter.

»He, Gerry, was gibt's?«

Gerry McFarlaine grinste sie an und zwinkerte mit seinen blauen Augen. Der stämmige Wolf mit dem breiten Brustkorb war eigentlich Polizeipräsident in Silver Falls, in der Praxis aber der Chef der Thorn-Wachen. Außerdem war er einer der engsten Freunde ihres Vaters und nutzte jede Gelegenheit, sie zu necken.

Wie gerade jetzt.

»Ich sehe dich so selten rumsitzen und Löcher in die Luft starren, da konnte ich einfach nicht widerstehen.« Er kicherte. »Du drückst dich wohl vor deinen Pflichten als Gastgeberin, oder?«

Lyra rang sich ein gequältes Lächeln ab. Die ganze Woche hatte sie sich schon aufziehen lassen müssen, weil sie den neuen Gast in Falls zu betreuen hatte. Zumindest bot ihr das reichlich Gelegenheit zu betonen, dass sie ganz bestimmt nicht in den hübschen Vampir verliebt war. Gleichzeitig eine gute Methode, sich selbst davon zu überzeugen. Oder es zumindest zu versuchen.

»Ja, könnte man so sagen.« Erneut deutete sie ein Lächeln an. »Aber er ist eigentlich ganz in Ordnung, ehrlich. Nett … für einen Vampir.«

Das entsprach der Wahrheit, kam ihr dennoch merkwürdig vor. Dass sie scharf auf ihn war, nun gut. Aber dass sie ihn wirklich gern hatte, das war schon eine andere Nummer. Da war Vorsicht geboten. Deshalb hatte sie seit jenem verlockenden Angebot jeden körperlichen Kontakt vermieden.

Jedes Mal, wenn sie ihm zu nahe kam, schrillten die Alarmglocken los.

»Na ja, neulich Abend in der Kneipe hat er sich einige Sympathien erkauft, das muss ich zugeben«, entgegnete Gerry. »Und er hat seine Fangzähne bei sich behalten. Immerhin ein Anfang, obwohl mir immer noch nicht einleuchten will, dass seine Leute ausgerechnet uns aussuchen, um einen auf nett zu machen.«

Lyra zuckte mit den Schultern. Ihr war nicht ganz wohl in ihrer Haut, weil sie Leute anlog, die ihre Freunde waren. Noch drei Wochen so weitermachen, und die Schuldgefühle würden sie erdrücken.

»Wir sind innerhalb der Wölfe doch recht angesehen«, sagte sie. »Wieso also nicht wir?«

»Na ja«, sagte Gerry und lehnte sich bequem an den Wagen, als richte er sich auf eine längere Plauderei ein, »wir haben so lange rumgemeckert und uns beschwert, dass wir ausgegrenzt werden, da kommt es einem schon seltsam vor, wenn man plötzlich so viel Aufmerksamkeit genießt. Aber was soll ich mich aufregen, solange der Vamp sich benimmt.«

»Jaden«, erinnerte ihn Lyra. Es störte sie, wenn von ihm immer nur als dem Vamp die Rede war. Gerry hob leicht die Augenbrauen, nickte aber.

»Richtig. Jaden. Dein Vetter hält ja nicht so viel von der ganzen Sache.«

Lyra schaute hoch. »Was du nicht sagst. Im Ernst?«

Gerry gluckste. »Ja. Zumindest steht er nicht auf diesen speziellen Vampir«, fuhr er fort, und Lyra konnte sich ein spöttisches Grinsen nicht verkneifen. Nein, nach neulich Abend war Eric bestimmt kein großer Fan mehr von diesem speziellen Vampir.

»Du verbringst doch allerhand Zeit mit ihm. Ich selbst hatte noch nie Gelegenheit, Nettigkeiten mit einem Vampir auszutauschen. Wie schätzt du das Ganze ein?«

Vor Freude lief Lyra rot an. Sie kannte Gerry schon eine Ewigkeit, und ihn interessierte immer, was sie dachte. Aber dass er sie in einer so wichtigen Angelegenheit nach ihrer Meinung fragte, nachdem Eric, der mutmaßliche Thronfolger, bereits sein Urteil gefällt hatte, das freute sie besonders.

»Ich hielte es für eine gute Idee, wenn wir uns daran ein Beispiel nehmen würden«, antwortete sie bedächtig. Das war ihr tatsächlich schon durch den Kopf gegangen. Auch wenn Jaden ihr nicht ernsthaft einen Gegenbesuch bei seiner Dynastie angeboten hatte, hielt sie es keineswegs für ausgeschlossen, dass Lily auf so einen Vorschlag eingehen könnte. Vor allem, weil Lily bis vor Kurzem noch ein Mensch gewesen und von den früheren Zwistigkeiten zwischen Vampiren und Wölfen unbelastet war.

Es könnte klappen. Und für alle Wölfe wie sie selbst oder Simon, die so gern ihren Horizont außerhalb des Wolf-Territoriums erweitern würden, könnte sich das als Gottesgeschenk erweisen.

»Es müsste natürlich die richtige Dynastie sein«, fuhr Lyra fort. »Jadens Dynastie ist noch sehr jung, da könnten unsere Erfolgsaussichten am größten sein. Zwischen uns hat es noch keine Konflikte gegeben. Sie bauen etwas Neues auf, und wir könnten uns daran beteiligen.« Als sie Gerrys Gesicht sah, musste sie lachen. »Vermutlich sieht Eric das komplett anders.«

»Du kennst doch deinen Vetter. Tradition und Wahrung der Rudelgesetze. Er sagt, es sei ihm schleierhaft, was sie von uns wollen, und dass der Preis, den wir bezahlen müssen, zu hoch sein könnte. Das ist auch meine Sorge. Wir haben uns mit allen bekriegt, deshalb sind wir meines Erachtens von Haus aus im Nachteil, aber …« Er versank in Gedanken und zuckte schließlich mit den Schultern. »Warten wir ab, wer sich von euch beiden am Ende durchsetzt. Wer es auch ist, Dorien wird in jedem Fall ein offenes Ohr haben.«

Das damit verbundene Kompliment rührte Lyra. Ein Teil von ihr wäre am liebsten aus dem Auto gesprungen und ihm um den Hals gefallen, einfach deshalb, weil er von ihr als gleichberechtigter Kandidatin mit Siegeschancen gesprochen hatte. Das war ihr noch nie passiert. Und ihr wurde erst jetzt bewusst, wie viel ihr etwas so Einfaches bedeutete.

»Mein Vater ist ein kluger Kopf und ein guter Anführer«, sagte sie. »Er hört bestimmt zu.«

Gerry grinste und stupste mit dem Finger gegen ihre Nasenspitze. Diese Geste der Zuneigung erinnerte sie an die Zeit, als sie fünf Jahre alt und noch richtig begeisterungsfähig gewesen war. Das Herz wurde ihr schwer bei dem Gedanken, wie angenehm und leicht ihr Leben damals gewesen war.

»Du hast viel von ihm geerbt. Das habe ich schon immer gesagt. Nur Dorien Blacks Tochter bringt einen Vampir dazu, ihr aus der Hand zu fressen.«

»Äh, also, ich …«

»Geh einkaufen, Süße. Bis später.«

Verlegen wegen Gerrys Einschätzung der Beziehung zwischen ihr und Jaden brachte Lyra nur ein leises, gekünsteltes Lachen zustande. War das wirklich das, was die Leute sahen? Vielleicht schien Jaden in der Öffentlichkeit ihr gegenüber respektvoll. Sie hatte keine Ahnung. Vielleicht war es auch nur immer zu finster, als dass die Leute hätten sehen können, wie er ihr immer Grimassen schnitt.

»Bis dann«, murmelte sie und fragte sich nun ernsthaft, was die anderen Rudelmitglieder bei den seltenen Gelegenheiten, in denen sie und Jaden in Gesellschaft anderer Wölfe auftauchten, sahen. Entging ihr etwas?

Gerry machte sich auf den Weg, und sie dachte schon, sie müsste gleich ihr schmerzendes Gestell aus dem Auto hieven, da blieb er in einigen Metern Entfernung plötzlich stehen und drehte sich um.

»He, du musst mir einen Gefallen tun, falls du dich dafür fit genug fühlst. Und falls du eine Entschuldigung brauchst, dich heute Abend abzuseilen.«

»Aber immer«, antwortete sie rasch. Eine richtige Aufgabe wäre sehr viel besser als einfach zugeben zu müssen, dass ihre Muskeln eine Nacht frei brauchten. Sie wollte unbedingt mit Jaden mithalten. Schlimmstenfalls würde sie das Training mit ihm das Leben kosten, aber da der Erschöpfungstod schon quasi vor der Tür stand, hatte sie nicht mehr allzu viel Angst davor.

»Nicht, dass es für dich sonderlich anstrengend wäre, aber man braucht ein … sagen wir … diplomatisches Händchen … das vielen von uns abgeht, und –«

»Ich soll schon wieder einen von diesen Irren vergraulen, die an Werwölfe glauben.«

Gerrys erleichtertes Lächeln reichte als Bestätigung. Lyra stöhnte auf. Das war nur minimal besser als Jadens Spielart der Folter. Silver Falls war von der Außenwelt abgeschnitten und das Rudel in der Regel recht diszipliniert, aber der gleiche Instinkt, der Menschen normalerweise warnte und abschreckte, hierherzukommen, zog manchmal spezielle Gesellen regelrecht an. Diese Typen kamen dann an, bewaffnet mit Büchern über übersinnliche Phänomene und Videokameras, und sie trieben sich nach Einbruch der Dunkelheit in den Wäldern herum in dem Irrglauben, sie könnten jemanden ertappen, der gerade irgendetwas Paranormales trieb.

Eine Pest, die man jedoch nicht auf die leichte Schulter nehmen durfte. Denn wenn auch nur der Hauch eines echten Beweises nach außen drang, könnten sie sich vor solchen Jägern bald nicht mehr retten. Bis jetzt waren Gott sei Dank nur selten wilde Gerüchte in Umlauf gekommen. Aber auf diese Art von Ärger konnten sie gut und gern verzichten.

Diese übermäßig Neugierigen zu vertreiben, darauf war keiner scharf. Unglücklicherweise hatte sich Lyra schon einmal breitschlagen lassen, und sie hatte dafür auch Talent. Es gab grundsätzlich zwei Wege, die Sache anzugehen: ihnen Honig ums Maul schmieren oder sie dermaßen einschüchtern, dass sie an den Rand eines Nervenzusammenbruchs gerieten.

Sie hatte beide Methoden drauf.

»Ich weiß, dass ihm jemand das Lost Dog Café empfohlen hat. Da würde ich als Erstes nach ihm suchen … wo sollte er auch sonst rumhocken und alle misstrauisch anglotzen?«

Lyra seufzte. »Wie sieht er denn aus?«

Gerry gluckste. »Als Hut trägt er einen schwarzen weichen Lederhut, dazu ein T-Shirt mit der Aufschrift ›Übernatürlich‹. Sehr unauffällig.«

»Ha. Hervorragend, noch so ein Indiana Jones der Nacht. Ich kümmere mich um ihn. Aber nur, weil ich dich mag.«

»Ich mag dich auch, Süße. Du hast was gut bei mir.«

»Mhmm. Ich schreib's mit dazu. Du hast so viele Schulden bei mir, dass du bis zum Jüngsten Gericht nicht alles zurückzahlen kannst.«

Gerry schlenderte seines Wegs, und Lyra blickte ihm widerwillig lächelnd nach. Im Grunde genommen war sie froh, eine Ausrede zu haben, um sich die Nacht freizunehmen, auch wenn sie nicht richtig freihatte. Ihr Vater konnte Jaden ja die

Zeit vertreiben. Oder er könnte abschwirren nach … na, wo er eben hinging, wenn er was zu essen brauchte. Er hatte nichts darüber gesagt, und sie hatte nicht gefragt. Aber bei der Vorstellung, wie er ein hübsches junges Ding in den Fingern hatte und seine Zähne in ihren Hals schlug, verging ihr das Lächeln. Ja, vielleicht sollte ihm ihr Vater die Zeit vertreiben.

Leise fluchend öffnete Lyra die Autotür und setzte die Füße auf den Boden. Sie fühlte sich in etwa so mies, wie sie erwartet hatte. Eine richtige Verletzung wäre längst verheilt, aber diese Schmerzen würde sie erst loswerden, wenn sie sich einmal eine ganze Nacht lang erholen konnte. Aber verflucht wollte sie sein, wenn Jaden sie wie ein altes Weib herumhumpeln sehen würde. Lieber die Zähne zusammenbeißen.

Sie verzog das Gesicht und jammerte vor sich hin, dass so was nun ihr freier Abend sein sollte, aber schließlich richtete sie sich auf, sperrte den Wagen ab und stolzierte steif auf die Einkaufspassage zu.

13

Jaden fuhr seine Corvette auf den kleinen Parkplatz hinter der Geschäftszeile, in der auch das Lost Dog Café lag, nicht ohne leise über schwierige Frauen und deren nachsichtige Väter vor sich hinzuschimpfen.

Schon beim Aufwachen hatte er sich über einen weiteren Abend voll Lyras ungeteilter Aufmerksamkeit gefreut. Er gestand es sich nur ungern ein, aber das war für ihn eine der schönsten Seiten des Trainings mir ihr. Der Unterricht hatte mehrere erfreuliche Aspekte: Sie war eine gelehrige Schülerin, hatte eine rasche Auffassungsgabe und war unglaublich begabt. Trotzdem gefiel ihm am besten, dass er sie für sich ganz allein hatte. Für einen Vampir seines Alters und seiner Erfahrung mit Frauen ein trauriges Fazit.

Noch trauriger war, wie unglücklich er sich gefühlt hatte, als ihm Dorien, der es sich mit einem Bier und einem zerfledderten Taschenbuch in der Küche bequem gemacht hatte, eröffnete, Lyra sei geschäftlich in Rudelangelegenheiten die ganze Nacht unterwegs.

»Ich glaube, ich spinne«, murrte Jaden, als er den Wagen einparkte und den Motor abstellte. Eine Verabredung, selbst eine zum Schein eingegangene mit irgendeinem verblödeten Werwolfjäger, war nichts Geschäftliches. Vor allem nicht, weil Dorien sich halb totlachte, als er erzählte, wie gut Lyra darin sei, unerwünschte Besucher zu vergraulen. Jaden konnte es sich lebhaft vorstellen, wenn er daran dachte, wie charmant sie bei ihren ersten paar Begegnungen aufgetreten war.

Er stieg aus und überlegte kurz, ob wohl jemand die Autotür unvorsichtig aufreißen und seinen Wagen beschädigen könnte, sperrte dann ab und ging um das Gebäude herum. Frost lag in der Luft – das Wetter konnte sich nicht entscheiden, ob es länger freundlich bleiben wollte. Letzte Woche hatte es der Stadt erst kalten Regen und Wind, aber auch Temperaturen um die zwanzig Grad beschert. Bei Letzterem schien es sich nun einzupendeln, nur nachts wurde es noch schneidend kalt.

Sein Magen knurrte, aber ums Essen würde er sich später außerhalb der Stadt kümmern. Im Moment hatte er nichts anderes im Sinn, als Lyra zu sehen. Und wahrscheinlich diesen Idioten zu erdrosseln, Verabredung hin oder her.

Er ging unter einem schäbigen gelben Schild mit einem abstrakt dargestellten Hund hindurch, stieß die Tür auf und betrat das Café. Mit den Augen suchte er den Raum ab und ließ die Atmosphäre auf sich wirken. Die großen Fenster zum Bürgersteig hin waren von violetten Vorhängen gesäumt. Die schwache Innenbeleuchtung wurde durch das flackernde Licht von Kerzen auf hohen, spindeldürren Tischchen verstärkt, dazu kamen ledergepolsterte Nischen. An den kaffeebraunen Wänden hingen Kunstdrucke, hauptsächlich surreale Traumszenen, die an Dalí erinnerten, dazwischen typische Martini-Bar-Gemälde. Aus den Lautsprechern drang eine heisere männliche Stimme zu Saxofonbegleitung.

Obwohl das Café das genaue Gegenteil einer altmodischen, derben, aber reizvollen Kneipe war, wirkte es keineswegs protzig, sondern verbreitete ein Gefühl von Wärme. Hier würde er gern einmal herkommen, dachte Jaden, wenn er in der richtigen Stimmung dafür war, es zu genießen.

Jetzt jedoch galt sein ganzes Interesse der Frau, die mit dem Rücken zu ihm saß, und dem Versager mit dem schwarzen Hut, dem der Sabber schon fast aus dem Mund tropfte.

Lyra trug eine Art Pullover, der genug seidenweiche Haut an Rücken und Schultern preisgab, dass auch Jaden das Wasser im Mund zusammenlief. Das Haar hatte sie zu einem langen Pferdeschwanz nach hinten gebunden. Ihrer Haltung nach zu urteilen schien sie recht entspannt zu sein. Jetzt warf sie sogar den Kopf in den Nacken und lachte. Ein lautes, kehliges Lachen, das seine Fangzähne wachsen ließ. Die Lust auf sie wälzte sich durch seine Adern wie ein Buschbrand.

Er konnte sie riechen. Fast schmecken. Und wenn der Hut-Typ nicht aufhörte, sie anzugaffen, als wolle er sich selbst einen Happen sichern, dann würde er …

»Ach, was soll's?«, knurrte Jaden, setzte ein – wie er hoffte – freundliches Gesicht auf und ging zu ihrem Tisch. Der Kerl mit dem Hut bemerkte ihn sofort. Jaden musste sich ein Lächeln verkneifen, weil er den Mann schlagartig in höchste Alarmbereitschaft versetzt hatte. Außerdem freute es ihn, dass er dem Spaß, den die beiden offenbar hatten, ein derart abruptes Ende setzen konnte. Lyra drehte sich um auf der Suche nach dem Grund für den plötzlichen Stimmungswandel ihres Gegenübers. Die Neugier in ihren Augen verwandelte sich schnell in eine merkwürdige Mischung aus Ärger und Freude, als sie ihn erkannte.

Jaden beschloss, nur die Freude zur Kenntnis zu nehmen.

»Lyra«, schnurrte er und hoffte, sie würde mitziehen. »Was für ein netter Zufall.«

Ihr Mundwinkel zuckte, noch ehe sie antwortete. Ihr Blick sprach Bände: *Das wirst du mir büßen*.

»Jaden«, sagte sie. »Was für eine nette … Überraschung.« Sie drehte sich wieder ihrem Gesprächspartner zu, der bereits misstrauisch zwischen ihnen beiden hin- und herschaute. Jaden hielt den Typ für einen von denen, die man wohl jetzt als ansehnlich bezeichnen würde, die als Jugendliche aber viele böse Streiche ertragen mussten. Lyra war ein Preis, den er nicht teilen wollte.

»Black, das ist Jaden. Jaden …« – sie machte eine kurze Pause und warf ihm einen warnenden Blick zu – »Finkleman. Jaden, das ist mein Freund Blake Torrance.«

Jaden schüttelte dem Hut-Träger die Hand, nicht ohne Lyra einen ebenso vielsagenden Blick zuzuwerfen. Ihr Grinsen hätte Butter zum Zerlaufen bringen können.

»Hocherfreut«, sagte Jaden, drückte Blakes Hand kurz, aber fest und ließ dann schnell wieder los. Der Mann hatte verschwitzte Handflächen. Wie Jaden das hasste.

»Wohnen Sie auch in Silver Falls?«, fragte Blake. Er schien argwöhnisch. Aber Jaden war sich ziemlich sicher, dass der Bursche diesen Blick, der ihn wohl einschüchtern sollte, jeden Morgen vor dem Spiegel übte. Auf seinen Reisen würde ihm das kaum helfen, aber wahrscheinlich hoffte er, es würde seine Glaubwürdigkeit erhöhen, sollte er es einmal in eine Geisterjägersendung im Fernsehen schaffen.

Jadens Erfahrung nach wollten all diese Typen ins Fernsehen. Das war ihnen viel wichtiger als die Wahrheit hinter den übernatürlichen Phänomenen, denen sie nachjagten.

»Kürzlich zugezogen«, antwortete Jaden. »Und Sie?«

Er sah Blake in die Augen und gab ihm einen telepathischen Befehl. *Bitte mich, zum Essen zu bleiben.*

»Ich … ich bin geschäftlich hier. Und wegen eines unverhofften Vergnügens«, sagte Blake. Seine Augen überzog kurz ein Schleier, ehe sie wieder klar wurden. Leicht verwirrt schaute er Jaden an, der nachsichtig lächelte und wartete.

»Möchten Sie sich nicht zu uns setzen?«, fragte Blake schließlich.

»Aber gern. Danke«, antwortete Jaden und ließ sich auf einem leeren Stuhl nieder, ehe Lyra protestieren konnte. Sie kniff nur kurz die Augen zusammen, schaute ihn böse an und wandte sich dann Blake zu.

»Sie wollten mir gerade von den Gerüchten erzählen, die Sie zu uns geführt haben«, sagte sie und klang sehr viel freundlicher, als Jaden das gewohnt war. »Blake ist ganz versessen auf alles Paranormale. Er glaubt offenbar, in unserer Gegend gäbe es übersinnliche Vorkommnisse. Ich habe nur noch nicht raus, was das sein könnte, abgesehen von dem einen Abend, als Billy Carmichael so betrunken war, dass er mitten in einem Schneesturm nackt die Hauptstraße runterrannte.«

Jaden zwinkerte. »Was für ein Glück, dass ich das verpasst habe.«

Sie lächelte ihn kurz an. »Ja, so etwas hinterlässt tiefe emotionale Narben.«

»Äh«, unterbrach Blake und schaute mit mehr als nur einem Anflug von Eifersucht zwischen beiden hin und her. »Es gibt sehr viel mehr Berichte über paranormale Vorkommnisse hier in der Gegend, als Sie beide offenbar glauben. Und hauptsächlich geht es um Werwölfe. Es ist leicht, diese Meldungen als Unfug abzutun und zu belächeln, wenn man die Forschungsergebnisse nicht laufend verfolgt. Aber das Ganze ist durchaus nicht zum Lachen, das können Sie mir glauben.«

Er klang so brav und überspannt, dass Jaden sich auf die Zunge beißen musste, um nicht loszuprusten. Dann machte er den Fehler, Lyra anzuschauen, die offensichtlich das gleiche Problem hatte. Ihre Unterlippe zitterte. Sie biss sich darauf und blickte dann demonstrativ zur Seite.

Jaden betrachtete kurz ihr Profil und wünschte, sie wären allein, damit er mit Zunge und Zähnen über ihre bezaubernd volle Lippe fahren könnte.

»Sie wollen mir doch nicht weismachen, Sie hätten von diesen Geschichten über Ihre Stadt nie etwas gehört«, fuhr Blake fort und klang zunehmend gereizt, weil sie nicht auf ihn eingingen. »Man hat sie unterdrückt, so gut es ging, das stimmt, aber vor denjenigen von uns, die bereit sind, tief genug nachzubohren, ist die Wahrheit nicht zu verheimlichen.«

Oh Mann, es war so weit. Jaden schaffte es mit Müh und Not, sein Lachen als Husten zu tarnen, aber sehr überzeugend kam er sich nicht vor. Lyra packte ihr Glas und trank einen ordentlichen Schluck.

Ein wenig tat ihm der Mann leid, deshalb wandte sich Jaden wieder Blake zu. Ja, der war sauer. Sein Rendezvous war im Eimer, und wegen seiner großen Leidenschaft, die sein Lebensinhalt war, wurde er verlacht. Vielleicht wäre er nicht ganz so angefressen gewesen, wenn er kapiert hätte, dass er von einem Vampir und einer Werwölfin verspottet wurde, aber trotzdem. Jaden gab sich Mühe, etwas höflicher zu sein, da er nun wusste, dass Lyra mit dem Burschen garantiert nirgendwo hingehen würde.

»Hören Sie, Blake, es gibt eine Menge unerklärliche Dinge zwischen Himmel und Erde. Vielen davon, wenn nicht gar den meisten, sollte man sich nicht leichtsinnig nähern.«

»Von leichtsinnig kann gar keine Rede sein«, schnauzte Blake zurück. »Und ganz offensichtlich bin ich hier auf etwas gestoßen, weil ich nie jemanden erlebt habe, der gern den Vampir spielt und in einer ganz normalen Stadt lebt.«

Jaden runzelte die Stirn. »Sie glauben … ich spiele Vampir? Das wird ja ziemlich persönlich, Blake. Um darauf eine Antwort zu erhalten, müssen Sie mir mindestens einen Drink spendieren.«

Blake stieß ein ärgerliches kurzes Lachen aus. »Na schön«, sagte er. »So kommen wir nicht weiter. Keine Ahnung, warum ich Sie zum Bleiben aufgefordert habe … wirklich … aber wenn Sie mir nicht helfen, dann gehe ich eben anderen Spuren nach.«

»Tatsächlich?«

»Da können Sie Gift drauf nehmen.« Er fummelte an seiner Brieftasche herum.

»Nein, Blake, gehen Sie nicht«, schaltete sich Lyra ein. »Jaden kann verschwinden oder Sie und ich suchen uns ein anderes Lokal, wo wir uns in Ruhe unterhalten können. Eigentlich hätten wir beide unter uns bleiben sollen –«

»Blake.«

Seine Gabe, die Macht, Menschen seinen Willen aufzuzwingen, setzte er so automatisch ein, wie er atmete. Jadens Stimme klang freundlich, aber bestimmt, angenehm und vollkommen unwiderstehlich. Selbst Lyra drehte sich zu ihm um und neigte den Kopf. Aber er hatte seinen Spaß mit dem Eindringling gehabt – jetzt war es an der Zeit, ihm auf die Sprünge zu helfen, damit Lyra und er den Tisch endlich für sich hatten.

Blake verstummte und starrte Jaden an. Ganz wie dieser erwartet hatte. Menschen hatten keine Chance, sich dem Bann zu entziehen. Kaum war der Blickkontakt hergestellt, legte sich ein Schleier der Verwirrung über seine Augen, und Jaden wusste, er hatte ihn da, wo er ihn haben wollte.

»Hörst du mich, Blake?«, fragte er so ruhig und gelassen, als würde er übers Wetter reden. Blake nickte. Langsam, wie in einem Traum.

»Ja … Meister.«

Jaden spürte Lyras Blick, wollte die Verbindung jedoch nicht unterbrechen, deshalb richtete er das Wort kurz an sie, ohne sie anzuschauen. »Schon gut, ich wollte nicht so dick auftragen. He, Blake, vergiss den Meister. Ich bin dein Freund. Dein Kumpel Jaden.«

»Hi, Kumpel.«

Unwillkürlich musste Jaden grinsen. »Hi, Blake. Hör mal. Ich, als dein Kumpel, muss dir etwas sagen. Du gehst jetzt los, holst deine Sachen aus dem Hotel und verlässt die Stadt. Sofort.«

»Stadt verlassen. Jawohl«, murmelte Blake und wippte leicht mit den Füßen. »Aber da sind die … Werwölfe …«

»Nein, du hast zu viel *Underworld* geschaut«, widersprach Jaden ruhig, aber bestimmt. Er blinzelte nicht einmal. Er hatte den Mann fest im Griff, und er bekam Hunger. Leider … ein guter Bann war vergeudet, wenn keine Mahlzeit dabei raussprang … aber das ließ sich in diesem Fall nicht ändern. Er bezweifelte, dass die Inhaber des Lost Dog Wert darauf legten, ihm bei einem Imbiss zuzugucken.

»Hier gibt es keine Werwölfe. Und keine Vampire. Dies ist der langweiligste Ort der Welt, und genau so wird er dir in Erinnerung bleiben. Such dir eine Freundin. Such dir Arbeit und ein nettes Hobby. Und wirf um Himmels willen diesen bescheuerten Hut weg. Du kommst nie wieder in diese Stadt. Haben wir uns verstanden?«

»Ja, Meister Jaden.«

»Lass das«, fauchte der.

»Ja, Jaden Finkleman. Mein Kumpel.«

Jaden seufzte. »Schon besser. Wenn auch nur marginal. Jetzt mach dich auf die Socken, Blake. Die Zeche übernehme ich.«

Benommen taumelte der Geisterjäger los, prallte erst gegen eine Kellnerin, dann gegen die Tür, ehe er es endlich auf die Straße schaffte. Belustigt schaute Jaden ihm nach. Er hatte seine suggestiven Kräfte schon eine Weile nicht mehr eingesetzt und es wirklich ein wenig übertrieben. Hoffentlich funktionierte alles nach Wunsch. Zumindest kurzfristig würde es wohl seinen Zweck erfüllen.

Lyra starrte ihn an, und er konnte ihren Blick nicht entschlüsseln. Schließlich sagte sie: »Wenn er einen Unfall baut, kriegst du einen Tritt in den Arsch.«

»Von wegen«, antwortete Jaden, »obwohl: Du solltest eigentlich froh sein. Nachdem diese Flasche abgezogen ist, hast du massenhaft Zeit, genau das zu versuchen. Du siehst übrigens hinreißend aus.«

Er bemerkte das eher nebenbei, denn wenn er ihr allzu gefühlsbetonte Komplimente machte, ließ sie ihn regelmäßig auflaufen. Aus irgendeinem Grund war es Lyra peinlich, wenn man ihr sagte, wie gut sie aussah. Das war mit ein Grund, warum er es ihr öfter mal unter die Nase rieb.

Prompt färbten sich ihre Wangen rot. Stand ihr gut. »Oh, äh, danke.« Sie zögerte kurz, ehe sie fortfuhr. »Du riechst heute Abend ziemlich gut.«

»Muss das Rasierwasser sein, das du mir ausgesucht hast, damit der Katzenduft überlagert wird«, triezte er sie. Aber er freute sich über das Kompliment … und das nicht zu knapp. Es war nur ein kleines Entgegenkommen ihrerseits, aber es tröstete ihn über die Pattsituation der vergangenen Woche hinweg. Er begehrte sie. Das würde auch so bleiben.

Er beschloss, sie hin und wieder daran zu erinnern, wenn auch dezent. Das konnte nicht schaden. Vor allem weil sie großartig war, wenn sie nervös wurde.

»Ja, ich hoffe, das macht dir nichts aus. Du siehst aus wie ein Mann, der Rasierwasser benutzt. Und ich rieche gern Dinge, die ich mag.« Sie hielt kurz inne und schüttelte den Kopf. »Du weißt schon, was ich meine. Ich gehe nach dem Geruchssinn. Typisch Wolf eben.«

»Typisch Katze auch, deshalb weiß ich es zu würdigen. Und ich mag es ebenfalls. Danke.«

Sie lächelte. Ein richtiges Lächeln diesmal. Und während Jaden sie so ansah, das flackernde Kerzenlicht, das sich in ihren Augen spiegelte, ihren weichen, zarten Mund und die glänzenden, schimmernden Strähnen in ihrem Haar, da spürte er ein seltsames Ziehen genau in der Mitte der Brust, dort, wo die Seele oder etwas Vergleichbares saß. Er fühlte sich zu Lyra hingezogen von einer Kraft, die Blut allein nie aufbringen könnte … auch wenn der Duft ihres Bluts, dunkel, würzig und wild, ihn umhüllte und verzauberte.

Er hatte immer gewusst, es gab mehr als eine Art Verlangen nach Frauen. Er hatte nur nicht erwartet, jemals sämtliche Arten bei einer einzigen Frau zu empfinden. Eine abgrundtiefe Sehnsucht erfüllte ihn, die er niemals mit einem simplen Kuss oder auch einer ganzen Nacht in ihrem Bett würde stillen können.

Er wusste nicht, was dazu nötig wäre.

Er wusste nur … irgendwie musste er das herausfinden.

Sie sah ihn mit unverminderter Zuneigung an. Jaden hielt den Atem an und wartete, was diese neuerliche Wendung in seiner sprunghaften Schülerin zu bedeuten hatte. Ihre Beziehung hatte bisher vor allem aus Arbeit bestanden, begleitet von – zumeist – wohlwollenden Beleidigungen, die man als Frotzeleien bezeichnen könnte. In ihrem Wesen spürte er die gleiche Vorsicht, die er selbst fühlte. Deshalb verstand er sie in dem Punkt. Aber Jaden wollte immer dringlicher sehen, was sie hinter diesem Schutzschild verbarg. Diese Erlaubnis konnte jedoch nur sie ihm erteilen.

»Diese telepathische Macht ist ja eine feine Sache«, sagte Lyra. »Damit könntest du die ganze Welt beherrschen.«

Jaden zuckte mit den Schultern. »Das setze ich eigentlich nur ein, wenn ich was umsonst haben will. Und manchmal komme ich mir wie der Größte vor, wenn mich jemand Meister nennt.« Sie brachen gleichzeitig in Gelächter aus. »Nein, im Ernst, Meister habe ich jetzt das erste Mal gehört. Dein neuer Freund hat offenbar ein paar tiefsitzende Probleme.«

Lyra gab ihm einen Klaps auf den Arm. »Obwohl der Hut megasexy war, ist der Kerl nicht mein Typ. Wahrscheinlich müsste ich mich bei ihm auf Peitsche und Ketten einlassen, und das kommt mir nicht in die Tüte.«

»Schade.«

»Schwein«, sagte sie, immer noch grinsend. »Und … danke.«

Jaden heuchelte Ungläubigkeit. »Echt jetzt? Du dankst mir für meine Hilfe?«

Sie verdrehte die Augen. »Du kannst mich mal. Ich hätte mich bestimmt beschwert, wenn ich meinen Spaß gehabt hätte. Aber dieser wandelnden Enzyklopädie für Abseitiges zuzuhören, hat mich schon nach zehn Minuten gelangweilt. Und er war so dermaßen fixiert auf diese Stadt, dass es mich einige Mühe gekostet hätte, ihn loszuwerden. Deshalb: ja, danke.«

Das Gefühl der Nähe zwischen ihnen war mit Händen zu greifen.

»Hast du Lust auf einen kleinen Spaziergang?«, fragte Lyra plötzlich. »Ich brauche Bewegung. Der Regen hat auch endlich aufgehört, also, was meinst du?«

Er schaute sie an. »Ist das ein Versuch, dem Training zu entkommen?«

Eine Mischung aus Schuldgefühl und Ärger verdunkelte ihre Miene. In dem Moment wurde ihm klar, dass sie den Unterricht nicht ausfallen lassen wollte, sondern den freien Abend dringend brauchte.

»Vergiss es. Du hast geschuftet wie ein Vieh. Heute Nacht reicht ein Spaziergang.« Er hatte richtig entschieden. Das wusste er, als er die Erleichterung in ihrem Gesicht sah. Lyra ließ sich so leicht nichts anmerken, aber sie hatte offenbar mehr Schmerzen, als er erkannt hatte. Wenn sie ihm doch nur anvertrauen würde, was in ihrem hübschen Kopf so vor sich ging. Wenigstens ab und zu. Ihre kategorische Weigerung, um Hilfe zu bitten, machte ihm Sorgen, ebenso ihre störrische Selbstsicherheit … auch wenn diese Eigenschaften unbestreitbar Teil ihrer Anziehungskraft waren.

»Wunderbar. Ich schnappe mir die Kellnerin und kümmere mich um die Rechnung. Dann kann's losgehen.«

Jaden schaute ihr nach und sog seufzend den noch in der Luft hängenden Rest ihres Parfüms ein. Er hatte keine Ahnung, wohin die Reise sie beide führen würde. Jedenfalls nicht so schnell an ein Ziel, an welches auch immer.

Aber er wollte die Reise genießen. Unbedingt.

Es war zwar kalt, aber Lyra zog es an die frische Luft. Sie atmete tief ein, legte den Kopf in den Nacken und betrachtete den nächtlichen Himmel. Ein Teil der Wolken hatte sich verflüchtigt, und der helle Schein der Sterne drang ungehindert zu ihnen herunter.

Schweigend ging Jaden neben ihr her. Offenbar wartete er, dass sie etwas sagte. Das war typisch für ihn: Wenn ihm irgendetwas nicht passte, reagierte er sofort, aber sinnfreies Geplauder war nicht so sein Ding. Sie war es gewohnt, angesprochen zu werden – sei es wegen ihrer Stellung innerhalb des Rudels, sei es, weil sie den Eindruck vermittelte, sie hätte Antworten auf alle möglichen Fragen. Jedenfalls kamen häufig Leute mit ihren Problemen, ihren Sorgen, ihren Geschichten zu ihr. Niemand, ausgenommen vielleicht Simon, hatte sich je für sie als Person sonderlich interessiert.

Ganz anders Jaden, der geduldig darauf wartete, dass sie etwas sagte oder eben nicht, der sich wohl in seiner Haut fühlte. Das war … interessant.

Und unglaublich verlockend. Aber hatte sie nicht beschlossen, diesen Punkt auf sich beruhen zu lassen?

Aber klar doch. Heute Abend würde Lyra die Schuld für ihre Schwäche auf den Duft seines Rasierwassers schieben. Diese

Note roch an ihm einfach unwiderstehlich. Und im Moment war sie mit dieser Erklärung rundum zufrieden.

Sie ließen das Viertel hinter sich und bummelten die vertrauten Straßen ihrer Stadt entlang. Verstohlen schaute Lyra hin und wieder zu Jaden und freute sich, dass er die Schönheit ihrer Heimat offenbar zu würdigen wusste, wenn schon nicht unbedingt deren Bewohner. Aber auch in der Hinsicht hatte sich einiges getan. Die Leute gewöhnten sich langsam an seinen Anblick. Und je länger Jaden durchhielt, ohne auszuflippen und ihre Artgenossen zu massakrieren, desto unbefangener würde ihr Rudel ihm begegnen.

Langsam überquerten sie eine kleine Brücke, die über den Illoren Creek führte. Auf beiden Seiten befanden sich Bürgersteige. Sie blieb stehen, beugte sich über das Geländer, schaute auf den Fluss hinunter und genoss das Rauschen des Wassers.

Sie hatte gedacht, Jaden würde ebenfalls die Fluten bewundern, aber seine Worte belehrten sie eines Besseren. Er betrachtete sie. Und es störte sie nicht im Geringsten.

»Du trägst die Halskette«, sagte er unvermittelt. »Die Kette, die ich dir zurückgebracht habe. Das ist das erste Mal, dass ich sie seither an dir sehe.«

Lyra nahm den Mondstein, der zwischen ihren Brüsten baumelte, hoch, betrachtete ihn und rieb automatisch mit dem Daumen über die glatte Oberfläche. Früher hatte sie geglaubt, er bringe ihr Glück. Vielleicht tat er das auch. Auf seine Art.

»Ich trage sie nicht immer.« Sie schaute zu ihm hoch. Sein Anblick, wie er sie so eingehend betrachtete, erhellt nur vom schwachen Schein einer weiter weg stehenden Straßenlaterne, raubte ihr vorübergehend den Atem. Er war perfekt an ein Leben in der Nacht angepasst. Dunkel und schön. Dass er sich ausschließlich auf sie konzentrierte, dass er äußerlich vollkommen dem entsprach, was er war, weckte in ihr eine Lust, die sich wie eine finstere, sinnliche Blüte in ihrem Körper entfaltete.

Aus der Fassung gebracht suchte sie nach Worten, um die Stille zu füllen.

»Wenn ich außerhalb der Stadt bin, trage ich sie als Talisman, und weil sie mich an Zuhause erinnert. Hier trage ich sie gewöhnlich nur, wenn ich in dringenden Rudelangelegenheiten unterwegs bin. Dann wissen die Leute, sie dürfen mich nur mit wirklich Wichtigem behelligen.«

Jaden kicherte und beugte sich nun ebenfalls über das Geländer. »Dein Freund Blake würde sich bestimmt geschmeichelt fühlen, wenn er wüsste, dass er von einem Rudel Werwölfe als wichtig eingestuft wird.«

»Er ist nicht mein Freund. Ich will nichts von ihm. Es ist allerdings wichtig, Leute wie ihn abzuschrecken. Manche sind schlauer, als uns lieb sein kann, und gefährden unsere Sicherheit. Auf diese Art der Aufmerksamkeit können wir gern verzichten.«

»Ja, das glaube ich sofort.« Erneut verfiel Jaden in Schweigen und ließ den Blick in die Ferne schweifen. Ihr Blick glitt langsam über sein Profil, mit den Augen streichelte sie das, was ihre Finger gern gestreichelt hätten. Da war so viel, das sie nicht von ihm wusste, und unaufgefordert gab er nur sehr wenig von sich preis. Aber jetzt, allein auf dieser Brücke, fühlte sie sich ermutigt, ein wenig nachzubohren.

»So, und wie bist du nun hierhergekommen?«, fragte sie.

Er schaute sie von der Seite an. »Mit dem Auto.«

Lyra zog eine Schnute. »So wörtlich habe ich das nicht gemeint. Ich hatte nie viel Gelegenheit, mich mit Vampiren zu unterhalten, abgesehen von Rogan damals in dem Sicheren Haus, wo ich dich das erste Mal getroffen habe. Und mindestens die Hälfte von dem, was er mir da erzählt hat, dürfte völliger Bockmist gewesen sein.«

Jaden kicherte. »Damit liegst du wahrscheinlich goldrichtig. Ty kannte ihn besser als ich, aber mein Eindruck ging in die gleiche Richtung. Ein durchtriebener Kerl, aber wenn er etwas wollte, konnte er durchaus charmant sein. Damien hat ihm damals den Kopf abgetrennt. Kurz vor Sonnenaufgang.«

Lyra zuckte zusammen. »Wow. Das tut mir leid.«

»Muss es nicht. Das hatte Rogan sich selbst zuzuschreiben. Hätte es Damien nicht getan, dann früher oder später irgendein anderer.«

»Wer ist Damien?«, fragte sie. Sie konnte sich an niemanden dieses Namens in dem Haus erinnern, aber die ganze Geschichte damals hatte sie reichlich Nerven gekostet. Sich dahin zu flüchten, war ihr letzter Ausweg gewesen.

»Er ist ein Cait Sith, wie ich, beziehungsweise wie ich, bevor ich mich den Lilim angeschlossen habe. Er hat allerdings nie zu den Ptolemy gehört, sondern zum Haus der Schatten.«

»Oh.« Lyra zog die Stirn in Falten. »Von denen habe ich gehört, als ich in Chicago war. Das ist die Gilde der Meuchelmörder oder so ähnlich, nicht wahr?«

»Unter anderem«, gab Jaden zu. »Sich mit den Shades einzulassen, ist in der Regel keine gute Idee. Damien ist in seinem Metier spitze. Deshalb ist es nützlich, ihn zum Freund zu haben.«

»Ist er ein guter Freund von dir?«

Jaden deutete ein Lächeln an. »Na ja, eher von Ty als von mir. Sie wurden zur gleichen Zeit umgewandelt und kannten sich damals schon ziemlich lange. Er und ich tolerieren einander, aber richtig trauen werde ich ihm wohl nie.« Er machte eine Pause und wandte den Kopf ab. »Um zu überleben, habe ich viele Dinge getan, auf die ich nicht stolz bin. Und wenn man so lange lebt und sich irgendwie zwischen Blaubluten und Gossenbluten und deren Intrigen durchschlagen muss … das kann nach einer Weile einen Teil von dir abtöten. Dein Gewissen. Deine Seele. Bei Damien ist das so.«

»Und bei dir nicht?«, fragte sie ruhig. Nicht, um ihn zu reizen, sondern aus ehrlichem Interesse.

Einen kurzen Moment schien er zu überlegen, dann schaute er sie aus seinen in der Dunkelheit weich schimmernden Augen an. »Ich glaube nicht. Natürlich bin ich müde. Ich bin es leid, auf der Flucht zu sein, nie einen Ort zu haben, den man als Zuhause bezeichnen könnte. Aber ich bin mir ziemlich sicher, dass mein Gewissen und meine Seele noch genauso intakt sind wie alles andere auch.«

Sofort kamen ihr schmutzige Gedanken, und sie lief rot an. Sie war sich sicher, dass alles an ihm noch funktionierte. Jaden sah ihr sofort an, was ihr durch den Kopf ging, und lächelte sie warmherzig an.

»Siehst du, das mag ich so an dir, Lyra. Du tust nicht so etepetete, sondern bist sehr … bodenständig.«

Sie musste lachen. »Das fasse ich jetzt mal als Kompliment auf.« Sie lächelte weiter, während sie so dastanden und sich anschauten. Die Beziehung zwischen ihnen fühlte sich ungekünstelt und angenehm an. Vielleicht, weil sie nicht mehr auf rein körperlicher Anziehung gründete … da war mehr.

Vielleicht sogar viel mehr, wenn sie sich nur traute, dem weiter nachzugehen. Hier, wo die Dunkelheit sie umgab, kam es ihr längst nicht mehr so unklug vor.

»Du *magst* mich inzwischen also, hm?«, fragte sie. Ein bisschen flirten konnte nicht schaden. Was sollte groß passieren? Hier in der Öffentlichkeit? Gewissermaßen. Hier war sie doch wohl in Sicherheit. Aber die Art, wie er sie anblickte, weckte die Schmetterlinge in ihrem Bauch.

»Natürlich mag ich dich«, erwiderte er. »Ich hatte gedacht, das wäre längst geklärt.« Er überraschte sie, indem er ihr eine widerborstige Haarsträhne hinters Ohr strich. Seine Hand streifte dabei leicht über ihre Wange, und schon dieser Hauch von Kontakt ließ sie erbeben.

»Tja, also, Lust und Zuneigung sind zwei verschiedene Paar Stiefel.« Lyras Stimme zitterte. Sie musste ihre Instinkte bändigen, die sich zuverlässig meldeten, sobald er sie berührte. Schon seltsam, dass eine Katze derart tiefe Empfindungen bei einem Werwolf weckte. Aber so war es eben. Die wilde Seite in ihr begehrte ihn ebenso wie alle anderen Seiten.

»Wieso kann es nicht beides sein?«, fragte Jaden. »Du bist schön, Lyra. Aber wenn das alles wäre, was du zu bieten hättest, dann wäre ich nicht hier.«

»Ach so, ich verstehe.« Lyra lachte. »Du magst mich, weil ich eine so sagenhafte Kämpferin bin.«

Er lächelte und strahlte dabei eine Sanftheit aus, dass sie sich ihm am liebsten an Ort und Stelle hingegeben hätte. Kein Mann hatte sie je so angeschaut wie er. Manche hatten sie begehrt, einige wenige hatten ihre Gesellschaft genossen. Beides zusammen eigentlich nie. Nicht so wie er.

Diese Erkenntnis weckte in ihr den Wunsch, die Dinge würden anders liegen. Denn Jaden war etwas Besonderes. Sie konnte akzeptieren, dass sie so fühlte, obwohl es ihr nicht viel nützen würde, ihm das einzugestehen. Es würde nichts an den Gegebenheiten ändern.

Dennoch konnte sie nicht widerstehen, seine Nähe zu suchen, ihn anzuschauen, wie er in freudiger Erwartung die Lider niederschlug, dabei schwieg und geduldig wartete. Die Entscheidung überließ er ihr, auch wenn er unmöglich wissen konnte, wie viel ihr dies bedeutete. Er machte es ihr leicht, den Kopf zu heben und die Lippen auf seine zu drücken. Lyra spürte, wie er zitterte, ganz leicht, und da wäre es fast um sie geschehen gewesen.

Warum wünschte sie sich immer das, was sie am schwersten bekommen konnte?

Sie legte Jaden die Arme um den Hals und schmiegte sich an ihn. Er fuhr ihr mit einer Hand die Hüfte entlang, mit der anderen strich er über ihr Haar. Er öffnete den Mund, und sie ließ ihre Zunge vorgleiten und küsste ihn voll Inbrunst. Anstatt ihm sofort an die Wäsche zu gehen, wozu ihr Instinkt sie drängte, beherrschte sie sich, streichelte die Haare in seinem Nacken, sog seinen Geschmack in sich auf, spürte ihn. Er war so anders als alle Männer, die sie je gekannt hatte.

Mit größter Mühe löste sie sich von ihm, ließ ihre Hände jedoch noch einige kostbare Minuten auf ihm ruhen. Dass sie einen gefährlichen Weg beschritt, war ihr im Grunde genommen klar. Falscher Ort, falsche Zeit, falsche Gattung – alles war falsch. Vielleicht hatte Jaden recht. Vielleicht sollten sie einfach das Hier und Jetzt genießen.

Aber nur für die Gegenwart zu leben, war nie Lyras Stärke gewesen. Sie stürzte sich immer kopfüber in eine Zukunft, die sich von ihr nicht gestalten lassen wollte. Für sie allerdings kein Grund, klein beizugeben.

»Du bist traurig«, sagte Jaden. Sie spürte seinen Atem, so nah war er ihr. Es war so verlockend, einfach nachzugeben und den Dingen ihren Lauf zu lassen. »Ich wünschte, du wärst es nicht.«

Lyra brachte ein Lächeln zustande. »Du hast kein Monopol, trübsinnig zu sein. Keine Bange. Es liegt nicht an dir. Dein Mund ist unglaublich.«

Die Leidenschaft loderte in seinen Augen auf und schlug Funken zu ihr.

»Du darfst dich gern noch ein wenig länger seiner bedienen.«

Sie musste alle Kräfte aufbieten, um den Schutz seiner Umarmung zu verlassen, aber sie trat tatsächlich einen Schritt zurück.

»Vielleicht ein andermal«, sagte sie. Nicht heute Nacht. Heute Nacht musste sie darüber nachdenken, ob sie ihr Leben noch komplizierter gestalten sollte.

Er gab ihr einen schnellen, harten Kuss. Ein deutliches Zeichen seines Besitzanspruchs, das sie verwirrte. Dann trat er zurück, noch ehe sie reagieren konnte.

»Ich habe versprochen, dass ich die Entscheidung dir überlasse, Lyra. Aber du solltest nicht vergessen, dass ich keineswegs aus Stein bin. Berühre mich noch einmal so wie eben, und du kommst mir nicht mehr so leicht davon.«

Sie stieß den Atem aus und nickte. »Einverstanden.« Sie war froh, dass er ihre Gedanken nicht lesen konnte, dass er nicht wissen konnte, wie schwer es diesmal gewesen war, sich zurückzuhalten. Ihn und sich selbst auf die Probe zu stellen, damit war jetzt Schluss. Sie würde mit Jaden schlafen, denn ab einem bestimmten Punkt war es auch um ihre Selbstbeherrschung geschehen.

»Na komm, du heißer Typ«, sagte Lyra. Sie wollte die so ernst gewordene Stimmung auflockern. »Deinen Gute-Nacht-Kuss hast du gekriegt. Jetzt bring mich nach Hause, dann darfst du mit mir Händchen halten.«

»Wie könnte ich da widerstehen?« Der Tonfall seiner Stimme war so voll verborgener Versprechen, dass sie innerlich erschauderte. Schweigend begleitete er sie über die Brücke zurück zu ihrem Haus, wo ein spontanes Techtelmechtel Gott sei Dank undenkbar war. Als Jaden ihre Hand in seine nahm, atmete sie hörbar ein und schaute ihn lächelnd von der Seite her an.

»Versprochen ist versprochen«, sagte er.

Und Lyra ließ ihre Finger mit seinen verschränkt und wünschte, es würde sich nicht ganz so richtig anfühlen. So machten sie sich endgültig auf den Nachhauseweg.

14

»Schon wieder!«

Jaden versuchte, sich seine Belustigung nicht anmerken zu lassen, als Lyra sich zusammenkrümmte und nach Luft schnappte. Ihr stand der Schweiß auf der Stirn, und ein paar Locken, die sich aus ihrem Pferdeschwanz gelöst hatten, standen ihr wild vom Kopf ab.

Im Gegensatz zu Lyra war Jaden überhaupt nicht aus der Puste. Für ihn war es leichter, ihren Angriffen auszuweichen, als für sie, diese zu starten. Allerdings hätte es ihre brodelnde Wut kaum beschwichtigt, wenn er ihr das gesagt hätte. Sie wollte ihn besiegen. Aber diese Fähigkeit musste sie sich erst einmal erarbeiten. Seine sexuelle Frustration in Lyras Training zu kanalisieren, hatte sich für seine Konzentration als unglaublich nützlich erwiesen, auch wenn Lyra das offensichtlich nicht zu schätzen wusste.

»Was soll das heißen, schon wieder?«, fuhr sie ihn an. Sie richtete sich auf und strich sich mit der Rückseite des Arms über die Stirn. »Ich habe diesen Angriff bestimmt schon zehnmal geübt, und immer duckst du dich weg! Du hast mir das garantiert nicht richtig gezeigt. Entweder das, oder du denkst dir einfach irgendwelchen Mist aus, damit du dich amüsieren kannst, wie ich immer wieder auf den Hintern fliege.«

Das war ein zusätzliches Vergnügen, aber das behielt Jaden lieber für sich. Es hätte ihm eigentlich nicht so viel Spaß machen sollen, sie so wütend zu erleben, aber Lyra reagierte auf alles immer völlig unverstellt. Und wenn sie dann noch eine ihrer mit Schimpfwörtern gespickten Tiraden losließ, war sie einfach unwiderstehlich.

»Ich denke mir nichts aus. Und du lernst das schon noch. Du musst einfach daran arbeiten.« Er versuchte, möglichst unbeteiligt zu klingen. Sie schlug sich gar nicht schlecht. Aber wenn sie nicht lernte, ihr Temperament zu zügeln, würde ihr das alles nichts nützen. Er hatte den Verdacht, dass sie unter der gleichen körperlichen Frustration litt wie er, und das machte die Sache vermutlich nicht besser.

Irgendetwas hatte sich in jener Nacht auf der Brücke zwischen ihnen verändert. Er war auf diesen Kuss nicht gefasst gewesen, der so von Herzen gekommen war, wie Jaden das seit sehr langer Zeit nicht mehr erlebt hatte. Seitdem waren ihre Begegnungen liebevoller geworden, offener, und das, obwohl ihr Training deutlich stressiger geworden war. Vermutlich lag das daran, dass das Wölfische in ihr während dieser Trainingseinheiten so dicht unter der Oberfläche lag. Das Tier in ihr handelte ausschließlich instinktiv – und es wollte ihn. Dieses Gefühl war ihm nicht unbekannt.

Aber er würde nicht betteln, verdammt noch mal. Der Kuss lag inzwischen drei Nächte zurück, und seitdem hatte er sich brav zusammengerissen. Dass die Begierde auch ihr allmählich schwer zu schaffen machte, war zumindest eine gewisse Befriedigung.

Lyras Augen blitzten auf wie heißes Gold, und sein Körper reagierte sofort darauf. Jaden versuchte verzweifelt, an etwas anderes zu denken.

Eiswürfel … Antarktis … Dorien im Kleid …

Das letzte Bild zeigte Wirkung – halbwegs.

»Weiter daran arbeiten, weiter daran arbeiten«, äffte Lyra ihn nach. »Was Besseres fällt dir wohl nicht ein? Da hätte ich mir auch gleich einen Papagei kaufen können!«

»Das ist eine Beleidigung«, erwiderte Jaden. »Ich habe eine viel schönere Stimme als ein Papagei.«

Anstatt zu lachen, bleckte Lyra die Zähne. »Du findest das wohl lustig, wie? Zuzusehen, wie ich mich sinnlos verausgabe, während du einfach dastehst und Anweisungen gibst. So werde ich Eric niemals schlagen, außer ich schaffe es, dass er sich über mich totlacht.«

»Du musst diese neuen Bewegungen erst verinnerlichen.« Jaden versuchte, trotz ihrer Schimpfkanonade die Ruhe zu bewahren. Diese Frau hatte nicht die geringste Geduld, was ihn allerdings auch nicht wunderte. »Weniger Wolf, mehr Katze. Konzentrier dich!«

Lyra legte den Kopf in den Nacken und stieß einen Brülllaut aus.

»Wie oft soll ich dir das noch sagen? Ich bin keine Katze! Ich bin eine Wölfin! Das lässt sich nicht ändern. Nimm das gefälligst zur Kenntnis!«

»Du bist diejenige, die ein paar Sachen zur Kenntnis nehmen muss, wenn du wirklich was lernen willst.« Auch seine Stimme klang jetzt wütend, das hörte er selbst. »Es dreht sich nicht alles nur um dich. Nicht alles kann für dich maßgeschneidert werden. Ich hatte eigentlich nicht den Eindruck, dass du der Typ bist, der sich gern verhätscheln lässt. Entweder lernst du es richtig oder du lernst es gar nicht. So einfach ist das.«

Er konnte Lyras Wut durchaus noch eine Zeit lang aushalten, zumal er wusste, dass sich – trotz allem, was aus ihrem Mund kam – ein großer Teil davon gegen sie selbst richtete. Aber wenn es zu viel wurde, blieb seine Toleranz doch irgendwann auf der Strecke.

Wie zu erwarten stemmte Lyra die Hände in die Hüfte und starrte ihn zornig an. Diesen Blick kannte er – jetzt kamen die Beleidigungen.

»Du bist so ein Idiot!«

»Und du führst dich auf wie eine verwöhnte Göre. Wenn es so einfach wäre, würdest du mich nicht brauchen.«

»Dann solltest du vielleicht nicht nur da rumstehen«, knurrte Lyra. »Du willst doch, dass ich was lerne, großer Meister des Katzen-Fu.« Sie begann, ihn langsam zu umrunden. Nur die Sterne beleuchteten die Szenerie, und der Mond, der noch recht hell schien, obwohl Vollmond schon einige Tage zurücklag. Jaden, der die Augen eines Jägers hatte, konnte Lyra vor dem Hintergrund der riesigen Kiefern und Ahornbäume trotzdem klar und deutlich sehen. Wie sie da mit funkelnden Augen im hohen Gras zwischen den Wildblumen stand, wirkte sie wie eine antike Göttin der Fülle.

Die Stille um sie herum wurde nur vom Zirpen der Grillen und gelegentlich von einem Eulenschrei durchbrochen. Es war die perfekte Nacht und der perfekte Ort – ein versteckt gelegenes und nicht mehr beackertes Feld, das der Wald sich allmählich zurückeroberte.

Es war auch der perfekte Kampfplatz, wenn man denn auf einen Kampf aus war – und das schien Lyra zu sein. Jaden fand, dass ein Kampf vielleicht nicht die schlechteste Möglichkeit war, Dampf abzulassen.

»Ich würde mich mehr bewegen«, erwiderte er mit leiser, aber dennoch bedrohlich klingender Stimme, »wenn ich wirklich in Gefahr wäre. So wie das jetzt läuft, ist es ja eher …« Er sah, wie sich ihre Augen verengten, und genoss es, wie sie seine Beleidigung schon vorwegnahm.

»… eine Entspannungsübung«, vollendete er schließlich seinen Satz, und sofort schienen Lyras sowieso schon empfindliche Nerven Funken zu schlagen.

»Jetzt reicht's.« Sie gab ein tierisches Knurren von sich und stürzte sich auf ihn. Und da er ein masochistischer Depp war, versuchte er nicht mal, ihr auszuweichen. Wenn sie das brauchte, würden sie heute Abend eben mal auf ihre Art und Weise kämpfen. Die Kraft, mit der sie sich auf ihn warf, ließ ihn zurücktaumeln, und schon stürzten sie beide zu Boden. Sofort rollten sie in einem Knäuel aus Klauen und schnappenden Zähnen herum, und jeder versuchte, die Oberhand zu gewinnen. Lyra machte es Jaden schwerer, als er erwartet hatte. Andererseits hätte er es kommen sehen können, hätte er sich nicht so sehr darauf konzentrieren müssen, die Finger von ihr zu lassen.

Sie verfügte über unglaubliche Kraft. Hitze strahlte in Wellen von ihr ab und erwärmte seine kühle Haut. Sie verkrallten sich ineinander, die Finger zu Klauen ausgefahren, die Zähne gebleckt. Jaden wollte sie nicht allzu unsanft behandeln. Er war kein Sexist, aber er hatte sich eine gewisse Ritterlichkeit bewahrt, und es gefiel ihm nicht, wenn er einer Frau wehtun musste. Lyra dagegen kämpfte mit vollem Einsatz. Sie schnappte mit den Zähnen nach ihm, knurrte und versuchte, ihm das Knie in seine empfindlichsten Teile zu rammen, sodass er nicht eine Sekunde lang unaufmerksam sein durfte.

»Lyra, verdammt!«, stieß er zwischen zwei Atemzügen hervor, rollte sie auf den Rücken und presste sie zu Boden. Doch sofort wälzte sie ihn wieder herum, und ihre Zähne schlugen nur Zentimeter von seiner Nase entfernt aufeinander. »Ich bin nicht der Feind!«

»Aber so gut wie.« Ihr Knurren ging in einen Wutschrei über, als Jaden sie schließlich packte, herumwälzte, mit seinem Gewicht auf den Boden presste und ihr die Arme über den Kopf drückte. Lyra wand sich hin und her, und Jaden war völlig fasziniert von ihrer ungeschliffenen Kraft. In diesem Moment war sie mehr Tier als Frau, und ihm wurde bewusst, dass er ihre Fähigkeiten bisher unterschätzt hatte.

Er hatte sie überwältigt – aber nur mit Mühe.

»Beruhige dich!«, befahl er. »Du musst lernen, dich zu beherrschen.« Aber Lyra hörte nicht auf, sich unter ihm zu winden und aufzubäumen. Obwohl er stinkwütend war und ihm das Blut heiß durch die Adern schoss, hatte ihr Wutausbruch auch noch einen ganz anderen Effekt auf ihn, den er nicht beabsichtigt hatte. Und dass sie so ausgeliefert unter ihm lag, machte die Sache nicht besser. Ihre nackte Haut fühlte sich wie Seide an, und die Fantasien, die er dauernd über sie gehabt hatte, drohten ihn zu überwältigen.

Aufgewühlt und kaum noch in der Lage, sich zu beherrschen, versuchte er, sich wieder auf seine Lehrerrolle zu konzentrieren.

»Du solltest während des Kampfs häufiger deine Gestalt wechseln«, stieß er atemlos hervor und presste ihre Hände wieder auf den Boden.

»Was soll ich?« Sie bleckte die Zähne, die inzwischen schrecklich scharf aussahen.

Erneut versuchte sie, ihn abzuschütteln, und er knurrte, als ihr das beinahe gelang. »Sei mal Wolf, mal Mensch, dann wieder Wolf … das bringt deine Feinde aus dem Konzept.«

Schlagartig hörte sie auf, sich zu wehren. Die plötzliche Stille war verwirrend. Nur noch ihrer beider schnelles Atmen war zu hören, und Lyras blitzende Augen schienen die dunkle Nacht zu erhellen.

Sie war einfach zu verführerisch … unwiderstehlich. Als sich ihre Blicke trafen, beugte er sich zu ihrem Mund hinunter und schloss die Augen.

Er hätte wissen müssen, dass sie diesen Moment ausnutzen würde. Blitzschnell wandelte sie ihre Gestalt, Haut wurde zu Fell, die einladenden Lippen waren auf einmal eine Schnauze. Mit gebleckten Zähnen schien sie ihn bösartig anzugrinsen. Sie entwand sich seinem Griff, er verlor die Balance, und schon rollten ihn riesige Pfoten auf den Rücken und drückten ihn zu Boden. Sofort gewann sein Selbsterhaltungstrieb die Oberhand über seine Gefühle.

In einer einzigen fließenden Bewegung glitt Jaden in seine Katzengestalt. Da er jetzt kleiner war, fiel es ihm leichter, sich unter Lyra herauszuwinden. Er hatte die Größe einer Wildkatze, groß genug, um einschüchternd zu wirken, aber kleiner als ein ausgewachsener Wolf. Sie knurrte, als ihr aufging, was passiert war, aber als er im hohen Gras davonsprang und lautlos in der Dunkelheit verschwand, nahm sie sofort die Verfolgung auf.

Lyra hatte schon oft gejagt, aber noch nie war eine Jagd so berauschend gewesen.

Sie rannte durch das Feld. Das Gras strich über ihre Beine und ihre Flanken. Ihr Herz schlug gleichmäßig, auch als sie an Geschwindigkeit zulegte und dem leisen Wispern des Grases folgte, durch das Jaden ihr zu entwischen glaubte. Sie konnte ihn riechen, diese verführerische Mischung aus Mann, Vampir und Katze.

Jaden würde niemals erfahren, welche Wirkung diese Mischung auf sie hatte, vor allem in ihrer Wolfsgestalt, wenn alle ihre Sinne viel geschärfter waren. Aber er würde feststellen, dass er nicht weit kam, wenn er vor ihr floh.

Jaden war schnell, das musste sie ihm lassen. Und er war selbst an seiner Niederlage schuld, schließlich hatte er ihr geraten, die Gestalt zu wandeln.

Sie hörte und spürte ihn direkt vor sich herlaufen. Er schoss kreuz und quer durch das Feld und versuchte, sie abzuhängen. Aber das würde ihm nicht gelingen. Lyra war so im Einklang mit seinen Bewegungen, dass es sich einen Moment lang fast so anfühlte, als seien Jaden und sie nur verschiedene Ausformungen ein und desselben Wesens. Sie war ihm so nah … fast schon bei ihm …

Er tauchte zur Seite weg und spannte die Muskeln zum Sprung an. Im selben Moment machte Lyra einen Satz, wechselte noch in der Luft instinktiv die Gestalt und streckte die Arme aus, um eine Handvoll schwarzes Fell zu packen. Unter ihren Fingern verwandelte sich auch Jaden, und als sie diesmal zu Boden gingen und im weichen Gras herumrollten, hatten sich Wut und Lust hoffnungslos miteinander vermischt. Lyra wurde klar, dass sie es diesmal zu weit getrieben hatte. Küssen oder töten – etwas anderes blieb ihr nicht mehr. Kaum hatte sie die Entscheidung getroffen, fühlte sie sich unsagbar erleichtert.

Dennoch rammte sie ihn heftig zu Boden, einfach so aus Spaß.

Auf seinem Gesicht zeichnete sich Verblüffung ab, aber auch eine Spur von Bewunderung. »Gut gemacht«, sagte er ein wenig atemlos. »Du solltest immer tun, was ich dir sage.«

»Halt die Klappe«, knurrte Lyra, packte ihn am T-Shirt und gab ihm einen Kuss, der es in sich hatte.

Einer ihrer letzten klaren Gedanken war, wie gut sich seine kraftstrotzenden Muskeln anfühlten. Dann verschmolzen ihre Körper, Lyras Kurven schmiegten sich an Jadens kräftige, schlanke Gestalt, und ihr Gehirn schaltete sich ab. Als Jaden sich aufrichtete, schlang Lyra die Arme um ihn und fuhr endlich mit den Fingern durch sein dichtes, glänzendes Haar. Sie versank in seinem männlichen Geruch, der ihre Sinne berauschte, obwohl er so völlig anders war. Sie küsste ihn, presste sich an ihn und spürte, wie sie in einen dunklen, glückseligen Hafen hinuntergezogen wurde.

Jadens Hunger zu schmecken war etwas ganz anderes, als ihn nur zu sehen.

Lyra schnappte nach Luft, als Jadens Zunge in ihren Mund glitt und mit ihrer einen wilden Tanz aufführte. Die Hände hatte er in ihren Haaren vergraben, die wie ein Wasserfall über ihren Rücken hinabglitten. Nur am Rand wurde ihr bewusst, dass sie zwar mit dem Ganzen angefangen, er aber längst die Kontrolle übernommen hatte. Jaden rollte sich auf sie und hielt sie fest. Diesmal ließ sie es zu.

Lyras Finger verwandelten sich in Klauen, die sie ihm in die Schultern grub. Er küsste sie jetzt leidenschaftlicher, fordernder. Sie konnte den Druck seiner Fangzähne an ihrer Zunge spüren, was die Hitze, die in ihr loderte, noch anfeuerte. Seine Hände tanzten über ihren Körper, als könne er nicht genug bekommen, er streichelte ihren Rücken, ihre Brüste, jedoch so sanft, dass sie sich gierig an ihn presste.

Sie spürte, dass er sich zurückhielt, aber die Wölfin in ihr wollte das nicht dulden, auch wenn sie am Ende ihrer Kräfte war. Mit einem leisen Knurren leitete sie eine wildere Phase ein. Sie knabberte an Jadens Unterlippe, fest genug, dass sie leicht zu bluten begann. Sie hörte ihn leise fauchen und wusste, dass ihn das noch mehr erregt hatte. Als er ihren Kuss voller Leidenschaft erwiderte, saugte sie seine Lippe gierig ein. Jaden packte sie an den Hüften und presste sich an sie.

Als sie seinen harten Schwanz an ihrer heißen, pulsierenden Öffnung spürte, stöhnte sie auf. Sie wölbte ihm das Becken entgegen und schlang die Beine um ihn. Die Umgebung, letzte flüchtige Gedanken … alles glitt davon. Sie wusste nur noch, dass sie diesen Mann wollte, der sie mit seinem Mund und seinen Händen in den Wahnsinn trieb. Heiß. Hart. Jetzt.

»Lyra«, flüsterte er, und es klang wie ein Gebet. »Ich will –«

»Ja«, erwiderte sie. Sie hatte gewartet und sich oft gefragt, ob hierfür jemals der richtige Zeitpunkt kommen würde. Aber jetzt wusste sie, dass er gekommen war. Sie rissen sich gegenseitig die Kleidung vom Leib, und als sie sich endlich Haut an Haut spüren konnten, drohte die Hitze zwischen ihnen das Gras in Brand zu setzen. Sein Mund schien überall zugleich zu sein; auf ihren Lippen, ihrem Hals, dann glitt er tiefer, um an ihren aufgerichteten Brustwarzen zu saugen.

Lyra stieß einen heiseren Schrei aus. Es fühlte sich großartig an, wie seine Zunge ihre Brust umspielte und ein loderndes Feuer in ihr entzündete. Dann presste er die Lippen wieder auf ihre, fordernd und doch sanft, sodass sie förmlich in seinem Kuss versank und nie wieder auftauchen wollte. Plötzlich löste er sich von ihr, hob den Oberkörper und stützte sich auf die Hände. Seine Augen waren wie blaues Feuer. Lyra spürte, wie sie den Atem anhielt. Unter dem sternenübersäten Nachthimmel schimmerte Jadens Haut wie Alabaster. Er sah eher wie ein Gott als wie ein Mann aus … unbeschreiblich schön. Sie ließ die Hände über seine Brust gleiten, und Jaden schloss die Augen und gab ein Geräusch von sich, das halb Stöhnen und halb Schnurren war.

Lyra seufzte zitternd auf. Meine Güte, sie wollte ihn so sehr, dass es ihr schon Angst machte. Sie konnte nicht aufhören, nicht jetzt. Sie schob die Hand zwischen ihre Körper, nahm seinen pulsierenden Schwanz und rieb ihn. Jaden ließ den Kopf nach vorn fallen, sodass sein Gesicht hinter seinen Haaren verschwand. Aber seine Hüften bewegten sich im Gleichtakt mit ihren immer kräftigeren Streicheleinheiten, und sein Atem ging genauso rasch wie ihrer. Schließlich packte er ihre Hand, schob sie weg und hob den Kopf, um sie anzusehen.

Die wilde Begierde, die sie in seinen Augen sah, erzeugte in ihr Schockwellen der Lust, die unkontrollierbar durch ihren Körper liefen.

»Wenn du so weitermachst, sind wir schon fertig, bevor wir richtig angefangen haben«, sagte er mit rauer Stimme. »Langsamer«, fuhr er fort und senkte den Oberkörper wieder auf sie hinab. »Das hier habe ich mir schon seit Monaten ausgemalt. Und ich habe vor, es zu genießen.«

Sie riss die Augen auf. »Mona– ?«

Aber ihre Frage und die damit einhergehenden Gedanken wurden von einer weiteren Welle der Lust davongeschwemmt, als seine Finger in sie hineinglitten und sich in einem langsamen, bedächtigen Rhythmus bewegten, der alles Denken unmöglich machte. Sie spannte die Muskeln um seine Finger herum an und presste sich gegen seine Hand, denn sie wollte etwas, das sie nicht mehr in Worte fassen konnte.

»So schön«, murmelte er. Alles in ihr schien sich zu erheben, einem glitzernden Höhepunkt entgegenzuschweben, der gerade noch außer Reichweite lag. Virtuos spielte er mit ihrem Körper, ohne sie auch nur eine Sekunde aus den Augen zu lassen, und entrang ihrem Mund atemloses Seufzen und Stöhnen.

Als er die Hand wegnahm und sich zwischen ihre Beine schob, war Lyra klar, dass der Zeitpunkt gekommen war, ihm ihr Geheimnis zu enthüllen, eins der vielen Dinge, deretwegen sie sich bisher zurückgehalten hatte. Doch er presste die Lippen auf ihre und betäubte sie mit einem nicht enden wollenden Kuss, während sich sein harter Schwanz fest gegen ihren Oberschenkel drückte. Es war die reine Wonne. Sie wollte nicht denken, wollte nur noch fühlen.

Dann drang Jaden in sie ein und zerriss mit einem einzigen Stoß ihr Jungfernhäutchen. Der plötzliche Schmerz ließ Lyra überrascht aufschreien. Er war grell und heftig … und schon vorüber. Sie registrierte gerade noch Jadens weit aufgerissene Augen, bevor der erste Orgasmus wie ein weiß glühender Blitz durch sie hindurchschoss. Sie wölbte ihm das Becken entgegen und öffnete den Mund zu einem lautlosen Schrei. Der

Anfangsschmerz seines Eindringens wich einer so intensiven Lust, dass sie sich völlig darin verlor. Sie schlang die Beine um seine Hüften und presste ihn an sich, während die erste Welle hochschlug und dann allmählich verebbte.

Ihre Bewegungen kamen instinktiv, und sie hätte sie auch gar nicht stoppen können. Sie öffnete die Augen, versunken in einen Sinnestaumel, den sie niemals für möglich gehalten hätte. Jaden starrte sie entsetzt an. Glücklicherweise war sie so entrückt, dass ihr das kaum etwas ausmachte.

»Lyra. Ich … es tut mir so leid!«, stammelte er. »Ich wusste nicht, dass du noch … warum hast du mir das nicht gesagt?« Sie hörte ihn zwar, nahm auch seine Sorge wahr, aber die Röte, die ihre blasse Haut überzog, und sein harter, in ihr pulsierender Schwanz waren gerade viel wichtiger. Er glaubte, er hätte etwas Falsches getan.

Dabei hatte er alles richtig gemacht.

Der schimmernde Nebel, der Lyra einhüllte, schien immer noch dichter zu werden. Alles, was sie sah, spürte und begehrte, war der Mann, der sich an sie und in sie presste. Alle ihre Sorgen und Befürchtungen lösten sich in Luft auf und wichen der Gewissheit, dass Jaden der Richtige war. Der Eine. Der Einzige. Und sie war so nah dran, ihn zu ihrem Geliebten zu machen. Und seine Geliebte zu sein.

Nein! Das willst du nicht! Du willst von niemandem abhängig sein! Was auch immer da gerade abläuft – wenn es erst mal geschehen ist, kannst du es nicht mehr rückgängig machen. Hör auf!

Aber die Warnlampen, die in ihrem Hinterkopf blinkten, waren weit weg und leicht zu ignorieren. Sie ließ die Hände über Jadens Rücken gleiten, hinab zu seinen Hüften und spürte, wie er erbebte.

»Mach weiter«, flüsterte sie. Ihre Stimme war nur ein Hauch, der kaum bis an ihr Ohr drang. »Bitte. Was geschehen ist, ist geschehen. Ich will es so.«

Und das stimmte auch. Sie wollte es so sehr, dass nichts anderes mehr zu existieren oder eine Rolle zu spielen schien. Erleichtert stellte sie fest, dass Jaden sich entspannte und sein Gesichtsausdruck jetzt nicht mehr von Angst, sondern von Lust zeugte.

»Wenn du dir sicher bist …«, sagte er.

Lyra nickte. »Ich will es so«, wiederholte sie und wölbte ihm das Becken entgegen, um ihre Worte zu unterstreichen. Das fühlte sich so gut an, dass sie den Kopf nach hinten sinken ließ, die Augen schloss und leise seufzte.

Jaden begann, sich in ihr zu bewegen, stieß erst langsam in sie hinein, dann fester, und allmählich stoben wieder die Funken zwischen ihnen und wurden rasch zu hoch auflodernden Flammen. Ihre Bewegungen wurden schneller, intensiver, untermalt von Jadens kehligem Stöhnen. Lyra trieb ihn immer mehr in den Wahnsinn, während sie gleichzeitig spürte, wie alles in ihr sich wieder anspannte und auf eine Explosion vorbereitete, die noch riesiger sein würde als die gerade erst erlebte. Ihre Lust schien sich zu einem Knoten zusammenzuballen, der immer dichter und dichter wurde. Kurz vor dem Höhepunkt riss sie die Augen auf und packte Jaden an den Hüften, um den Rhythmus seiner Stöße noch mehr zu beschleunigen. Als sie sah, welche Leidenschaft in seinem Blick lag – mehr als sie jemals erwartet hatte –, spürte sie, wie sich etwas in ihr öffnete, sich entfaltete wie eine nachts erblühende Blume, und sich ihm entgegenreckte, als wäre er der Leben spendende Mond. Er fing an zu zittern, als sein Orgasmus einsetzte, und das reichte, um die ganze Spannung, die sich in ihr aufgebaut hatte, zur Explosion zu bringen.

Er verschränkte die Finger mit ihren, um sie festzuhalten.

Als der Damm diesmal brach, hörte Lyra sich wie aus weiter Ferne aufschreien. Sie bäumte sich auf, presste sich an ihn und spannte die Muskeln um ihn herum an wie eine feste Faust. Ein Gefühl, das fast schon zu intensiv war, um es einfach als Lust zu bezeichnen, trug sie auf dunklen und wunderschönen Strömungen davon. Empfindungen, die sie zwar vom Namen her kannte, aber nie gespürt hatte, brachen über sie herein, eine Welle folgte der anderen, während er in ihr pulsierte und zuckte.

Sie hörte ihn ihren Namen rufen, während er sich in sie ergoss, und sie tat, was ihr Instinkt ihr befahl. Ohne darüber nachzudenken, ganz ihrer Lust hingegeben, richtete Lyra sich auf.

Und versenkte die Zähne in seinem Nacken.

15

Er fühlte sich, als wäre ein Sattelschlepper über ihn hinweggedonnert. Mehrfach. Und dann als Zugabe noch einmal rückwärts.

Doch Jaden war viel zu glücklich, als dass ihm das etwas ausgemacht hätte.

Glücklich ist eigentlich nicht das richtige Wort, dachte er, während er im hohen Gras lag und die ungewöhnlichste Frau in den Armen hielt, die das Schicksal für ihn hätte auswählen können. *Vielleicht eher euphorisch. Oder trunken vor Glück.*

Aber Worte spielten keine Rolle. Falls dies der letzte Sex in seinem Leben gewesen sein sollte, würde er dennoch als glücklicher Mann sterben, selbst wenn es bis zu seinem Tod noch Jahrhunderte dauern sollte.

»Mmmh«, machte Lyra und brachte mit diesem Geräusch seine Kehle zum Vibrieren, denn ihr Kopf lag in seiner Halsbeuge. Die Lippen presste sie noch immer auf seine Haut, und er wusste, wenn er nicht aufpasste, würde er gleich wieder erregt sein – dabei hätte er eigentlich nicht mal mehr zu der kleinsten Bewegung fähig sein dürfen.

Wobei noch nicht ganz klar war, ob er tatsächlich noch bewegungsfähig war. Seine Glieder fühlten sich an wie Pudding, allerdings auf angenehme Art.

Versuchsweise strich er Lyra über den Rücken, über ihre seidigen Locken, ihre warme Haut und hinunter zu ihren Pobacken. Jaden lächelte träge. Ja, er konnte sich noch bewegen.

Dem Stand der Sterne nach zu urteilen, musste es ungefähr zwei Uhr sein, noch lange hin bis zum Sonnenaufgang. Das war ihm gerade recht, denn er war hellwach und äußerst zufrieden bei dem Gedanken, so lange wie möglich mit Lyra hier zu liegen. Sie war weich und warm, und sie roch fantastisch. Und sie war endlich seine Geliebte.

Jedenfalls im Moment, flüsterte eine heimtückische Stimme in seinem Hinterkopf, die er rasch zum Schweigen brachte. Er hatte ein Talent dafür, sich schöne Momente mit Sorgen zu verderben – aber diesen nicht. Trotzdem zog er sie noch ein klein wenig näher an sich heran und legte das Kinn auf ihren Scheitel. Wie lange war es her, dass er eine Frau so in den Armen gehalten hatte? Ewigkeiten. Aber so etwas wie heute Nacht hatte er auch noch nie mit einer Frau erlebt … nicht einmal ansatzweise. Ob das daran lag, dass sie eine Werwölfin war? Oder lag das einfach an ihr, Lyra?

Sie seufzte, und er spürte ihren warmen Atem an seinem Hals. »Ich lie–«, begann sie, hielt abrupt inne und fuhr dann leise fort: »Ich liege gern hier mit dir.« Aus irgendeinem Grund spannten sich ihre Rückenmuskeln auf einmal leicht an. Jaden strich sanft mit kreisförmigen Bewegungen darüber, und allmählich spürte er, wie sie sich wieder entspannte, wenn auch nicht so sehr wie vorher.

»Ich liege auch gern hier mit dir«, erwiderte er. Und nach kurzer Überlegung fügte er hinzu: »Ich habe dir doch nicht … wehgetan, oder? Wenn ich Bescheid gewusst hätte, hätte ich versucht, ein bisschen sanfter zu sein.«

Er fragte sich, ob das der Grund für ihre plötzliche Anspannung war. Sie hatte nicht die kleinste Andeutung gemacht, dass sie noch Jungfrau war, und so wie sie küsste, wäre er auch nie auf diese Idee gekommen. Aber sie war eindeutig eine gewesen. Er hoffte, dass sie nicht bereute, was sie getan hatten.

Jaden fühlte sich geehrt, dass sie ihn ausgewählt hatte … mehr als er hätte in Worte fassen können. In einem geheimen Winkel seiner Seele faszinierte es ihn, der einzige Mann zu sein, der sie je auf diese Art besessen hatte, obwohl ihm das eigentlich hätte egal sein sollen und obwohl ihm klar war, dass man solch ein Gefühl bestenfalls als archaisch bezeichnen konnte.

Aus all den Männern, die sie hätte haben können – und bei ihrer Schönheit waren das bestimmt nicht wenige –, hatte sie ausgerechnet ihn ausgewählt. Diese einfache Tatsache überwältigte ihn völlig.

»Nein, mir geht's gut«, erwiderte Lyra. Er konnte spüren, wie sie lächelte, als sie fortfuhr: »Und nein, das hättest du nicht. Was auch in Ordnung ist. Das war keine bewusste Entscheidung. Vermutlich bin ich einfach wählerisch.«

»Du hast einen interessanten Geschmack. Nicht, dass ich mich beschwere. Danke.«

Er hörte, wie sie leise kicherte. Dann entwand sie sich ihm, setzte sich auf und schlang die Arme um sich. Der Verlust ihrer Wärme ließ ihn in der kalten Nachtluft leicht erzittern. Plötzlich unsicher geworden, legte er die Hand sanft auf ihren Rücken.

»Lyra? Was ist los?«

»Hm? Nichts.« Sie wandte ihm das Gesicht zu, sah ihn an und lächelte, aber Jaden spürte die Veränderung, die sich in ihr vollzogen hatte. Es war fast so, als wäre sie einfach aufgestanden und weggegangen. Eben noch war sie ihm ganz nah gewesen, und jetzt zog sie sich in sich selbst zurück und schloss ihn erfolgreich aus.

Frustriert von diesem plötzlichen Umschwung setzte auch Jaden sich jetzt auf und kuschelte sich an sie. Er beugte sich vor, küsste ihre Schulter und genoss die Wärme ihrer Haut. Erleichtert spürte er, wie sie leicht schauderte. War das, was sie miteinander erlebt hatten, also doch nicht spurlos an ihr vorbeigegangen.

»Wir sollten zurückgehen«, sagte sie leise. »Es ist schon spät.«

»Das kommt davon, wenn man sich mit Vampiren rumtreibt«, erwiderte Jaden neckend. »Bleib bei mir. Es ist eine herrliche Nacht. Wir sitzen nackt in einem Feld. Genieß es einfach.«

Damit gelang es ihm immerhin, ihr ein Lächeln zu entlocken. »Wir haben es doch schon ganz schön lange genossen.«

»Dann kann ein bisschen mehr doch auch nicht schaden. Ich habe schon so lange davon geträumt! Es wäre gemein, jetzt aufzuhören, wo meine Träume endlich Wirklichkeit geworden sind. Ich werde seelische Narben davontragen.«

Diesmal war ihr Lächeln etwas wärmer, aber er hatte noch immer den Eindruck, dass sie dabei war, eine Mauer zwischen ihnen zu errichten. Sie war eine schwierige Frau, das durfte er nicht vergessen. Allerdings machte genau das einen Teil ihrer Faszination aus. Trotzdem hätte er gern gewusst, warum sie sich so rasch wieder eingeigelt hatte.

»Wie goldig«, sagte sie.

»Hat es dir … nicht gefallen?« Es deprimierte ihn, wie verletzlich das klang und wie erbärmlich. Dabei hoffte er doch, dass sie es zumindest halb so sehr genossen hatte wie er selbst! Er war ein bisschen aus der Übung. Vielleicht war das der Grund …

»Es war großartig«, erwiderte Lyra in einem Ton, der keinen Widerspruch duldete und ihn sofort beruhigte. »Du warst großartig. Ich wusste nicht … ich hatte mir nie vorgestellt …« Sie schüttelte den Kopf und lachte leise. »Vermutlich gibt es dafür keine Worte.«

Jaden hob behutsam die Hand, um ihr über die Wange zu streicheln, dann ließ er sie langsam ihren Arm hinabgleiten. Er hatte Angst, sie würde sich ihm entziehen, falls er eine zu rasche Bewegung machte, und er wollte doch so sehr, dass sie bei ihm blieb, mit ihm hierblieb. Er wollte den Rest der Nacht noch genießen, schließlich wusste er nicht, ob sich solch eine Situation noch einmal ergeben würde. Als er spürte, wie sie auf seine Berührung reagierte und wie ihr Widerstand dahinschmolz, beschloss er, die Gelegenheit zu nutzen. Sanft legte er die Lippen auf ihre und küsste sie lange und ausgiebig.

Lyras Lust flammte so umgehend wieder auf, dass sie sich durch ihn hindurchzubrennen schien wie ein Feuersturm, der alle seine dunklen Gelüste zum Leben erweckte. Er schlang die Arme um sie und spürte, wie sich ihre Nägel in seine Schultern bohrten. Er hoffte, sie würde ihn auch diesmal beißen ... das war eine der erotischsten Erfahrungen seines Lebens gewesen. Und diesmal würde er sie ebenfalls in den Genuss kommen lassen.

Abrupt entzog Lyra sich ihm und schnappte heftig nach Luft. Sie rückte so schnell von ihm ab, dass sie eine Staubwolke aufwirbelte.

»Lyra? Was ist los, mein Schatz, stimmt was nicht?«

Ihre Augen waren schreckgeweitet. Noch nie hatte er sie so zutiefst verängstigt gesehen, und er hatte nicht die geringste Ahnung, was diese Angst ausgelöst hatte. Eine Zeit lang starrte sie ihn an, als hätte sie ihn noch nie gesehen, dann wechselte ihr Gesichtsausdruck plötzlich zu Bedrücktheit und Verwirrung – was für ihn erträglicher und auch nicht ganz so besorgniserregend war. Dennoch – was war passiert?

»Ist dir ...«, begann Lyra mit zitternder Stimme. Sie hielt inne, holte tief Luft und fuhr fort: »Du fühlst dich nicht seltsam, oder?«

»Nicht seltsamer als sonst auch, wenn ich nackt draußen herumliege«, entgegnete Jaden und zog die Stirn ein wenig in Falten. »Lyra, was um Himmels willen ist los? Tut dir was weh?« Selbst in der Dunkelheit wirkte sie ein wenig blass.

Sie senkte den Blick und bestätigte ihm damit, dass noch mehr dahintersteckte. Dass sie sich weigerte, mit ihm darüber zu reden, wunderte ihn nicht. Aber es frustrierte ihn, zumal er gehofft hatte, dass sie dieses Stadium inzwischen hinter sich gelassen hatten.

»Nein. Ich weiß nicht. Vielleicht werde ich krank. Aber ehrlich gesagt glaube ich eher, dass ich einfach müde bin. Erst das Training und dann … das danach – ganz schön viel für eine Nacht. Ich bin plötzlich schrecklich müde.«

»Es war eine unglaubliche Nacht. Und wenn du das Gefühl hast, du solltest dich schlafen legen, dann tu das. Wir können es uns nicht leisten, dass du jetzt krank wirst.«

»Nein«, erwiderte sie. »Das können wir nicht.« Ihr Tonfall hatte etwas an sich, das ihn unangenehm berührte.

Zögernd stand sie auf und sammelte ihre überall verstreuten Kleidungsstücke ein. *Wenigstens ist sie nicht wütend*, dachte Jaden. Die Boxershorts, die ihn am Kopf trafen, waren der Beweis. Seit sie sich aus seinen Armen gelöst hatte, schien sie wieder zu ihrer alten Form zurückzufinden.

»Zieh dich an, Sahneschnitte. Wenn ich dich nackt mit nach Hause nehme, kriegt mein Vater einen Herzinfarkt.«

Jaden rang sich ein Grinsen ab und stand nun ebenfalls auf und zog sich an. Die tiefere Bedeutung von Lyras Worten traf ihn härter, als er sich jemals gedacht hätte. Sie riefen ihm ins Gedächtnis, dass es für sie beide die Möglichkeit einer Beziehung einfach nicht gab, egal wie wohl sie sich miteinander fühlten. Verboten – zwar nicht ausdrücklich vonseiten seiner Gattung, dafür umso mehr von ihrer. Er hatte nicht gedacht, dass ihm das etwas ausmachen würde, hatte sich eingeredet, das sei kein Problem … allerdings war das vorher gewesen.

Jetzt aber, nachdem er sie berührt hatte, mit ihr geschlafen hatte, konnte er sich nicht mehr vorstellen, auf sie zu verzichten. Sie war ihm … wichtig.

Er wusste, das war ein Problem.

Nur wusste er nicht, wie er es lösen sollte.

Die Nackenhaare stellten sich ihm auf, einen Moment bevor ihm der vertraute Geruch in die Nase stieg. Erst jetzt – zu spät – fiel ihm auf, dass sämtliche Nachtgeräusche verstummt waren. Er riss die Augen auf.

»Lyra«, flüsterte er drängend. Ihre Augen waren wachsam, ihr Körper auf einmal angespannt. Als ihre Blicke sich trafen, spürte er, dass etwas zwischen ihnen geschah, ein plötzliches Verstehen, das sowohl seltsam als auch gänzlich unerwartet war. Irgendetwas war bei ihr angekommen. Aber wie? Was hatte sie gerade von ihm aufgenommen?

Ihm blieb keine Zeit, darüber nachzudenken. Aus der Dunkelheit lösten sich plötzlich vier schattenhafte Wesen, die von allen Seiten auf sie zukamen. Jaden trat auf Lyra zu, um sie vor dem zu schützen, was, wie er wusste, als Nächstes passieren würde.

Und Lyra – typisch für sie – stellte sich rasch neben ihn.

»Jaden. Lange nicht gesehen.«

Die Stimme war unangenehm vertraut. Jaden konnte sie rasch als die von LaSalle einordnen, einem der Vampire, die am Hof der Ptolemy herumhingen. Er war immer auf der Suche nach Gelegenheiten gewesen, sich bei Arsinöe lieb Kind zu machen. Wie es aussah, bot sich ihm gerade mal wieder eine solche.

»Länger wäre mir lieber gewesen«, erwiderte Jaden.

Er hörte, wie LaSalle kicherte. Dann trat er aus der Dunkelheit, und Jaden war gezwungen, in ein Gesicht zu schauen, von dem er gehofft hatte, es nie mehr wiedersehen zu müssen.

Ein Blick auf die anderen machte ihn auch nicht fröhlicher. Er kannte sie alle, diese Vampire, die ihm und seiner Gattung immer nur Böses gewollt hatten. Lyra und er waren hier draußen wie auf dem Präsentierteller. Nach dem, was neulich nachts passiert war, hätte er eigentlich besser aufpassen sollen. Aber er hatte nicht glauben wollen, dass seine Gegner so skrupellos waren … und dass sie ausgerechnet hier auftauchten!

»Du kennst doch das Lied ›You can't always get what you want‹. Auf deinen Kopf ist eine hübsche Belohnung ausgesetzt.« LaSalles dunkelgrüne Augen funkelten kalt. Sein Blick wanderte zu Lyra. »Interessantes Versteck. Und interessanter Umgang. Ganz schön ordinär, selbst für jemanden wie dich.«

»Falls ihr sein früherer Umgang seid, bin ich genauso wenig beeindruckt«, knurrte Lyra. Jaden sank das Herz in die Hose, und LaSalle verzog den Mund zu einem Grinsen.

»Das wird dir noch leidtun, du Miststück. Diese Katze gehört der Dynastie der Ptolemy. Wer ihn lebend zurückbringt, bekommt eine hohe Belohnung. Und die Belohnung ist nur geringfügig kleiner, wenn man nur mit seinem Kopf ankommt. Wenn du mich zwingst, mit der kleineren Belohnung vorliebnehmen zu müssen, bringe ich deinen Kopf als Bonus mit.«

»Versuch es doch«, fuhr sie ihn an. »Das hier ist das Territorium meines Rudels. Sobald meine Leute erfahren, dass ihr hier wart, werden sie euch jagen. Und wir machen keine Gefangenen.«

»Sie ist die Tochter des Alphatiers«, sagte Jaden, hin- und hergerissen zwischen Bewunderung für Lyras Mut und dem Wunsch, sie würde wenigstens dieses eine Mal nicht so auftreten, als könne sie es mit jedem aufnehmen. »Sie umzubringen, wäre äußerst unklug.«

LaSalle schnaubte. »Als wenn uns interessieren würde, was so eine Horde von Werwölfen meint. Glaubst du, wir hätten

Angst vor deinen Leuten, *ma chère*«, fügte er, an Lyra gewandt, hinzu. »Die Wölfe leben nur deshalb, weil wir es ihnen gestatten. Und jetzt geh gefälligst zur Seite, wenn du nicht das gleiche Schicksal wie die Katze erleiden willst.«

»Lyra, lauf nach Hause«, knurrte Jaden. »Ich komme schon klar.« Seine Fingerspitzen verwandelten sich bereits in Klauen. Dieser Kampf ging nur ihn etwas an. Lyra hatte es nicht verdient, deswegen verletzt zu werden. Das hier waren keine faulen Höflinge. Das hier waren Vampire, die Katzen wie ihn mit Begeisterung jagten und töteten, einfach so zum Spaß. Aber kampflos würde er sich nicht ergeben, und auf gar keinen Fall würde er sich lebend zu Arsinöe zurückschleppen lassen.

Natürlich tat Lyra das Gegenteil von dem, was sie tun sollte.

»Du kannst mich mal«, erwiderte sie und starrte LaSalle wütend an. »Dieser Ort gehört dem Rudel der Thorn. Und Jaden steht unter unserem Schutz.«

Jaden zuckte zusammen, weil er wusste, wie das klingen musste. LaSalle fing an zu lachen.

»So?«, sagte er und verschluckte sich fast vor Lachen, als er weitersprach. »Die Katze braucht also eine Horde Straßenköter, die ihn beschützt? Oh je. Wie tief die Mächtigen doch gesunken sind, Jaden.«

»Ich stehe außerdem unter dem Schutz der Lilim«, erwiderte Jaden und bleckte die Zähne. Er zog den Kragen seines T-Shirts herunter, um das Mal zu entblößen. »Lily ist es nicht entgangen, dass die Ptolemy einige der Cait Sith entführt haben, die zu uns gekommen waren. Greif mich an, und du wirst dir den geballten Zorn meiner Dynastie zuziehen. Unsere Anführerin hat keine Angst vor Arsinöe … oder vor einem Krieg.«

Wobei er hoffte, dass es nicht so weit kommen würde. Lily war nicht vorbereitet auf das, was die Ptolemy ihr selbst jetzt, wo sie so geschwächt waren, antun konnten. Und der Rat würde sich immer auf die Seite der etablierten Dynastien stellen. Dort würde sie wohl kaum Unterstützung finden.

LaSalle starrte auf Jadens Mal, und seine Augen blitzten rot glühend auf. Dann wandte er den Kopf zur Seite und spuckte auf den Boden.

»Die Lilim sind keine Dynastie. Sie sind eine Anomalie und gehören ausgemerzt. Die Ptolemy erkennen dich rechtlich nicht an, Katze. Und der Krieg, den ihr wollt, den werdet ihr schon bald genug bekommen. Bis es so weit ist, schickt Arsinöe uns aus, ihr Eigentum zurückzuholen. Und dich möchte sie besonders gern wiedersehen.«

»Lyra«, sagte Jaden leise. Er versuchte, nicht wie ein Bittsteller zu klingen, obwohl er genau das gerade war. »Du musst hier weg.«

»Nein. Du brauchst meine Hilfe.«

Er wusste, dass sie nicht gehorchen würde, also gab er ihr noch einen letzten guten Rat, während die Ptolemy sich ansahen und mit den Füßen scharrten. Es würde nicht mehr lange dauern, bis sie sich auf ihre Opfer stürzten.

»Bring sie um, sobald sich dir eine Gelegenheit bietet. Sie sind unheimlich schnell.«

LaSalle griff in seine Tasche und holte etwas heraus, das wie eine dicke Silberkette aussah. Grinsend ließ er sie vor Jadens Gesicht hin- und herbaumeln. Jaden gefror das Blut in den Adern. Er konnte sich noch gut an die Halsbänder erinnern.

»Ich habe dein altes Halsband gefunden, Jaden, und es dir als Geschenk mitgebracht.«

Erinnerungen tauchten aus der Tiefe seines Gedächtnisses auf, die er lieber dort begraben gelassen hätte: wie das verhexte Metall an seinem Hals gebrannt hatte, wie es ihn gezwungen hatte, seine Katzengestalt beizubehalten, ohne Hoffnung auf Verwandlung in seine menschliche Gestalt, solange er seine

Strafe nicht abgesessen hatte; wie man ihn getreten und Essen und andere Dinge nach ihm geworfen hatte, während man ihn zwang, auf dem Bauch über den Boden zu kriechen; wie man ihn bösartig und stumpfsinnig ausgelacht hatte.

»Nein«, knurrte er. LaSalles Plan war es, ihn wütend zu machen, das wusste Jaden genau. Dennoch konnte er die Wut nicht zügeln. Jaden sprang ihn an, schlug ihm die Kette aus der Hand, verfehlte aber den Vampir selbst, der leichtfüßig zur Seite gesprungen war.

»So wird das nichts«, zog LaSalle ihn auf. »Weißt du etwa nicht mehr, wie man kämpft?« Jaden entging nicht, wie sehr LaSalle darauf hinfieberte, ihn umzubringen. Ihm ging es umgekehrt nicht anders. Ein wenig Genugtuung für all die Gemeinheiten, die die Ptolemy seiner Dynastie angetan hatten und noch immer antaten.

Wieder sprang Jaden, und diesmal erwischte er LaSalle am Arm. Er hörte sich wütend brüllen, allerdings klang es eher, als käme dieses Geräusch von jemand anderem. Am Rande nahm er wahr, wie Lyra laut aufschrie und wie sich dieser Schrei rasch in ein Heulen verwandelte.

Er betete zu Gott, dass sie sich an all das erinnern würde, was er ihr beigebracht hatte.

Brutal und rücksichtslos gingen die vier Ptolemy zum Angriff über. Klauen rissen Haut auf und gruben sich in Fleisch, und Schläge gingen auf Jaden nieder, die einen Sterblichen von den Füßen gerissen hätten. Jaden setzte sich zur Wehr, mal als Mann, mal als Katze, und versuchte, irgendwie die Oberhand zu gewinnen. Aber das erwies sich als nicht so einfach bei dieser Überzahl an Gegnern. Immerhin sah er gelegentlich aus den Augenwinkeln, dass Lyra kämpfte wie eine Löwin.

Sie hielt die Stellung, obwohl ihr auf einer Wange Blut über das Gesicht lief. Sie war mit einem Vampir aneinandergeraten, der es ihr schier unmöglich machte, einen Treffer zu landen. Wut und Angst verdichteten sich in Jaden zu einer tödlichen Mischung. Er riss einem der Ptolemy, dem das Grinsen im Gesicht gefror, die Kehle auf. Blut spritzte über Jadens Gesicht und Brust. Hinter ihm ertönte ein wütendes Knurren. Jaden wirbelte herum. LaSalle setzte gerade zum Sprung an. Er bewegte sich so rasch, dass man es kaum mitbekam. Geschwindigkeit war die Gabe der Ptolemy und der Fluch ihrer Feinde.

LaSalle sah Jaden an und grinste. Dann wandte er sich um und warf sich blitzschnell auf Lyra.

»Nein!«, schrie Jaden und schlug einen weiteren Ptolemy zu Boden, als wöge er nichts. Er wusste, was kommen würde, wusste, dass er nicht schnell genug bei ihr sein würde. Alles schien sich plötzlich in Zeitlupe abzuspielen. Er machte einen Satz in Richtung Lyra, die gerade mit einem Vampir kämpfte, der kaum einen Meter von ihm entfernt war. Er sah, wie sie den Blick nach links wandte und wie sie die Augen aufriss, als ihr klar wurde, was da auf sie zukam.

Dann stellte er zu seiner Überraschung fest, dass LaSalle zu Boden stürzte und sich abrollte, weil sich Lyra elegant wie eine Akrobatin mit einer Rolle rückwärts aus seiner Reichweite gebracht hatte. Jaden nutzte die Gelegenheit, dass LaSalle am Boden lag, packte den Vampir an der Gurgel, schlug ihm die Klauen in die Haut und drückte zu. Durch seinen Körper tobte eine Wut, die aus den dunkelsten Tiefen seiner Seele aufstieg.

LaSalles Augen glitzerten. Schockiert starrte er zu Jaden hoch. Mit dieser Wendung hatte er nicht gerechnet. Jaden hörte, wie sich hinter ihm Lyra wieder auf die beiden verbliebenen Ptolemy stürzte. Er wusste, er musste sich beeilen. Sie würden sich nicht ergeben, nur weil ihr Anführer besiegt war.

»*Sie*«, sagte LaSalle gurgelnd.

»Ja«, höhnte Jaden und entblößte seine Fangzähne. »Sie kann euch besiegen, weil ich ihr das beigebracht habe. Ich gehe nie mehr zurück, LaSalle. Und du auch nicht.«

Auch ohne Messer konnte Jaden LaSalle den Kopf abtrennen, aber es war ziemlich schaurig. Dennoch, es musste sein, nur so konnte man einen Vampir töten. Später würde er die Leiche verbrennen, wenn ihm genügend Zeit blieb. Während er sich noch über LaSalles Leiche beugte und mühsam nach Luft schnappte, drang allmählich ein seltsamer Laut zu seinem blutvernebelten Gehirn durch, der von irgendwo hinter seinem Rücken kam. Seine Wut war intensiver als alles, was er je erlebt hatte, angeheizt durch die Erinnerung an seine Folterqualen. Die Narben auf seinem Rücken brannten wie frische Wunden.

Lyra. Ich muss Lyra helfen. Das hier ist noch nicht vorbei.

Als Jaden sich erhob und umdrehte, bot sich ihm ein unerwarteter Anblick. Lyra stand über den Leichen der anderen Ptolemy, in der Hand einen blutigen Dolch. Sie war ziemlich übel zugerichtet, aber sie strahlte etwas unglaublich Triumphierendes aus, wie eine heidnische Kriegsgöttin. Woher sie auf einmal einen Dolch hatte, war schnell geklärt: Jaden und sie waren nicht mehr allein. Eine kleine Gruppe Werwölfe war zu ihnen gestoßen, unter ihnen auch Simon und Dorien.

Sämtliche Wölfe schauten ihn an.

Wortlos trat Jaden zu Lyra und streckte die Hand aus. Ohne zu fragen, gab sie ihm den Dolch. Jaden beugte sich herab und trennte dem Ptolemy, dem er bereits die Kehle aufgerissen hatte, den Kopf ab – um ja ganz sicherzugehen.

»Die Leichen sollten verbrannt werden«, sagte er tonlos zu Dorien, als er ihm den Dolch reichte. Seine Wut ließ allmählich ein wenig nach und machte einer merkwürdigen Taubheit Platz. Es war kaum zu glauben, dass er noch vor ganz kurzer Zeit so glücklich gewesen war wie noch nie in seinem Leben.

Sogar das hatten die Ptolemy ihm verdorben. Offensichtlich war es sein Schicksal, dass sie alles Gute in seinem Leben zerstörten, egal was es war.

»Ich weiß. Wir werden uns darum kümmern«, erwiderte Dorien. So ernst hatte Jaden ihn noch nie erlebt, und er fragte sich bedrückt, ob die Wölfe diesen Angriff als Vorwand nutzen würden, ihn fortzujagen. Er würde sich nicht dagegen wehren können. Im Moment hatte er keine Kraft mehr. Doch als einer der Wölfe zu sprechen begann, ein kleinerer Mann mit breitem Brustkorb, der aussah, als hätte er schon so manchen Kampf miterlebt, sagte er etwas für Jaden völlig Unerwartetes.

»Sie sind nicht davongelaufen«, bemerkte er. »Sie haben Lyra verteidigt.« Der Mann besaß doch glatt die Unverfrorenheit, überrascht zu klingen. Jaden wollte ihn schon anfahren, konnte sich aber gerade noch beherrschen. Die Wut, die ihn noch immer fest im Griff hielt, war hier nicht angebracht.

»Ja«, erwiderte er. »Aber sie hat sich auch ganz großartig selbst verteidigt.«

Ein Lächeln huschte über Lyras Gesicht, ganz kurz nur, aber unübersehbar. Es half ihm, die noch immer in ihm tobende Wut zu zügeln, und der Rest dieser Wut löste sich in Wohlgefallen auf, als der Wolf, der ihn eben angesprochen hatte, mit ausgestreckter Hand auf ihn zutrat. Jaden brauchte einen Moment, bis er den Gesichtsausdruck des Manns richtig gedeutet hatte, da ihm so etwas nur sehr selten begegnete.

Dankbarkeit.

Jaden war sprachlos, etwas, das ihm in seinem langen Leben noch nicht oft passiert war. Er ergriff die dargebotene Hand und schüttelte sie.

»Ich habe mich in Ihnen getäuscht. Sie haben eine der Unseren verteidigt und unser Zuhause. Dafür möchte ich Ihnen danken.«

»Ich … danke«, stammelte Jaden, der es kaum fassen konnte, dass nun auch die anderen Werwölfe vortraten und ihm die Hand reichten. Simon kam als Letzter zu ihm, und er nickte kurz, bevor auch sie sich die Hände schüttelten.

»Ich habe Lyra gesagt, dass ich dich im Auge behalten würde. Wie es aussieht, sind nicht alle Vampire ehrlose Gesellen. Von jetzt an bist du uns hier herzlich willkommen.«

Jaden schaute in die Gesichter der Männer um ihn herum. In allen stand das Gleiche geschrieben: Er hatte sich für sie einen blutigen Kampf geliefert, um Lyra und ihre Heimat zu verteidigen. Im Gegenzug hatten sie beschlossen, ihn zu akzeptieren. Eine große Ehre, die ihm aber auch zu schaffen machte. Diese Wölfe mussten wirklich wenig von seiner Gattung halten, wenn sie glaubten, er könne Lyra einfach diesen Vampirmördern zum Fraß vorwerfen.

Andererseits gab es genügend Vampire wie diese Ptolemy, insofern konnte er Simon und den anderen wohl kaum einen Vorwurf wegen ihrer Vorurteile machen.

»Was zum Teufel wollten die hier?«, fragte Dorien und stieß einen von ihnen mit dem Fuß an. »Die ganzen letzten Jahre haben wir nur selten mal einen von deiner Gattung gesehen. Und jetzt sind wir auf einmal so etwas wie eine Touristenattraktion.«

Lyra warf Jaden einen warnenden Blick zu und schüttelte kaum merklich den Kopf. Sie hatte recht – die Männer würden es vielleicht nicht so gut aufnehmen, wenn sie erfuhren, dass er die Ptolemy angelockt hatte, auch wenn das nicht seine Absicht gewesen war. Wobei es ihn immer noch verblüffte, dass die Ptolemy ihn hier gefunden hatten, ausgerechnet mitten im Werwolf-Territorium. Waren sie ihm etwa schon seit Tipton gefolgt? Das war ziemlich unwahrscheinlich, schließlich war er sehr vorsichtig gewesen.

Dieses Rätsel musste er unbedingt schnellstmöglich lösen. Unschuldige in Gefahr zu bringen, nur weil die Ptolemy Anspruch auf seine gesamte Dynastie erhoben, war für Jaden nicht hinnehmbar. Genauso wenig wie es für ihn hinnehmbar war, die damit verbundene Gefahr weiter zu verschweigen, egal welche Unannehmlichkeiten ihm das einbringen würde.

»Die waren meinetwegen hier«, erwiderte er. »Ich war lange Zeit Sklave ihrer Königin. Sie ist noch nicht ganz darüber hinweg, dass meine Blutsbrüder und -schwestern nicht länger in ihren Zuständigkeitsbereich fallen.«

»Glaubst du, dass noch mehr von ihnen hierherkommen werden?«, fragte Simon. Sein Gesichtsausdruck war nicht zu deuten.

Jaden zuckte mit den Schultern. »Schwer zu sagen. Zumindest werden die hier nicht mehr Bericht erstatten können. Aber davon abgesehen ist die Lage kaum einzuschätzen.« Er sah Dorien in die Augen. »Es tut mir leid, dass ich sie hierhergelockt habe. Ich hatte keine Ahnung, dass sie mir auf der Spur waren.«

Dorien warf seinen Mitstreitern einen Blick zu und gab einen Knurrlaut von sich. »Keine Sorge. Falls noch ein paar Nachzügler auftauchen, kommen meine Männer wenigstens nicht aus der Übung. Wir haben es nicht oft mit Vampiren zu tun. Die hier scheinen ja nicht viel Unheil angerichtet zu haben, obwohl sie in der Überzahl waren.« Er schwieg einen Moment und betrachtete seine Tochter, die trotz des Bluts nicht sonderlich mitgenommen wirkte. Dann schüttelte er nachdenklich den Kopf.

»Ich hätte nie gedacht, dass ich mal zu einem Wolf und einem Vampir sagen würde, sie seien ein gutes Team, aber ihr beide habt mich eines Besseren belehrt. Was für ein Gemetzel! Und das meine ich als Lob.«

»Da hast du recht«, pflichtete ihm der bullige Wolf bei und blinzelte Lyra zu. »Vielleicht sollte ich euch beide für die Wache einteilen. Das würde einen Aufruhr geben!«

Und ob!, dachte Jaden. Er schaute zu Lyra hinüber, in der Hoffnung, sie würde ihm ein Lächeln schenken. Doch sie wirkte ziemlich bedrückt und drehte rasch den Kopf weg. Dennoch lachte Jaden ein wenig mit den Männern mit. Plötzlich wurde ihm klar, dass alles an ihnen völlig anders war, als er erwartet hatte. Er war an Hinterhältigkeit und Heimlichtuerei gewöhnt, an Vampire, die lieber ihre eigene Haut retteten als den Helden zu spielen. Das hatte vermutlich damit zu tun, dass er seine Erfahrungen überwiegend bei den Ptolemy gesammelt hatte.

Die Philosophie und die Haltung dieser Wölfe waren irgendwie … anders. Vielleicht waren sie so wild, wie man sich das unter Vampiren erzählte. Aber das war nicht alles. Dennoch wäre es vermutlich zu viel von ihnen verlangt gewesen, einer romantischen Beziehung zwischen einer Wölfin und einem Vampir ihren Segen zu geben. Vermutlich.

Oder?

»Kommt«, sagte Dorien. »Wir stecken diese Dreckskerle in Brand, und dann gehen wir alle auf ein Bier zu mir.« Die Männer um ihn herum nickten, und Dorien zog ein Feuerzeug aus der Tasche. »Ich will von euch beiden die ganze Geschichte hören, und zwar in allen blutigen Einzelheiten. Das wird ein Spaß werden!«

Der Stämmige grinste Jaden an. »Für Sie wird das ein trockener Abend, Jaden, außer Sie vertragen Bier. Sie haben mich zwar beeindruckt, aber eine Ader öffne ich deswegen freiwillig noch lange nicht.«

»Bier ist prima«, entgegnete Jaden lächelnd. Er fühlte sich ein wenig aus der Bahn geworfen, wenn auch auf angenehme Weise.

Sobald sie die Leichen der Vampire angezündet hatten, trat Lyra neben ihn. Die Leichen lösten sich im Nu in Rauch auf, und Jaden beobachtete, wie sich die Flammen in Lyras besorgten Augen spiegelten.

»Kaum zu glauben«, sagte sie. »Da bringst du ein paar Ptolemy um, und schon bist du jedermanns Liebling.« Das klang eher verdrossen als fröhlich. Jaden konnte sich nicht erklären, was los war. Er hatte erwartet, dass sie sich über ihren Erfolg freuen würde. Soweit er es mitbekommen hatte, war ihre Technik brillant. Wenn sie sich darauf konzentrierte, würde sie allein damit die meisten Werwölfe völlig aus dem Konzept bringen. Um Eric zu besiegen, würde das nicht reichen, einfach weil er so riesig war und so erpicht darauf, Lyra umzubringen. Aber Jaden fand, dass die Chancen gar nicht schlecht standen. Mit Ptolemy fertigzuwerden, war nicht so einfach.

Und dennoch stand sie da, als wäre sie vernichtend geschlagen worden. Jaden fragte sich, ob er sie jemals verstehen würde.

»Wenn nur alles im Leben so einfach wäre«, sagte er. Sie wusste, was er damit meinte, und ihr Blick wurde völlig ausdruckslos.

»Ich bin beeindruckt«, fuhr Jaden fort. »Du hast dich super geschlagen. Die wissen das auch«, fügte er leise hinzu und deutete mit dem Kopf auf die anderen Wölfe.

»Ja, das ist … das ist gut. Ich freue mich.« Sie klang ganz und gar nicht so, als würde sie sich freuen, und Jaden wusste nicht recht, was er antworten sollte. Irgendetwas stimmte nicht, das war offensichtlich.

»Du kommst doch mit, oder? Du bleibst auf und genießt es, wenn wir ihnen die blutige Geschichte von unserem waghalsigen Kampf erzählen?«

Dass sie ablehnend den Kopf schüttelte, überraschte ihn nicht. Er holte tief Luft. Es frustrierte ihn, dass er nicht kapierte, was hier gerade schieflief. Die Gedanken von Sterblichen lesen zu können, war oft eher nervig, aber hier, unter den Wölfen, hätte ihm diese Fähigkeit gute Dienste geleistet.

»Schau, Lyra, spiel nicht die Heldin. Wenn du verletzt bist oder dir was wehtut, müssen wir dich unbedingt zum Arzt bringen. Euer Rudel hat doch sicher einen.«

»Mir fehlt nichts, ehrlich«, entgegnete sie entschieden. Dann schien sie ein wenig in sich zusammenzusacken, als würde sie ihr gesamter Kampfgeist auf einen Schlag verlassen. »Ich glaube, ich brauche dringend Schlaf. Ich … ich fühle mich einfach ein bisschen unwohl.« Sie legte die Hand an die Stirn und schloss einen Moment die Augen. »Ich gehe nach Hause. Amüsier du dich mit den Jungs. Das hast du dir verdient. Ich freue mich, dass sie beschlossen haben, dich zu mögen. Wirklich.« Sie sah so müde aus und so untypisch niedergeschlagen, dass Jaden sie am liebsten in die Arme genommen hätte.

Stattdessen konnte er nicht mehr tun, als ihr hinterherzusehen, wohl wissend, dass dies nicht das letzte Mal sein würde.

16

Das Ende der Nacht war grauenhaft.

Der Morgen war noch schlimmer.

Lyra stand unter der Dusche. Sie fühlte sich mehr wie ein Geist als wie ein Werwolf. Die letzte Nacht war hart gewesen, und sie war von einem Extrem ins andere gefallen. Heute fühlte sie sich farblos und blass. Eigentlich hätte das nicht sein dürfen. Jaden und sie hatten umwerfenden Sex gehabt. Einfach sagenhaft. Ihr Vater und die Oberen des Rudels hielten Jaden und sie für ein gutes Team und hatten sogar anerkannt, dass sie ein paar Vampire aufgemischt hatte! Wahnsinn!

Und dennoch fühlte sie sich, als würde sie unter dem Fallbeil liegen und es tiefer und tiefer sinken sehen …

Lyra tränkte ihren Schwamm mit Vanille-Zitrus-Flüssigseife und seifte sich ein, ohne so recht wahrzunehmen, was sie tat. Sie beschloss, es könne ihr nur guttun, sich ein bisschen länger in ihrem Selbstmitleid zu suhlen. Ein zynisches Lächeln huschte über ihr Gesicht. Normalerweise war Jaden derjenige, der grübelte, nicht sie.

Jaden. Sie war nicht mehr wund von der vergangenen Nacht, aber sie erinnerte sich noch lebhaft, wie sich seine Hände auf ihrer Haut angefühlt hatten und wie er sie regelrecht angebetet hatte, während er sie liebte. Sie seufzte. Ein Glück, dass sie wenigstens diese einzigartige Erinnerung hatte, um sich ein wenig von ihrer miesen Stimmung abzulenken. Wenn es so etwas wie Perfektion gab, dann war der Sex mit Jaden dem schon sehr nahe gekommen. Sich vorzustellen, wie es sein würde, war der Wirklichkeit nicht mal ansatzweise gerecht geworden. Sie hätte sich nur gewünscht, die Nacht wäre erfreulicher zu Ende gegangen, zum Beispiel ohne Vampirüberfall.

Natürlich wäre sie auch aus der Bahn geworfen gewesen, wenn die Ptolemy nicht aufgekreuzt wären. Der Sex war fast schon zu intensiv gewesen und hatte eine Verbindung zwischen Jaden und ihr geschaffen, die viel inniger war, als sie sich das je hätte träumen lassen. Während Jaden in ihr war, hatte er sich mehr wie eine Erweiterung ihrer selbst als wie ein anderes Wesen angefühlt. Und auch hinterher war da diese Innigkeit gewesen, eine Innigkeit voller wirrer Gedanken und Gefühle, die alle nur den einen unmöglichen Schluss zuließen.

Sie war dabei, sich zu verlieben.

Schlimmer noch, sie hatte es bereits ausgesprochen.

Es war ihr klar geworden, als sie hinterher dagelegen hatten und sie dem Rhythmus ihrer im Gleichtakt schlagenden Herzen gelauscht hatte. Sie war viel zu euphorisch und viel zu glücklich gewesen, um sich noch länger dagegen zu wehren. Und kaum hatte sie es gedacht, hatten ihr die Worte auch schon auf der Zunge gelegen, und die absolute Gewissheit hatte sich ihrer bemächtigt, dass sie immer in seiner Nähe sein sollte, dass sie niemals irgendwo sein sollte, wo sie sein Gesicht nicht sehen konnte.

Unseligerweise war damit auch ein weiteres Gefühl aufgetaucht, die ihr unvertraute Empfindung, ihm zu *gehören*. Bei dem Gedanken verzog Lyra das Gesicht. In Wolfspartnerschaften ging es immer um Besitz, und das war einer der Gründe, weshalb sie keine Beziehung wollte. Wenn sie ein derartiges Gefühl schon dann entwickelte, wenn sie mit einem Typen schlief, mit dem sie nicht mal eine Beziehung haben konnte, wie viel schlimmer musste es dann erst mit einem Wolf sein? Niemand würde sie jemals besitzen. Am besten wäre es, sich gar nicht erst zu verlieben, das wusste sie genau. Also musste sie eine Lösung finden, musste ihre Gefühle abwürgen, bevor sie in ihnen versank.

Was natürlich voraussetzte, dass das nicht bereits geschehen war. Aber sie musste einfach daran glauben, dass sie damit aufhören konnte. Denn wenn sie das nicht tat, würde sie alles in Zweifel ziehen müssen, woran sie glaubte.

Lyra spülte die Seife ab und strich gedankenverloren über ihren Körper, um die letzten Schaumreste wegzuwischen. Als sie mit dem Schwamm über ihren Arm fuhr, fiel ihr auf, dass etwas anders war als sonst. Beinahe wäre es ihr gelungen, das zu ignorieren, obwohl in ihrem Hinterkopf laut die Alarmglocken schrillten. Aber ihr Blick wurde magisch angezogen, gegen ihr besseres Wissen. Um ihren rechten Arm, etwa in der Mitte des Bizeps, schlang sich ein schwaches, aber nicht zu übersehendes Band mit einem komplizierten Muster.

Der Schwamm fiel zu Boden, ohne dass Lyra es mitbekommen hätte. Sie starrte das Band an, dann hob sie vorsichtig die linke Hand, als könne das Mal sie verbrennen, wenn sie es berührte. Behutsam fuhr sie mit einem Finger darüber, erst sanft, dann immer kräftiger.

»Nein«, sagte sie, während sie immer heftiger auf ihrer Haut herumrubbelte, die bereits ganz rot war. »Nein, also wirklich! Nun mach schon! Nein!«

Aber alles Bitten half nichts, und nach ein paar Minuten erfolgloser Anstrengung blieb Lyra einfach unter dem fließenden Wasser stehen und betrachtete, was sie getan hatte. Was sie beide getan hatten.

Das ist nicht möglich. Niemals.

Die Taubheit wich rasch einem unangenehmen Druck in der Brust, der immer stärker zu werden schien, bis es sich anfühlte, als müsse sie gleich ersticken.

Vor ihren Augen begann sich alles zu drehen, und sie wusste, sie würde ohnmächtig werden, wenn sie sich nicht hinsetzte und sich wieder in den Griff bekam. Sie lehnte sich gegen die Wand, drehte das Wasser ab, rutschte langsam auf den Boden der Dusche hinunter und schlang die Arme um ihre Beine.

Katzen. Um ihren Arm wanden sich Katzen. Katzen, die sich streckten, Katzen, die faul auf dem Rücken lümmelten, alle miteinander verbunden, indem jede den Schwanz der nächsten gepackt hielt. Niedlich, abgesehen von den entblößten Fängen einiger und den durchdringenden Blicken anderer. Das waren keine Hauskatzen. Das waren Katzen wie Jaden.

Jeder, der das sah, würde sofort wissen, was geschehen war.

»Oh nein«, stöhnte sie leise und schluckte die Tränen hinunter, die unbedingt fließen wollten. Sie weinte nicht. Niemals. Und schon gar nicht wegen irgendwelchem Blödsinn, den sie selbst verbockt hatte, selbst wenn sie damit alles ruiniert hatte.

Hatte sie wirklich geglaubt, sie sei nicht bis über beide Ohren verliebt? Irgendwie hatte sie sich mit Jaden verbandelt.

Mit einem *Vampir!*

Minutenlang saß sie fassungslos da, und diese Minuten kamen ihr vor wie Stunden. Schließlich zwang sie sich aufzustehen und sich abzutrocknen. Das Gesicht, das ihr aus dem Spiegel entgegensah, war vom Schock gekennzeichnet. Es konnte einfach nicht möglich sein. Andererseits … vielleicht war noch nie jemand so dumm gewesen, die Theorie zu überprüfen, dass Wölfe und Vampire nicht zusammenpassten. Bis jetzt jedenfalls.

Ob auch Jaden ein Mal hatte? Oder hatte nur sie solch ein vermutlich einzigartiges Mal bekommen, als Strafe, weil sie sich dummerweise etwas gegönnt hatte, das ihr nicht zustand?

Wieder berührte sie das Band, das sich um ihren Arm wand. Es war schwächer als die meisten Partnerbänder, die sie gesehen hatte, aber es war unverkennbar. Auch als sie darüberstrich, ließ die Erinnerung an Jaden sie nicht los – sein Blick, während er sich in ihr bewegte, die Art und Weise, wie er sie berührte, als wäre sie etwas äußerst Wertvolles, Zerbrechliches. Die seltenen Male, wenn er lächelte – nur für sie. Die Sehnsucht, die sie überkam, zwang sie beinahe auf die Knie zurück.

Eine der wenigen Wahlmöglichkeiten, die sie überhaupt hatte, war ihr für immer genommen. Ein verbotener Partner.

Was zum Teufel sollte sie jetzt tun?

Eine verräterische Träne glitt ihre Wange hinab, und ausnahmsweise gab sich Lyra diesem Impuls hin.

Sie lehnte sich gegen das Waschbecken und weinte.

Sobald Lyra ihre Fassung wiedergewonnen hatte, trug sie ein wenig Abdeckcreme auf, zog die Nase hoch und tat, was ihr in der Vergangenheit noch immer geholfen hatte: Sie machte einfach weiter.

Sie stieg in ihren kleinen Pick-up, lenkte ihn aus der Auffahrt und fuhr ohne Umwege zu einem der Orte, wo sie vielleicht Hilfe finden würde. Innerhalb von fünf Minuten war sie an der Larison Silver Memorial Bibliothek, und noch einmal fünf Minuten später stand sie im Untergeschoss, dem Teil der Bücherei, der nur einer bestimmten Öffentlichkeit zugänglich war. Die Treppe lag versteckt, und das Untergeschoss roch muffig genug, um jeden mit einer halbwegs empfindlichen Nase abzuschrecken. Lyra ließ sich davon nicht abhalten, obwohl sie über einen ausgezeichneten Geruchssinn verfügte.

Sie konnte gar nicht verstehen, warum ihr das nicht früher eingefallen war. Wenn es eine Lösung für ihr Problem gab, dann hier, wo die Geschichte der Thorn aufbewahrt wurde.

Teresa McFarlane saß am Fuß der Treppe an einem zerschrammten Schreibtisch, völlig vertieft in ein Buch, bei dem es sich offensichtlich um einen Roman voll von großen Gefühlen handelte. Lyra warf neugierig einen Blick auf den Umschlag.

»Hallo Teresa. Na, wie läuft die Dreiecksbeziehung?«

Teresa, eine rundliche, hübsche Frau Anfang fünfzig, die aussah, als müsse sie bei dem Wort »Dreiecksbeziehung« eigentlich in Ohnmacht fallen, schaute erschreckt hoch. Als sie sah, wer vor ihr stand, grinste sie.

»Es wird gerade richtig gut. Und ich kann mich einfach nicht entscheiden, was mir lieber wäre; dass Rafe sich mit dem attraktiven Motorradfahrer einlässt, der ihn immer aus der Ferne anhimmelt, oder mit der schönen Verführerin, die den beiden immer wieder dazwischenfunkt.«

Lyra lachte. Sie war froh, dass sie dazu noch fähig war. Bei Teresa, die so ganz anders war, als man sich eine Hüterin der Geschichtsbücher vorstellte, konnte man sich immer darauf verlassen, dass sie einen in bessere Stimmung versetzte. Lyra war sich ziemlich sicher, dass Teresa den Job vor allem übernommen hatte, um stundenlang ungestört lesen zu können. Einige ihrer Lieblingsthemen hatten Lyra eine völlig neue literarische Welt eröffnet.

Eine mit wechselnden Partnern bevölkerte, ziemlich unbekleidete literarische Welt. Manchmal fragte Lyra sich, was Gerry wohl von der lebhaften Fantasie seiner Frau hielt, aber vermutlich hatte er nichts dagegen einzuwenden. Einiges von dem Geschreibsel konnte glatt die Buchseiten in Brand setzen.

»Vielleicht muss er sich ja gar nicht entscheiden«, sagte Lyra.

»Genau das hoffe ich auch«, erwiderte Teresa und setzte ihre Lesebrille ab, um Laura anzusehen. »Was gibt's, Liebes? Womit kann ich dir helfen?«

»Ich, äh, interessiere mich für Partnerschaften.« Sie hatte zunächst gehofft, sie könne irgendwie indirekt auf das Thema zu sprechen kommen, aber sie hatte einfach keine Möglichkeit gesehen. Glücklicherweise mochte Teresa Direktheit, und Lyra nahm an, dass sie nicht allzu viele Frage stellen würde, wenn sie es klug anfing.

»Tun wir das nicht alle?«, entgegnete Teresa und seufzte dramatisch, während sie sich Luft zufächelte. »Und aus welchem Anlass? Hast du endlich einen Wolf kennengelernt, der in der Lage ist, mit dir fertigzuwerden? Oder ist es eher einer, mit dem du fertigwirst?« Sie zuckte bedeutungsvoll mit den Augenbrauen.

Lyra musste sich zwingen, ihr Lächeln beizubehalten. Natürlich nahm Teresa an, dass sie auf der Suche nach einem netten Wolf war. Warum auch nicht? Alles andere war für eine Frau in Lyras Position nicht akzeptabel. Außer alles kam anders, und man hatte plötzlich eine Katzentätowierung …

»Leider nein«, erwiderte Lyra. »Ich interessiere mich nur gerade für Partnerschaften zwischen unterschiedlichen Spezies. In gewisser Weise.«

Teresa zog die Augenbrauen so hoch, dass sie fast mit ihrem Haaransatz verschmolzen. »Zwischen unterschiedlichen Spezies? So etwas wie Mensch und Werwolf? Davon habe ich jede Menge. Liebes, sag jetzt nicht, dass du dich in einen Menschen verguckt hast. Das würde deinem Vater das Herz brechen.« Sie spitzte die Lippen. »Für deine Tante wäre das allerdings ein gefundenes Fressen. Ich könnte schwören, dass die gute Frau die verklemmteste Spießerin weit und breit ist.«

Lyra seufzte ungeduldig, aber sie musste auch lächeln. »Nein, ehrlich, Teresa, es geht nicht um mich. Du weißt doch, dass dieser Vamp bei uns wohnt.«

»Oh ja. Der ist schließlich nicht zu übersehen. Hat so diese gefährliche ›Harter Kerl‹-Ausstrahlung. Zu schade, dass er dermaßen nach Katze stinkt.«

»Nun ja, ich muss öfter mal was mit ihm unternehmen, und er behauptet steif und fest, dass Vampire und Wölfe sich früher miteinander vermischt haben. Ich habe fünfzig Dollar gewettet, dass er sich irrt, aber ich weiß nicht, wie ich es beweisen soll. Ich dachte mir, du kannst mir vielleicht helfen.«

Sofort entspannte sich Teresa, und Lyra haute es vor Erleichterung fast um. Teresa kaufte es ihr ab! Natürlich tat sie das. Wieso sollte Lyra auch sonst so etwas Verrücktes wissen wollen? Sie war eine Vampirhasserin wie alle hier, außerdem die brave Tochter eines Alphatiers. Oder?

Genau.

»Interessante Frage, Liebes. Und ich würde nur zu gern sehen, wie du den Vamp schröpfst, aber ich fürchte, er hat tatsächlich recht.«

»Oh?« Lyra versuchte, das Adrenalin zu ignorieren, das auf einmal durch ihre Adern schoss. »Das gibt's doch nicht. Das ist zu abartig.«

»Ach, ich weiß nicht. Gut aussehen tun sie ja.« Teresa kicherte. »Wenn nur der Rest nicht so problematisch wäre, vor allem ihre Persönlichkeit.«

Sie stand auf und streckte sich. »Komm, ich zeig's dir. Dann weißt du wenigstens, wo du nachsehen musst, wenn du mal jemand anderen mit der Wette reinlegen willst.«

Teresa führte sie in den Saal der Geschichtsbücher, ein nur schwach beleuchteter, höhlenartiger Raum voller hoher Regale, auf denen dicht an dicht dicke, pergamentseitene Wälzer standen. Sie waren akribisch geordnet, und Lyra hatte im Laufe der Jahre feststellen können, dass Teresas enzyklopädisches Wissen den Inhalt jedes einzelnen Bands der Geschichte des Rudels umfasste. Das hatte Lyra bei Seminararbeiten so manches Mal aus der Klemme geholfen.

Sie hoffte, das würde auch jetzt wieder der Fall sein.

Sie gingen die dritte Reihe entlang, in der sich die älteren Bände befanden. Obwohl die Bindungen regelmäßig geölt wurden, waren sie spröde, und das Pergamentpapier war mit der Zeit steif und brüchig geworden. Teresa war die Einzige, die diese Bücher anfassen durfte. In der Mitte der Reihe blieben sie stehen, und Teresa suchte vor sich hin murmelnd das Regal ab. Kurz darauf zog sie ein Buch heraus, das noch zerfledderter aussah als die meisten anderen und zudem in der unteren rechten Ecke Brandspuren aufwies.

»Da haben wir es ja«, sagte sie. »1495. Kein gutes Jahr, wie du dir aufgrund der Brandspuren vermutlich denken kannst. Unser Rudel wurde damals für einen Pestausbruch verantwortlich gemacht. Die Hälfte des Rudels wurde abgeschlachtet, unser Lager niedergebrannt, und es gab zum ersten Mal eine Beziehung zwischen einem Vampir und einem Werwolf.« Sie legte das Buch auf einen der langen, niedrigen Lesetische, die in dem breiten Gang standen, und schlug es an einer Stelle auf, die etwa zu Beginn des letzten Viertels lag. Mit ihren kleinen Händen blätterte sie rasch und dennoch unglaublich sorgfältig die Seiten um. Lyra sah fasziniert zu. Sie hatte Teresa schon immer gern bei der Arbeit zugesehen, auch weil sie wusste, dass sie selbst für diesen Job völlig ungeeignet gewesen wäre. Sie konnte sich lebhaft vorstellen, wie sie eine Seite nach der anderen zerknitterte …

»Und … wie ist das damals ausgegangen?«, fragte sie und stellte sich neben Teresa, um mitlesen zu können. Die Wölfe hatten – im Gegensatz zum damaligen Adel – immer in der Umgangssprache geschrieben, daher konnte Lyra alles gut verstehen, auch wenn manche Wörter ziemlich seltsam waren.

Teresa warf ihr einen schelmischen Blick zu. »Schlecht, wie zu erwarten, deshalb ist es ja auch immer noch verboten. Hier, das war der Anfang. Eine Wölfin vom Rudel der Thorn, Elizabeth Thatcher, hat sich mit einem Vampir von den Rakshasa eingelassen. Das waren übrigens Löwengestaltwandler. Soweit ich gehört habe, hat irgendeine andere Vampirdynastie sie gejagt, bis alle ausgerottet waren, aber wer weiß? Und die halten uns für gewalttätig! Wie auch immer, die beiden zogen zusammen los, um das Tanzbein zu schwingen, und stellten dann fest, dass Wolf und Vampir sich wahrhaftig paaren können. Hier steht ein kleines Gedicht darüber, siehst du?« Sie kicherte. »Damals gab es häufig Wölfe, die gern in Gedichtform schrieben.«

Lyra beugte sich vor, um den Abschnitt zu lesen, auf den Teresa deutete.

»Wenn des Werwolfs Biss den Vampir ereilt«, murmelte sie, während sie das kurze Gedicht überflog. Nett gereimt, ansprechend … und außerordentlich informativ. Wenigstens wusste sie jetzt, warum sie nur ein ganz blasses Mal hatte und Jaden vermutlich keins. Sie hatten das Ritual nicht bis zum Ende vollzogen. Und wenn es nach ihr ging, würden sie das auch nicht tun … egal wie sehr die einfachen Worte, mit denen die ewige Verbindung mit einem Vampir beschrieben wurde, ihren Magen in Aufruhr versetzten und Feuerwerkskörper durch ihre Adern jagten.

Es *war* möglich. Die Vereinigung war schon einmal vollzogen worden.

Das könnte wiederholt werden, wenn es erlaubt wäre. Was es natürlich nicht war. »Nicht erlaubt« war eher noch eine Beschönigung. Und dennoch … dennoch …

Ihr drehte sich der Kopf, als sie versuchte, das Gelesene zu verarbeiten. Sie war nicht die Erste! Auch andere waren einem Vampir in die Arme gesunken, nur um dann festzustellen …

»Schlimm, was damals passiert ist. Der Vamp hatte schon

zehn Wölfe ausgesaugt, bevor sie ihn gekriegt haben. Daraufhin haben sie ihn und seine Partnerin …« Sie verzog das Gesicht und klappte das Buch zu.

»Nun ja, die ekligen Einzelheiten haben sie auch nie ausgelassen«, fuhr Teresa fort. »Übrigens muss ich jetzt, glaube ich, zu meiner Dreiecksgeschichte zurück. Mein Gehirn muss dringend durchgepustet werden. Was hatten die im Mittelalter bloß immer mit Metallspitzen?«

Bei dem Gedanken, was den unglücklichen Liebenden angetan worden war, wurde Lyra ganz blass. »Ja. Meine Frage ist beantwortet. Mehr will ich gar nicht wissen.«

»Das verstehe ich«, erwiderte Teresa und lächelte sie freundlich an. Oha, dachte Lyra. Sie ahnte, was kommen würde.

»Weißt du, Gerry und ich haben in letzter Zeit oft über dich geredet. Ich will dir ja keinen Druck machen, Lyra, aber … willst du wirklich bei der Prüfung antreten? Ich weiß, dass du dich mit deinem Cousin nicht verstehst, aber wie ich schon zu Gerry gesagt habe: Meine Cousine gehört zum Rudel der Shadowed Path, und ihr Sohn wäre geradezu *ideal* für dich. Der geborene Anführer, sage ich immer. Ihr wärt das ideale Paar, um die Thorn anzuführen!«

Ich ziehe mich jetzt ganz langsam zurück, dachte Lyra und versuchte, Teresa nicht in den Genuss ihres berüchtigten mordlüsternen Blicks kommen zu lassen. Sie wusste, die Frau meinte es gut mit ihr. Wirklich gut. Aber noch ein derartiges Gespräch, und ihr Kopf würde in Flammen aufgehen. Und gleichzeitig würde sie vermutlich schreien: »Ich habe schon einen Mann oder jedenfalls so was Ähnliches! Er ist ein Vampir! Da habt ihr eure Führungsqualitäten!«

Stattdessen gelang es ihr, ein Lächeln auf die Lippen zu zaubern, während sie sich so schnell sie konnte rückwärts auf die Treppe zubewegte. Es war schon witzig, dass ihr ausgerechnet

Jadens Anweisungen so gut halfen, mit dieser Situation fertigzuwerden.

»Das ist nett, Teresa, aber ich muss jetzt los. Danke für die Hilfe, auch wenn sie mich um fünfzig Dollar gebracht hat.«

»Gern geschehen, Liebes. Lass mich wissen, wenn du deine Meinung änderst.« Mit diesen Worten wandte Teresa sich wieder ihrem Schreibtisch und ihrer heißen Lektüre zu.

Unwahrscheinlich, dachte Lyra. Aber abgesehen von der anhaltenden Angst, jemand könne ihr Mal sehen, fühlte sie sich auch ein wenig erleichtert. Eigentlich war es nur ein halbes Mal, eine weitere Last, die sie allein tragen konnte und auch würde. Noch war nicht alles verloren, sie musste sich nur zusammenreißen, solange Jaden noch hier war, und die Finger von ihm lassen. Und was noch wichtiger war: Er musste die Zähne von ihr lassen.

Sie konnte nur hoffen, dass sie es nicht bereuen würde … nicht die Tatsache, dass sie mit Jaden geschlafen hatte, sondern dass sie einen Geschmack von etwas bekommen hatte, das sie nie mehr vergessen und doch nie wieder würde haben können.

17

»Also, normalerweise würde ich das ja nicht fragen, aber … ist alles in Ordnung? Also jedenfalls in Ordnung für einen Vampir? Ich weiß ja nicht, wie du sonst so bist, aber du wirkst irgendwie … abwesend.«

Jaden, der gerade ein lautstarkes Spiel beobachtete, das so etwas wie Poolbillard mit ständigem Ganzkörperkontakt zu sein schien, wandte seinem unglaublichen Begleiter den Kopf zu. Er hatte sich über die Einladung gefreut, auch wenn sie sehr unerwartet gekommen war. Lyra hatte darum gebeten, das Training an diesem Abend ausfallen zu lassen. Er hätte nicht gewusst, wie er ihr diese Bitte hätte abschlagen sollen – sie sah ganz und gar nicht gut aus. Vor allem ihre Augen wirkten glasig, und ihr Blick hatte fast schon gehetzt gewirkt. Sie hatte behauptet, sie habe Kopfschmerzen.

Aber so wie sie vor seiner Berührung zurückgescheut hatte, war ihm der Verdacht gekommen, dass das nicht alles war. Er konnte mit so ziemlich allem fertig werden, das wirklich dahintersteckte – außer sie wäre zu dem Ergebnis gekommen, dass es ein Fehler gewesen war, mit ihm zu schlafen. Denn ihr Zusammensein hatte seinen Durst nach ihr nicht gestillt, sondern eher tausendmal schlimmer gemacht. Die kratzbürstige Wölfin hatte ihm wirklich den Kopf verdreht. Wie auch immer sie das geschafft hatte – er wollte mehr.

Er zwang sich, sich auf den Mann zu konzentrieren, der mit ihm redete, statt ständig mit den Gedanken zu Lyra abzuschweifen.

»Du machst dir aber nicht deshalb Sorgen, weil ich so blass bin? Das hatten wir doch schon geklärt. Meine Blässe ist kein Zeichen von Krankheit, sondern ein Charakteristikum unserer Art.«

Simon Dale schnaubte leise und schnappte sich einen der kleinen gebratenen Fische aus der Schüssel, die in der Mitte ihres schon ziemlich ramponierten Tisches stand. Er stippte ihn in die Soße, die dazu gereicht worden war, und schob ihn sich dann in den Mund.

»Nein. Allerdings verstehe ich nicht, wieso nicht mehr Vampire ins Bräunungsstudio gehen. Dann würdet ihr lange nicht so auffallen. Nein, ich frage nur deshalb, weil Lyra schon den ganzen Tag so komisch ist, obwohl ihr gestern Nacht die Ptolemy so bravourös fertiggemacht habt, und jetzt bist du auch so missmutig.« Er grinste. »Zumindest scheinst du missmutiger als sonst zu sein. Bei dir ist das schwer zu sagen.«

Jadens Ton war eisig. »Wie witzig.«

Simon kicherte. »Gern geschehen.«

Jaden war noch immer nicht klar, was diese Einladung sollte. Simon Dale war jemand, den man einfach mögen musste. Er wirkte ein wenig wie ein übergroßer Welpe: unterhaltsam, ein bisschen frech und versessen auf alles Essbare in Reichweite. Außerdem war er der Erste aus dem Rudel, der von sich aus Jadens Gesellschaft gesucht hatte, weshalb Jaden schon aus grundsätzlichen Erwägungen heraus dazu neigte, ihn zu mögen. Dennoch – bei der Einladung, zusammen einen trinken zu gehen, ging es garantiert um mehr als nur um ein nettes Gespräch. Fürs Erste würde Jaden jedoch weiter mitspielen.

»Ich bin nicht missmutig. Ich bin ein Vampir. Und was Lyra angeht – keine Ahnung. Als ich ging, hatte sie sich gerade mit Kopfschmerzen in ihr Zimmer zurückgezogen. Wenn du meinst, dass das nicht alles ist, solltest du sie am besten selbst fragen.«

Simons Lächeln erlosch. »Das würde ich, wenn ich die Hoffnung hätte, eine ehrliche Antwort zu bekommen. Seit du hier aufgekreuzt bist, will sie über so gut wie gar nichts mehr mit mir reden – das ist jetzt nicht gegen dich gerichtet.« Nachdenklich tunkte er einen weiteren Fisch in die Soße. »Vermutlich hätte ich gar nicht erst drauf eingehen sollen, als ihr Vater versucht hat, sie zur Heirat mit mir zu überreden.«

Jaden verschluckte sich an dem Bier, das er gerade trank, und fing an zu husten.

Simons Mund verzog sich zu einem zynischen Lächeln. »Ja, so ähnlich hat sie auch reagiert«, sagte er.

Als Jaden endlich wieder sprechen konnte, klang seine Stimme ein wenig rau und gepresst. »Ihr solltet miteinander verheiratet werden?«

Simon zuckte mit den Schultern. »Es war eher ein Vorschlag. Allerdings ein Vorschlag, den man kaum ablehnen konnte. Du weißt ja, wie Dorien ist, wenn er sich etwas in den Kopf gesetzt hat. Wenn Lyra nicht genauso stur wäre wie er, hätte ich längst einen Ring am Finger, ohne recht zu wissen, wie er dahingekommen ist.«

Simons niedergeschlagener Gesichtsausdruck ließ Jaden zweifeln, ob der Wolf wirklich so unglücklich darüber gewesen wäre. Sein Magen schnürte sich unangenehm zusammen. Er rief sich ins Gedächtnis, dass es bei den Wölfen ganz anders zuging als bei den Vampiren und dass Lyra nun mal über kurz oder lang den einen oder anderen Werwolf heiraten würde.

Aber einem der vorrangig infrage kommenden Anwärter gegenüberzusitzen, machte die Sache nicht gerade besser.

»Ich weiß nicht, wie man eine Frau wie Lyra für sich gewinnen könnte«, sagte er schließlich vorsichtig. Falls Simon ihn eingeladen hatte, um ihn über Lyras Gefühle auszuhorchen, wollte er damit nichts zu tun haben.

Simons Lachen trug nicht gerade dazu bei, seine Anspannung zu verringern. »Dann geht es dir wie mir. Aber selbst wenn ich es gewusst hätte … glaub mir, es hätte trotzdem nicht geklappt. Lyra und ich … so war es einfach nie zwischen uns. Damals, als wir Teenager waren, habe ich mir das durchaus manchmal vorgestellt. Ich bin schließlich nicht blind, und blöd bin ich auch nicht. Aber es hätte nicht gepasst. Als Freunde verstehen wir uns bestens. Darüber hinaus nicht so sehr.«

Bei Simons Worten entspannte Jaden sich wieder ein bisschen, obwohl sie derart auswendig gelernt klangen, als hätte Simon sie sich so oft vorgebetet, bis er selbst glaubte, was er sagte. Dass Lyra kein Interesse an ihm hatte, leuchtete Jaden sofort ein. Aber Simon erschien ihm ein bisschen zu fürsorglich und zu interessiert, um nur ein platonischer Freund zu sein. Dennoch würde Jaden nicht versuchen, ihm seinen Standpunkt auszureden, zumal ihm dieser durchaus gelegen kam.

»Immerhin seid ihr Freunde geblieben«, sagte er. Er konnte sich nicht vorstellen, wie Simon das all die Jahre ausgehalten hatte. Jaden hätte niemals derart viel Zeit mit Lyra verbringen können, ohne sie anzufassen. Das hatte er ja nicht mal zwei Tage lang geschafft. Jeder längere Zeitraum hätte ihn vermutlich dauerhaft in den Wahnsinn getrieben.

Simon machte ein nachdenkliches Gesicht und schnappte sich noch einen Fisch. »Ich hätte sie trotzdem geheiratet, versteh mich da nicht falsch. Dorien ist mein Alphatier, und es ist nie gut, sich mit ihm anzulegen. Außerdem kennen Lyra und ich uns schon ewig. Freundschaft ist ja für den Anfang nicht das Schlechteste, nicht wahr? Aber langfristig wären wir nicht glücklich miteinander geworden.«

»Wieso das?«, fragte Jaden, weil es ihn wirklich interessierte. Auf den ersten Blick – wenn er seine eigenen Gefühle mal hintanstellte – schien Simon gar nicht die schlechteste Wahl.

»Sie will das alles hier«, erwiderte Simon und machte eine ausladende Geste. »Lyra ist die geborene Anführerin der Thorn. Sie liebt diese Aufgabe. Sie liebt die Leute, den Ort, alles, was das Werwolfleben ausmacht, abgesehen von einigen, äh, geschlechtsspezifischen Problemen.« Er warf Jaden einen fragenden Blick zu. »Vielleicht hat sie die schon mal erwähnt. Oder auch nicht.«

Jaden rutschte unangenehm berührt auf seinem Stuhl hin und her. »Ich habe davon gehört. Woanders.«

Simon schien erleichtert zu sein, dass er sich nicht genauer dazu äußern musste. »Jedenfalls will sie Anführerin werden, und vielleicht würde sie auch das ein oder andere ändern, aber im Großen und Ganzen liebt sie alles, wie es ist: ein struppiges Wolfsrudel mitten im Niemandsland.«

»Und dir gefällt es hier nicht?«, fragte Jaden. Simons Worte zeugten von einer ziemlichen Geringschätzung. Dabei schienen sich die meisten Wölfe in ihrer kleinen Waldoase sichtlich wohlzufühlen. Tagsüber waren sie unterwegs, arbeiteten hier oder in anderen Städten in der Umgebung und kehrten abends zu ihresgleichen zurück. Das Leben hier hatte einen Rhythmus und eine Gleichmäßigkeit, die Jaden nach all den unruhigen Jahren durchaus angenehm fand. Aber er verstand auch, dass dieses Leben auf einige eher erstickend wirken musste … besonders auf einen jungen Wolf, der noch nie von Zuhause fort gewesen war.

»Ich weiß nicht«, antwortete Simon und fuhr sich mit der Hand durch das Haar. »Ja … und nein. Wenn man in ein Rudel hineingeboren wird, hat man nicht viele Wahlmöglichkeiten, verstehst du? Die meisten von uns sind hier aufgewachsen, und man erwartet von uns, dass wir bleiben. Und wenn man das will, ist es das Beste überhaupt! Aber es ist immer dasselbe. Nie ändert sich was. Und ich würde einfach –«

Jaden konnte sich eines mitfühlenden Lächelns nicht erwehren. »Ob du es glaubst oder nicht, ich weiß genau, wie sich das anfühlt.« Simon hatte, ohne es zu wissen, gerade Jadens sterbliches Leben beschrieben. Jetzt konnte er auf diese Zeit zurückblicken und die Gefühle als das sehen, was sie waren: der normale Schmerz eines jungen Manns, der seinen eigenen Weg einschlagen will, von dem aber erwartet wird, dass er alles so macht, wie es immer gemacht worden ist.

Dem hatte Jaden sich auf grandiose Art und Weise entzogen, das konnte man wirklich nicht anders sagen. Aber auch das war nicht seine Wahl gewesen. Man hatte ihn einfach von dem einen vorbestimmten Weg auf einen anderen verschleppt. Und das ohne Rückkehrmöglichkeit.

Simon lächelte und deutete mit dem Bierglas in Jadens Richtung. »Das habe ich mir schon gedacht. Du hast irgendwie diese Aura eines Vagabunden. Wo bist du schließlich gelandet?«

»Vagabund?«, hakte Jaden nach. Simon nickte, und Jaden überlegte, wie er am besten darauf antworten sollte. So eine Frage wurde ihm nicht oft gestellt. Eigentlich nie.

»Das könnte ich dir erst beantworten, wenn ich endlich mal irgendwo angekommen wäre«, sagte er schließlich.

Simon grinste. »Verstehe. Gib mir Bescheid, wenn es so weit ist.« Sein Gesichtsausdruck wurde ein wenig traurig. »Das Einzige, wo ich hinkomme, ist nur ein Ersatz: die Karriereleiter rauf, in die Rudelwache. Aber wenn ich erst ein oder zwei Narben habe, finde ich vielleicht auch eine Frau. Es gibt Schlimmeres.«

Es überraschte Jaden, wie stark sich sein sterbliches Selbst an diesem Abend ausgerechnet in einem Werwolf spiegelte.

Er konnte Simon verstehen, mehr als er mit Worten hätte ausdrücken können. Und aus diesem Verständnis heraus hätte er ihm gern geholfen. Er selbst hatte sein Wanderleben allmählich satt, aber den meisten Leuten war nun mal kein ewiges Leben gegeben.

»Vielleicht kannst du mal nach Massachusetts kommen, wenn ich abgereist bin. Dann kann ich ja eine Vampirversammlung einberufen, damit du lernst, wie man heiße Frauen erobert.«

Simon grinste. »Gar keine schlechte Idee. Wenn du das ernst meinst, komme ich vielleicht wirklich mal. Normalerweise kommen wir kaum aus unserem Territorium raus, aber Dorien scheint dich zu mögen, also schauen wir mal …«

Die Aussicht schien Simon zu faszinieren. Jaden freute sich, zur Abwechslung mal jemand anderem seine Hilfe anbieten zu können. Aber jetzt wollte er endlich wissen, um was es hier wirklich ging. Simon hatte irgendetwas auf dem Herzen. Außerdem wollte Jaden zurück und nach Lyra sehen, auch wenn er bezweifelte, dass sie das zu schätzen wissen würde. Ihm hatte gar nicht gefallen, wie sie heute Abend ausgesehen hatte.

»Schön. Simon, worum geht es hier eigentlich wirklich?«

Das Thema, um das Simon jetzt schon seit einer Stunde herumredete, war Jaden klar, sobald der Wolf die Augen senkte. Jadens Gefühl hatte ihn nicht getrogen. Das hier war nicht nur ein geselliger Abend.

»Tja. Gutes Essen und Bier? Neue Freundschaften?«

»Und was noch? Ich freue mich über die Einladung, aber ich habe auch noch ein paar Dinge zu erledigen. Trotzdem danke«, fügte er hinzu, und das meinte er auch ehrlich. »Ich weiß, dass ich es nur Dorien zu verdanken habe, dass man mich noch nicht in Stücke gerissen hat, aber du warst wirklich richtig freundlich zu mir. Normalerweise werde ich nicht so nett aufgenommen.«

Simon richtete den Blick auf einen Tisch mit sechs Wölfen, die Jaden anstarrten, seit Simon und er das Lokal betreten hatten.

»Für unseren ersten Vampirbesuch seit … nun ja, ewigen Zeiten machst du dich eigentlich gar nicht schlecht. Ein paar hast du schon auf deine Seite gebracht. Anstand zählt hier viel, und letzte Nacht hast du dich sehr anständig verhalten. So was spricht sich schnell rum. Die Typen da drüben sind Freunde von Eric, die kannst du vergessen. Die hassen jeden, den Lyra mag, und offensichtlich mag sie dich. Was mich zu dem Thema bringt, worüber ich mit dir reden wollte … obwohl ich auch so gern mit dir hier hocke, ob du das nun glaubst oder nicht. Du bist viel netter, als ich gedacht hatte.«

Jaden lächelte schwach. »Wieso habe ich das Gefühl, dass mir nicht gefallen wird, was du gleich sagen wirst?«

»Es muss dir nicht gefallen. Du musst es dir nur anhören.« Simon wirkte plötzlich todernst, und seine Stimme war so leise geworden, dass eventuelle Lauscher kaum eine Chance hatten.

»Schieß los.« Nein, was jetzt kam, würde ihm garantiert nicht gefallen. Und seine Erwartung wurde nicht enttäuscht.

»Ich erzähle dir das, weil Lyra nicht auf mich hören will und du mir eher der bedächtige Typ zu sein scheinst. Das ist gut, denn du musst vorsichtig sein, Jaden.«

Jaden spürte, wie sich alles in ihm versteifte. »In welcher Hinsicht bin ich nicht vorsichtig, Simon?«

Simon wirkte ein wenig verzweifelt. »Es geht nicht drum, mich bei Lyra lieb Kind machen zu wollen, Jaden. Sie und ich sind … da läuft einfach nichts. Das habe ich völlig ernst gemeint. Aber es wird einiges geredet. Das meiste sind bloß Gerüchte. Die Leute hier haben einfach nichts Besseres zu tun. Aber ganz ohne Grundlage ist das Gerede nicht. Was ich sagen will: Was wolltet ihr beide eigentlich gestern Nacht so weit da draußen?«

»Wir sind … spazieren gegangen«, erwiderte Jaden lahm.

Simon sah ihn durchdringend an. »Ja. Ich nehme an, du weißt selbst, wie unglaubwürdig das klingt. Und die Nacht, in der ich den Vampir nach Grant Park verfolgt habe? Da wart ihr auch allein unterwegs, du und Lyra. Ich weiß, du warst verwundet, aber im ersten Moment sah es so aus – «

»War es aber nicht«, erwiderte Jaden rasch. Das Gespräch hatte sich im Handumdrehen in ein Verhör verwandelt, und er wollte diese Fragen nicht beantworten. Vor allem nicht, wenn sie von Lyras bestem Freund gestellt wurden. Abgesehen von der Gefahr, die damit verbunden war, war solch ein Gespräch einfach der Inbegriff von Peinlichkeit.

Simon betrachtete ihn skeptisch, bohrte aber nicht weiter nach. »Nun gut, egal was es ist, ich kann dir jedenfalls sagen, wie es *aussieht*, und das ist nicht gerade etwas, was hier gut ankommt. Deshalb sage ich dir: Wenn es dich auch nur im Geringsten interessiert, was mit Lyra passiert, dann solltest du nicht so viel allein mit ihr rumhängen und nicht so viele Spaziergänge im Mondschein mit ihr machen, verstehst du? Erics Leute haben ein Auge auf euch. Und ich fürchte, er könnte genug rausfinden, um Lyra zu Fall zu bringen, ohne auch nur einmal die Hand gegen sie erheben zu müssen.«

Bingo.

Jaden verschlug es einen Moment lang die Sprache. Das hätte er sich eigentlich denken können. Aber er war so auf Lyra fixiert gewesen und auf die Bedrohung durch die Ptolemy, dass ihm gar nicht erst in den Sinn gekommen war, Eric könne versuchen, aus Lyras Kontakt mit ihm Kapital zu schlagen. Natürlich würde Eric sich auf alles stürzen, was ihm nützlich sein konnte.

Welchen Nutzen er daraus ziehen könnte, war ihm bisher allerdings nicht bewusst gewesen.

»Tja … und wenn er nun was finden würde, irgendeinen angeblichen Beweis, dass Lyra und ich …«

»… euch zusammengetan habt?« Simon sagte das zwar im Spaß, aber da war etwas in seinem Gesichtsausdruck, das Jaden warnte. Auf keinen Fall durfte er auch nur andeuten, was wirklich passiert war.

Simon stützte das Kinn auf die gefalteten Hände und seufzte, als müsse er erst nach den richtigen Worten suchen.

»Eins solltest du wissen, Jaden. Lyra möchte Alphatier werden. Das ist zwar im Moment nicht sehr wahrscheinlich, aber sie ist zäh. Und ganz chancenlos ist sie nicht. Zumal sie schon immer Alphatier werden wollte, schon seit sie ein kleines Kind war und die Jungs im Park vermöbelt hat. Falls sich herausstellen sollte, dass ihr beide mehr als nur Freunde seid, ist das alles für sie gelaufen, und damit meine ich nicht nur ihre eventuelle Führungsrolle. Das Leben, so wie sie es bisher gekannt hat, wäre ein für allemal vorbei.«

»Könntest du das ein bisschen genauer erklären?«, fragte Jaden leise.

»Verbannung. Das Rudel würde sie offiziell enteignen. Alles würde ihr weggenommen werden, und falls sie sich jemals wieder auf unserem Territorium blicken ließe, würde man sie töten. Es würde sich auch kein anderes Rudel finden, das sie aufnimmt. Sie würde zu einem, wie wir das nennen, Geisterwolf werden. Ein Schatten dessen, was sie mal war … und hätte werden können.«

Erst jetzt wurde Jaden bewusst, wie unendlich viel Lyra riskiert hatte, als sie sich ihm hingegeben hatte. Es fühlte sich an, als wäre eine Tonne Ziegelsteine auf ihn herabgeprasselt.

Kein Wunder, dass sie ihm heute Abend aus dem Weg gegangen war. Egal wie sehr sie ihn begehrt hatte – nachdem sie dieser Begierde nachgegeben hatte, war ihr bewusst geworden, was sie da alles losgetreten hatte.

»Findest du das nicht ein bisschen übertrieben?«, brachte er mühsam heraus.

»Meine Meinung ist dabei völlig unwichtig«, erwiderte Simon. »Vampire waren seit Jahrhunderten unsere Feinde. Seit langer Zeit ist alles ruhig geblieben, und seit du hierhergekommen bist, frage ich mich, ob sich das Verhältnis zwischen den Vampiren und uns nicht doch ändern könnte. Aber dass sich unsere Spezies mit eurer vermischt? Solch eine Beziehung wäre kinderlos, aber selbst wenn es Kinder gäbe, was sollte man mit solchen Mischlingsmonstern anfangen? Auf die Art könnten ganze Rudel aussterben. Und wir würden immer in der Angst leben, dass die Vamps einfach das Kommando übernehmen. Die Gesetze werden sich nicht ändern, Jaden, jetzt nicht und noch lange nicht.«

Er trank einen Schluck von seinem Bier und sah Jaden aufmerksam in die Augen. Jaden war überrascht – der Wolf bekam sehr viel mehr mit, als er ihm zugetraut hätte.

»Tut mir leid, dass ich der Überbringer der schlechten Nachrichten sein muss. Aber ich sehe ja, wie du sie anschaust. Und ich bin nicht der Einzige, das solltest du wissen.«

Jaden seufzte. Er musste sich wohl doch ein wenig Hoffnung gemacht haben, denn so fühlte man sich nur dann, wenn einem sämtliche Hoffnung nachhaltig ausgetrieben wurde.

»Und wenn jemand mehr will? Wenn sie mehr will, als die Gesetze erlauben?«

Simon zog eine Augenbraue hoch und schüttelte den Kopf. »Lyra weiß, wie es läuft, glaub mir. Niemand bekommt alles, was er will. Weder hier noch sonst wo. Das dürfte doch nichts Neues für dich sein.«

Nein, bestimmt nicht. Jaden schob die Bierflasche zur Seite und griff nach dem Glas Wasser, das daneben stand. Es war angenehm, wie das kühle Wasser seine Kehle hinablief. Nur am Rande nahm er wahr, wie ausgedörrt er war, wie sehr er sich nach etwas Reichhaltigerem sehnte. Etwas Dunklem, Gehaltvollem, das an diesem Ort verboten war.

Das Raum fühlte sich auf einmal viel zu klein an, der Wolfsgeruch schlug von einer Sekunde auf die andere von erträglich in erstickend um. Falls er sich jemals eingebildet hatte, das mit Lyra könne vielleicht mehr als nur eine kurze Liebelei werden, dann waren diese Illusionen gerade endgültig zerplatzt.

Doch als sie in voller Lebensgröße und unaussprechlich bezaubernd in die Kneipe gerauscht kam, war er sofort wieder gefangen, und außer ihr schien es in seinem Universum nichts anderes mehr zu geben. Sobald sie ihn ansah, war das, als würde jemand mehrere Tausend Volt durch seinen Körper jagen. Ihm wurde der Mund wässrig. Seine Fangzähne verlängerten sich und wurden spitz und scharf, eine instinktive Reaktion auf ihre Anwesenheit.

Keine Vorsicht. Nur Begierde.

Jaden war so fixiert auf Lyra, dass er kaum noch mitbekam, was Simon sagte. »Zu oft zusammen allein … hör auf mich, bevor du irgendeine Dummheit machst …«

Jaden hätte ihn gewarnt, wenn es ihm nicht die Sprache verschlagen hätte. So aber stand Lyra schon fast am Tisch, bis Simon bemerkte, dass sie nicht mehr allein waren. Jaden musste ihr zugutehalten, dass sie – abgesehen von einem kurzen vorwurfsvollen Blick zu Simon – so tat, als hätte sie nichts gehört. Stattdessen richtete sie die Aufmerksamkeit sofort auf Jaden.

Sie bekam nicht mit, wie Simon rot wurde und wegschaute, aber Jaden entging seine Reaktion nicht. *Der arme Kerl ist in sie verliebt und weiß es nicht mal.* Dennoch – Jadens Mitleid hielt sich in Grenzen. Simon hatte immerhin eine Chance.

Schließlich gehörte er der richtigen Spezies an. Jadens Probleme waren im Vergleich dazu viel größer.

Zum Beispiel das Problem, wie er seine Gefühle für Lyra abwürgen sollte, die in tiefem, fruchtbarem und doch so täuschendem Boden Wurzeln geschlagen hatten.

»Hallo«, sagte sie. Noch immer sah sie viel zu blass aus, und unter ihren Augen lagen dunkle Ringe, die eigentlich nicht hätten dort sein dürfen ... an denen Jaden sich gern nicht schuldig gefühlt hätte. Aber sie sah auch aus, als hätte sie sich wieder im Griff, und das war etwas, worauf er sich immer mehr verlassen konnte. Selbst wenn sie am Boden lag, gab sie nicht auf. Jedenfalls nicht lange.

Das war eine Stärke, die er zu schätzen wusste.

»Hallo«, gab er zurück. Er fragte sich, weshalb sie wohl gekommen war.

»Mein Vater möchte, dass du nach Hause kommst. Es geht irgendwie um diesen Psychotrick. Ich habe ihm schon gesagt, dass er ihn nicht lernen kann, aber ...« Sie zuckte mit den Schultern. »Er ist der Boss, und ich nehme an, er wünscht ein bisschen Unterhaltung. Kannst du kommen?«

Jaden fiel auf, dass es das erste Mal war, dass sie ihn um etwas bat, statt es ihm zu befehlen. Was auch immer dahinterstecken mochte, ihm gefiel es.

»Klar, ich denke, wir sind so weit.« Er war froh, gehen zu können, jetzt, wo er Simons Liebeskummer gesehen hatte ... nicht, dass ihm das Gefühl ganz unbekannt gewesen wäre, wenn es um Lyra ging. Es war genau, wie er angenommen hatte. »Nur Freunde« klang großmütig und selbstlos, war aber in dem Augenblick nicht mehr glaubwürdig, in dem die Frau höchstpersönlich vor ihm stand.

Pech gehabt, Simon. Im Moment zumindest ist die Frau schon vergeben.

Dieser hitzige und besitzergreifende Gedanke tauchte wie aus dem Nichts auf. Und Jaden wusste, dass er seine Berechtigung hatte, auch wenn das sicher nicht sonderlich klug war.

Er stand auf, ließ den Blick über ihre hohen Stiefel, die eng sitzende Jeans und das eng anliegende T-Shirt wandern. Demjenigen, der auf die Idee gekommen war, Baumwolle mit Lycra zu versetzen, hätte man wirklich ein Denkmal bauen sollen. Lyras Haar war zu einem Pferdeschwanz zusammengebunden, doch einige ihrer wilden Locken hatten sich schon wieder selbstständig gemacht.

»Also, gehen wir«, sagte Jaden und nickte Simon zu. »Danke für die Einladung, Simon. Ich weiß das zu schätzen.«

»Gern geschehen. Du, Lyra, ich war optimistisch und habe uns Karten gekauft für ein Konzert nach der Prüfung. Hard Reign. Bist du dabei?«

Das klang fast schon bemitleidenswert hoffnungsvoll, aber Lyra schien sich sofort anzuspannen, und ihre Schultern wurden ganz steif. Jaden hatte noch nie gesehen, dass sie einen anderen Wolf wie einen Untergebenen behandelte, und es war faszinierend zu beobachten. Und irgendwie auch erfreulich. Er hatte zwar auch nicht gerade die besten Manieren, aber er verstand durchaus, wenn man ihn bewusst ausschloss. Simon versuchte, ihm eine weitere Lektion zu erteilen: *Ich werde noch hier sein, bei ihr, wenn du schon lange wieder weg bist.*

Vielleicht mochte er Simon doch nicht sonderlich. Und Lyra schien – zumindest im Moment – ähnlich zu empfinden.

Mit unbewegtem Blick starrte sie auf Simon hinunter. Es überraschte Jaden, dass Simon warnend zurückfunkelte und es ein paar Sekunden dauerte, bis er den Blick abwandte. Aber schließlich ließ er langsam den Kopf sinken und hielt Lyra seinen Nacken hin. Es war ein reichlich widerwilliges Zeichen der Unterwerfung.

»Glaubst du, damit ist es getan?«, fragte Lyra. »Hast du überhaupt eine Ahnung, warum ich so wütend bin?«

»Durchaus«, erwiderte Simon und hob den Kopf. »Offensichtlich mehr als du selbst zurzeit.« Er stand auf und nahm seine Jacke von der Stuhllehne, dann nickte er Jaden zu. »War nett mit dir. Vergiss nicht, was ich dir gesagt habe.«

Simon ging, ohne Lyra noch einmal anzusehen. Kaum war er fort, wirkte Lyra noch trauriger als vorher. Sie war die Einzige, die Jaden im Moment leidtat.

Möge ich vor liebeskranken Werwölfen bewahrt bleiben, außer ich bin derjenige, den sie anhimmeln. Jaden folgte Lyra nach draußen.

Die Nacht roch nach Frühling. Irgendwo in der Nähe quakten Frösche, was die Stille zwischen ihnen ein bisschen weniger seltsam erscheinen ließ. Nachdem sie ein paar Schritte gegangen waren, Simon aber nirgendwo zu entdecken war, drehte Lyra sich zu ihm.

»Ich habe meine Meinung geändert«, sagte sie und schob das Kinn vor, konnte seinem Blick aber doch nicht ganz standhalten. »Ich möchte trainieren, ich muss nur –«

»Ich weiß«, erwiderte Jaden. »Ich habe gerade eine Einführung in einen ausgewählten Teil der Wolfsgesetze erhalten.«

Sie wirkte nicht im Geringsten überrascht, eher resigniert.

»Das hatte ich mir schon gedacht«, erwiderte sie und starrte in den Nachthimmel hinauf. »Ich weiß nicht, was in ihn gefahren ist, aber als ich gehört habe, dass er mit dir in die Kneipe wollte, wusste ich, was im Busch war. Es tut mir leid. Er meint es gut, aber die Umsetzung ist nicht immer die beste.« Sie seufzte. »Aber vielleicht ist es auch ganz gut so. Vermutlich ist es glaubwürdiger, wenn nicht ich diejenige bin, die es dir stammelnd beibringt.«

»Du bereust es also«, sagte er leise. Dass sie nichts erwiderte, sich ihre Wangen aber rosa färbten, war Antwort genug, auch wenn das, was sie schließlich sagte, nicht ganz so eindeutig war.

»Die Antwort darauf ist wesentlich komplizierter, als du je verstehen könntest.«

»Versuch es doch einfach mal«, entgegnete Jaden, aber sie schüttelte den Kopf.

»Ich möchte einfach zu dem zurückkehren, was wir eigentlich vorhatten«, fuhr sie fort. »Was passiert ist, das ist … alles zu viel. Ich dachte, ich könnte dieses ganze ›im Moment leben‹, von dem du geredet hast, hinkriegen, aber ich kann es nicht. Dafür bin ich einfach nicht gemacht.«

Das konnte er gut verstehen. Und er konnte es respektieren. Auch wenn es ihm ganz und gar nicht gefiel.

»Dann versprich mir aber bitte wenigstens eins, okay? Ich hatte das Gefühl, dass wir so allmählich Freunde wurden, bevor … na ja, *davor*. Ich wäre froh, wenn wir wenigstens das bleiben könnten.«

Lyra lächelte, aber es war ein trauriges und wehmütiges Lächeln. »Das wünsche ich mir auch«, erwiderte sie. »Abgemacht.«

Sie gaben sich die Hand, aber selbst jetzt spürte Jaden, wie der Funke übersprang, sobald sie sich berührten. Er verstand nicht, wie das kam, aber nichts würde ihm jemals den Wunsch austreiben können, es weiter zu erforschen. Und obwohl sich Lyra schnell zusammenriss, sah er am Aufleuchten ihrer Augen, dass es ihr genauso ging.

Auch wenn sie abstreiten wollte – und musste –, dass es so etwas gab.

18

Es gab nicht viel, womit Jaden seine guten Vorsätze hätte unter Beweis stellen können. Er wollte, dass sich Lyra in seiner Gegenwart wieder wohlfühlte, und er wollte eine ausgeglichene Basis schaffen, um das, was zwischen ihnen zerbrochen war, wieder zu kitten. Eine ganze Woche lang hatte er jeden nur denkbaren Trick seines begrenzten Repertoires versucht, um die Dinge wieder ins Lot zu bringen, von Charme über Humor bis hin zu dem Versuch, Lyra einfach selbst die Grenzen ihrer getrübten Beziehung abstecken zu lassen.

Nun war er mit seinem Latein am Ende und fuhr sein letztes Geschütz auf.

Er kochte.

Wohlriechender Dampf stieg von der Suppe auf, die er komponiert hatte. Er rührte sie um und gab gelegentlich noch ein bisschen Salz oder das ein oder andere Gewürz hinzu. Auf einem Schneidebrett auf der Küchenarbeitsplatte lagen die Schalen von Karotten, Kartoffeln, Knoblauch, Sellerie und einigen Zwiebeln. Daneben stand ein Glas mit B-positivem Blut, das er am Abend zuvor aus dem Bezirkskrankenhaus hatte mitgehen lassen. Der Rest des Transfusionsbeutels war unauffällig – so hoffte er jedenfalls – hinter Doriens Biervorrat im Kühlschrank in der Garage versteckt. Jaden trank einen Schluck, stellte das Glas ab und probierte dann die Suppe aus dem Schöpflöffel, den er in den Suppentopf getaucht hatte.

Was er da zusammengekocht hatte, war vielleicht nicht so befriedigend wie das B-positiv, und rein technisch gesehen brauchte er auch gar keine richtige Nahrung mehr. Aber Jaden wusste, er würde sich immer an den kulinarischen Genüssen erfreuen, mit denen er aufgewachsen war. Seine Mutter hatte oft etwas Ähnliches gekocht, als er noch ein Kind war. Er hoffte, dass die Suppe Lyra – und auch ihm – guttun würde.

»Hi, ich bin schnell mal weg, ein paar Burger holen. Brauchst du …? Oh. Du kochst?«

Lyra.

Sobald sie den Raum betrat, war es, als würde jemand ein Licht in ihm anknipsen. Jaden hörte auf zu rühren und genoss das prickelnde Gefühl, das ihn von Kopf bis Fuß durchflutete. Das war zwar nicht die Rückkehr zur Normalität, auf die er gehofft hatte, aber er schien dieses Gefühl zu brauchen wie die Luft zum Atmen.

Sie stand unter dem Bogen, durch den man die Küche betrat, und betrachtete die herumliegenden Überbleibsel seiner aufwendigen Suppenkomposition. Er genoss ihren Anblick, als wäre es Jahre her – nicht Stunden –, seit er sie zuletzt gesehen hatte. Sie sah so schön aus wie immer, nur dass jetzt wieder die gleiche Wachsamkeit in ihrem Blick lag wie am Anfang ihrer Bekanntschaft.

Geduld, sagte er sich. Er wusste nicht, warum es ihm so wichtig war, dass sie sich in seiner Gegenwart entspannte, aber so war es nun mal.

»Du musst da nicht stehen bleiben«, erwiderte er. »Komm und setz dich. Die Suppe ist so gut wie fertig. Eigentlich hätte sie den ganzen Tag vor sich hin köcheln müssen, aber das war eine spontane Idee, und besser wird sie auf die Schnelle nicht.«

Sie schien ein wenig zusammenzuschrecken, als hätte sie vergessen, dass sie nicht allein war. Dann trafen sich ihre Blicke, und er spürte, wie die Verbindung zwischen ihnen sofort wieder da war. Es war, als spiele in seinem Kopf ein leises Lied und flöße ihm wieder und wieder ein, dass diese Wölfin und keine andere Frau die Richtige für ihn war.

»Ich wusste gar nicht, dass Vampire kochen«, sagte sie.

»Ich habe viele Talente«, erwiderte er.

»Nein, was ich sagen will: Du hast tatsächlich *gekocht*!« Lyra trat in die Küche und stellte sich neben ihn, um einen Blick in den Topf zu werfen. Dann sah sie völlig verblüfft zu ihm hoch, was ihn plötzlich unglaublich verlegen machte. Vielleicht war es das Falsche gewesen … über so etwas hatte er sich schon lange keine Gedanken mehr gemacht.

»Das ist doch bloß Suppe«, sagte er.

Statt ihm zu antworten, beugte sie sich vor und atmete mit geschlossenen Augen tief ein. Dabei lag auf ihrem Gesicht ein Ausdruck von Entzücken, der ihn tief im Innersten berührte.

»Niemand kocht für mich«, sagte sie. »Dieses Haus hier ist das Land der Fertiggerichte. Dad und ich essen seit Jahren aus Schachteln und Dosen, abgesehen von Burgern. Oder Eiern.« Sie lächelte. »Danke. Das ist total lieb von dir. Echt … danke.«

Ihr Lächeln kam so von Herzen und war so ansteckend, dass er einfach zurücklächeln musste. Bevor ihm bewusst wurde, war er tat, strich er ihr eine widerspenstige Locke aus dem Gesicht und fuhr dabei mit dem Daumen über ihre Wange. Sie hielt ganz still, schloss sogar einen Moment lang – wie er hoffte, vor Vergnügen – die Augen. Zumindest entzog sie sich ihm nicht.

Er wünschte sich so sehr, den Abgrund überbrücken zu können, der sich zwischen ihnen aufgetan hatte.

»Gern geschehen«, erwiderte er leise.

Es fiel ihm schwer, seine Hände im Zaum zu halten und sie nicht in die Arme zu nehmen. Zu wissen, dass sie sich jeglichem Annäherungsversuch entziehen würde, war die Hölle, auch wenn er spürte, dass es sie genauso zu ihm hinzog wie ihn zu ihr. Es machte die Sache nicht besser, wenn man wusste, warum man zurückgewiesen wurde. Und genau wie er erwartet hatte, öffnete sie die Augen, blinzelte, als würde sie versuchen, wach zu werden, und trat so weit zurück, dass sie außerhalb seiner Reichweite war. Rasch drehte er sich um, schöpfte Suppe für sie in einen Suppenteller und suchte ihr einen Löffel heraus. Sie nahm beides, trug Teller und Löffel zum Tisch und aß, während Jaden sich daran machte, den Herd zu putzen. Er arbeitete schnell und geschickt und ließ ihr Zeit, um zu entscheiden, ob und worüber sie reden wollte.

Schließlich sagte sie: »Die Suppe schmeckt fantastisch. Absolut perfekt. Ich hätte nie gedacht, dass sich Vampire die Mühe machen zu kochen.«

»Ich schon. Ich koche gern. Schon immer. Zu mir kommen nicht oft Leute zum Essen, aber mir hilft Kochen immer, den Kopf freizubekommen. Schön, dass sie dir schmeckt. Meine Mum hat immer so was Ähnliches gekocht. Apropos Eltern: Wo steckt eigentlich Dorien? Ich habe ihn noch gar nicht gesehen, seit ich aufgestanden bin.«

Mit dem Löffel auf halbem Weg zum Mund hielt sie inne und sah ihn einen Moment durchdringend an. Er fragte sich, warum sie plötzlich mit dem Essen aufhörte.

»Heute ist Pokerabend. Aber ich sorge dafür, dass er den Rest isst.«

Sie klang nicht gerade unglücklich, dass Dorien nicht im Haus war. *Gut.* Ihm ging es genauso.

»Du hast deine Eltern noch nie erwähnt«, sagte Lyra, und jetzt verstand Jaden, was ihr Interesse geweckt hatte. »Ich hatte fast schon vergessen, dass du auch mal Eltern hattest.«

Jaden zog eine Augenbraue hoch. »Tja, ich bin nicht aus einem Ei geschlüpft. Natürlich hatte ich Eltern.«

»Wie waren sie?«

Jaden zögerte. Darüber redete er normalerweise nicht. Seine Vergangenheit war seine Sache … und die Leute, die er kannte, interessierten sich sowieso nicht dafür. Wenn über etwas, das einem am Herzen lag, nur hinweggegangen oder gespottet wurde, wie er das als Grünschnabel oft erlebt hatte, dann behielt man die Dinge lieber für sich. Aber wenn Erzählen dazu führte, dass Lyra dablieb und ihn so ansah, würde er es versuchen. Für sie.

»Na gut, wenn es dich so interessiert. Ich bin auf einem Bauernhof aufgewachsen. In Somerset. Wir waren ehrbare Leute, auch wenn wir nicht sonderlich reich waren. Das Land gehörte uns, und mein Vater brachte seinen Söhnen bei, wie man es bestellte, genau wie er uns alles andere beibrachte. Mein Vater war ein außerordentlich vernünftiger Mann. Hat mich wahnsinnig gemacht.«

»Harrison«, sagte Lyra, und die Andeutung eines Lächelns huschte über ihre Lippen. »Dein Nachname. Ich hatte mich schon darüber gewundert.«

Jaden machte eine kleine Verbeugung. »Du sprichst mit James Dennis Harrison dem Dritten, englischer Bauer, der in ein Geschöpf der Nacht verwandelt wurde. Halsbeißer, Viehhüter, Suppenkoch.«

»Nicht zu vergessen Werwolftrainer«, ergänzte Lyra.

»Mmmh. Nicht nur habe ich viele Talente, auch meine Titel sind zahlreich und unterschiedlichster Natur.« Mit diesen Worten drehte Jaden sich um, um die Arbeitsplatte abzuwischen. Er hatte sich geirrt. Lyra machte es ihm einfach, darüber zu sprechen … es ging ganz von selbst. Und ihr Interesse schmeichelte ihm. Einen Vampir hätte das nicht interessiert. Für die meisten seiner Spezies waren Familie und sterbliches Leben so ein uralter Hut, dass sie ein völlig belangloses Gesprächsthema waren.

»Wieso hast du deinen Namen geändert?«, fragte Lyra.

»Man lässt ein Leben hinter sich und fängt ein neues an. Es schien richtig, den Namen ebenfalls zurückzulassen. Zumal mein Vater lange Zeit nicht sehr glücklich war, den gleichen Namen zu haben.« Er warf das Handtuch auf die Arbeitsplatte, dann klaubte er die Schalenreste zusammen und entsorgte sie im Abfalleimer, während die Erinnerungen an damals wieder lebendig wurden.

Liebe konnte viele Hindernisse überwinden, aber ein Geschöpf der Nacht zu werden, war schon ein riesiges Hindernis.

»Das tut mir leid«, sagte Lyra. »Dann ist er also nicht so gut damit fertig geworden, dass du dich verwandelt hast.« Sie klang zögerlich, aber er wollte nicht, dass sie sich zurückhielt. Diese alte Wunde war längst verheilt.

»Das ist schon okay«, sagte er und drehte sich zu ihr um. »Schließlich hat er sich dann doch noch damit abgefunden. Für ihn war das auf verschiedenen Ebenen nicht ganz einfach. Immerhin war ich sein ältester Sohn. Ich sollte in seine Fußstapfen treten. Dass ich ein unsterblicher Blutsauger wurde, hat seine Pläne ein wenig durcheinandergewirbelt.«

Sie lächelte, und dieses immer ein wenig verführerische Lächeln wollte er möglichst oft sehen, solange er noch hier war.

»Und deine Mutter?«, fragte Lyra, deren Interesse offensichtlich geweckt war. »Kam sie damit klar?«

»Nein«, musste er zugeben. »Eigentlich nicht. Aber sie hat immer wieder auf mich eingeredet, ich solle nach Hause kommen.« Bei der Erinnerung musste er lächeln. »Sie hat immer davon gesprochen, dass sie mir ein Zimmer im Keller herrichtet und ein paar Kühe für mich bereithält, damit ich, wie sie das nannte, ein ehrbarer Vampir sein konnte. Ihr gefiel die Vorstellung nicht, dass ich Leute biss. Das beleidigte ihre Gefühle. Sie meinte wohl, sie hätte mich besser erzogen.«

»Du hast sie geliebt.« Lyra rührte in ihrer Suppe herum, während sie ihm zuhörte. Es erstaunte ihn, dass sie so überrascht klang.

»Natürlich. Sehr sogar. Die meisten von uns hatten mal ein ganz normales Leben. Ich war einfach nur am falschen Abend im Gasthaus. Eine hübsche Bedienung will im Stall ein bisschen mit einem rumknutschen, man glaubt, das große Los gezogen zu haben und peng – das Leben, wie man es kannte, ist vorbei, und man muss sich völlig neu orientieren. Davor war alles ... ganz normal. Ich hätte ein schönes Leben gehabt. Hätte den Bauernhof geerbt, irgendein nettes Mädel geheiratet und neun oder zehn Kinder gehabt. Nicht unbedingt das Schlechteste.«

Während er das sagte, wurde ihm klar, dass diese Wunde auch heute, nach zweihundert Jahren, noch schmerzte. Er hätte das alles gern gehabt. Eigentlich wollte er es immer noch. Und nichts auf Erden konnte ihm das zurückbringen. Angesichts all der Dunkelheit und Gefahr in seiner Vergangenheit – mal ganz abgesehen von der Gegenwart –, hatte er eigentlich nur sehr einfache Bedürfnisse. Leider war sein Leben schon seit sehr langer Zeit nicht mehr einfach gewesen.

»Das klingt wirklich nett. Ein normales Leben ist vermutlich schön, wenn man es denn haben kann.« Sie lachte leise. »Nicht, dass ich mich damit groß auskennen würde. Ich bin als Werwölfin geboren. Als normalen Anfang kann man das nicht gerade bezeichnen. Trotzdem war es eine Zeit lang schön. Dann starb meine Mutter. Das war nicht so schön, aber wir sind damit fertiggeworden.«

Jaden nickte. »Jäger, sagtest du.«

»Sie ist eines Abends raus, um ein bisschen zu laufen, und kam nicht mehr zurück. Am nächsten Tag hat man ihre Leiche gefunden. Es ist eben gefährlich, allein unterwegs zu sein. Aber sie hat immer gemacht, was sie wollte. Die Leute, die sie gekannt haben, lachen heute noch über ihre Sturheit.«

Jaden grinste. »Kaum vorstellbar.«

»Ja, schockierend, nicht wahr? Man könnte meinen, ich wäre adoptiert.« Lyra lächelte, der Vergleich mit ihrer Mutter schien ihr zu gefallen.

»Wie auch immer … ich war noch ziemlich klein. Drei Jahre alt. Ich kann mich kaum an sie erinnern. Danach gab es nur noch meinen Vater, und der war immer da. Selbst wenn ich ihn mir fortgewünscht habe, also nehme ich an, er hat seine Vaterrolle gut erfüllt.« Sie zuckte mit den Schultern, und ihr Lächeln erlosch. »Manchmal habe ich mir gewünscht, er würde wieder heiraten. Ich glaube, das hätte mir gefallen, wenn es die passende Frau gewesen wäre. Aber er ist nie über den Tod meiner Mutter hinweggekommen.«

»Und du hast ebenfalls beschlossen, dass du keinen Partner willst, der dir unter Umständen nur Ärger macht«, riet Jaden. Er sah sofort, dass er mit seiner Einschätzung richtig lag. Sie wurde ein wenig rot und rührte mit dem Löffel so heftig in der Suppe herum, dass er sich schon fragte, ob der Suppenteller das wohl aushalten würde.

»Das ist nicht das Problem. Ich weiß nicht genau, woran es liegt. Was ich sagen will: Ich kann mich auf keinen Fall für jemanden entscheiden, solange die Nachfolge meines Vaters nicht geklärt ist. Und wenn es so weit ist … nun ja, dann werde ich hoffentlich jede Menge zu tun haben. Für so etwas bleibt mir dann keine Zeit mehr. Außerdem kann ich selbst besser auf mich aufpassen als sonst irgendjemand.«

»Das kannst du vielleicht schon, aber das heißt ja nicht, dass du es auch unbedingt musst. Vielleicht würde es dir ja gefallen, jemanden um dich zu haben, der für dich sorgt.«

Lyra wandte sich kurz wieder ihrer Suppe zu, dann stützte

sie den Kopf auf die Faust und sah ihn an. »Ist das bei Vamps so? Tut ihr euch zusammen und klebt dann für alle Ewigkeit aneinander? Ich kenne nämlich genügend Wolfspaare, die sich gegenseitig kaum ausstehen können, nicht dass das …« Sie hörte auf zu reden und schien einen Moment lang mit den Gedanken ganz weit weg zu sein.

»Nicht, dass das für mich irgendeine Rolle spielt«, fügte sie schließlich leise hinzu.

»Nun ja«, erwiderte Jaden. »Die meisten Vampire machen sich darüber nicht groß Gedanken. Die Ewigkeit ist ganz schön lang, um sie mit einer einzigen Person zu verbringen.«

»Aha«, sagte Lyra, und Jaden wünschte sich, er könne seine Antwort zurücknehmen, auch wenn sie der Wahrheit entsprach.

»Über so etwas brauche ich mir keine Gedanken zu machen. Eine Lebensspanne, und das war es dann.« Sie lächelte, wenn auch ein wenig gezwungen, und er fragte sich, ob sie wohl das Gleiche dachte wie er.

Ja, sie hatte nur dieses eine Leben. Und er würde über diesen Planeten wandern und noch fast genauso aussehen und empfinden wie jetzt, wenn Lyra Black längst zu Staub zerfallen war. Sogar im Vergleich mit all den anderen Hindernissen, die sich zwischen ihnen auftürmten, war das ein besonders großer Brocken. Schwer zu überwinden, aber nicht unmöglich.

Doch das waren alles nur Gedankenspiele, und das wusste Jaden auch. Selbst wenn sie ihre Meinung bezüglich Partnerschaft eines Tages ändern sollte, würde Jaden nicht auf ihrer Liste stehen. Oder auf irgendeiner Liste.

Lyra stand auf, nahm ihren inzwischen leeren Teller, trug ihn zum Spülbecken und wusch ihn ab. Dabei stand sie so nah neben ihm, dass er sie leicht hätte berühren können. Als sie sprach, konnte sie ihm kaum in die Augen sehen.

»Ich muss noch ein paar Sachen erledigen. Treffen wir uns in zwei Stunden? Der Abend hat ja gerade erst angefangen.«

»Ich bin hier«, erwiderte er so lässig wie möglich, obwohl er wusste, dass er bis zu ihrer Rückkehr an nichts anderes als an sie denken würde.

»Und noch mal danke für die Suppe. Wirklich«, fuhr sie fort, und jetzt sah sie ihm auch in die Augen. »Das war genau das Richtige. Und außerdem war es … lieb.«

Bei dem letzten Wort musste Jaden lachen, allerdings nicht über sie. »Das Wort höre ich selten im Zusammenhang mit mir, aber es freut mich natürlich.«

Sie lächelte ihn ein wenig erstaunt an. »Das solltet du aber. Das Wort mit dir in Zusammenhang bringen, meine ich. Ich weiß, das geht mich nichts an, aber die, die dich so verletzt haben – vermutlich diese anderen Vampire –, sind der wertloseste Blutsaugerhaufen auf Erden. Vermutlich sind das die, mit denen wir immer Krieg geführt haben.«

»Ich glaube, euer Rudel hat mit so ziemlich allen Krieg geführt«, erwiderte Jaden, den ihre Worte unerwartet stark berührt hatten. »Aber trotzdem danke. Und was diesen Blutsaugerhaufen angeht«, er zuckte gleichgültig mit den Schultern, »die werden ihre gerechte Strafe schon noch kriegen, denke ich.«

»Wenn das wirklich jemals passiert, wäre ich gern dabei«, sagte Lyra. Dann ging sie zur Tür, blieb jedoch noch einmal stehen und wandte sich um. »Dann … ist zwischen uns alles okay, ja?«, fragte sie, und er wusste sofort, was sie meinte. Sie wollte wissen, ob er bereit war zu vergessen, was zwischen ihnen vorgefallen war, und trotzdem mit ihr weiterarbeiten wollte.

Da die Antwort: »Nein, aber ich werde mir Mühe geben«, nicht ausgereicht hätte, sagte Jaden ihr, was sie hören wollte.

»Alles okay«, stimmte er ihr zu. Doch als sie ihm ein letztes Lächeln schenkte, bevor sie die Küche verließ, konnte er einfach nicht anders – er musste sich ausmalen, wie es wohl sein würde, den Rest des Lebens mit ihr zu verbringen, auch wenn ihres im Vergleich zu seinem nur kurz sein würde. Sie war eine Wahnsinnskämpferin, frech und draufgängerisch, und dann wieder war sie unerwartet naiv und charmant. Er hätte ihr nur zu gern die Welt gezeigt, von der sie so wenig gesehen hatte, ihr gezeigt, dass es mehr gab als nur die Pflichterfüllung gegenüber ihrem Rudel.

Seifenblasenträume, dachte Jaden und warf den Schöpflöffel ins Spülbecken, wo er laut aufschlug.

Genau in dem Moment klingelte das Telefon. Jaden beachtete es nicht weiter, weil er davon ausging, dass der Anrufer eine Nachricht für Dorien hinterlassen würde. Stattdessen hörte er, als sich der Anrufbeantworter einschaltete, eine Stimme, die außer ihm niemand in dieser Stadt erkannt hätte.

»Jaden, ich weiß, dass du da bist. Heb ab. Wir müssen reden.«

Mit einem letzten bedauernden Blick auf den Kochtopf, mit dessen Hilfe er alles erreicht hatte, was er sich erhofft hatte – und gleichzeitig nichts, was er eigentlich wollte –, hob Jaden den Hörer ans Ohr.

Er war sich sicher, dass sich ein neuer Abgrund vor ihm auftun würde. Die Frage war nur, was für ein Abgrund es diesmal sein würde.

19

Beschwingte Harfenmusik flutete durch den nur schwach erhellten kleinen Laden am Moon-Magic-Platz. An langen Seidenbändern hingen von der Decke Kristallkugeln, deren geschliffene Flächen glitzerten, während die Kugeln sich langsam um sich selbst drehten. Hinter einer langen Glastheke saß eine junge Frau, deren Kopf tief über ein zerfleddertes Taschenbuch gebeugt war. Jaden sah nur einen blonden Pferdeschwanz und eine 50er-Jahre-Hornbrille. Mit einem angedeuteten Winken gab sie ihm zu verstehen, dass sie ihn gern in Ruhe ließ, wenn er sie in Ruhe ließ.

Das war ihm durchaus recht, zumal wenn er daran dachte, mit wem er hier verabredet war.

Jaden ging zu dem Korb mit den Steinen, nahm ein größeres Tigerauge heraus und rieb es zwischen seinen Händen. Dabei sah er sich im Laden um und fragte sich, in welche Schwierigkeiten Damien Tremaine ihn wohl diesmal hineinziehen wollte.

Ein kleiner Ständer mit Halsketten erregte seine Aufmerksamkeit, weil die Steine der Anhänger in dem gedämpften Licht so schön funkelten. Er trat an den Ständer und überlegte, ob Lyra wohl eine dieser Halsketten gefallen würde. Aber – würde sie sie annehmen oder ihn eher damit erwürgen? Zweifellos wäre sie der Ansicht, dass solch ein Geschenk gegen die Vereinbarungen ihres Waffenstillstands verstieß. Dennoch grübelte er vor sich hin, ob er ihr nicht doch eine kaufen sollte.

Jaden war so in Gedanken versunken, dass er die kleine Glocke oben an der Tür, die einen weiteren Kunden ankündigte, kaum wahrnahm. Erst die Stimme, die plötzlich neben seinem Ohr ertönte, holte ihn zurück in die Wirklichkeit.

»Ich glaube, die sind allesamt nicht ganz dein Stil.«

Jaden riss den Kopf hoch und sah sich einem vertrauten und grundsätzlich unwillkommenen Antlitz gegenüber.

»Damien«, sagte er. »Da bist du also.« Er ließ den Blick durch den Laden schweifen, doch abgesehen von der noch immer desinteressierten Verkäuferin war niemand sonst im Laden. »Du riskierst dein Leben, wenn du einfach hier reinspazierst. Sie werden dich riechen!«

Damien grinste, und Jaden fragte sich, ob hinter dem aristokratischen Tunichtgut, den Damien immer herauskehrte, wohl mehr stecken mochte. Eigentlich traute er ihm das nicht zu, und er gab sich mit dem großmäuligen Shade auch nur deshalb ab, weil Ty ihn zu mögen schien.

»Ich bin ein Cait Sith, der neben einem anderen Cait Sith steht.«

»Ein Lilim, heißt das jetzt.«

»Egal.« Damien verdrehte die Augen. »Wir riechen beide nach Katze, und irgendwie scheinst du die gesamte Bevölkerung hier immun gemacht zu haben. Für den kurzen Moment, den ich hier bin, wird uns niemand belästigen.«

»Und wieso *bist* du nun eigentlich hier?« Jaden kniff die Augen zusammen. »Normalerweise machst du einem nichts als Ärger.«

»Nein, ich bin nur dabei, wenn es irgendwo Ärger gibt, ich mache ihn nicht. Das hier ist allerdings ein Spezialfall. Diesmal kündige ich den Ärger an, damit du abhauen kannst, solange noch Zeit ist.« Mit kritischem Blick sah er sich um. »Ich verstehe nicht, Jaden, wieso du – bei der Riesenauswahl, die du hattest – ausgerechnet hier gelandet bist. Als Ty mir sagte, wo ich dich finden würde, musste ich meine Kinnlade beinahe vom

Boden aufheben. Wenn ich das gewusst hätte, hätte ich dich schon früher hier rausgeholt. Ich war vor gar nicht so langer Zeit schon mal hier.«

Das weckte Jadens Interesse mehr als alles andere, was Damien von sich gab.

»Wieso – ?«

»Shade-Angelegenheiten. Aber das tut hier nichts zur Sache.« Damien senkte die Stimme zu einem Flüstern und beugte sich nah zu Jaden. »An den Grenzen des Thorn-Territoriums sind überall Ptolemy. Es war nicht ganz einfach, hier wieder reinzukommen, aber ich schaffe es schon, dich rauszubringen. Was auch immer du hier treibst, diese Stadt ist dem Untergang geweiht. Am Tag der Prüfung wird mit den Thorn kurzer Prozess gemacht werden.«

Jaden konnte Damien einen Moment lang nur fassungslos anstarren. »Ptolemy«, sagte er schließlich.

Damien verzog gereizt den Mund. »Ja, du Genie. Ptolemy. Hier! Überall rund um das Territorium! Soll ich es dir aufmalen?«

»Nein, schon gut«, murmelte Jaden, der zu ergründen versuchte, was das zu bedeuten hatte. »Aber … in einer der ersten Nächte, die ich hier verbracht habe, bin ich von einem einzelnen Vampir angegriffen worden. Hat sich bewegt wie ein Ptolemy, aber ich war mir nicht sicher, ob er nicht doch eher einer von euch war, ein Gossenvampir mit einem Ankh in seinem Mal, du verstehst?«

Damien starrte ihn verärgert an. »Glaubst du wirklich immer noch, wir würden einen Auftrag annehmen, der lautet, wir sollen dich umbringen? Das ist eine Beleidigung!«

Jaden starrte kühl zurück. »Du würdest es also nicht mal tun, wenn der Preis stimmt?«

»Nein. Obwohl ich allmählich Lust bekomme, diese Entscheidung noch mal zu überdenken. Sonst noch was? Ich sehe doch, dass du noch mehr auf dem Herzen hast.«

»Ja. Vor ein paar Nächten waren vier Ptolemy hier. Lyra und mir ist es gelungen, sie unschädlich zu machen. Zu dem Zeitpunkt bin ich davon ausgegangen, dass sie mir von Tipton hierher gefolgt waren. Aber sie sind nicht lebend davongekommen, daher ...«

Damien stöhnte leise, aber unüberhörbar auf. »Viel zu einfach gedacht, Jaden. Bei so viel Glück, wie du bisher hattest, hättest du dir das eigentlich denken sollen. Hier geht es nicht in erster Linie um dich, auch wenn es fast schon glaubhaft klingt, dass die Königin dir eine Armee hinterherhetzt. Nach allem, was ich gehört habe, zieht sie kräftig über dich her, und an den Lilim lässt sie auch kein gutes Haar. Vielleicht hättest du die Patrouille nicht gleich völlig aufreiben sollen.«

»Nicht ganz einfach, wenn vier Vampire wild entschlossen sind, einem entweder ein Halsband umzulegen oder einen gleich einen Kopf kürzer zu machen.«

Damien verzog leicht die Mundwinkel. »Da hast du recht.«

»Hör mal, wir sollten woanders hingehen«, sagte Jaden, dem auf einmal bewusst wurde, wie sehr sie sich hier auf dem Präsentierteller befanden. Wenn die Verkäuferin zuhörte ...

Damien wischte den Einwand beiseite, indem er mit dem Kopf auf die blonde Frau deutete, deren Pferdeschwanz im Rhythmus unhörbarer Musik auf und ab wippte. Erst jetzt fielen Jaden die Kopfhörer auf.

»Die kleine Möchtegernhexe hat kein Interesse, glaub mir. Schau, Jaden, ich weiß nicht, was ich dir sonst noch sagen soll, außer: Hau ab, solange es noch geht.«

Jaden dachte an Lyra und an die Wölfe, die ihn inzwischen schon weitgehend akzeptiert hatten. »Ich will wissen, was los ist. Und ich bin sicher, du weißt Bescheid.«

Damien zog eine Augenbraue hoch. »Oh? Du traust mir zu, dass ich einen Auftrag annehme, dich umzubringen, und jetzt willst du mir auf einmal glauben?«

»Was anderes bleibt mir im Moment wohl kaum übrig«, erwiderte Jaden.

Damiens blaue Augen blitzten gefährlich auf. »Wie schmeichelhaft. Aber wenigstens ehrlich. Na gut. Denk mal nach, Jaden. Denk zurück an die faulen, intriganten Ptolemy, damals, als du noch ihr Diener warst. Die meisten von ihnen wollten doch dauernd von vorne bis hinten bedient werden, weil sie meinten, das stünde ihnen zu. Und jetzt stell dir die Zimmer der Diener vor und die Kerker und Käfige, alle leer bis auf traurige Haufen nutzloser Halsbänder, die diese Blaublutärsche daran erinnern, wie großartig es ihnen einst ging. Was nützt es, ein ruhmreicher Ptolemy zu sein, wenn man niemanden hat, den man rumscheuchen kann? Beim Rat sind sie nach wie vor nicht gut angesehen, und die anderen Dynastien halten sich zurzeit auch sehr zurück. Das wird nicht ewig anhalten, aber ein paar Jahrhunderte könnte es schon dauern, bis die Leute darüber hinweg sind.«

»Okay, sie fühlt sich also erniedrigt. Das ist doch nichts Neues. Deshalb hat sie sich ja auch ein paar der Cait Sith geschnappt, die nach Tipton kamen, um sich den Lilim anzuschließen. Ich habe angenommen, dass sie ihre Verluste im Bereich der Sklavenhaltung auszugleichen versucht.«

Damien schüttelte den Kopf. »Nein. Arsinöe wird euch niemals alle zurückbekommen, und das weiß sie auch. Daran werden auch ihre kleinen Racheakte nichts ändern. Die meisten Katzen, die sie fängt, bringt sie sowieso um.« Er schwieg einen Moment, dann schüttelte er sich und fuhr fort: »Noch dazu mit ziemlich kreativen Methoden, wie ich gehört habe. Ich denke, ich liege nicht falsch, wenn ich behaupte, dass sie auf frisches Blut aus ist. Und da der Rest unserer Gattung, und zwar Blaublute und Gossenblute gemeinsam, sie aufmerksam im Auge behalten – was tut eine Despotin dann, wenn sie billige Arbeitskräfte braucht?«

Jaden suchte Damiens Gesicht nach einem Hinweis darauf ab, dass er Witze machte oder auf irgendetwas anderes als das Offensichtliche hinauswollte, konnte aber keinen entdecken. »Wölfe? Sie wollen wirklich die Wölfe unterwerfen?«

Damien zuckte mit den Schultern. »Ich bin mir nicht sicher, ob sie da von selbst draufgekommen wäre. Arsinöe hasst die Wölfe genauso, wie jeder andere das tut, zumindest theoretisch. Wer bekommt denn heutzutage noch einen Wolf zu Gesicht? Aber genau das ist das Problem. Die Rudel sind seit langer Zeit überhaupt nicht mehr aufgefallen, Jaden. Seit wir sie damals, vor langer Zeit, gejagt haben, sind sie wieder ganz schön gewachsen. Sieh dich doch mal um. Sie sind jetzt viel disziplinierter, viel stärker. Und – so schockierend das ist – deutlich klüger. Die wären glatt ein Machtfaktor, mit dem man rechnen müsste, wenn sie sich ein bisschen besser vertragen würden. Wenn du mal drüber nachdenkst, war es nur eine Frage der Zeit, bis ein Wolf mit ein bisschen zu viel Kraft und einem großen Minderwertigkeitskomplex auf uns zukommen würde.«

Jaden gab ein angeekeltes Knurren von sich. »Auf uns? Deshalb warst du also vor ein paar Wochen hier. Was soll das heißen? Arbeitet einer der Thorn für euch?«

Verdammte Shades, dachte er. Sie schienen ihre Finger überall drin zu haben, und sie machten immer nur Ärger. Damien schien das wie üblich völlig kaltzulassen.

»Einer hat bei uns angefragt. Drake war natürlich begeistert. Wenn es um reine Muskelkraft geht, ist ein Wolf unschlagbar. Ich habe versucht, ihn zu warnen, dass jeder Wolf, der zu uns will, vermutlich ein bisschen zu gern tötet. Bei uns geht es mehr um Geschicklichkeit, weißt du. Wie auch immer – der Wolf hat sich nicht bewährt. Aber er hat einen Job erledigt, der die Aufmerksamkeit der Ptolemy auf ihn gelenkt hat, und dann ist jemand ins Nachdenken gekommen. Leider. Und die Rudel haben so wenig Kontakt miteinander – mal abgesehen davon, dass sie sich alle gegenseitig nicht sonderlich ausstehen können –, dass wohl kaum einer zur Rettung der Thorn herbeieilen wird. Also werden sie einfach verschwinden, und die Ptolemy haben plötzlich einen Haufen zahmer Wölfe.«

»Dann wollen die Ptolemy also hier einfallen und die Wölfe zusammentreiben?« Bei dem Gedanken wurde Jaden richtiggehend schlecht. Er dachte an all das, was er mit den Ptolemy in so vielen Jahren durchgemacht hatte … das sollte kein anderer erleiden müssen.

»Eigentlich bezweifle ich das«, erwiderte Damien. »Arsinöe setzt lieber Charme als Gewalt ein, und ich bin mir sicher, dass sie ihnen lieber eine Zeit lang Zucker in den Hintern bläst und sich so ihre Loyalität sichert, bevor sie wirklich Gewalt gegen ihre neuen … Haustiere anwendet. Aber irgendetwas ist da im Busch. Bei so vielen Ptolemy, wie sich gerade unmittelbar an der Grenze zum Thorn-Territorium aufhalten, ist das offensichtlich. Darüber hinaus tappen die Shades leider genauso im Dunkeln wie du.«

»Wer hat sie verraten?«, fragte Jaden. Doch schon in dem Moment, als er die Frage stellte, wusste er die Antwort. Es konnte nur Eric Black gewesen sein.

Damien sah Jaden durchdringend an. »Wieso interessierst du dich so für diese Wölfe? Das ist ja schon besorgniserregend. Brauchst du wirklich noch mehr Informationen, bevor du dich entscheidest abzuhauen? Das hier ist eine tödliche Falle. Ich dachte, so was magst du nicht?«

»Hast du Ty davon erzählt? Den Dracul?«

Damien schnaubte. »Ja und ja. Beide haben mir aufgetragen, herzufahren und dich rauszuholen, bevor hier die Hölle losbricht. Übrigens erwähnte Ty auch, dass er dir dein Handy – solltest du es noch mal wochenlang ausschalten – in eine bestimmte Körperöffnung rammen würde, aus der es nur schwerlich wieder rauszukriegen sein wird.« Er sah Jaden fragend an. »Nur mal so aus Neugier: Was tust du eigentlich immer noch hier, Jaden? Ich habe was von einer Wölfin und einer Halskette gehört, aber dieser Ort ist ja nun nicht unbedingt ein Ferienparadies.« Jaden schwieg, aber irgendetwas in seinem Gesichtsausdruck musste ihn verraten haben. Damien zog die Nase kraus, als wäre ihm ein fauler Geruch hineingestiegen.

»Oh, also echt … weißt du was? Ich will es gar nicht wissen. Wirklich? Ich meine … wirklich?«

»Ich habe keine Ahnung, wovon du redest«, fuhr Jaden ihn an.

»Gut, denn darüber würde ich lieber nicht mit dir diskutieren wollen. Allein der Gedanke an diesen Wolfsgestank …« Damien schüttelte sich. »Wer auch immer sie ist – vergiss sie. Du wirst nicht hier sein wollen, wenn die Königin antanzt, um den haarigen Massen Honig ums Maul zu schmieren. Sie wird sich Zeit lassen, denke ich, aber letztendlich läuft es immer auf das Gleiche hinaus. Und ich bin mir sicher, dass sie über deine Anwesenheit nicht erfreut sein wird.«

»Ich gehe nicht weg«, entgegnete Jaden tonlos. »Ich werde Dorien, dem Alphatier, erzählen, was los ist. Das lässt sich alles regeln, bevor wirklich was passiert.«

Damien starrte Jaden an, als habe dieser den Verstand verloren. »Er wird einem Vampir nicht glauben.«

»Oh doch. Er mag mich. Und ich arbeite für ihn … mehr oder weniger.« Jaden erklärte Damien rasch die Situation. Damiens Gesichtsausdruck wechselte von Ungläubigkeit zu

Abscheu. Als Jaden geendet hatte, starrte der Shade ihn lange Zeit nur ausdruckslos an.

»Du hast wirklich völlig den Verstand verloren.«

»Wieso? Weil ich ausnahmsweise mal was Anständiges mache?«

»Nein«, erwiderte Damien verärgert. »Weil es wahnsinnig ist, sich in Wolfspolitik einzumischen. Noch wahnsinniger, als sich in Dynastienpolitik einzumischen.«

»Genau davon lebst du doch.« Jaden spürte, wie er immer wütender wurde.

»Ja, aber ich bin auch ein Experte im Sich-Einmischen, und ich werde für den ganzen Ärger gut bezahlt. Trotzdem – in diesem Dreck würde ich nicht mal mit einem drei Meter langen Stock herumstochern wollen. Weiß Ty, was du hier treibst?«

»Ty ist nicht mein Aufpasser«, fuhr Jaden ihn an. »Niemand ist das. Wenn du zu ihm rennen und petzen willst, Damien, dann tu das. Ich habe noch ein paar Sachen zu erledigen.«

Damiens Augenbrauen schossen in die Höhe. »Oh? Du hast es wohl eilig, dich umbringen zu lassen. Wenn es der einen Partei nicht gelingt, dann der anderen, Jaden. Diese Wölfe haben es doch gar nicht verdient, dass du ihnen so viel Zeit widmest. Das sind alles elende Viecher, einer wie der andere … egal ob sie gut aussehen oder nicht.«

Jaden packte Damien am Hemd und stemmte ihn hoch, dass seine Füße über dem Boden hingen. Damien wirkte eher verärgert als verängstigt.

»Oh, wie hilfreich. Danke für die Information. Knallkopf.«

»Danke gleichfalls«, presste Jaden hervor. »Wirklich. Und jetzt geh mir aus den Augen.« Er ließ ihn los, machte auf dem Absatz kehrt und war schon zur Tür hinaus, bevor Damiens Füße den Boden berührten. Damien sah ihm nach, halb mitleidig, halb belustigt. Dann warf er der Verkäuferin einen prüfenden Blick zu, um sicherzugehen, dass sie nach wie vor in anderen Sphären schwebte, und zog sein Handy heraus.

»Ty? Damien. Ja, ich habe ihn gefunden. Nein … nein.« Er schaute zur Tür, durch die Jaden gerade in der festen Überzeugung davongestürmt war, er könne die Situation retten.

»Es ist kompliziert, wie zu erwarten. Wenn du ihn haben willst, wirst du selbst herkommen und ihn nach Hause verfrachten müssen. Ich habe meine gute Tat für dieses Jahrzehnt vollbracht.« Er beendete das Gespräch, dann legte er lauschend den Kopf auf die Seite, weil er von draußen ein Geräusch hörte. Als ihm klar wurde, was die Lärmquelle war, schloss er seufzend die Augen.

Das klang eindeutig nach einem Wolfskampf, auch wenn die Geräusche aus weiter Ferne kamen. Und jede Wette, dass das irgendwie mit Jaden zu tun hatte.

Der arme Kerl hätte niemals die Patrouille umbringen sollen. Hätte niemals so vermessen sein dürfen, überhaupt hierherzukommen.

Ob es Jaden gefiel oder nicht, das Ende der Thorn war bereits eingeläutet.

»Verdammt, ich brauche dringend Urlaub«, knurrte Damien und verschwand durch den Hintereingang in die Nacht.

20

Jaden verließ den Laden und lief tief in Gedanken versunken die Straße hinunter. Automatisch schlugen seine Füße die richtige Richtung ein. In seinem Kopf wirbelten die Informationen umher, die er soeben bekommen hatte. Er musste schnellstens zu Dorien und Lyra, bevor Eric und die Ptolemy irgendetwas anzetteln konnten. Wenn er Glück hatte, planten sie erst etwas im Anschluss an die Prüfung, aber darauf konnte er sich nicht verlassen.

Jaden war so mit seinen Überlegungen beschäftigt, dass er die Männer, die auf ihn zukamen, erst bemerkte, als es bereits zu spät war. Er konnte nur noch versuchen, dem Schlag auszuweichen.

Ein großer, schwerer männlicher Körper prallte mit einer Kraft gegen ihn, dass Jaden zur Seite taumelte. Es passierte ihm nicht oft, dass er sich derart überrumpeln ließ, und er verlor ein paar wertvolle Sekunden damit herauszufinden, was überhaupt los war. Bis er die Orientierung wiedergefunden hatte, hatten ihn zwei weitere Werwölfe bereits an den Armen gepackt.

Eine der wichtigsten Regeln im Kampf mit einem Werwolf hatte immer gelautet: Lass sie dich nie zu packen kriegen. Aber dafür war es bereits zu spät. Griffe wie Schraubstöcke hielten seine Oberarme umklammert. Sofort begann er, um sich zu treten, zu zischen und zu spucken, aber es half ihm nichts. Er wurde nach hinten gezogen, zu der Grünfläche in der Mitte des Platzes. Dann hörte er eine tiefe Stimme brüllen.

»Wölfe! Wölfe!«

Um ihn herum ertönte Geheul. Jaden versuchte, sich in eine Katze zu verwandeln, aber dafür hatten sie ihn zu fest im Griff. Einen Moment lang hing er hilflos in der Luft, weil seine Entführer sich inzwischen auch seine Beine geschnappt hatten, dann gab er es auf und verharrte in seiner menschlichen Gestalt. Endlich blieben die Männer, die ihn mit sich schleiften, stehen, und er hörte ein leises Lachen.

Es wunderte Jaden nicht, Eric Blacks Gesicht über sich zu sehen, als er hochschaute.

»Was zum Teufel soll das?«, fragte Jaden. Immer mehr Wölfe kamen herbeigeeilt, auf vier Beinen, um dann wieder ihre menschliche Gestalt anzunehmen, während sie herauszufinden versuchten, weshalb sie gerufen worden waren. Ein neugieriges Murmeln ging durch die Menge, das etwas Elektrisierendes hatte. Sie alle wussten, dass etwas Großes bevorstand, aber keiner wusste, was.

Schon gar nicht Jaden.

»Eric«, knurrte er, als der Mann ihm keine Antwort gab. Diesmal sah der große Wolf ihn an, und seine Augen funkelten drohend.

Aus der Ferne hörte Jaden eine Stimme seinen Namen rufen.

»Jaden. Jaden? Jaden!«

Dann war nur noch das Klackern von Lyras Absätzen auf dem Pflaster zu hören. Sie kam auf ihn zugelaufen, die Augen weit aufgerissen, und Jaden wurde bewusst, dass er sie noch nie so verängstigt erlebt hatte. Dass ihre Angst ihm galt, verhieß nichts Gutes.

Er sah, was für einen Blick Eric ihr zuwarf, und sofort schlugen sämtliche Alarmglocken in seinem Kopf an.

»Lyra, nicht –«

»Packt sie«, sagte Eric. Miterleben zu müssen, wie zwei von Erics Schlägern Hand an sie legten, war in gewisser Weise noch schlimmer, als selbst gefangen zu sein. Lyra nahm die Situation gelassener hin, als ihm das gelungen war, vermutlich, weil sie diese Leute kannte. Dennoch war nicht zu übersehen, wie wütend sie war, auch wenn sie die Würde einer Königin ausstrahlte.

»Lasst mich los. Ich will sofort wissen, was das soll.«

»Das erfährst du gleich«, erwiderte Eric ausdruckslos. »Wo zum Teufel bleibt Dorien? Er ist auf dem Weg? Gut, dann wird er mich ja hören.«

Er hob die Stimme und brüllte: »Wölfe der Thorn! Wir versammeln uns heute Abend, um über das Schicksal einer unserer Töchter zu entscheiden!«

Lyra wusste, was los war, den Bruchteil einer Sekunde, bevor Jaden es ebenfalls begriff. Er sah es daran, wie sie auf einmal leichenblass wurde. Diese plötzliche Wendung konnte nur eins bedeuten, und bei dem Gedanken rutschte ihm das Herz in die Hose.

Eric wusste Bescheid. Irgendwie hatte er herausbekommen, dass Lyra und Jaden zusammen gewesen waren, und jetzt würde er Lyra bloßstellen, genau wie Simon vorhergesagt hatte. Jaden hatte keine Ahnung, wie Eric an einen Beweis gelangt war, aber irgendwie musste es ihm gelungen sein. Seine Schultern sanken herab.

Diese verdammten Wölfe steckten ihre Nase viel zu oft in die Angelegenheiten anderer Leute.

Dorien kam laut rufend angelaufen und bahnte sich einen Weg durch die Menge, die sich inzwischen auf dem Platz angesammelt hatte.

»Was soll das? Eric, verdammt, diesmal bist du zu weit gegangen! Lass meine Tochter auf der Stelle los!«

»Lyra ist diejenige, die zu weit gegangen ist. Sie hat sich mit diesem schmierigen Blutsauger eingelassen und trägt jetzt sein

Partnerband. Und trotzdem glaubt sie, sie könnte das Rudel anführen!«

Die Menge brach in lautes Geschrei aus, aber Jaden hatte nur Augen für Lyra. Dieses eine Wort sprach Bände, und seine Bedeutung haute ihn schier um. Er konnte von ihrem hübschen, sonst so fröhlichen Gesicht ablesen, dass es stimmte. *Partnerband*, dachte er. Wie konnte ihm das entgangen sein? Plötzlich ergab alles einen Sinn, ihr seltsames Verhalten, nachdem sie sich geliebt hatten, ihre vorsichtige Wiederannäherung. Aber warum hatte sie es ihm nicht einfach gesagt?

Vermutlich beantwortete sich diese Frage durch das, was gerade geschah. Dennoch, etwas derart Wichtiges … er wünschte sich, sie hätte sich ihm anvertraut. *Partnerband.* Aber was genau bedeutete das, wenn er selbst kein Mal aufwies … Woher wusste sie …?

Viel wichtiger: Wie fühlte sie sich?

Eine Sekunde lang trafen sich ihre Blicke, und er spürte ihren Schmerz wie ein Messer durch sich hindurchschneiden. Und er wusste – sie mochte Gefühle für ihn haben, aber das, was jetzt geschah, hatte sie nicht gewollt. Wie auch? Dennoch hatte ein Teil von ihm gehofft, dass er nach all der langen Zeit vielleicht einmal bei jemandem ganz oben auf der Liste stehen könne.

Der Wunsch eines Narren.

Im ersten Moment war Dorien fassungslos. Ohne Jaden und Lyra zu beachten, ging er knurrend und mit rotem Gesicht auf seinen Neffen zu. Seine Stimme war leise, aber Jaden konnte ihn problemlos hören, genau wie vermutlich alle anderen hier versammelten Werwölfe auch.

»Wehe, du hast keinen verdammt stichhaltigen Beweis für das, wofür du sie anklagst, Junge. Das hier ist meine Tochter.«

»Das weiß ich«, erwiderte Eric ausdruckslos. »Und ich habe einen Beweis, Onkel. Schau her.« Mit lauter Stimme fügte er hinzu: »Schaut alle her, was euer Möchtegern-Alphatier getan hat!«

Angewidert rief Jaden: »Wieso brandmarkst du sie nicht gleich mit einem scharlachroten A, du Schwein? Ihr sagt, ihr wollt nicht als Wilde betrachtet werden? Was zum Teufel soll das dann?«

Eric ging um ihn herum und trat auf Lyra zu. »Halt die Klappe«, fuhr er Jaden an. »Du hast kein Recht, hier das Maul aufzureißen, genau wie du kein Recht hattest, Lyra anzurühren. Was du getan hast, zeigt, dass du weder mein Rudel respektierst noch unsere Tradition oder unsere Gesetze. Glaubst du, ich bin froh, meine Cousine wegen so etwas zu verlieren? Das wirft einen Schatten auf unser Rudel!«

»Ehrlich gesagt«, erwiderte Jaden, »glaube ich, dass du innerlich vor Freude tanzt.«

»Glaub, was du willst«, knurrte Eric. »Ich habe keine Verwendung für Vampire. Unsere Gattungen vermischen sich nicht. Und jetzt *so was*.«

Er streckte die Hand nach Lyra aus, die sich nicht wehrte, sondern einfach dastand, ihr Gesichtsausdruck eine Mischung aus Aufsässigkeit und Resignation. Eric fuhr seine Klauen aus und zerriss den Ärmel von Lyras T-Shirt. Die Menge schnappte nach Luft, als der Stoff zu Boden fiel und ein zartes Band an Lyras Arm enthüllte, blasser als Tinte, aber doch zu dunkel, um nur Einbildung zu sein.

Solch ein Mal hatte Jaden noch nie gesehen, und er beugte sich vor, um es besser erkennen zu können. Doch sofort wurde er zurückgerissen, und er wandte den Kopf, um seine Entführer böse anzustarren.

»Passt auf, was ihr tut«, knurrte er.

Doriens inzwischen äußerst angespannt klingende Stimme lenkte Jadens Aufmerksamkeit wieder auf die Szene vor ihm. Das Alphatier stand vor seiner Tochter, und die Enttäuschung hatte sich so tief in seinem Gesicht eingegraben, dass Jaden die Vorstellung hatte, diese Falten würde nie mehr weggehen. Und Lyra, von der er einmal geglaubt hatte, sie würde jedem ins Gesicht spucken, der sich ihr in den Weg stellte, konnte ihrem Vater kaum in die Augen sehen.

Sie war dabei, alles zu verlieren. Seinetwegen. Tief in seiner Brust zog sich etwas zusammen und begann zu schmerzen.

»Bestrafen Sie sie nicht«, sagte Jaden. »Ich bin schuld. Sie wusste es nicht. Wir wussten es beide nicht.«

Ein wenig Feuer kehrte in ihre Augen zurück, als sie jetzt den Kopf hob und erst ihn und dann Dorien ansah.

»Ich übernehme die Verantwortung für das, was ich getan habe. Was geschehen ist, ist geschehen. Ich habe nichts zu meiner Verteidigung vorzubringen. Nur …« Sie schwieg einen Moment, dann fuhr sie fort. »Tut ihm nichts. Macht mit mir, was ihr wollt, aber tut ihm nichts. Er wollte mir nicht … sein Herz war … am rechten Fleck. Er hat nicht verstanden, was passiert ist. Ich schon. Ich bin schuld.«

Eric verschränkte die Arme vor der Brust. Auf Jaden wirkte er wie ein Stammeshäuptling, und ihm wurde klar, dass er sich bisher gar nicht richtig klargemacht hatte, was für eine altertümliche und in sich geschlossene Gesellschaftsform das Wolfsrudel darstellte. Das hier fühlte sich an wie ein Ritual, das schon manches Mal vollzogen worden war, sobald ein Wolf sich gegen bestehendes Gesetz auflehnte: eine Vertreibung.

Und Doriens Blick, der Blick eines Manns, dem das Herz gebrochen worden war, sagte Jaden auch, dass das Alphatier nichts dagegen tun würde. Warum er das nicht konnte oder wollte, spielte keine Rolle.

»Lyra«, sagte Dorien leise. »Ich habe geahnt, dass da was war. Du weißt, dass ich nichts tun kann. Du warst so kurz vorm Ziel. Warum?«

Sie hob den Kopf, um ihrem Vater in die Augen zu schauen, und Jaden sah eine einzelne Träne ihre Wange hinabgleiten. Er hielt den Atem an, auch wenn ihm das kaum bewusst war, und wartete gespannt, was sie sagen würde. Aber er wusste, das, was er zu hören hoffte, unbedingt hören musste, würde ihr vielleicht nie über die Lippen kommen. Schon gar nicht hier, vor dem versammelten Rudel.

Nicht einmal jetzt, wo man sie vertrieb.

»Spielt das denn eine Rolle?«, fragte sie leise. »Es ändert ja doch nichts. Es tut mir leid, Dad. Wir hatten nicht vor, es so weit kommen zu lassen.«

Dorien schüttelte den Kopf. Aus der Menge erhoben sich Schreie, die forderten, Jaden und Lyra ihrer gerechten Strafe zuzuführen. Aber nicht alle Wölfe forderten ihre Bestrafung, stellte Jaden fest, als er sich umsah. Nicht einmal die meisten. Mitleid, Trauer und auch Schock spiegelten sich in den Augen der Wölfe. Lyra war sehr beliebt. Aber niemand war bereit, sich gegen die Gesetze aufzulehnen, nach denen sie seit ewigen Zeiten gelebt und die sie mehr als einmal vor der Ausrottung bewahrt hatten. Er aber war bloß ein Eindringling. Ein Dieb.

Ein Vampir.

Er entdeckte Gerry, den Chef der Wache, der schon recht schnell ziemlich nett zu ihm gewesen war. Der Mann schüttelte traurig den Kopf, als sich ihre Blicke trafen, und drehte sich dann weg. Plötzlich fiel Jaden auf, dass Simon nirgendwo zu sehen war. Er hat Bescheid gewusst, dachte Jaden. Er hatte ihn gewarnt. Aber da war es bereits zu spät gewesen.

Alle Blicke waren auf Dorien gerichtet, als dieser jetzt auf Jaden zuging. Jaden versuchte nicht, sich zu wehren. Er wusste, es war besser, sich furchtlos der Strafe zu stellen, die Dorien für ihn im Sinn hatte. Seine Nerven waren allerdings bis zum Äußersten gespannt. Er hatte keine Vorstellung, auf was er sich gefasst machen musste.

»Ich habe dir vertraut«, sagte Dorien. Seine Stimme klang ruhig, dennoch konnte Jaden hören, welche Wut sich hinter dieser Ruhe verbarg. »Du solltest mir helfen, sie zu retten. Und jetzt habe ich sie für immer verloren.«

»Ich habe mich in sie verliebt«, erwiderte Jaden. Er spürte, wie Lyra ihn schockiert ansah, konnte den Blick aber nicht von Dorien abwenden. Wenn er das hier über sich ergehen lassen musste – genau wie Lyra –, dann würde er zumindest sagen, was er zu sagen hatte.

Dorien sah ihn erst überrascht, dann wütend an. »Liebe spielt keine Rolle.«

»Und ob«, erwiderte Jaden laut genug, dass ihn sämtliche versammelten Wölfe hören konnten. »Ihr ganzes Leben hat sie nur darauf gewartet, dass man sie als die sieht, die sie ist, und nicht nur als eine Möglichkeit, über die man an die Macht kommen kann. Sie war so mutig, nach dem zu greifen, was sie wollte, und so vorurteilsfrei, mich als Mann und nicht als Blutsauger zu sehen. Eine Frau wie sie sollte ihrem Rudel ein lobendes Beispiel sein. Verdammt, Dorien, wir leben doch nicht mehr im Mittelalter! Solche Kämpfe gibt es nicht mehr. Der Rest der Welt hat sich weiterentwickelt, aber Sie und Ihr Rudel? Sie verstoßen Ihre Tochter, nur weil sie sich aus Versehen mit einem Mann verbunden hat, der sie liebt. Der nicht nur Ihre Tochter unterstützen würde, sondern auch das gesamte Rudel. Ich würde die Thorn akzeptieren, auch wenn es eine andere Gattung ist. Wollen Sie wirklich Ihr einziges Kind enterben, nur weil Sie mich nicht akzeptieren können?«

Eric verzog angewidert den Mund. »Es gibt durchaus Gründe für unsere Gesetze, Vampir. Einst herrschte Chaos, und das hätte uns beinahe aufgerieben. Die Thorn entwickeln sich durchaus weiter, aber Vampire in unseren Reihen würden alles zerstören.«

»Und wieso redest du dann mit den Ptolemy?«, fragte Jaden.

Erics Gesicht lief vor Wut dunkelrot an. »Die Ptolemy? Ist das die Dynastie, die dich bis hierher verfolgt hat? Was sollte ich mit denen zu tun haben? Ein Vampir ist wie der andere! Hätten sie dich doch bloß gekriegt! Dann hätten wir uns das hier erspart.«

»Das könntet ihr euch auch ersparen, wenn ihr die Augen richtig aufmachen würdet. Ich weiß, dass du Kontakt mit den Ptolemy hattest, mit Königin Arsinöe. Mit dem Haus der Schatten. Mit denen lässt du dich ein, aber Lyra jagst du davon, weil sie mich berührt hat. Das ist doch völlig unlogisch! Die Königin wird euch viel nachhaltiger zerstören, als ich das jemals könnte.«

Eric trat auf ihn zu, bleckte die Zähne und fuhr ihm mit den Klauen durch das Gesicht. Ein greller Schmerz durchzuckte Jaden, sein Kopf flog zur Seite, und gleichzeitig hörte er Lyra wütend schreien.

»Eric, hör auf!«

Jaden sah das Blut, das zu Boden spritzte, doch die Wunde heilte bereits wieder.

»Wag es ja nicht, mich zu beschuldigen, Vampir«, knurrte Eric. »Du kannst dir noch so wünschen, ich würde mein Rudel auf diese Art zerstören, davon wird es trotzdem nicht wahr.« Er warf seiner Cousine einen wütenden Blick zu. »Einigen von uns liegt es wirklich am Herzen, zu bewahren, was wir haben, und nicht alles zu verändern.«

Er drehte sich weg, und Jaden konnte ihn nur noch böse anstarren. Anders als bei dem Mal an Lyras Arm gab es für Erics

Kontakte mit den Ptolemy keinen Beweis, außer dem Wort eines Shades, der zweifellos beim ersten Anzeichen von Schwierigkeiten die Stadt verlassen hatte. Vermutlich könnten die Lilim eine Menge für die Thorn tun, wenn sie von seiner Gattung Hilfe annehmen würden. Aber zuerst mussten Lyra und er mit dem aktuellen Problem fertig werden. Und es war bereits abzusehen, dass das hier für Lyra verheerend sein würde.

Er würde sie von hier fortbringen. Und dann würde er alles Nötige tun, damit sie begriff, dass er – auch wenn er nicht die Zukunft war, die sie wollte – viel besser für sie sorgen konnte als jeder Wolf.

»Dorien, tun Sie ihr das nicht an«, sagte Jaden in einem letzten Versuch, den Mann zu überzeugen, auch wenn ihm längst klar war, dass es keinen Zweck hatte.

»Ich bin das Alphatier«, sagte Dorien und schüttelte den Kopf. »Manche Dinge lassen sich nicht ändern. Egal wie sehr ich mir das wünschen würde.«

»Dann sind Sie letztlich nur ein Trottel«, fuhr Jaden ihn an, der endlich begriff, wogegen sich Lyra ihr Leben lang aufgelehnt hatte. Selbst wenn sie sich nicht mit ihm eingelassen hätte, hätte irgendjemand einen Weg gefunden, sie bei der Prüfung auszubremsen. Sie hätte niemals eine Chance gehabt. Er hielt Dorien zugute, dass er etwas Unkonventionelles ausprobiert hatte, statt seine Tochter zu brechen, aber vermutlich würde er sich nach dieser Erfahrung nie wieder gegen das System auflehnen. Ohne einen gewalttätigen Aufstand würde es keine Veränderung geben, und solch einen Aufstand wollte er sich lieber gar nicht erst vorstellen.

Dorien ging auf den Vorwurf nicht ein. Er machte den Eindruck, als hätte er ihn gar nicht gehört. Stattdessen stellte er sich wie betäubt neben seinen Neffen – den offensichtlichen Erben.

»Wölfe der Thorn! Bestimmt das Schicksal meiner …« Er hielt einen Moment inne, und Jaden dachte schon, er würde es sich trotz allem vielleicht noch einmal anders überlegen. Aber nachdem er tief Luft geholt hatte, fuhr er fort.

»Bestimmt das Schicksal meiner Tochter!«

Einige Sekunden herrschte Stille, und in Jaden keimte schon Hoffnung auf, dass sich eine Handvoll mutiger Wölfe finden würde, die sich für sie einsetzen und fordern würde, dass sie bleiben dürfe. Doch dann setzte der Gesang ein, tief und leise, wie der gleichförmige Schlag einer Trommel.

Lyra, die den Blick zu Boden gerichtet hatte, hob den Kopf in einem letzten Akt der Auflehnung, während man sie aus der Gemeinschaft ausschloss.

Geisterwolf … Geisterwolf … Geisterwolf … Geisterwolf …

Der Gesang wurde lauter, brandete auf wie eine Welle und stieg wie ein düsteres Gebet in den Nachthimmel. Sobald Dorien die Hände hob, erstarb er. Dorien nickte den Wölfen zu, die sie festhielten, und sie ließen sie los und traten zurück. Jedes Wort, das Dorien sprach, klang schmerzvoll.

»Lyra Black. Du wirst mit Beginn dieser Nacht aus dem Rudel ausgestoßen, aus unserem Territorium, unserer Welt. Du wirst nie wieder zu unserer Gattung gehören. Für uns bist du ein Geist, ein Wolf nur der Gestalt nach, nicht in Bezug auf das Leben, für das du dich entschieden hast. Und du bist nicht länger mein Kind.«

Jaden hörte Lyra nach Luft schnappen, als hätte man ihr einen Schlag versetzt.

»Dad«, sagte sie leise, bittend. Aber Dorien wandte sich ab. Jaden spürte Lyras Qualen, als wären sie seine eigenen, und ihre Intensität zwang ihn schier in die Knie. Er war so schockiert von Doriens Entscheidung, dass er sich wahrhaftig nicht mehr auf den Beinen halten konnte, und die Männer, die ihn noch immer festhielten, mussten ihn wieder hochziehen.

Eric schien zufrieden mit dem Ablauf, aber er wirkte nicht unbedingt begeistert. Jaden hatte erwartet, dass er mehr den strahlenden Sieger herauskehren würde … aber vielleicht sparte er sich das für später auf, wenn er mit seinen Spießgesellen feixen würde, wie leicht er schließlich doch noch gesiegt hatte.

»Was machen wir mit dem Vampir?«, fragte er Dorien leise. »Soll ich ihn töten? Oder willst du das selbst übernehmen?«

Dorien schüttelte den Kopf. »Lass ihn laufen. Immerhin hat er einmal das Rudel verteidigt.« Er sah Jaden an, und in seinen Augen spiegelten sich Gefühle, die Jaden sich lieber gar nicht erst vorstellen wollte. »Damit wäre die Schuld beglichen, Jaden von den Lilim.« Er trat näher an Jaden heran und beugte sich herab, um Jaden ins Ohr zu flüstern.

»Kümmere dich um sie, du Mistkerl. Das ist das Mindeste, was du tun kannst.«

Dann richtete sich Dorien wieder auf, gab den Wölfen, die hinter Jaden standen, einen Wink, und sofort ließen sie Jaden los. Lyra stand da und sah sich um, als wisse sie nicht recht, wo sie sich befand. Jaden zögerte, aber schließlich ging er doch zu ihr. Wozu jetzt noch Versteck spielen? Sie würde jemanden brauchen. Ob es ihr gefiel oder nicht, sie würde ihn brauchen.

Er nahm ihre Hand, die sich kalt und leblos anfühlte, und sie ließ es geschehen.

»Geht«, sagte Dorien noch, bevor er sich einen Weg durch die Menge bahnte und aus ihrem Blickfeld verschwand. Dass er nicht mit ansehen konnte, wie seine Tochter die Stadt verließ, sagte eine Menge. Aber es hätte noch viel mehr gesagt, wenn er es gar nicht erst zugelassen hätte.

Lyra sah Jaden an. In Ihren Augen glänzten ungeweinte Tränen. Ihre Stimme war so leise, dass er sie kaum verstehen konnte.

»Hilf mir, das durchzustehen«, sagte sie.

Jaden nickte. Er wäre für sie durchs Feuer gegangen. Eine Tages würde sie das vielleicht erkennen.

Die Menge teilte sich und gab ihnen den Weg frei. Jaden zog Lyra hinter sich her. *Du schaffst das*, rief er ihr lautlos zu. *Du schaffst das. Nur noch ein paar Schritte.* Er hatte keine Ahnung, ob irgendetwas von seinen Gedanken bei ihr ankam, wie das bei seiner Gattung der Fall war, sobald sie Katzengestalt annahmen. Jedenfalls kam sie mit ihm, einen Schritt nach dem anderen machend.

Die Wölfe verhielten sich ruhig. Jeder, an dem die Ausgestoßenen vorbeikamen, drehte sich um und kehrte ihnen den Rücken zu. Der symbolische Gehalt dieses Rituals machte Jaden mächtig zu schaffen. Das hier bedeutete wirklich das Ende für Lyra. Er konnte nur hoffen, dass seine Kraft ausreichte, um ihr durch die schwere Zeit hindurchzuhelfen. So stark sie auch sein mochte, diese Wunde würde nicht so leicht heilen – wenn überhaupt.

Schließlich hatten sie die Menge hinter sich gelassen und gingen die verlassene Straße entlang auf das Haus zu, das nun nicht mehr Lyras war. Jaden wollte seinen Wagen holen und so schnell wie möglich die Stadt verlassen – auch weil er sich große Sorgen um Lyra machte. Sie war offensichtlich in einem Schockzustand. Sie war weiß wie ein Leintuch, und ihre Augen waren ganz glasig. Bisher hatte er sie immer nur stark erlebt. Wie er mit dieser Lyra umgehen sollte, wusste er nicht so recht. Sie hatte sich nie von ihm trösten lassen, hatte auch nie Trost gebraucht. Aber jetzt klammerte sie sich an seine Hand, als wäre sie das Einzige, das sie noch über Wasser hielt.

Er würde sie nach Tipton bringen, zu Lily. Danach konnten sie gemeinsam entscheiden, wie es weitergehen sollte.

»Komm«, sagte er, um sie dazu zu bringen, ihren Schritt zu beschleunigen. »Wir müssen möglichst schnell zu meinem Auto, und dann nichts wie weg hier.« Er hatte plötzlich ein komisches Gefühl. Sie wurden beobachtet. Er spürte die Blicke, die auf ihnen ruhten, und nur wenige Sekunden später stieg ihm auch der Geruch in die Nase.

Wie es aussah, mussten sie Silver Falls schneller verlassen, als er gedacht hatte. Und wer ihnen diese Begleitung mit auf den Weg gegeben hatte, konnte er sich sehr gut vorstellen.

Wag es ja nicht, mich zu beschuldigen – also wirklich, Eric Black.

»Mist«, sagte Jaden. »Lauf!«

Sein drängender Ton schien sie aus ihrer Benommenheit zu reißen, zumindest so weit, dass wieder Bewegung in sie kam. Sie rannten los. Jaden verwandelte sich im Laufen in seine schnellere Gestalt, und Lyra musste das Gleiche getan haben, denn kurz darauf hatte er eine schlanke Wölfin an seiner Seite. Jaden war sich sicher, dass sie verfolgt wurden. Er zwang sich, schneller und schneller zu laufen, bis seine Füße kaum noch den Boden zu berühren schienen. Nicht weit hinter ihnen erscholl hämisches Gelächter. Dennoch gelang es Lyra und ihm, ihren Vorsprung zu halten. Über Gassen und Hinterhöfe gelangten sie schließlich zu Lyras Straße. Jadens Corvette glänzte im Licht der Straßenlaterne. Sie hatten es fast geschafft …

Plötzlich fiel ihm auf, dass Lyra nicht mehr an seiner Seite war. Jaden blieb stehen, wirbelte herum und sah, dass Lyra offensichtlich beschlossen hatte, sich ihren Verfolgern zu stellen. Breitbeinig stand sie mitten auf der leeren Straße und knurrte eine kleine Gruppe hübscher blasser Ptolemy-Frauen an, die auf einmal aus der Dunkelheit aufgetaucht waren. Die eine,

eine niedliche blonde Hofdame, die Jaden vor vielen Jahren einmal eine Zeit lang angeschmachtet hatte, setzte sich mit schwingenden Hüften an die Spitze der Gruppe. Ihr Lächeln war grausam.

»Oh, wollt ihr schon weg? Komm her, Hündchen. Lass uns ein bisschen spielen.«

Jaden flitzte los, um sich vor Lyra zu stellen, und verwandelte sich wieder in einen Mann. Er sah, dass sie ihn alle sofort erkannten – nicht, dass das ihr Vergnügen geschmälert hätte.

»Verräter«, zischte die Blonde ihn an. Die anderen griffen das Wort auf und riefen es jetzt im Chor.

»Das ist eine Wölfin«, sagte eine der anderen Frauen kichernd. »Interessant, mit wem du dich heutzutage so rumtreibst, Jaden.« Sie warf ihrer blonden Freundin einen Blick zu. »Erinnerst du dich noch, wie er uns immer angestarrt hat? So ein hübscher Kater. Zu schade, dass so schmutziges Blut in ihm fließt. Es tut mir ja fast leid, wenn ich sehe, was aus ihm geworden ist.«

Die Blonde – Carissa, wie Jaden wieder einfiel – zuckte mit den Schultern. »Tötet die Wölfin. Arsinöe will Jaden. Hier sind überall Ptolemy«, wandte sie sich dann lächelnd an Jaden. »Hier kommst du nicht mehr raus.«

»Auf so etwas habe ich jetzt wirklich keinen Bock«, sagte Lyra. »Haut ab oder wir machen euch einen Kopf kürzer. Jaden und ich kommen hier raus, da könnt ihr Gift drauf nehmen.«

Erstaunt sah Jaden, wie Lyra auf Carissa zutrat und sie anstarrte. Die Vampirin war so überrascht von der Kühnheit der Wölfin, dass sie zunächst gar nicht reagierte, und dann war es bereits zu spät. Lyra hatte sie an der Kehle gepackt und die Klauen in ihre zarte Haut gebohrt. Carissa hatte die Augen weit aufgerissen und bekam kaum noch Luft.

Lyra bleckte die Zähne und warf den anderen Frauen einen vernichtenden Blick zu. »Haut ab oder ich reiße ihr den Kopf ab. Und dann seid ihr dran.«

Die anderen sahen sich ängstlich an und schlichen dann in die Dunkelheit zurück. Jaden überraschte das nicht. Sie waren keine Jäger, nur Hofdamen, die in die Stadt gekommen waren, um sich ein bisschen zu amüsieren. Mit Sicherheit würden sie niemandem von diesem Vorfall erzählen und sich lieber einen anderen Zeitvertreib suchen.

Sobald Carissas Freundinnen auf und davon waren, warf Lyra Carissa auf den Boden, wo sie nach Luft schnappend liegen blieb. Aber sie würde rasch heilen, und ihr Blick versprach, dass sie sich nicht so leicht einschüchtern lassen würde wie die anderen.

»Los«, sagte Jaden. »Ins Auto. Sofort.«

»Bin schon unterwegs«, erwiderte Lyra. Ihre Augen wirkten so tot, dass Jaden ein kalter Schauder über den Rücken lief. In diesem Geisteszustand hätte sie sich garantiert auch mit einer ganzen Horde Ptolemy angelegt und hätte sich mit Zähnen und Klauen verteidigt, bis man sie schließlich überwältigt hätte. Er kannte die Symptome – so war es ihm auch schon gegangen.

Im Moment war ihr alles egal, sie selbst am meisten. Aber diese Taubheit konnte nicht für immer anhalten. Und er wollte möglichst weit weg von hier sein, wenn Lyra schließlich zusammenbrach.

Jaden zog den Schlüssel aus der Tasche, und sie stiegen rasch in die Corvette. Als Erstes verriegelte er die Türen, dann warf er noch einmal einen Blick zurück auf die Straße. Carissa war bereits verschwunden. Allerdings bezweifelte Jaden, dass sie weit weg war – ein Grund mehr, so schnell wie möglich abzuhauen.

»Wir schaffen das schon«, sagte er, als der Motor ansprang. Er wusste nicht, wen er mehr überzeugen wollte, Lyra oder sich selbst. Lyra sah ihn nicht an, sie starrte nur ausdruckslos vor sich hin.

»Fahr einfach«, sagte sie.

Was er auch tat. Er drückte das Gaspedal bis zum Boden durch und brauste hinaus in die Nacht.

21

Nachdem ihr Vater ihr den Rücken zugekehrt hatte, war Lyra in einen merkwürdig stumpfen Zustand verfallen, der bis zu ihrer Ankunft in Tipton anhielt. Sie wusste, dass Jaden sich Sorgen machte, aber sie hatte nicht darüber reden wollen. Reden hätte alles nur viel wirklicher gemacht. Deshalb hatte sie die meiste Zeit still im Wagen gesessen oder so getan, als schliefe sie, damit er sie in Ruhe ließ.

Sie hätte wirklich gern geschlafen, aber das hatte sich als schier unmöglich erwiesen. Jedes Mal, wenn sie sich hinlegte, spielte sich vor ihrem geistigen Auge die ganze schreckliche Szene wieder und wieder ab. Während Jaden den Tag in ihrem Hotelzimmer verschlafen hatte, war sie mit seinem Handy hinunter in die Lobby gegangen und hatte ein ums andere Mal versucht, zu Hause anzurufen.

Niemand hatte sich gemeldet. Nur der Anrufbeantworter mit der tiefen, grummelnden Stimme ihres Vaters. Irgendwann war ihr bewusst geworden, dass sie nur noch anrief, um seine Stimme zu hören, und deshalb hatte sie es schließlich aufgegeben. Stattdessen versuchte sie, Simon zu erreichen, sowohl auf seinem Handy als auch auf seinem Festnetzanschluss, aber auch dort meldete sich niemand. Es war, als wären sie vom Erdboden verschluckt worden.

Also hatte sie ein paar Früchte von dem Frühstück gegessen, das sie eigentlich gar nicht wollte und kaum angerührt hatte, und danach war sie wieder ins Zimmer hinaufgegangen. Während Jaden friedlich in einem der beiden Betten schlief, hatte sie sich an ihn gekuschelt, um ein wenig Trost zu finden. Als er aufwachte, lag sie wieder in ihrem eigenen Bett. Er wirkte ein wenig verblüfft – vielleicht hatte er gespürt, dass sie sich von ihm Trost erschlichen hatte. Die traurige Wahrheit war, dass sie nicht wusste, wie sie ihn darum bitten sollte, wenn er wach war.

Jaden hatte sie beschämt mit den Worten, die er vor ihrem Rudel gesagt hatte. Sie war dankbar, dass er offensichtlich keine entsprechende Aussage von ihr erwartete und auch kein entsprechendes Gefühl. Sie wusste nicht, was sie fühlte oder wie sie sich fühlen würde, wenn sie das ganze Ausmaß der Geschehnisse erst mal richtig begriff. Sie wusste nicht mal, ob das Paarungsmal an ihrem Arm noch irgendeine Bedeutung für sie haben würde, denn im Moment spürte sie so gut wie gar nichts außer einem undefinierbaren Schmerz, der sich tief in ihre Seele eingegraben hatte.

Nachdem sie ihr Leben lang gegen Grenzen angekämpft hatte, die sich oft kaum hatten verschieben lassen, war sie jetzt endlich vollkommen frei, zu tun und zu lassen, was sie wollte. Aber jetzt, wo ihr gesamtes Leben zusammengebrochen war und ihre Träume sich in Luft aufgelöst hatten, wusste sie nicht mehr, was sie wollte.

In Tipton war alles ruhig. Sie fuhren zu der Villa, die jetzt der Sitz der Lilim war. In dem Städtchen war selbst am Tag nicht viel los, daran erinnerte Lyra sich noch gut, und an einem Dienstag um Mitternacht war auf den leeren Straßen nur ganz gelegentlich ein Auto unterwegs. Jaden fuhr auf den kleinen Parkplatz neben dem Gebäude, das, wie Lyra wusste, bis vor ein paar Jahren noch die Historische Gesellschaft des Bezirks beherbergt hatte.

Er stellte den Motor ab und blieb einen Moment reglos sitzen, als warte er, dass Lyra irgendwie aus dem gespenstischen

Zustand erwachte, in dem sie sich seit ihrer Vertreibung befand. Lyra versuchte, ihm in die Augen zu schauen, aber es gelang ihr nicht. Er sah zu viel. Ihre Selbstbeherrschung war nicht mehr die beste, und sie konnte sich nicht sicher sein, was aus ihr heraussprudeln würde. Die Sorgen, der Stress, wenig Schlaf – das alles forderte seinen Tribut. Sie trug noch immer dieselbe Kleidung wie in Silver Falls, nur dass sie jetzt zerknittert und verschmutzt war. Ihre Augen fühlten sich trocken und entzündet an. Immerhin waren ihre Haare frisch gewaschen, dank eines Haarwaschmittels, das sich im Hotelzimmer befunden hatte, und sie hatte sie nach der Wäsche achtlos zu einem Knoten hochgesteckt.

Sie hatte keine Ahnung, wie sie aussah – gut sicher nicht.

Im Moment war ihr das völlig egal.

»Lily und Ty sind großartige Leute«, sagte Jaden. »Sie werden nicht zu viele Fragen stellen, und sie werden auch nicht beleidigt sein, wenn du auf irgendwas nicht antworten willst. Aber … irgendwann demnächst solltest du mal mit jemandem reden, Lyra. Derjenige muss ja nicht unbedingt ich sein.«

Sie nickte. Dann drang auf einmal ein bedrohlicher Gedanke in den Kokon ein, in den sie sich eingesponnen hatte. Erwartete er etwa, dass sie bei ihm blieb? Wenn sie bei ihm blieb, würde er mitbekommen, wie sie zusammenbrach. Dabei sollte sie doch stark und unabhängig sein. Wenn er ihr seine Schulter anbot und sie dieses Angebot annahm, dann würde er vielleicht sehen, dass sie wirklich so schwach war, wie ihre Gattung sie eingeschätzt hatte.

Aber allein zu sein – der Gedanke machte ihr noch mehr Angst.

»Du bleibst bei mir, Lyra. Zumindest vorläufig. Wenn du willst, kann ich auf dem Boden schlafen, das ist mir egal. Aber ich werde dich nicht aus den Augen lassen.«

Sie war hin- und hergerissen zwischen Erleichterung und Ärger, dass ihr die Entscheidung einfach abgenommen wurde. Dabei wollte sie eigentlich gerade nicht allein sein … aber sie wollte sich auch nicht sagen lassen müssen, was sie zu tun hatte. Verwirrt und erschöpft wie sie war, richtete sich ihr ganzer Zorn gegen Jaden.

»Du bist nicht mein Chef. Hör auf, mich rumzukommandieren.«

Jaden starrte sie durchdringend an. »Ich habe versprochen, mich um dich zu kümmern, also tue ich das auch. Du brauchst jemanden, der ein bisschen nach dir schaut, Lyra, auch wenn du das nicht wahrhaben willst. Die letzte Nacht war für uns beide verdammt anstrengend, also hör auf, so stur zu sein, und nimm meine Unterstützung einfach an, okay?«

Er seufzte und fuhr sich mit der Hand durch das Haar. Lyra fühlte sich plötzlich schuldig. Er war ihr ein großer Trost gewesen, und sie hatte ihn entweder stundenlang ignoriert oder ihn gereizt angefaucht. Es würde sie nicht umbringen, wenigstens ein bisschen Dankbarkeit zu zeigen. Das war alles nicht seine Schuld, es sei denn, sie wollte ihm zum Vorwurf machen, dass er einfach zu attraktiv war.

»Es … es tut mir leid. Ich bleibe bei dir. Danke.«

Sie wusste, das klang ziemlich steif, aber etwas Besseres brachte sie gerade nicht zustande. Sie hoffte, sie würde endlich schlafen können, denn allmählich ließ ihr Körper ihr keine Wahl mehr.

»Gehen wir rein«, sagte er. »Sie warten schon auf uns.«

Das beruhigte Lyra, auch wenn sie nicht recht wusste, auf was sie sich gefasst machen musste. Sie stieg aus dem Wagen und ging neben Jaden auf das Haus zu, ein schönes altes viktorianisches Gebäude. Die Fenster leuchteten hell und einladend, und sie spürte, wie der eisige Knoten in ihr ein klein wenig auftaute. Doch mit diesem Auftauen überfiel sie auch gleich die Sehnsucht nach zu Hause. Sie wusste, sie würde lernen müssen, mit diesem Heimweh klarzukommen. Jaden verlangsamte seinen Schritt und sah sie an. Ihre Gefühle mussten ihr ins Gesicht geschrieben stehen.

»Lyra –«

»Ja?« Sie konnte ihn nicht anschauen. Sie war nicht bereit für das, was sie vielleicht in seinen Augen sehen würde.

Er zögerte, dann gab er auf … vorläufig.

»Nichts.«

Die schwere Eingangstür schwang auf, sobald sie halb die Treppe hochgegangen waren, und eine Frau, an die Lyra sich noch sehr gut erinnerte, kam herausgestürzt und schlang die Arme um Jaden. Als Lyra sah, wie willig er sich umarmen ließ, spürte sie einen unerwarteten Anflug von Eifersucht. Ihr war durchaus klar, wer die Frau war, und aus Jadens Erzählungen wusste sie auch, dass Lily verheiratet war. Trotzdem … konnte sie nicht an ihrem Ehemann herumfingern?

Lyra musterte die Anführerin der Lilim von oben bis unten, während sie darauf wartete, dass Lily endlich aufhörte, so viel Aufhebens um Jaden zu machen. Als Lyra Lily MacGillivray vor ein paar Monaten kennengelernt hatte, war sie eine hübsche Frau gewesen. Seitdem hatte sich eine beachtliche Verwandlung vollzogen. Sie war nicht mehr einfach nur hübsch, sie war eine umwerfende Schönheit. Und der große, dunkle Vampir mit dem ausdrucksvollen Gesicht, der hinter ihr in der Tür stand … auch an ihn erinnerte Lyra sich. Er sah fast – aber nur fast – so gut aus wie Jaden.

Lily und Ty waren eindeutig Vampire, das sah man an ihrem perfekten Äußeren, dem nichts etwas anhaben konnte. Immerhin machten sie einen friedlichen Eindruck. Zumindest Lily. Im nächsten Moment richtete Lily den Blick ihrer ozeanblauen

Augen auf Lyra. Das Mitgefühl, das sich darin spiegelte, war beinahe zu viel für sie. Ein greller Schmerz bahnte sich seinen Weg durch den Nebel, der sie umgab.

»Lyra«, sagte Lily und trat auf sie zu. Sie war etwa einen Kopf kleiner als Lyra, strahlte aber eine königliche Würde aus. Dennoch hatte sie nichts Bedrohliches an sich. Niemand, der sich seine Gefühle so unverstellt anmerken ließ, konnte bedrohlich wirken. In diesem Fall fand Lyra das durchaus begrüßenswert.

»Ich weiß nicht, ob du dich noch an mich erinnerst. Ich bin Lily.«

»Ich weiß, wer du bist«, erwiderte Lyra und versuchte, ein freundliches Lächeln zustande zu bringen. »Danke, dass ihr mich aufnehmt, und Glückwunsch zu der ganzen Dynastie-Geschichte.«

»Danke«, sagte Lily und strahlte Lyra ihrerseits voller Wärme an. »Du bist uns herzlich willkommen. Wenn du irgendwas brauchst, lass es mich unbedingt wissen, okay? Ich weiß, wie es sich anfühlt, wenn auf einmal nichts mehr ist, wie es war.«

»Das glaube ich gern«, erwiderte Lyra mit einem Blick auf die beeindruckende Fassade des Hauses.

»Bitte, komm rein.« Lily legte Lyra sanft die Hand auf den Rücken und führte sie nach drinnen. Lyra ließ es geschehen, froh, dass sich jemand anders ihres Körpers annahm, während ihr Verstand damit beschäftigt war, das alles zu verarbeiten.

»Ich zeige dir als Erstes dein Zimmer, und dann kannst du selbst entscheiden, ob du dich lieber hinlegen oder noch ein bisschen zu uns setzen willst. Und mach dir keine Sorgen, wir werden dich nicht schlecht behandeln. Ich habe kein Problem mit Werwölfen, und das wird bei meinen Leuten nicht anders sein.«

»Glaub mir«, sagte der Mann, der im Eingang stand, »sie hat allen mächtig die Leviten gelesen. Falls irgendjemand ein

Problem hatte, wird er das jetzt garantiert für sich behalten. Lily kann sehr überzeugend sein, wenn sie will.«

In seinen silbrigen Augen funkelte der Schalk, und es war deutlich spürbar, wie sehr er seine Frau liebte. Die beiden waren ein umwerfendes Paar, das war nicht zu leugnen. Als Lyra an Ty vorbei durch die Tür trat, nickte er ihr zu.

»Ich bin Ty MacGillivray. Ich erinnere mich ebenfalls an dich. Es tut mir leid, dass deine Schwierigkeiten schon so lange andauern.« Sein melodiöser schottischer Dialekt war nicht zu überhören.

Klasse, noch mehr Zuwendung, dachte Lyra. Ihre Augen wurden verdächtig feucht. Bestimmt eine Folge ihrer Müdigkeit. Mühsam rang sie sich ein Lächeln ab, als sie in die wunderschöne, hohe Eingangshalle mit der breiten Treppe trat. Lily ging auf die Treppe zu.

»Wir haben dir oben ein Zimmer hergerichtet«, sagte sie, aber Jaden, dessen Stimme von der anstrengenden Fahrt ganz rau war, widersprach.

»Ich habe dir doch schon gesagt, sie bleibt bei mir. Ich bringe sie rauf in mein Zimmer.«

Lily wandte sich zu ihm um und kniff die Augen zusammen. Sie ließ sich ihre Verärgerung nicht anmerken, aber Lyra konnte sie trotzdem spüren.

»Und ich habe dir gesagt, dass Lyra das selbst entscheiden kann. Sie bekommt ein eigenes Zimmer. Wenn sie später lieber bei dir bleibt, ist das ihre Sache. Sie ist eine erwachsene Frau, Jaden.«

Es war interessant mitzuerleben, dass wegen ihr gestritten wurde, aber eigentlich wollte Lyra nur eins: ins Bett. Offensichtlich sah man ihr das an, denn als sie sprach, kam keine Widerrede.

»Ich weiß das zu schätzen, Lily, aber am liebsten würde ich

mir mit Jaden ein Zimmer teilen. Ich brauche dringend ein bisschen Schlaf.« Dass Jaden sich seine Begeisterung so deutlich anmerken ließ, war ihr schon ein wenig peinlich.

Auch wenn sie das nur schwer zugeben konnte – sie brauchte Jaden dringend in ihrer Nähe, denn sie hatte Angst, zusammenzubrechen und nicht wieder aufzustehen. Und wenn sie zusammenklappte, dann lieber vor ihm als vor Lily und allen möglichen anderen, die hier wohnten.

Mitfühlend sah Lily zwischen Jaden und Lyra hin und her. Sie nickte. »Okay, das verstehe ich vollkommen. Jaden kann dich in euer Zimmer bringen. Natürlich wüsste ich gern, was passiert ist, und ich wüsste auch gern, wie wir dich unterstützen können, aber das hat Zeit, bis du wieder fit bist.«

Lyra nickte dankbar. Jaden hatte Lily und Ty richtig eingeschätzt – sie würden keinen Druck machen. Zumindest nicht heute Nacht.

»Ich glaube, ich gehe lieber gleich ins Bett«, sagte sie leise. »Ich will nicht unhöflich sein, aber ich habe kaum geschlafen. Aber weckt mich auf, falls irgendjemand nach mir fragen sollte.«

Sie wusste, wie erbärmlich das klang, doch sie konnte die Hoffnung einfach nicht aufgeben, dass ihr Vater es sich anders überlegen und das Rudel umstimmen könnte. Dass sie irgendwie zurück nach Hause könnte.

»Das machen wir«, versicherte Lily ihr. Die Gelassenheit und die Kraft, die Lily ausstrahlte, trösteten Lyra ein wenig. Sie waren wie ein Leuchtfeuer in dem verheerenden Sturm, in den sich ihr Leben verwandelt hatte.

»Ich zeige dir unser Zimmer«, sagte Jaden und legte den Arm um ihre Taille. Lyra ließ es geschehen, vor allem, weil ihre Beine wie Pudding waren und sie nicht gern auf der Treppe zusammenbrechen wollte. Sie wollte sich nicht auf ihn stützen, aber es fiel ihr schwer, diesem Bedürfnis nicht nachzugeben.

Jadens Zimmer war im zweiten Stock, weit ab von den neugierigen Blicken der Lilim und der Cait Sith. Lily sah den beiden hinterher, und sobald sie auf dem Treppenabsatz verschwunden waren, schlang Ty die Arme um seine Frau. Sie lehnte sich an ihn und genoss die Kraft, die er ausstrahlte. Er legte das Kinn auf ihren Kopf.

»Du hast ein gutes Herz, Lily.«

Sie lachte, aber es war kein freudiges Lachen. »Ach ja. Ich bezweifle, dass ich jemals begreifen werde, wie eure Welt funktioniert, Ty.«

»Unsere Welt«, verbesserte Ty sie liebevoll. »Und die Wölfe haben in gewisser Weise noch starrere Prinzipen als wir. An einigem sind die Vampire schuld. Aber manches ist einfach so, wie es eben ist. Wir verändern uns. Vielleicht werden sie sich auch verändern.«

»Wenn es stimmt, was Damien sagt, kommen ganz schön unangenehme Veränderungen auf sie zu.« Lily schüttelte den Kopf. »Die Ptolemy sind wie ein vampirisches Abwrackunternehmen. Sie zerstören alles, was sie in die Finger bekommen.«

»Uns haben sie nicht zerstört. Ihre Zeit wird kommen, Lily. Sie werden sich einmal zu oft einmischen, und dann ist Arsinöe fällig. Wart's ab.«

»Ich hoffe es. Letztes Mal war sie nicht lange am Boden. Und wenn sie erst ein ganzes Wolfsrudel in der Hand hat, kann sie eine Menge Unruhe stiften. Dass der Rat Angst vor ihr hat, macht die Sache auch nicht besser.«

Ty rieb mit dem Kinn über ihren Kopf. »Sie ist sehr alt, sehr klug und sehr mächtig. Aber sie hat Angst vor dir, meine Schöne. Also sehen wir zu, dass wir unsere Dynastie weiter festigen, und warten auf den richtigen Moment, um sie endgültig aus dem Verkehr zu ziehen. Wenn es so weit ist, werden die anderen sich schon auf unsere Seite stellen.«

»Das hoffe ich. Im Moment will ich vor allem eins: der armen Lyra helfen. Sie hat alles verloren.« Lily wusste nur zu gut, wie es sich anfühlte, wenn man ganz allein war. Bei ihr war die Trennung nicht ganz so grausam abgelaufen wie bei Lyra. Ihre beste menschliche Freundin hatte sie nicht im Stich gelassen, auch wenn Beth sich noch nicht so ganz daran gewöhnt hatte, dauernd einen Haufen Vampire um sich zu haben. Außerdem hatte sie Ty, eins der größten Geschenke ihres Lebens, größer noch als das Geschenk, das sie aufgrund ihres Bluts erhalten hatte.

»Da bin ich mir nicht so sicher«, erwiderte Ty. »Jaden wäre gern mehr für sie, das ist offensichtlich.«

»Es ist gut, dass ihm endlich jemand was bedeutet.« Lily hatte gesehen, wie Jaden Lyra angeschaut hatte. »Aber ein Vampir und eine Werwölfin … das klingt nach einer Menge Schwierigkeiten. Und das auch ohne ihre ganz besonderen Probleme, die vermutlich nicht gerade klein sind.«

Ty kicherte. »Es hätte mich gewundert, wenn Jaden sich eine Frau gesucht hätte, die keine Probleme mitbringt. Jaden macht es sich nie leicht.«

»Ja. Da dürftest du recht haben.« Was Ty daran komisch fand, konnte sie allerdings nicht nachvollziehen. Sie liebte Jaden wie einen Bruder. Und sie wusste aus eigener Erfahrung, dass sich selbst für unlösbare Probleme manchmal doch eine Lösung fand. Aber das hier … sie war sich nicht sicher.

»Jaden wird schon bald wieder runterkommen«, sagte Ty. »Es gibt eine Menge zu besprechen.«

Lily nickte. »Wir setzen uns in die Küche. Da fühlt er sich immer am wohlsten.« Sie drückte Ty liebevoll die Hand, dann gingen die beiden in den hinteren Teil des Hauses.

22

Die Tage nach ihrer Vertreibung aus dem Rudel der Thorn waren ein einziger Nebel.

Lyra schlief, war wach, aß wenig und rührte sich kaum. Ihr Rudel und ihr Vater hatten sie zu einem Leben als Geisterwölfin verurteilt, und genau so fühlte sie sich auch. Sie hatte an nichts Interesse. Sie wollte nicht sterben, aber wie sie weiterleben sollte, wusste sie auch nicht, und sie schien auch nicht über genügend Energie zu verfügen, um über eine Lösung nachzudenken.

Jaden wachte aufmerksam über sie, und von Tag zu Tag gruben sich die Sorgenfalten tiefer in sein übernatürlich schönes Gesicht. Am Anfang fand sie das gleichermaßen frustrierend wie auch beruhigend. Sie sah nicht nur, dass er sich Sorgen machte, sie spürte es auch, es durchdrang den tröstlichen Kokon aus Dumpfheit, in den sie sich eingesponnen hatte. Was wollte er von ihr? Sah er denn nicht, dass sie Freiraum *brauchte*, auch wenn sie nicht wusste, ob sie diesen wirklich *wollte*? Und dennoch war er immer da, gab ihr Sicherheit und übte sich schweigend in Geduld. Er brachte ihr Essen und bestand darauf, dass sie wenigstens ein bisschen zu sich nahm. Er versuchte sie zu überreden aufzustehen, ein Bad zu nehmen, sich wieder dem Leben zuzuwenden.

Dazu war sie nicht bereit gewesen. Dennoch hatte er nicht aufgegeben.

Sie sah die Sonne auf- und untergehen, wanderte, wenn sie schien, wie ein Gespenst durch das Haus und verkroch sich nachts in Jadens Zimmer wie ein Tier in einer Höhle. Sie wollte niemanden sehen. Sie wollte nicht gefragt werden, wie es weitergehen sollte.

Und da sie ihr ganzes Leben lang immer nur ein einziges Ziel vor Augen gehabt hatte, fürchtete sie sich vor Fragen nach ihrer Zukunft ganz besonders.

Dennoch war ihr bewusst, dass sie sich nicht für den Rest ihres Lebens verkriechen konnte. Und schließlich, nachdem sie sich sechs Tage lang in ihrem Elend gesuhlt hatte, tauchte sie wieder daraus auf.

Als sie aufwachte, wusste sie nicht, wie spät es war. Das Zimmer war so verdunkelt, dass keine Rückschlüsse auf die Tageszeit möglich waren. Lyra blinzelte und wischte sich vorsichtig den Schlaf aus den Augen. Irgendetwas war anders.

Sie konnte wieder fühlen.

Lyra holte tief Luft, als wäre sie gerade aus einem langen, unangenehmen Traum erwacht. Sie fühlte sich … schmutzig. Und ausgelaugt. Aber so komisch das klang – es war eine Verbesserung. Sie setzte sich auf und schob die Decken von sich, in denen sie sich die letzten Nächte vergraben hatte. Nachdem sich ihre Augen an die Dunkelheit gewöhnt hatten, konnte sie die spartanische Einrichtung erkennen, an die sie inzwischen bereits gewöhnt war: die längliche, niedrige Frisierkommode, der einfache Nachttisch mit der Lampe und die ramponierte alte Truhe am Fuß des massiven Doppelbetts, das ihr Zufluchtsort gewesen war.

Dann richtete sie den Blick nach unten, zu der Gestalt am Boden. Jaden schlief völlig ruhig, auf einer Matratzenauflage aus Daunen, die von zwei nervös wirkenden Vampiren herbeigeschleppt worden war. Sie konnte sich noch vage erinnern, dass sie ihnen aus ihrem Versteck unter den Decken schläfrig zugeschaut hatte. Jaden hatte sich zusammengerollt, der Kopf mit den zerzausten Haaren ruhte auf seinem Arm, der andere Arm lag an seiner Brust. Lyra lauschte seinem regelmäßigen Atem, der gelegentlich von einem leisen Schnarchton begleitet wurde.

Jaden.

Mit einem Schlag waren all die Gefühle, die sie begraben hatte, wieder da, und diesmal drängte Lyra sie nicht weg. Bilder tauchten vor ihrem geistigen Auge auf, wie er auf sie aufgepasst, für sie gesorgt, sich um sie gekümmert hatte. Ihr seine Liebe gezeigt hatte.

Er liebte sie. Obwohl sie ihn weder ermutigt noch sich erkenntlich gezeigt hatte, war er bei ihr geblieben. Und die Gefühle, die das bei ihr auslöste, füllten sie an, bis sie meinte, platzen zu müssen. Diese Gefühle waren schmerzhaft und schön zugleich. Sie hätte sich niemals träumen lassen, dass ausgerechnet er in dieser dunklen Zeit ihr Licht sein würde. Und doch war es so.

Behutsam schwang sie die Beine über die Bettkante. Ihr Körper fühlte sich seltsam an, wie eingerostet. Sie setzte die Füße auf den dicken Orientteppich und stand auf. Leicht schwankend lauschte sie in die Dunkelheit. Nichts rührte sich. Lyra beschloss, dass es keine Rolle spielte, wie spät es war, ihr blieb auf jeden Fall genug Zeit, ihre Pläne in die Tat umzusetzen.

Sie hatte genug getrauert. Und zu wissen, dass es in ihrem neuen Leben jemanden gab, der ihr zur Seite stand, war durchaus eine erregende Vorstellung.

Was auch immer sie jenseits der rauchenden Ruinen ihres alten Lebens erwartete – sie würde nicht allein damit fertig werden müssen.

Endlich wusste sie, was sie wollte. Und da sie sich nie etwas leicht machte, hatte sie erst durch die Hölle gehen müssen, um zu begreifen, dass sie das Richtige schon seit Wochen vor Augen – beziehungsweise im Keller – gehabt hatte. Er war der Einzige, der sie je so akzeptiert hatte, wie sie war, der ihre Träume ernst genommen und nie an ihren Fähigkeiten gezweifelt hatte, diese Träume Wirklichkeit werden zu lassen. Und als Dank hatte sie ihn von sich gestoßen, war vor ihm davongelaufen und hatte sich eingeredet, sie könne ihn einfach gehen lassen. Er hatte unendlich viel Geduld aufgebracht. Was war sie für ein Dummkopf gewesen! Aber sie würde alle Zeit der Welt haben, um es wiedergutzumachen. Sie würde Jaden das einzige Geschenk geben, das sie ihm geben konnte.

Um noch mal vor vorn anzufangen. Mit ihm.

Als Jaden wach wurde, war das Zimmer leer. Aus der Ferne drang Gelächter an seine Ohren. Irgendetwas an dem Lachen war angenehm vertraut. Noch halb im Schlaf lauschte er einen Moment, streckte sich träge und gönnte sich noch ein wenig mehr Zeit, um richtig wach zu werden.

Dann wurde ihm plötzlich klar, wieso ihm das Lachen so vertraut vorkam.

Lyra.

Er sprang aus dem Bett und rannte auf den Flur. Der Flur war leer, aber jetzt konnte er von unten deutlich Stimmen hören. Wie es klang, war Lyra unten bei Lily, und die beiden verstanden sich prächtig. Das Gefühl der Erleichterung, das ihn durchflutete, war so intensiv, dass ihm fast die Beine eingeknickt wären. Er hatte schon geglaubt, dass die Lyra, die er gekannt hatte, für immer fort war, ersetzt durch eine leere Hülle, die nur noch ziellos dahindriftete.

Er hätte wissen müssen, dass sie dafür viel zu stark war. Aber was sie durchgemacht hatte, war mehr, als den meisten je widerfuhr, und selbst starke Persönlichkeiten wären mit so etwas nicht so leicht fertig geworden. Ihm war es immerhin gelungen, nach seiner Verwandlung den Kontakt mit seiner Familie aufrechtzuerhalten – zumindest halbwegs. Sie zu verlieren, war hart gewesen, mit das Härteste, was er in seinem langen Leben durchgemacht hatte, aber wenigstens hatte er bis zum Schluss gewusst, dass er ihnen wichtig war.

Lyra würde lernen, mit ihrer Verstoßung zu leben. Und er schwor sich, dass er ihr helfen würde, ob sie das nun wollte oder nicht. Ihr Mal bedeutete ihm eine Menge, selbst wenn es für sie nie mehr als eine unselige Erinnerung sein sollte. Welch Ironie, dass sie zwar das Mal trug, er aber derjenige war, der die Verbindung viel intensiver spürte.

Jaden lief die Treppe hinunter, immer zwei Stufen auf einmal nehmend, und eilte auf den Salon zu, den Lily kürzlich nach ihrem Geschmack umdekoriert hatte und in dem sie jetzt viel Zeit verbrachte. Der Anblick, der sich ihm beim Eintreten bot, ließ ihn wie angewurzelt stehen bleiben.

Lily und Lyra drehten sich beide um, aber Jaden hatte nur Augen für die Frau, die er liebte. Lyra saß lässig im Schneidersitz auf einer Ledercouch. Sie trug die Jeans, die sie auch bei ihrer Ankunft getragen hatte und die längst in der Wäsche gewesen war, dazu eine helle Bluse, die er nicht kannte. Sie war barfuß; ihr Haar fiel ihr in weichen Locken über die Schultern. Noch immer war sie ein wenig zu dünn und ein wenig zu blass, als wäre sie gerade von einer langen Krankheit genesen, aber ihre Wangen hatten nicht mehr solch eine kränkliche Farbe. Ihre Augen strahlten im Licht der Kerzen, die Lily hier oft dem elektrischen Licht vorzog, aber ihr Lächeln wirkte unsicher.

»Du hast verschlafen«, sagte sie.

Jaden strich sich die Haare aus dem Gesicht. Am liebsten wäre er zu ihr hingerannt, hätte sie in die Arme genommen und sie mit Küssen erstickt. Aber er hatte Zweifel, ob sie das so gut finden würde.

»Ich … ja, sieht so aus«, stammelte er. »Jetzt wünsche ich mir, ich wäre aufgewacht.« Er hatte endlich die Kontrolle über seine Füße wiedererlangt und ging auf die beiden zu. Der Blick, den Lily ihm zuwarf, war der einer Katze, die gerade den Kanarienvogel verspeist hat.

»Lyra und ich haben uns unterhalten, welche Möglichkeiten sie hat. Sie meint, sie könnte sich vorstellen zu bleiben, falls ich eine sinnvolle Aufgabe für sie finde.«

Lyra nickte. »Solange es recht ist, dass ich bleibe.«

Jaden wusste nicht, ob sie damit die Lilim oder ihn persönlich meinte. Aber so, wie sie nervös hin und her rutschte und an ihrer Lippe knabberte, hoffte er, dass es ihr um beides ging. Lily stand auf. Sie war noch in ihrem übergroßen, zerknitterten Schlafanzug, und in der Hand hielt sie einen leeren Kaffeebecher.

»Ich nehme an, ihr beide habt einiges miteinander zu besprechen«, sagte sie. »Ich werde mir noch einen Kaffee holen.« Dann grinste sie Lyra an und fügte hinzu: »Ich bin echt froh, dass das Vampirdasein meiner Kaffeesucht keinen Abbruch getan hat. Wir reden später weiter, okay? Jedenfalls bin ich froh, dass du wieder auf dem Damm bist. Und glaub mir, ich freue mich, wenn du bleibst. Wir alle freuen uns.«

»Danke«, erwiderte Lyra. »Für alles.« Jaden spürte, dass ihre Worte aus tiefstem Herzen kamen. Als Lily an ihm vorbeiging, warf sie ihm einen wissenden Blick zu. Ihm entging nicht, dass sie die Tür hinter sich schloss.

Kaum war die Tür zu, sprang Lyra auf, und Jaden machte vorsichtig einen Schritt auf sie zu. Dann einen weiteren. Noch immer machte sie keine Anstalten, davonzulaufen.

»Ich muss jetzt unbedingt ein paar Sachen loswerden«, sagte sie. »Also hör mir bitte zu, okay?«

»Okay. Aber anschließend musst du mich auch ausreden lassen.«

»Das ist nur fair«, erwiderte sie. Allerdings hatte er den Eindruck, dass sie sich ein wenig vor dem fürchtete, was er ihr zu sagen hatte. Er wusste nicht, warum das so war, aber er hoffte, sie positiv überraschen zu können.

»Zuerst einmal möchte ich mich bei dir bedanken«, fing sie an. »Du hast dich um mich gekümmert, als ich selbst nicht dazu in der Lage war. Das hat noch niemand je für mich getan. Jedenfalls nicht, solange ich mich zurückerinnern kann. Ich musste immer selbstgenügsam sein und stark und –«

»Das bist du doch auch«, unterbrach Jaden sie. »Was dir passiert ist –«

»Ich war noch nicht fertig«, bremste sie ihn aus. »Ich wusste nicht, wie man sich auf jemanden stützt. Du hast mir keine Wahl gelassen, und darüber bin ich froh, denn allein … ich weiß nicht, was ich allein getan hätte. Ich weiß nicht, in welchem Zustand ich jetzt wäre. Oder ob es mich überhaupt noch geben würde. Du hast mir etwas gegeben, das so wertvoll war, dass ich wieder aufgewacht bin. Und du hast mir den Schubs verpasst, der dafür nötig war. Das bedeutet mir mehr, als ich dir sagen kann.«

»Gern geschehen«, sagte Jaden und wagte einen weiteren Schritt auf sie zu. Ihre Worte waren Balsam für seine Seele, sie heilten Wunden, deren Vorhandensein er nicht einmal geahnt hatte.

»Kommen wir zum nächsten Punkt: zu der Tatsache, dass ich über dieses Mal mit dir verbunden bin.«

»Dafür kannst du nichts«, warf Jaden ein. Er hatte lange darüber nachgedacht und war zu dem Schluss gekommen, dass er kein Interesse daran hatte, ihr deswegen Druck zu machen. Was nicht hieß, dass er nicht auch weiterhin versuchen würde, sie für sich zu gewinnen, aber soweit es ihn betraf, war diese Verbundensein-Geschichte kein Thema, solange sie das nicht wollte.

Lyra warf ihm einen bösen Blick zu. »Du machst mir meine sorgfältig vorbereitete Ansprache kaputt! Jaden! Halt jetzt bitte mal ein paar Minuten lang die Klappe.«

Er war so froh, die alte Gereiztheit in ihrer Stimme zu hören, dass er sofort schwieg.

Lyra holte tief Luft, dann fuhr sie fort: »Ich möchte das Mal in Ehren halten. Und … ich weiß, wie man es besiegelt. Falls du das willst.«

Überrascht starrte er sie an. »Du … wie …?«

Sie senkte den Blick. »Am Tag, nachdem das zwischen uns passiert war, habe ich in unseren Geschichtsbüchern nachgeforscht. Und da bin ich auf was gestoßen.« Sie schwieg einen Moment, dann begann sie, das Gedicht aufzusagen.

»Wenn der Werwölfin Biss den Vampir ereilt,
an ihrem Arm das Mal sich zeigt.
Der Kuss des Vampirs besiegelt den Akt,
festigt das Band, setzt die Zeit außer Kraft.
Tag und Nacht gehören nun ihnen,
auf dass sie einander in Ewigkeit lieben.«

Sie hob den Blick, und was er in ihren Augen las, machte ihn sprachlos.

»Ich möchte mit dir zusammen sein«, sagte sie. »Wenn ich das Gedicht richtig verstehe, ist das möglich. Ich werde nicht älter werden, vermute ich mal, und du … ich bin mir nicht sicher, was mit dir passieren wird, außer dass du mich dann am Hals hast.« Sie lachte kurz auf. »Das einzige derartige Paar, von dem ich weiß, lebte leider nicht lange genug, um die Vor- und

Nachteile schriftlich festhalten zu können. Das Ganze wäre also ein Experiment. Ich weiß nicht, was ich zu geben habe … aber was auch immer es ist, es gehört dir. Wenn du es willst.«

Er konnte kaum reden, kaum atmen. Sie stand da und wartete, aber er hatte Angst, dass, sobald er nach dem greifen würde, was er sich so verzweifelt wünschte, es sich in Luft auflösen würde. Genau wie alles andere, das er jemals wirklich gewollt hatte. Doch auch als er ganz nah an sie herantrat, war sie noch immer da.

»Bist du dir ganz sicher?«, fragte er mit rauer Stimme. »Das kommt so plötzlich, Lyra. Ich will nicht, dass du das tust, weil du dich verpflichtet fühlst oder weil du Angst hast. Ich möchte, dass du dir ganz sicher bist. Ich habe Zeit.«

Sie nahm seine kalten Hände in ihre warmen, und das fühlte sich an, als würde ihn die Sonne küssen. Forschend betrachtete er ihr Gesicht, ob da nicht doch eine Spur von Unentschlossenheit zu sehen war, aber da war nichts. Nur Entgegenkommen, doch auch wenn das von Liebe weit entfernt war, lag darin das Versprechen, dass es sich dazu mit der Zeit entwickeln könnte.

»Mir ist vorhin klar geworden, dass ich selbst dann nicht glücklich geworden wäre, wenn alles so gekommen wäre, wie ich mir das ausgemalt hatte. Ich kann mir nicht vorstellen, wie ich dich hätte gehen lassen sollen, Jaden. Ich wäre dir nachgereist oder ich hätte versucht, dich zum Bleiben zu überreden, hätte versucht, Alphatier und deine Frau zu werden. Was geschehen ist, wäre so oder so geschehen, weil ich dich mehr als alles andere brauche. Ich hätte das lieber auf weniger drastische Art herausgefunden, aber … nun ja, so war es nun mal nicht. Ich bin manchmal ein bisschen sturköpfig. Vielleicht ist dir das schon mal aufgefallen.«

Er konnte kaum noch denken, geschweige denn sprechen, jetzt, wo er endlich die Worte hörte, die zu hören er schon gar nicht mehr erwartet hatte. Von niemandem, und erst recht nicht von Lyra. Er konnte noch nicht recht glauben, dass er zum ersten Mal genau das bekam, was er wollte – genau die Frau, die er wollte. Brauchte.

Liebte.

Seine Stimme klang so rau, dass sie ihm selbst fremd vorkam.

»Aber wenn dein Vater dich holen kommt? Wenn das Rudel seine Meinung ändert?«

»Das wird nicht passieren.« Lyras Gesicht verhärtete sich. »Aber selbst wenn, würde das an meiner Entscheidung nichts ändern. Ich habe meine Bedürfnisse schon viel zu lange unterdrückt, weil ich geglaubt habe, ich könnte etwas verändern. Und sie haben mich wegen etwas ausgestoßen, das nun wirklich nur mich was angeht. Ab jetzt lebe ich mein eigenes Leben, egal, wohin mich das führt. Uns führt.«

»Und … was für ein Gefühl hast du so … in Bezug auf uns beide?« Es waren jene drei Worte, nach denen er sich sehnte. Er hatte sie zu ihr gesagt. Und er hoffte, der Zeitpunkt würde kommen, wo sie sie ebenfalls sagen würde. Doch als sie sprach, waren es nicht die drei heiß ersehnten Worte, aber was sie sagte, war für den Anfang auch nicht das Schlechteste.

Wenn sie es ernst meinte, würden sie mehr als genug Zeit haben.

»Ich will dich«, sagte Lyra. »Ich habe mich für dich entschieden. Ich gehöre dir bereits. Und ich will, dass du mir ebenfalls gehörst.«

»Dann komm mit«, erwiderte Jaden und lachte nervös und erregt zugleich auf. »Komm mit, bevor du es dir anders überlegst.«

»Das wird nicht passieren.« Lyras Lächeln war umwerfend. Es bedeutete ihm alles.

Als Jaden sie aus dem Zimmer führte, spürte er, wie ihn ein seltsames Gefühl überkam, eins, das ihm vage vertraut vorkam, auch wenn er einen Moment brauchte, um es benennen zu können.

Ganz sicher war er sich nicht, aber er nahm an, so müsse sich Glück anfühlen.

23

Lyra hätte hinterher nicht mehr sagen können, wie sie vom Salon in Jadens Zimmer hinaufgekommen war. Es war, als würde sie schweben und nur ihr flatternder Herzschlag sie am Abheben hindern. Dafür waren alle ihre Zweifel verschwunden. Es fühlte sich richtig an, mit Jaden zusammen zu sein. Sie wollte das Ritual mit ihm endgültig vollziehen. Und wenn es vollzogen war, würde sie ihm sagen, was sie empfand.

Dann würde der richtige Zeitpunkt dafür gekommen sein, das wusste sie genau. Und da sie diese Worte noch nie zu einem Mann gesagt und auch nie einem anderen gegenüber das Bedürfnis dazu verspürt hatte, war es ihr wichtig, sie genau zum richtigen Zeitpunkt zu sagen. Es war faszinierend, wie rasch ihre Zweifel sich in nichts aufgelöst hatten, sobald sie sein Gesicht gesehen hatte.

Sie liebte ihn.

Obwohl völlig unklar war, wie es mit ihr weitergehen würde, schien nur noch wichtig zu sein, dass sie diese Gefühle akzeptierte. Auf seine Liebe hatte sie sich durch alle Schwierigkeiten hindurch verlassen können. Und als Dank würde sie ihm alles geben, was sie zu geben hatte.

Und das waren im Moment ihr Körper und ihr Herz.

Als Jaden die Tür zum Schlafzimmer öffnete, betrachtete Lyra mit gerümpfter Nase ihre zerwühlten Decken und Laken.

»Die sollten wir vermutlich verbrennen«, sagte sie.

Sein Lachen war Musik in ihren Ohren.

»Später. Die Daunenauflage ist bequem, ehrlich.«

Nachdem Jaden die Tür geschlossen hatte, lag der Raum wieder im Dunklen, doch das war für Lyras Wolfsaugen kein Problem. Wie schön er ist, dachte sie. Und so, wie er sie ansah, fühlte sie sich wertvoll, wertvoller als Gold. Es war ein unvertrautes Gefühl, aber eins, das sie in vollen Zügen genoss.

Jadens so unglaublich blaue Augen funkelten, als er auf sie zutrat. Er sah sie derart sehnsüchtig an, dass ihr der Atem stockte. Warum hatte sie sich das bloß versagt? Die ganze Zeit hätte sie nur zuzugreifen brauchen, und sie hatte sich das entgehen lassen. Aber jetzt nicht mehr.

»Ich wünschte, ich hätte nicht dagegen angekämpft«, flüsterte sie. Wie sehr sie das bereute, ließ sich in Worten gar nicht ausdrücken.

»Quäl dich nicht«, erwiderte Jaden. »Wenn du es nicht getan hättest, hätte es dir auch nichts bedeutet. Und ich liebe dich dafür, dass du so eine Kämpferin bist.« Er strich ihr über das Haar und über die Wange. In seinen Augen spiegelte sich ein Durst, wie sie es noch nie bei ihm gesehen hatte. Seine Worte fluteten durch sie hindurch wie Mondlicht.

»Nimm mich«, sagte sie und seufzte. »Bitte.«

»Dein Wunsch …«, murmelte er, während sein Atem sanft über ihr Gesicht strich, »… ist mir Befehl.«

Er küsste sie, und von Kuss zu Kuss wuchs ihre schon jetzt grenzenlose Lust. Sanft schob Jaden ihr die Bluse hoch und streichelte ihre zarte Haut. Sie half ihm, die Bluse auszuziehen, dann riss sie ihm das T-Shirt herunter, denn ihre Lust wurde immer drängender.

»Du fühlst dich kalt an«, murmelte er und nahm sie in die Arme. Seine Haut war deutlich kälter als ihre, und trotzdem gingen von ihm Hitzewellen aus, die sie von Kopf bis Fuß durchliefen. Er öffnete den Verschluss ihres BHs und warf ihn auf den Boden. Sie holte tief Luft und ließ sie in einer

Mischung aus Seufzer und Stöhnen entweichen, als ihre Brüste seine nackte Haut berührten. Ihre Brustwarzen richteten sich sofort zu harten, empfindlichen Knospen auf, und an seiner Haut entlangzureiben wurde zu einer herrlichen Qual. Jaden ließ die Hände zu ihrem Hintern hinuntergleiten und zog sie an sich.

Durch den Stoff seiner Jeans hindurch spürte sie, dass er bereits einen Ständer hatte. Instinktiv wölbte Lyra ihm das Becken entgegen. Sie hörte ihn aufstöhnen, dann spürte sie seine Lippen an ihrer Wange und an ihrem Kinn, wo Tausende winziger Nervenzellen zitternd und tanzend zum Leben erwachten.

»Schöne Lyra«, murmelte Jaden. »Ich werde nie genug von dir bekommen.«

»Kein Problem«, erwiderte sie leise. »Ich bin ja hier. Ich gehöre dir. Nimm dir, so viel du magst … es wird immer genug da sein.«

Sein Lachen hüllte sie ein wie dunkler Samt. »Du weißt gar nicht, wie sehr ich mir gewünscht habe, dich das sagen zu hören. Dass du mir gehörst.« Er seufzte, dann wiederholte er mit zitternder Stimme: »Du gehörst mir.«

Diesen Satz hatte Lyra immer gefürchtet, aber jetzt wusste sie, es konnte der Himmel auf Erden sein, wenn der Besitzende sich genauso willig besitzen ließ. Jaden und sie gehörten zusammen, und sie hatte es satt, gegen etwas anzukämpfen, das sie sich aus tiefstem Herzen wünschte.

Jetzt fielen sie gierig übereinander her. Münder und Zungen vereinigten sich in einem uralten Tanz, während sie sich gegenseitig die restliche Kleidung vom Leib rissen. Lyra strich über seine samtene Haut, wäre am liebsten mit den Händen überall gleichzeitig gewesen, konnte nicht genug von ihm bekommen. So unglaublich das erste Mal gewesen war, diesmal, das wusste sie, würde es noch viel besser werden.

Sie entwand sich seiner Umarmung, um sich auf Jadens weichen Kissenberg zu werfen. Sofort krabbelte Jaden ihr auf allen vieren hinterher. Mit dem pechschwarzen Haar, das ihm ins Gesicht fiel, sah er aus wie ein gefallener Engel. Als sie die Hände nach ihm ausstreckte, schob er sie mit einem fiesen kleinen Lächeln auf sein Lager zurück.

»Du gehörst mir«, wiederholte er. Dann schienen seine Lippen auf einmal überall zugleich zu sein, während er sie in Besitz nahm. Mit seinen Küssen zog er eine heiße Spur über ihren Körper. Sie spürte, wie seine Fangzähne leicht über ihre Haut kratzten, und das rief ihr wieder in Erinnerung, was sie war – und was er mit ihr machen konnte.

Was er mit ihr machen würde.

Das Wissen um das, was vor ihr lag, heizte Lyras Lust nur noch mehr an. Jaden saugte an ihren Brüsten, knabberte an ihren harten Brustwarzen und überhäufte sie auf jede erdenkliche Art mit Aufmerksamkeit. Lyra wand sich unter ihm, sie wollte mehr, und das konnte sie ihm nur noch mit ihrem Körper kundtun, zum Sprechen war sie nicht mehr fähig.

Sein Mund glitt tiefer, seine Zunge wirbelte durch die Vertiefung ihres Bauchnabels, bevor sie weiterfuhr, tiefer … tiefer.

Lyra schrie auf, als seine heiße Zunge begann, ihren pulsierenden Kitzler zu lecken. Sie bäumte sich auf, und alles in ihr zog sich erwartungsvoll zusammen. Sein dunkler Kopf war zwischen ihren Schenkeln verschwunden, und allein dieser Anblick reichte aus, sie ein gutes Stück weiter auf die Explosion hinzutreiben.

Sie wollte … ja, sie wollte …

Innerhalb von Sekunden war sie so weit. Als sie kam, stieß sie einen spitzen Schrei aus, und erneut bäumte sich ihr Körper auf. Doch Jaden hörte nicht auf, sie sanft zu quälen, als wolle er ihren Orgasmus bis in alle Ewigkeit verlängern. Und selbst als er endlich aufhörte, wusste sie, dass er noch lange nicht mit ihr fertig war. Nicht, dass sie das gewollt hätte.

Nach Luft schnappend sah sie, wie Jaden den Kopf hob und sie anschaute. Er wirkte wie ein dunkler Gott. Ihre Blicke trafen sich. Es war nicht schwer, ihm seine Gefühle für sie vom Gesicht abzulesen. Sie waren genauso wirklich wie der Herzschlag, den sie an ihrer Brust spürte und der ihr Herz zum Singen brachte. Es gab nur noch ein Wort, das sie mühsam über die Lippen bringen konnte.

»Ja.«

Mit einem einzigen, festen Stoß war er in ihr, füllte sie aus und weitete sie, bis jede ihrer Zellen vor Lust pulsierte.

Er stöhnte, und dieses Stöhnen, das aus den tiefsten Tiefen seiner Brust zu kommen schien, vibrierte durch sie hindurch und ließ sie unendlich herrlich feucht werden. Sie legte die Hände an seine Hüften, um zu spüren, wie sich seine Muskeln bei jedem Stoß an- und entspannten. Er begann, sich zu bewegen, erst langsam, dann, als die Leidenschaft sie immer mehr überwältigte, schneller und schneller.

Lyra klammerte sich an ihm fest. Es war magisch, was sich da in ihr aufbaute und sie zu einem einzigen Wesen verschmelzen ließ. Sie hörte seinen abgehackten Atem und feuerte ihn an, tiefer und fester zuzustoßen. Jadens leise, kehlige Stöhnlaute erregten sie unglaublich und machten sie immer wilder. Sie gab sich ganz ihrem Instinkt hin, ihrer Wolfsnatur. Ihr wuchsen Klauen, die Zähne wurden schärfer. Alles, was sie wollte, war dieser Vampir, sowohl in Menschen- als auch in Katzengestalt, und das sagte sie ihm auch, mit Worten und mit ihrem Körper.

Sie spürte, wie sich seine Muskeln anspannten, und plötzlich lag eine elektrische Spannung in der Luft, die schon bald zur Entladung drängen würde. Auch in ihr hatte sich alles enger und enger zusammengezogen und schrie nach Erlösung.

Sie kamen im selben Moment. Bei seinem letzten Stoß schoss ein blendend weißer Blitz durch Lyra hindurch. Jaden spannte sich bis zum Äußersten an und entleerte sich dann mit einem lauten Schrei in sie. Sie klammerten sich aneinander, als der Orgasmus durch sie hindurchfegte und ihre Körper zu einem einzigen verschmolz. Worte erklangen in Lyras Kopf, wie ein drängender Singsang.

In Ewigkeit lieben … in Ewigkeit lieben …

»Dein Biss«, flüsterte sie ihm ins Ohr. »Jetzt …«

Sie hörte, wie er den Göttern im Himmel ein Dankesgebet schickte, und das entlockte ihr trotz der Überflutung mit all den anderen Empfindungen ein Lächeln. Er vergrub seine Zähne in ihrer Haut, und im nächsten Moment explodierte die Nacht um sie herum, als befände sie sich im Zentrum einer Supernova.

Zum ersten Mal ließ Lyra wirklich völlig los, gab sich ganz dem Mann hin, den sie liebte, spürte die Veränderung, die sich in ihr vollzog, und die unsichtbaren Bänder, die sie jetzt eins werden ließen, hauchdünne Fäden, hart wie Stahl und unzerreißbar. Zitternd vor Lust trank er, dann hob er den Kopf, um sie zu küssen und sie schmecken zu lassen, was sie ihm gegeben hatte.

Die Worte formten sich in ihrem Kopf, und sie öffnete den Mund, um sie auszusprechen, froh, ihm endlich dieses Geschenk machen zu können, das Einzige, das sie zu geben hatte.

»Jaden«, murmelte sie. »Ich –«

In dem Moment wurde laut und kräftig gegen die Haustür geklopft, und Lyra hörte eine schmerzerfüllte Stimme ihren Namen rufen … eine Stimme, die sie sofort erkannte.

»Simon?«

Jaden erstarrte, dann seufzte er.

»Das klingt gar nicht gut. Lass uns lieber nachsehen.«

24

Lyra warf sich im Dunkeln rasch ein paar Kleidungsstücke über und eilte auf die Tür zu.

»Was will denn ausgerechnet *der* hier?«, fragte Jaden. Er klang wütender, als sie das sonst von ihm kannte, aber das konnte sie ihm nicht verdenken. Bei dem Gedanken, Simon oder sonst jemanden aus dem Rudel wiederzusehen, wurde ihr ganz flau im Magen. Nicht einmal ihr ältester Freund hatte sich für sie eingesetzt. Das hätte zwar nichts geändert, aber es wäre wenigstens ein kleiner Trost für sie gewesen.

Stattdessen hatte sie das Rudel verlassen müssen, ohne dass auch nur einer zu ihren Gunsten gesprochen hätte – abgesehen von dem Mann an ihrer Seite. Und das würde sie nicht vergessen. Doch Jaden wirkte sorgenvoll, als sie in den hell erleuchteten Flur traten und die Treppe hinuntereilten.

»Egal was er sagt, lass dich ja nicht aus Schuldgefühlen zu irgendwas verleiten«, knurrte Jaden. Lyra sah ihn überrascht an, dann hörte sie, wie unten die Haustür geöffnet wurde. Besorgte Stimmen ertönten, und ihr ungutes Gefühl verstärkte sich. Irgendetwas war passiert, das wusste sie. Und wenn das mit den Ptolemy zu tun hatte …

»Wieso sollte ich?«, fragte sie.

»Weil sie dir wichtig sind«, antwortete Jaden. »Das ist gut, aber vergiss nicht, wie schnell sie dich ausgestoßen haben. Egal was passiert ist, du wirst nicht einfach mit Simon davonstürmen. Wir sind jetzt ein Team.«

Sie starrte ihn wütend an, doch als sie um die letzte Treppenbiegung kamen und Lyra sah, wer da zusammengesunken im Flur stand, war ihr Ärger sofort vergessen. Das blanke Entsetzen packte sie beim Anblick des Manns oder besser der leblosen Hülle des Manns, den Simon hereingeschleppt hatte. Sofort verpufften auch die Reste des herrlichen Gefühls, das sie mit Jaden empfunden hatte.

»Oh nein!«, hauchte sie. »Dad!«

Sie raste die letzten Treppenstufen hinunter, dann blieb sie abrupt stehen und sah wie gelähmt zu, wie ein paar ihr unbekannte Vampire, alle dunkel und irgendwie katzenartig, Doriens bewusstlosen Körper vorsichtig auf den Boden legten. Lily, die inzwischen angezogen war, warf Lyra einen besorgten Blick zu, während sie Befehle erteilte wie ein erfahrener General.

»Wir müssen die Verbände wechseln und die Wunden säubern. Bringt ihn ins goldene Zimmer im ersten Stock«, wies sie die Vampire an. Vermutlich frisch gebackene Lilim, nahm Lyra in Anbetracht des Respekts an, den sie Lily entgegenbrachten. Sie nickten und machten sich bereit, ihren Vater hochzuheben. Lily befahl Ty, der gerade aus dem hinteren Teil des Hauses herbeigeeilt kam, Vlad Dracul wegen seines Arztes anzurufen. Lyra hatte den Namen schon ein- oder zweimal gehört, aber sie wusste nicht recht, wozu weitere Vampire nötig sein sollten.

»Unter seinen Leuten gibt es einen ausgezeichneten Arzt«, erklärte Lily, der Lyras verblüffter Gesichtsausdruck nicht entgangen war. »Ich könnte auch einen Arzt hier aus der Stadt holen, aber es könnte schwierig werden, ihm zu erklären, wieso wir so schnell heilen. Außerdem können die Dracul rasch hier sein, wenn es nötig ist.«

»Es ist nötig«, erwiderte Lyra und stürzte zu ihrem Vater.

Was sie sah, versetzte ihr einen Schock.

Dorien Black sah kaum mehr wie ein Mann aus, eher wie eine Landkarte aus Fleischwunden. An einigen Stellen trug er

Verbände, aber offensichtlich waren es einfach zu viele Wunden gewesen, um sie alle zu versorgen. Einige der Verbände wirkten frisch, andere waren blutverkrustet. Sein Gesicht war weiß und mit langen, gewundenen Schorfkrusten überzogen. Seine Lippen hatten eine bläuliche Färbung, und der leise Atem, den Lyra gerade noch hören konnte, war besorgniserregend flach.

Noch nie hatte er so verletzlich ausgesehen.

»Dad«, wimmerte sie, während ihre Hände hilflos über den Wunden schwebten. Aber er war abwesend … das spürte sie. Dorien hatte sich entweder ganz tief in sich selbst zurückgezogen oder er war nirgendwo.

»Kümmern wir uns um ihn«, sagte Lily. »Wir können ihn zumindest säubern und untersuchen, während wir auf den Arzt warten, und dann willst du sicher bei ihm sitzen bleiben. Ich weiß nicht, was sie ihm angetan haben, aber es ist mit Sicherheit mehr, als wir auf den ersten Blick sehen können. Er dürfte eigentlich nicht bewusstlos sein.« Sie strich ihr Haar über die Schultern zurück und gab den Lilim ein Zeichen, Dorien hochzuheben und nach oben zu tragen. Lyra musste sich zwingen, ihnen aus dem Weg zu gehen. Sie hörte, wie Lily leise vor sich hin fluchte.

»Was für ein Chaos! Meine Güte!«

Lyra spürte Jadens Hände auf ihren Schultern, Schutz vor einem weiteren Sturm, für den Fall, dass sie Schutz brauchen würde. Beinahe hätte sie sich umgedreht und sich ihm in die Arme geworfen, aber der Anblick des ausgezehrten Manns, der nach nur einer Woche fast nicht mehr wiederzuerkennen war, hielt sie zurück.

»Simon«, flüsterte sie und hastete zu ihm hinüber, um sich sogleich in der warmen, tröstenden Umarmung ihres Freundes wiederzufinden. Er zog sie so fest an sich, dass ihr beinahe die Luft wegblieb. Erst in dem Moment wurde ihr klar, wie schlecht die Dinge standen. Simon war kurz vor dem Zusammenbruch.

Als er sie schließlich losließ, trat sie einen Schritt zurück, um ihn besser betrachten zu können. Außer einer langen roten Narbe, die sich oben von seinem Ohr über seine Wange hinabzog, schien er keine Verletzungen zu haben. Doch sein Blick wirkte gehetzt, und er war fast so bleich wie sie. Die dunklen Ringe unter seinen Augen ließen ihn aussehen, als habe ihn jemand geschlagen.

»Was ist passiert?«, fragte sie.

»Das wüsste ich auch gern«, mischte sich Jaden ein. Seine Stimme klang eisig.

Lyra drehte sich um. Jaden beobachtete Simon und sie mit kaum verhüllter Eifersucht. Sie trat ein paar Schritte zurück, doch es war bereits zu spät.

Sollte sich die Beziehung zwischen Simon und Jaden jemals normalisieren, dann mit Sicherheit nicht in naher Zukunft. Wie viel Überzeugungskraft würde es wohl brauchen, bis er glaubte, dass sie ihn nicht verließ? Im selben Moment wurde ihr bewusst, dass sie jetzt ja alle Zeit der Welt hatte.

Trotz aller Widrigkeiten verlieh ihr dieses Wissen Kraft.

»Ihr hattet Glück, als ihr die Stadt verlassen habt«, sagte Simon, schloss die Augen und schüttelte den Kopf. Er wirkte völlig besiegt, so ganz anders als der Mann, den sie fast ihr ganzes Leben lang gekannt hatte, und das machte Lyra mehr Angst als alles andere. Er war dabei gewesen. Wenn er glaubte, dass es keine Hoffnung mehr gab …

»Waren es die Ptolemy?«, fragte Jaden. »Haben sie so schnell zugeschlagen?«

»Ptolemy?«, fragte Simon irritiert zurück. »Nein, von denen ist seit der Gruppe, die dich angegriffen hatte, niemand mehr aufgetaucht. Nein, das ist alles Erics Schuld.«

»Was ist alles Erics Schuld?«, fragte Lyra, deren Magen sich immer mehr zusammenzog. All die Jahre hatte sie befürchtet, ihr Cousin würde etwas Schreckliches anrichten. Und jetzt miterleben zu müssen, dass sich all das bewahrheitete … sie hätte etwas tun sollen, hätte ihn irgendwie schon vor langer Zeit zu Fall bringen sollen. Aber jetzt war es zu spät.

Simon lachte, ein hohles, freudloses Lachen. »Eric Black ist jetzt Alphatier. Er hat Dorien herausgefordert, sobald ihr beide weg wart, mit der Begründung, Dorien müsse abtreten, weil seine Tochter seine Glaubwürdigkeit untergraben hätte. Niemand konnte etwas tun.«

»Aber … ich dachte, Dad wäre weggegangen«, murmelte Lyra. Nie würde sie den Anblick ihres Vaters vergessen, wie er ihr für alle Zeit den Rücken kehrte.

»Er ist nicht weit gekommen. Und, wie du sehen kannst … es ist nicht gut ausgegangen.«

»Aber wieso?«, fragte Lyra. »Wieso konnte Dad Eric nicht besiegen? Niemand konnte meinen Vater besiegen! Nicht mal die Alphatiere der anderen Rudel hätten das geschafft. Das ergibt doch keinen Sinn, Simon.«

»Gift«, sagte Jaden leise, und alle Blicke richteten sich auf ihn. Er hob den Kopf und sah Simon an. »Genau an der Stelle kommen die Ptolemy ins Spiel. Sie haben Eric etwas von diesem verdammten Gift zur Verfügung gestellt. Wenn Doriens Wunden nicht gleich wieder heilten, war er viel leichter zu schlagen.«

»Das stimmt«, erwiderte Simon. »Es muss irgendein Gift gewesen sein, allerdings hatte ich keine Ahnung, woher es stammte. Bist du dir ganz sicher?«

»Ja«, entgegnete Jaden tonlos. Lyra musste an die langen, dicken Narben an seinem Rücken denken. Wenn sich jemand mit diesem Gift auskannte, dann er.

»Dich hat Eric auch erwischt, wie ich sehe.« Lyra seufzte. »Simon, es tut mir so leid.«

Simon zuckte mit den Schultern. »Als ich gesehen habe, was los ist, habe ich versucht, Dorien zu helfen. Das war das Mindeste, was ich tun konnte, und ich glaube, es hat ein bisschen dazu beigetragen, dass Eric deinen Vater nicht auf der Stelle umgebracht hat. Die Menge war nicht unbedingt auf Erics Seite, aber er hat genügend Unterstützer, um sich vorläufig an der Macht halten zu können. Ich habe mich die ganze Woche um Dorien gekümmert, aber die Wunden wollen einfach nicht heilen, und er ist von Tag zu Tag schwächer geworden. Als man mich gebeten hat, dich zu suchen, musste ich ihn mitnehmen. Er hat immer wieder nach dir gefragt.«

Lyra spürte, wie ihre Augen feucht wurden, und blinzelte die unerwünschten Tränen rasch weg. Sie war gerade erst wieder halbwegs auf die Beine gekommen, und jetzt fühlte es sich an, als würde die Erde sich aus ihrer Achse herausdrehen und alles daransetzen, sie abzuwerfen.

»Ich bin froh, dass du ihn zu mir gebracht hast«, sagte sie.

»Wir werden alles für ihn tun, was in unserer Macht steht«, fügte Lily hinzu. »Und du, du kannst gern bleiben, wenn du magst. Aber falls du jemanden suchst, der deinem Rudel hilft und diesen Eric ausschaltet – ich möchte nicht, dass sich die Lilim da einmischen. Wir sind gerade erst dabei, uns als Dynastie zu festigen, der Vampirrat beobachtet uns mit Argusaugen, und außerdem habe ich den Eindruck, dass sich eure Gattung über unsere Einmischung nicht unbedingt freuen würde.«

»Nein, nein.« Simon riss entsetzt die Augen auf. »Das dürfen Sie auf keinen Fall glauben! Aber ich würde auch gar nicht um so etwas bitten. Das ist schließlich nicht Ihre Aufgabe. Aber wie schon gesagt: Man hat mich gebeten, Lyra zu suchen.« Er richtete den Blick auf Lyra, und noch bevor er weitersprach, wusste sie, was kommen würde.

Bitte nicht, dachte sie. *Nicht jetzt, nach allem, was passiert ist.*

»Das Rudel ist in Aufruhr, Lyra. Eric weiß, dass sie ihn nie als legitimen Nachfolger akzeptieren werden, so wie es gelaufen ist, und er ist ein Mann, der gern alles unter Kontrolle hat. Es gab einen Sturm der Entrüstung wegen Dorien … und wegen dir. Deshalb hat Eric mich hierhergeschickt. Er will die Prüfung abhalten und sich mit dir messen, damit alles mit rechten Dingen zugeht.«

»So ein Schwachsinn«, knurrte Jaden. Lyra war überrascht, wie wütend er klang. »Du warst doch dort, du hast doch gesehen, was sie getan haben! Das ganze verdammte Rudel hat ihr den Rücken zugekehrt. Und jetzt wollen sie sie zurück, weil ihnen die Alternative nicht gefällt? Sie haben sie nicht verdient. Sie verdienen genau das, was sie bekommen haben.«

»Jaden.« Besänftigend legte ihm Lyra die Hand auf den Arm. »Ich habe gegen ein Rudelgesetz verstoßen. Und zwar gegen ein sehr altes und sehr wichtiges. Es tut mir nicht leid, dass ich das getan habe, aber … hattest du wirklich erwartet, dass sie sich gegen dieses Gesetz auflehnen würden? Sich ihrem Alphatier widersetzen würden? So sind die Wolfsrudel nun mal organisiert: starker Führer, treue Untertanen. Und bei den Thorn: strikte Einhaltung der Regeln.«

»Sag mir jetzt nicht, dass dir das nicht wehgetan hat«, widersprach Jaden. »Und hör auf, Entschuldigungen für sie zu finden. Ich verstehe die kulturellen Unterschiede durchaus, Lyra, aber man hat dich vertrieben, und nicht ein Einziger hat sich für dich eingesetzt. Sie haben kein Recht, dich zu bitten, dass du zurückkommst und für sie die Kastanien aus dem Feuer holst!«

»Vielleicht nicht, aber sie ist die einzige Chance, die wir noch haben«, sagte Simon. »Und wenn Eric das Gift wirklich von den Ptolemy bekommen hat, dann hat der Ärger vermutlich gerade erst richtig angefangen. Willst du ein ganzes Rudel verurteilen, nur aus verletzten Gefühlen heraus?«

Simons kalter, gefühlloser Ton überraschte Lyra genauso wie Jadens rasende Wut.

Mit gebleckten Zähnen und ausgefahrenen Fängen umrundete er Simon.

»Du machst es dir leicht, stellst dich einfach hierhin und bittest sie um so etwas! Du hast nicht miterlebt, was die Vertreibung ihr angetan hat. Du hast nicht hier gesessen und hast dir Sorgen gemacht, dass sie für den Rest ihres Lebens ein Zombie bleibt. Und daran trägt jeder Einzelne aus deinem Rudel die Schuld, und Dorien noch mehr als die anderen. Lyra ist seine einzige Tochter. Sie hätte ihm mehr wert sein sollen. Und hätte er nach ihr gesucht, wenn alles beim Alten geblieben wäre?«

»Das geht nur Lyra und ihn was an«, gab Simon zurück. »Dazu würde er bestimmt gern was sagen, falls er jemals wieder zu Bewusstsein kommt.«

»Wag es ja nicht, das herunterzuspielen«, knurrte Jaden und trat näher auf Simon zu. »Das ist Lyras Leben.«

»Da hast du recht. Und soweit mir bekannt ist, hast du darüber nicht zu entscheiden.« Simon reagierte zunehmend gereizter, und Lyra fürchtete, dass es in Kürze zu Handgreiflichkeiten kommen würde. Beide Männer hatten in letzter Zeit zu viel durchmachen müssen. Und beide wollten sie Unterschiedliches von ihr, und sie wusste nicht, wie sie das miteinander in Einklang bringen sollte.

Lyra seufzte. Die Erschöpfung und die Depression, aus denen sie gerade erst aufgewacht war, drohten zurückzukehren und sich wie ein alter Mantel um sie zu legen.

»Hört auf«, sagte sie. »Hört auf, euch wegen mir zu streiten. Ich muss da erst mal gründlich drüber nachdenken. Was bedeutet, dass vorläufig keiner von euch beiden zufrieden sein wird.« Sie richtete den Blick auf Jaden, der ihr seine Aufmerksamkeit mit einem warnenden Glitzern in den Augen wieder zuwandte. Es war verblüffend, wie rasch ihn seine ruhige Kraft angesichts ihres alten Lebens verlassen hatte. Sie wusste, er fühlte sich bedroht. Aber im Moment hatte sie andere Sorgen, als sich mit seinen Ängsten auseinanderzusetzen.

»Ich möchte zu meinem Vater«, sagte sie.

Jaden nickte, wirkte allerdings nicht begeistert. »Ich komme mit.«

Lyra schüttelte den Kopf. »Ich muss mit ihm allein sein.«

Sie sah, wie verletzt er war, und es tat ihr leid, ihm das antun zu müssen. Aber für das, was sie ihrem Vater sagen wollte, für den Fall, dass er nie wieder aufwachen sollte, musste sie mit ihm allein sein. Das sollte niemand anders hören.

»Simon, ich zeige dir, wo du heute Nacht schlafen kannst«, nahm Lily die Dinge in die Hand und führte Simon fort. »Du siehst erschöpft aus.« Er nahm ihr Angebot dankend an, warf jedoch noch einmal einen fragenden Blick über die Schulter zu Lyra.

»Wenn du reden willst … ich bleibe wach.«

»Genau wie ich«, sagte Jaden. Trotz seiner Wut, die Lyra deutlich spüren konnte, beugte er sich zu ihr und küsste sie sanft auf die Lippen. Dann drehte er sich um und ging in die Richtung, in der Ty kurz zuvor verschwunden war. Der Kuss hatte ihr Rückhalt geben sollen … und den Anwesenden die Besitzverhältnisse deutlich machen.

Nur Jaden, dachte sie kläglich, konnte ihr schmeicheln und sie gleichzeitig stinkwütend machen.

Dann war sie allein. Leise ging sie die Treppe hinauf, einem weiteren Abschied entgegen. Sie wusste nicht genau, was sie tun würde … in dem Punkt war sie völlig ehrlich gewesen. Aber eins wusste sie tief in ihrem Herzen, auch wenn sie sich davor fürchtete, es Jaden sagen zu müssen: Egal was geschehen war, das Rudel war ihre Familie, und wenn es in Schwierigkeiten steckte …

… und wenn es sie brauchte, würde sie sich seinem Ruf nicht verweigern.

25

»Du musst dich entspannen, Jaden. Heute Nacht fährt sie nirgendwo mehr hin.«

Jaden, der in Lilys Salon auf und ab tigerte, blieb stehen und wandte sich um. Vor nicht einmal zwei Stunden war er in diesem Raum noch unsagbar glücklich gewesen. Jetzt hatte er das Gefühl, ihm müsste gleich der Schädel platzen.

»Sie wird ihm helfen. Ihnen. Elendige Kreaturen, zu feige zu sagen, was sie denken, und ihrem Führer viel zu hörig. Was kann sie da schon für sie tun?«

Ty lehnte sich auf dem Sofa zurück und betrachtete Jaden forschend aus seinen silberfarbenen Augen. »Du hast recht, in gewisser Weise. Sie hatte allerdings auch recht, als sie gesagt hat, dass du den Zusammenhalt eines Rudels noch immer nicht verstehst. Wir sind zwar auch sehr auf einen Anführer ausgerichtet, aber es gibt unter Vampiren trotzdem viel mehr offenen Widerspruch als unter den Wölfen. Sie arbeiten als Einheit, leben als Einheit. Und seit die Menschen sie damals fast ausgerottet hatten, sind sie sehr darauf bedacht zu schützen, was sie haben. Dazu gehört auch, dass Frauen sich nicht mit Männern einlassen dürfen, mit denen sie keine Kinder haben können. Und die dem Rudel vielleicht das Blut aussaugen oder aber ein paar Menschen aussaugen und die Schuld dann den Wölfen in die Schuhe schieben.«

»So ein Schwachsinn!«, fuhr Jaden ihn an. Es nervte ihn, wenn Ty mit seinen klugen Belehrungen daherkam. Er hatte keine Lust, sich das anzuhören, aber das war Ty regelmäßig egal.

»Das bestreite ich ja nicht. Vor ein paar Jahrhunderten waren diese Vorschriften vermutlich noch ganz sinnvoll, als die Rudel noch kleiner und verletzlicher waren und als viel mehr Gefahren lauerten. Also brauchen sie bessere Anführer, die gewillt sind, ein paar Dinge zu ändern.«

Jaden starrte ihn böse an. »Wie Lyra, meinst du wohl?«

»Genau. Es klingt so, als würden das viele von ihnen erkennen, auch wenn sie sich nicht offen dazu bekannt haben. Das ist ein Schwachpunkt in ihrem System, Jaden, aber einer, den man mit etwas Zeit und viel Ermutigung durchaus beheben kann.«

»Und indem meine Frau ihr Leben riskiert.«

Das brachte Ty nun doch ein wenig aus der Fassung. »Ja«, gab er zu. In seiner Stimme schwang ein feierlicher Ton mit. »Das auch. Aber diese Entscheidung kannst nicht du für sie treffen.«

»Und ob ich das kann!«

Ty schnaubte. »Ich wette, Lyra vertritt da einen ganz anderen Standpunkt.«

Jaden fing wieder an, auf und ab zu tigern. »Tynan, verdammt noch mal, Lyra ist nicht der William Wallace der Wölfe! Sie wird nicht mit blau bemaltem Gesicht mitten unter ihr Rudel springen und ›Freiheit!‹ brüllen. Sie muss sich entscheiden, ob sie in dieses Wespennest zurückkehren und das versuchen will, was sie von Anfang an wollte. Nur dass jetzt die Ausgangslage ganz anders ist. Jetzt muss sie sich auch noch mit den Ptolemy rumschlagen, die garantiert ihre Finger im Spiel haben. Und mit ihrem durchgeknallten Cousin und diesem kleinen Mistkerl Simon, dem ich nicht über den Weg traue, und mit –«

»Dir«, ergänzte Ty und trank einen Schluck aus einem Glas mit einer hellroten Flüssigkeit. Er legte den Kopf auf die Seite und betrachtete Jaden mit spöttischem Blick. »Sag mal, Jaden … du liebst diese Frau.«

»Ja«, erwiderte Jaden, der ganz tief in seiner Seele spürte, wie sehr das stimmte. »Mit jeder Faser meines Herzens.«

»Und nach allem, was du mir erzählt hast, hast du sie doch genau dafür trainiert, stimmt's?«

»Stimmt.«

»Und hast du es ihr zugetraut, bevor man euch beide rausgeschmissen hat?«

»Auf jeden Fall.« Jaden war sich nicht sicher, worauf das hinauslaufen sollte.

»Und warum führst du dich dann so auf? Wenn sie beschließt zurückzugehen – mit dir zusammen, nehme ich mal an –, dann hat sich doch nichts verändert. Außer dass auf deiner Liste jetzt vielleicht ein paar Wölfe mehr stehen, die du gern windelweich prügeln würdest. Wenn du weißt, dass sie es schaffen kann, dann … unterstütz sie doch einfach. Nimm den Rat an von einem Mann, der mit der Nachfahrin einer Dämonenkönigin verheiratet ist. Noch nie habe ich so viel Angst um jemanden gehabt wie um Lily, aber inzwischen habe ich meinen Frieden damit gemacht.«

Jadens wahre Ängste brachen aus ihm heraus, bevor er es verhindern konnte.

»Und wenn sie mich nicht liebt? Wenn sie verletzt wird, wenn sie stirbt oder mir einfach entgleitet? Ich darf sie nicht verlieren, Ty. Selbst wenn ich für sie nie mehr sein sollte als ein weicher Landeplatz, ein brauchbarer Rückzugsort, ich darf sie nicht verlieren. Ich liebe sie … zu sehr.«

Ty sah ihn verständnisvoll an, und Jaden spürte, wie seine Anspannung ein klein wenig nachließ.

»Hast du ihr irgendwas von alldem gesagt? Blöde Frage, natürlich hast du das nicht. Hat sie dir je gesagt, dass sie dich liebt?«

»Nein«, erwiderte Jaden und hörte auf, sich die Haare zu raufen. »Noch nicht. Ein- oder zweimal habe ich gedacht, sie würde es sagen … aber nein. Zumindest bin ich ihr nicht egal, sonst hätte sie das Binderitual nicht zu Ende geführt.«

Ty hob fragend die Augenbrauen. »Zu Ende geführt? Ich wusste gar nicht, dass da noch was fehlte.«

»Die Verbindung war erst halb vollzogen. Nur von ihrer Seite. Ich musste sie beißen … du weißt schon. Aber sie war diejenige, die wusste, wie das Ritual vollzogen werden musste. Und sie war auch diejenige, die es wollte.« Jaden lächelte. Er kam sich wie ein Idiot vor. Im einen Moment schimpfte er vor sich hin, im nächsten wurde er rot wie ein pubertierender Teenager. Glücklicherweise wollte Ty keine Einzelheiten wissen.

»Es war ihre Idee, sich für den Rest ihres Lebens an dich zu binden, und du machst dir Sorgen, dass sie dich nicht liebt!«

»Nun ja, ich … ja.« Jaden kam sich allmählich mehr als nur ein bisschen idiotisch vor.

»Denk da mal einen Moment drüber nach, du Blödmann, und dann erklär mir bitte, wie das zusammenpasst.«

»Aber wenn sie nun –«

»Ehrlich, Jaden! Lyra hat sich für dich entschieden. Beim ersten Mal und beim zweiten Mal auch. Sie hätte abhauen können. Sie hätte dir sagen können, du sollst dich schleichen. Stattdessen hat sich dir diese Frau, die du mir als ziemliche Nervensäge beschrieben hast, an den Hals geworfen und gefordert, deine lebenslange Gefährtin zu werden. Und du machst dir Sorgen, dass sie nichts für dich empfindet!«

»Ich bin so bescheuert.«

Ty seufzte, aber sein Lächeln war warmherzig. »Ja, aber das habe ich auch vor gar nicht so langer Zeit durchgemacht. Pass nur auf, dass du dich nicht zu sehr an sie klammerst. Wenn sie nicht stark wäre, hättest du dich nicht in sie verliebt. Also lass sie machen. Sie wird dich an ihrer Seite brauchen, egal wie ihre Entscheidung ausfällt.«

Die Erleichterung, die Jaden verspürte, war Balsam für seine so aufgewühlte Seele. Ty hatte recht. Er wusste, dass Ty recht hatte. Lyras Augen hatten schon lange die Wahrheit verkündet, genau wie ihre Stimme und die Art, wie sie ihn berührte. Trotzdem wollte er es gern von ihr hören. Sobald sie sich wohl genug mit ihm fühlte, es zu sagen. Und er hatte vor, ein Leben lang – eine Ewigkeit lang, jetzt, nachdem er sie gebissen hatte – dafür zu sorgen, dass sie sich wohlfühlte. Wenn sie dieses Chaos mit den Thorn durchgestanden hatte, blieb ihnen unendlich viel Zeit.

Seufzend vergrub Jaden die Hände in den Taschen. »Und wenn sie sie nur in eine Falle locken wollen? Wenn die Ptolemy und Eric schon auf der Lauer liegen? Ich weiß, ihr Vater liegt im Koma, aber mir kommt das alles äußerst komisch vor. Zu plötzlich. Zu abwegig.«

Ty zog die Stirn in Falten. »Du glaubst Simon nicht? Ist er nicht ein Freund von Lyra?«

»Ja. Nein. Ich weiß es nicht. Der kleine Mistkerl steht auf sie, aber sie merkt es nicht. Oder sie will es nicht wahrhaben.«

»Das ist ein anderes Problem«, erwiderte Ty. »Versuch, das auseinanderzuhalten. Außerdem schätze ich Lyra nicht so ein, dass sie sich derart weit auf einen Mann einlässt und dann plötzlich ihre Meinung ändert. Darüber würde ich mir keine Sorgen machen.«

»Ja«, stimmte Jaden zu. Irgendetwas an Simon und seiner Geschichte nagte an ihm, aber er konnte einfach nicht den Finger darauflegen. Vermutlich war es nur irgendeine unwichtige Kleinigkeit. Er würde auf Lyra warten, und bis sie kam, würde sein Kopf klar genug sein, dass es ihm wieder einfiel.

»Danke, Bruder«, sagte Jaden aus tiefstem Herzen. »Das habe ich gebraucht.«

»Das kannst du jederzeit wieder haben oder einen Tritt in den Hintern, was manchmal zum gleichen Ergebnis führt.« Ty lächelte. »Ihrem Vater geht es ziemlich schlecht. Sie wird dich brauchen, glaub mir.«

Ihn brauchen. Hatte sie so etwas nicht auch gesagt?

Jaden verließ den Salon und ging auf die Treppe zu. Er war jetzt deutlich ruhiger und bereit – so gut wie bereit –, Lyras Entscheidung zu akzeptieren, wie auch immer sie ausfallen sollte. Und dann würde er alles in seiner Macht Stehende tun, um sie so gut wie möglich zu unterstützen … solange sie nur an seiner Seite blieb.

Als die Sonne aufging, saß Lyra noch immer an Doriens Bett.

Sie hatte den Kopf neben seinem Arm auf die Bettdecke gelegt, als könne sie so das Gift zwingen, seinen Körper zu verlassen. Jaden, der inzwischen deutlich ruhiger wirkte, hatte vor einiger Zeit kurz den Kopf hereingestreckt. Sie durfte nicht vergessen, sich bei Ty zu bedanken, denn Jadens Gelassenheit war bestimmt Tys gutem Zureden geschuldet. Jaden war an sich ein ruhiger Typ, aber stille Wasser waren tief, und das traf auch auf ihn zu.

Er hatte sie gewarnt, dass Dorien vermutlich nie wieder wie früher aussehen würde, wenn er überlebte. Es würde viele bleibende Narben geben. Doch das war Lyra egal … Dorien war ihr Vater, und trotz allem, was passiert war, empfand sie noch immer diese schrecklich tief in ihr verwurzelte Liebe, wenn sie seine blasse, zerbrechliche Gestalt so reglos im Bett liegen sah.

Jaden hatte außerdem gesagt, dass er in ihrem Zimmer auf sie warten und dass er mit jeder ihrer Entscheidungen einverstanden sein würde, solange er ihr nur beistehen dürfe. Lächelnd dachte Lyra, dass sie es auch gar nicht anders haben wollte. Was für ein Geschenk, einen Mann zu haben, der nicht pausenlos glaubte, sich schützend vor sie stellen zu müssen …

»Lyra.«

Simons Stimme holte sie aus ihren Gedanken zurück. Sie hob den Kopf. Er stand in der Tür und sah sie mit einem äußerst seltsamen Gesichtsausdruck an. Was er da zur Schau stellte, war ein unglaublich intensives Gefühl, das vielleicht hätte Liebe sein können … und doch fast schon Hass war.

Lyra lief es eiskalt den Rücken hinunter, obwohl sie sich sofort ermahnte, dass das doch Simon war, ihr bester Freund.

»Wolltest du mich ein bisschen ablösen?«, fragte sie. Sie stand auf, stemmte die Hände in den Rücken und streckte sich. »Ich würde gern bleiben, aber es tut sich einfach nichts. Er rührt sich nicht. Und ich bin völlig am Ende.«

»Du kannst nicht bleiben«, erwiderte Simon und starrte sie weiter reglos an. »Wir müssen los.«

»Wieso? Wo müssen wir denn hin?« Sie spürte, wie ein erster Anflug von Angst in ihr aufkeimte.

Irgendetwas stimmte nicht mit ihm. Es war, als hätte jemand ihren Freund aus Kindertagen entführt und jemand anderen in seinen Körper gesteckt. Jemand Bösartigen.

»Nach Hause, wohin sonst? Arsinöe und ich haben einen Vertrag geschlossen. Wir hatten bereits ausgemacht, dass sie das Rudel und alles, was es besitzt, zu ihren Zwecken einsetzen kann, wenn sie mir hilft, Alphatier zu werden. Aber als sie gehört hat, dass Jaden in der Stadt ist, hat sie das Angebot noch mal verbessert: Ich bringe ihr Jaden, dafür kriege ich dich.«

»Mich«, murmelte Lyra, die verzweifelt zu begreifen versuchte, was er da von sich gab. »Aber du willst mich doch gar nicht.«

»Du bist diejenige, die mich nie wollte.« Simons Stimme klang seltsam tonlos. »Was hätte ich tun sollen? Dich anbetteln?

Du warst es, die ich wollte. Und dann wollte ich nichts wie weg mit dir aus diesem Kaff. Weißt du noch, damals, als wir sechzehn waren und immer davon geredet haben, nach Europa zu fahren, die alte Heimat unserer Vorfahren anzuschauen, dem überlieferten Wissen nachzuspüren …«

»Wir waren doch bloß Kinder«, unterbrach Lyra ihn. »Das war ein schöner Traum, Simon. Natürlich könnten wir immer noch fahren. Es kam einfach immer was dazwischen.«

»Bei dir kam immer was dazwischen. Erst das College, dann hast du die Werwolf-Eisprinzessin gegeben, und jetzt dieser Katzenvampir. Du hast Glück, dass ich bereit bin, dein Halbmal zu übersehen.«

Er musste ihre Überraschung bemerkt haben, denn er grinste. »Du und dein Cousin seid nicht die Einzigen, die Zugang zu den alten Geschichtsbüchern haben. Mit dem Mal kann ich leben. Auch damit, dass du mit ihm gevögelt hast. Aber glaub mir, ich werde es genießen, ihn Arsinöe auszuhändigen. Sie hat einiges mit ihm vor. Ich könnte mir vorstellen, dass das Mal allmählich verschwindet, wenn sie mit ihm fertig ist. Eins ist jedenfalls sicher: Jaden wird uns nicht mehr in die Quere kommen.«

Während Lyra ihren Kindheitsfreund anstarrte und auf die unvertraute Kälte in seiner Stimme lauschte, begann etwas qualvoll in ihr zu schmerzen.

»Tu das nicht, Simon. Ich habe dich immer gern gehabt. Wir waren Freunde. Warum würdest du mir so etwas antun wollen? Dem Rudel? Meinem Vater?«

»Ich habe dir erzählt, wie ich mich gefühlt habe. Ich wollte mehr als nur eine zweitklassige Position im Rudel. Falls es dir noch nicht aufgefallen ist, Lyra: In unserem kleinen Rudel gibt es wenig Aufstiegsmöglichkeiten. Mit meiner Abstammung war ich für deinen Vater erst dann gut genug, als er völlig verzweifelt war. Du hättest die Gesichter sehen sollen, als ich bei der Prüfung gewonnen habe!« Er lächelte. »Niemand hat geglaubt, ein Dale könnte gut genug sein, um Alphatier zu werden. Da haben sie sich wohl geirrt. Aber, falls du dich dann besser fühlst: Das ist alles deine Schuld.«

»Meine?«

»Wenn du eingewilligt hättest, mich zu heiraten, als Dorien das vorgeschlagen hat, könnte ich jetzt Alphatier sein, und all das hätte vermieden werden können.«

»Und dann hättest du uns den Ptolemy ausgeliefert.« Ihr war allmählich so übel, dass sie schon dachte, sie müsse sich gleich übergeben. »Meine Güte, Simon, was tust du da bloß? Weißt du, was die mit ihren Dienern machen? Was sie mit *dir* machen werden?«

»Mit mir nicht. Mit den anderen vielleicht schon, aber mit mir nicht.«

Lyra konnte ihn nur fassungslos anstarren. Sie war entsetzt, dass sie diese Seite an ihm nie bemerkt hatte. Entweder hatte sie bis vor Kurzem gar nicht existiert oder er hatte sie sorgsam versteckt, bis sich ihm die richtige Möglichkeit geboten hatte – hatte sie hinter einer Maske versteckt, die sie nicht durchschaut hatte.

»Dann war also alles, was du mir erzählt hast, eine Lüge.« Ihre Stimme war nur noch ein heiseres Flüstern. »Mein Vater … Eric …«

»Tja, wenn du geglaubt hast, sie würden diese verdammte Prüfung verschieben, dann hast du dich geirrt. Sie hat vor zwei Nächten stattgefunden. Ist dir der Vollmond nicht aufgefallen? Nein, natürlich nicht, du warst zu sehr damit beschäftigt, zu schmollen und zu jammern, dein ganzes beschissenes Leben wäre gelaufen. Und dein erbärmlicher Vater – der war vielleicht überrascht, dass ich gewonnen habe! Und dann hat er doch tatsächlich so getan, als wäre er stolz auf mich. Muss ein ganz neues Gefühl für ihn gewesen sein.« Seine Stimme klang immer hässlicher und gemeiner. Und sie erinnerte nicht im Geringsten mehr an den Jungen, den sie mal gekannt hatte.

»Wie ist es dazu gekommen?«, fragte Lyra leise.

Simon zuckte mit den Schultern. Sein irrer Blick war beängstigend. »Ich hätte es auch allein geschafft. Aber die Blacks haben meiner Familie ja nie was zugetraut. *Sie* sieht, was ich drauf habe. Meine – unsere – neue Königin. Sie hat sich für meine Kraft interessiert, nicht für meinen blöden Stammbaum. Mein ganzes Leben habe ich darauf gewartet, an der Spitze zu stehen, und weißt du was? Es war total einfach. Ein paar Ptolemy im Wald, die mir bei der Prüfung den Rücken freigehalten haben, ein bisschen von Arsinöes Gift für Daddy, und schon bin ich, wo ich hingehöre.« Er verzog den Mund. »Wo du auch hättest hinkommen können, wenn du den Mut gehabt hättest, dich wirklich dafür ins Zeug zu legen.«

Lyra fühlte sich elend. Es war, als hätten Simons Worte sie aufgeschlitzt, so erfolgreich, als hätte er ein Messer genommen.

»Und Eric? Hat er dir geholfen?«

Bei der Frage begann Simon laut zu lachen. »Du glaubst, um Anführer zu werden brauche ich einen Black? Der dann versucht, mich aus dem Weg zu räumen? Nein, Lyra. Du hörst mir nicht richtig zu. Du hast mir noch nie richtig zugehört. Ich allein habe das geschafft. Dein Cousin, dieser Idiot, war nach der Prüfung so fertig, dass ich schon dachte, er würde gleich zu heulen anfangen. Das hätte mir übrigens gefallen. Ich habe erst überlegt, ob ich ihn töten soll, aber Arsinöe findet, er sieht gut aus, Gott weiß, wieso, also wird ihm jetzt Gehorsam beigebracht. Er steht ja auf Regeln, er wird es schon kapieren.« Simon lächelte, aber sein Lächeln wirkte eher gruselig. »Du hast mir den ganzen Mist abgekauft, den ich dir über ihn erzählt habe, nicht wahr? Damit habe ich vielen in den Ohren gelegen, aber er wusste nie, wer die Gerüchte verbreitet hat. So ein Blödmann. Diese Geschichten müssen den prüden Kerl jedes Mal schier umgebracht haben. Die Frauen und der abartige nekrophile Sex. Das hat mir eine Menge Spaß gemacht.«

Jede Enthüllung war wie ein weiterer Schlag in Lyras Magengrube. Und Simon genoss ihr Entsetzen zweifellos. Er warf sich immer mehr in die Brust.

»Das einzig Verdrehte an Eric ist vermutlich, dass er noch Jungfrau ist«, fuhr Simon abfällig fort. »Er ist verklemmt bis dorthinaus, aber er war nie eine Gefahr für dich.«

»Aber du«, erwiderte Lyra und trat einen Schritt zurück. Ihr Herz schlug immer schneller, und Adrenalin raste durch ihre Adern. »Warst du jemals der, für den ich dich gehalten habe, Simon?« Das Ganze machte sie wütend und gleichzeitig unendlich traurig. Vor allem weil sie in Simons Lächeln noch immer eine Spur des Jungen sah, den sie so gern gemocht hatte.

»Manchmal«, erwiderte er. »Aber du hast nur gesehen, was du sehen wolltest. Niemand hat mich jemals wirklich wahrgenommen. Ich habe versucht, mich den Shades anzuschließen, aber was die wollten, konnte ich auch nicht bieten. In mir ist so viel Wut, Lyra.« Sein Gesicht verzerrte sich zu einer Fratze, die kaum noch Ähnlichkeit mit ihrem alten Freund hatte. »So viel Wut. Ich weiß nicht mal, woher die kommt. Aber du kannst dazu beitragen, dass ich mich besser fühle. Das tust du immer. Selbst wenn du dich wie ein egoistisches Miststück aufführst.« Er zog etwas Dünnes, Silbriges aus der Tasche, und Lyra wusste sofort, was es war: Eins der Halsbänder, mit denen die Ptolemy ihre Katzen zum Verbleib in ihrer Tiergestalt gezwungen hatten.

Er würde es ihr umlegen.

»Für Jaden habe ich auch eins und einen Sack, in den ich ihn stecken werde. Genau das Richtige für Vampirdreck.«

»Simon«, sagte Lyra und bewegte sich behutsam auf ihn zu. »Du weißt, dass ich das Ding niemals akzeptieren würde. Ich werde mich mit Händen und Füßen wehren, mit Nägeln und Klauen – bis einer von uns beiden den anderen umbringt.«

»Nein«, erwiderte Simon voller Überzeugung. »Du wirst dich unterwerfen. Auch dabei wird mir Arsinöe helfen. Hauptsache, ich liefere ihr Jaden aus. Faszinierend, wie wild sie auf diese Katze ist. Auf die unten auch, aber da geduldet sie sich noch ein bisschen. Sie meint, zwei auf einmal ist zu auffällig.«

Lyra warf einen Blick auf ihren Vater, der still und bewusstlos dalag, dann richtete sie ihn wieder auf das Monster, das sie so viele Jahre für dumm verkauft hatte. Entsetzen und Traurigkeit ebbten ab und wichen einer unglaublichen Wut, wie sie sie noch nie verspürt hatte. Wie es aussah, würde sie ihre Prüfung gleich hier und jetzt bekommen. Und da die Sonne gerade am Horizont auftauchte, würde sie ihre Prüfung genau so bestehen müssen, wie sie sich das einst gewünscht hatte: ganz auf sich gestellt.

Nur dass sie sich jetzt verzweifelt wünschte, Jaden wäre an ihrer Seite.

26

Jaden schwebte, wie immer, wenn die Sonne aufging, irgendwo zwischen Wachen und Schlaf. Sobald die Sonne höher stieg, pflegte er tief und fest zu schlafen und manchmal sogar zu träumen, manchmal aber auch einfach nur in tiefster Schwärze zu verharren, bis der Mond sich wieder am Himmel zeigte.

Sein Körper entspannte sich, und sein Geist driftete friedlich vor sich hin.

Dann begann der Lärm.

Zunächst hörte er ihn nur aus ganz weiter Ferne. Ein Schrei. Polternde Schritte, die Geräusche eines Handgemenges. Knurren. Lyras Stimme, die laut etwas rief.

Lyras Stimme.

Jaden versuchte, wach zu werden, kämpfte gegen den Schlafrhythmus an, der ihm in all den Jahren selbstverständlich geworden war. Mit Mühe und Not schaffte er es, sich an dem einen Gedanken, dem Gedanken an Lyras Stimme, festzuhalten und sich daran aus der Schwärze zu ziehen. Eigentlich hätte er sich dieser Schwärze hingeben müssen – die Sonne musste inzwischen hoch am Himmel stehen. Auf seinen Augenbrauen bildeten sich Schweißtropfen … er konnte spüren, wie sich jeder einzelne formte und dann seine Schläfe hinabglitt.

Allmählich wurden die Stimmen lauter.

»Du wirst mich niemals kriegen, du Dreckskerl!«

Jaden riss die Augen auf. Er versuchte aufzustehen, aber seine Bewegungen waren verlangsamt, als würde er sich durch Zuckersirup kämpfen. Dennoch gelang es ihm, einen Fuß auf den Boden zu setzen, dann den anderen, und in die Höhe zu kommen. Einen Moment lang stand er schwankend da und fühlte sich, als würde er fünfhundert Kilo wiegen.

Er hörte lautes Poltern, gefolgt von einer männlichen Stimme.

»Hör auf, gegen mich anzukämpfen, Lyra. Hier kann dich keiner hören!«

Simon!

Wut flammte in Jaden auf, breitete sich wie ein Buschfeuer in ihm aus und erwärmte seine vom Schlaf kalten und schweren Glieder. Er richtete sich auf und versuchte, sich schneller zu bewegen. Die Zimmertür öffnete er allerdings äußerst vorsichtig – viele Fenster gab es hier nicht, nur am Ende des Flurs, aber er musste aufpassen, dass er nicht ins Sonnenlicht geriet.

Die Sonne – wie war es ihm überhaupt gelungen aufzustehen?

Jaden blieb keine Zeit, sich darüber Gedanken zu machen. Aus dem Stockwerk unter ihm ertönte ein weiteres Poltern. Er dachte an Lyra, und schon konnte er spüren, wie das Adrenalin durch ihre Adern jagte, konnte den metallischen Geschmack der Angst auf ihrer Zunge schmecken. Sie hatte Todesangst.

»Bring mich nicht dazu, das zu tun, Simon!«

Lachen. »Du kannst mir nichts anhaben, Lyra. Dein Vater hatte recht. Du hast nicht die geringste Chance gegen uns männliche Wölfe. Und gegen mich schon gar nicht. Dafür weiß ich zu viel über dich.«

»Du weißt überhaupt nichts von mir!«

»Ich weiß, wenn du die Wahl zwischen diesem Halsband oder Doriens Tod hast, dann entscheidest du dich für das Halsband.«

Jetzt rannte Jaden die Treppe hinunter, seine Füße berührten kaum die Stufen. Nur am Rande nahm er wahr, dass Licht durch die Fenster auf der Ostseite hereinfiel und den Flur erhellte, wie seine Augen das seit über zweihundert Jahren nicht mehr gesehen hatten.

Er konnte an nichts anderes denken als an Lyra. Und als hätte sie gespürt, dass er an sie dachte, rief sie laut seinen Namen.

»Jaden? Kannst du mich hören? Hilf mir!«

Simon tänzelte lachend um Lyra herum, als Jaden ins Zimmer gestürmt kam.

»Als ob es dir irgendwie nützen könnte, nach Sonnenaufgang einen Vampir um Hilfe anzuflehen! Echt lustig!«

»Und wie!«, knurrte Jaden, und beide Köpfe flogen gleichzeitig zu ihm herum. Jaden erfasste sofort, was vor sich ging. Simon hielt einen langen, blutverschmierten Dolch in der Hand. Und Lyra versuchte, Simon von ihrem Vater fernzuhalten.

Die Erleichterung, die sich auf ihrem hübschen Gesicht abzeichnete, war alles, was Jaden brauchte. Allerdings war Simons entsetzter Blick eine nette Zugabe.

»Willst du ihn fertigmachen oder soll ich?«, fragte Jaden.

Lyra sank zu Boden, und erst jetzt bemerkte er den roten Fleck auf ihrem T-Shirt, der sich rasch ausbreitete. Sie schüttelte den Kopf. »Das wirst du übernehmen müssen.«

Das Letzte, was Simon sah, waren zwei wütende Katzenaugen, in denen eine so dunkle und urtümliche Blutlust schimmerte, dass er wusste, er hatte keine Chance. Als die Katze sprang, riss er die Hände hoch und schrie.

Und dann war Simon Dale tot.

Es schien Tage zu dauern, nicht bloß Stunden, aber am späten Nachmittag stand Lyra an dem Ort, den sie nie mehr wiederzusehen geglaubt hatte: zu Hause. Und in dem Keller, in dem Jaden so manchen Tag verbracht hatte, lag Eric Black, gefesselt und geschlagen, aber mit einer Wut in den Augen, dass Lyra wusste, er würde sich wieder erholen.

Als Lyra rasch seine Fesseln löste, fiel ihr sogleich der silberne Schimmer in dem Strick auf. Ein raffinierter Trick, wenn man einen Wolf fesseln wollte, aber mithilfe von außen war diese Fessel leicht zu lösen. Allerdings zuckte sie ein wenig zusammen, weil die Stelle, wo Simons giftgetränkter Dolch sie getroffen hatte, bei bestimmten Bewegungen nach wie vor wehtat. Sie hatte die Wunde so gut wie möglich gesäubert und verbunden, aber sie brannte noch immer. Jaden hatte ihr jedoch versichert, dass das nicht mehr lange anhalten würde.

Nachdem Jaden den Rest des Kellers gründlich durchsucht hatte, war er nach oben gegangen, wo alle Fensterläden geschlossen waren. Wann immer Lyra an ihn dachte, hatte sie das Gefühl, das Herz müsse ihr aus der Brust springen. Er war da gewesen, als sie ihn am dringendsten gebraucht hatte. Er hatte sie gerettet.

Und seltsamerweise brachte sie diese Rettung überhaupt nicht in Rage. Im Gegenteil, sie fühlte sich sicher, behütet … geliebt.

Einen Mann zu haben, auf den man sich verlassen konnte, der einem im Kampf den Rücken freihielt, war wirklich nicht zu verachten.

Und dass er ganz höflich erst gefragt hatte, ob er Simon kaltmachen dürfe, hatte auch nicht geschadet. Bei der Erinnerung daran musste sie lächeln, obwohl die Situation außerordentlich beängstigend gewesen war. Nur Jaden würde sogar in solch einem Moment noch die Etikette beachten.

Meine Güte, sie liebte ihn! Und das hätte sie ihm auch längst gesagt, wenn er nicht auf dem ganzen Weg nach Silver Falls so damit beschäftigt gewesen wäre, entweder Pläne für die Ausrottung sämtlicher Ptolemy zu schmieden oder das Sonnenlicht zu bestaunen. Es war ein kostbares Geschenk gewesen, miterleben zu dürfen, wie er zum ersten Mal seit Jahrhunderten die Sonne auf seiner Haut gespürt hatte.

Das Gedicht hatte recht behalten, auch wenn sie ihm das erst wieder hatte ins Gedächtnis rufen müssen. *Tag und Nacht gehören nun ihnen.* Sie hatte von ihm das ewige Leben erhalten. Er von ihr die Fähigkeit, im hellen Sonnenlicht umherzuspazieren.

Jetzt waren sie aufeinander angewiesen, denn beide waren sie nun offiziell abartige Wesen, selbst gemessen an den Standards der Welt der Nacht. Trotzdem hätte sie nicht glücklicher sein können.

»Alles okay mit dir?«, fragte Lyra, nachdem sie Eric den Knebel aus dem Mund gezogen hatte. Wachsam behielt er sie im Auge, während er sich streckte und seine steifen Muskeln bewegte.

»Ja. Ich bin mir vorgekommen wie ein Paket im Lagerraum. Immerhin ist es ruhig, und ich stecke nicht in so einem verdammten Halsband. Tagsüber war es halbwegs erträglich. Die Nächte waren ...« Er sprach den Satz nicht zu Ende, schüttelte nur den Kopf. »Hast du Simon umgebracht?«

»Ja. Das heißt, Jaden hat es getan.«

»Gut«, erwiderte er und erhob sich. Lyra wurde bewusst, dass sie ihren Cousin eigentlich überhaupt nicht kannte. Die ganzen Jahre hatte sie ihm all die schlimmen Dinge zugetraut, die vermutlich – wenn überhaupt – nur auf Simon zutrafen und auf sonst niemanden im Rudel. Bei dem Gedanken an Simon wurde ihr schlecht, und wenn sie daran dachte, wie lange er sie hintergangen hatte, wurde ihr gleich noch schlechter. Aber sie wusste, eines Tages würde sie auch trauern können, und sei es nur um den idealistischen Träumer, der er als Kind gewesen war.

»Ich nehme alles zurück, was ich über deinen Freund gesagt habe«, fuhr Eric fort. »Ich musste die Ptolemy nur ein paar Nächte lang ertragen. Und er, zweihundert Jahre? Da kann ich drauf verzichten.« Er schwieg und wandte den Blick ab. »Ich habe mich geirrt«, sagte er schließlich. »Ich war blind. Es war falsch zu glauben, du hättest kein Recht, hier zu sein.«

Das war ein beeindruckendes Eingeständnis, und Lyra hatte das Gefühl, ihm etwas Entsprechendes zurückgeben zu müssen.

»Und ich … möchte mich entschuldigen. Für all die schrecklichen Dinge, die ich über dich gesagt habe.« Er sah sie durchdringend an, als glaubte er, sie nicht richtig verstanden zu haben. Sie nickte. »Ich habe Simon den ganzen Mist, den er über dich erzählt hat, einfach abgekauft, dabei kannte ich dich so gut wie gar nicht. Da habe ich einen großen Fehler gemacht. Vielleicht könnten wir beide ganz gut miteinander auskommen. Vielleicht auch nicht, aber auf jeden Fall will ich das wiedergutmachen, Eric, wenn ich kann. Wenn du mich lässt. Schließlich sind wir miteinander verwandt. Ich würde gern den Mann kennenlernen, der mein Cousin ist, nicht einfach nur mein Rivale.«

Sein überraschter Blick und die vorsichtige Freude, die sich auf seinem Gesicht zeigte, bestätigten ihr, dass sie das Richtige getan hatte. Er würde vielleicht nie so ganz ihr Fall sein … andererseits war er trotz seiner zur Schau getragenen Rechtschaffenheit vielleicht gar nicht so übel. Zumindest hatte sie jetzt die Möglichkeit, das herauszufinden.

»Das würde mir gefallen«, erwiderte er. »Ich glaube, nach allem, was passiert ist … muss ich ein paar Dinge neu bewerten. Ich hoffe, du kommst zu uns zurück, Lyra.«

Lyra musste feststellen, dass sie darauf noch keine Antwort wusste.

»Das wird sich zeigen«, sagte sie. »Komm. Jaden ist oben und sucht nach Arsinöe.«

»Die wird er nicht finden.« Eric ging hinter ihr die Treppe zur Küche hinauf. »Die Frau wird gut beschützt. Tagsüber war sie nie in der Stadt. Die anderen auch nicht. Simon hat schwer damit angegeben, dass er eine große Dynastie an Land gezogen hat, die dem Rudel auf die Sprünge helfen wird. Ich glaube, das Rudel war davon nicht sonderlich begeistert. Und von ihm auch nicht. Er wurde total seltsam, nachdem du … nachdem ich …«

Lyra zog eine Augenbraue hoch. Was das anging, da durfte er sich gern wie der letzte Idiot fühlen. Und zwar zeitlebens.

»Du weißt, es tut mir leid. Und über deinen Rauswurf war das Rudel auch nicht gerade begeistert. Das solltest du wissen. Sie haben sich gesetzestreu verhalten, aber damit, dass ich das Ganze angezettelt habe, habe ich mich nicht unbedingt beliebt gemacht.«

Jaden kam in die Küche zurück, leise und unauffällig wie ein Geist. Er sah nicht glücklich aus.

»Sie ist nicht hier«, knurrte er. »Ich hatte gedacht, jetzt hätten wir sie und ich könnte ihr den Kopf abschlagen und eines der großen Probleme unserer Gattung beseitigen.«

Eric starrte Jaden an, als wäre ihm gerade erst etwas aufgegangen. »Wieso bist du auf einmal am Tag unterwegs?«

»Lange Geschichte«, erwiderte Jaden.

»Wir werden Arsinöe finden«, sagte Lyra. »Obwohl … wenn sie so mächtig ist, wie du sagst, schaffen wir mit ihrem Tod vielleicht mehr Probleme, als wir lösen. Zumal alle vermuten werden, dass sie von einem Mitglied deiner Dynastie umgebracht worden ist.«

Jaden schüttelte den Kopf. »Das ist egal. Zumindest im Moment. Im Moment ist nur wichtig, dass sie nicht mehr hierher zurückkommt. Die Frau hat einen sechsten Sinn für Orte, wo ihr Leben in Gefahr ist.«

Eric sah zwischen den beiden hin und her, und erst jetzt fiel Lyra auf, wie erledigt er aussah. »Meine Güte, Eric, wo bin ich bloß mit meinen Gedanken? Geh nach Hause. Und sei so lieb und sag Gerry auf dem Heimweg Bescheid, was mit Dad los ist, das wäre mir eine große Hilfe. Jaden und ich kommen so bald wie möglich nach, um alles zu erzählen.«

Erleichtert nickte Eric. »Das mache ich. Und … danke. Euch beiden. Mir war gar nicht klar …« Er sprach den Satz nicht zu Ende, stattdessen lächelte er Lyra an, und in diesem Lächeln, mit dem er verführerisch gut aussah, erkannte Lyra plötzlich ihren Vater wieder, in einer jüngeren Version. Vielleicht würde Eric in Zukunft ja ein bisschen häufiger lächeln.

»Einfach … danke«, sagte er schließlich und schüttelte ihnen beiden die Hand, bevor er sie in der dunklen Küche allein zurückließ.

»Tut mir leid, dass Arsinöe nicht da war«, sagte Lyra. Ihr gefiel, wie Jaden aussah, so verführerisch dunkel. Sie hätte ihm nur gern ein paar von den Sorgen abgenommen, deren Last sich in seinen blauen Augen widerspiegelte. Aber als er den Blick auf sie richtete, änderte sie ihre Meinung. Alle diese Gefühle – Sorge, Erleichterung, Sehnsucht und vor allem Liebe – galten ihr.

An diesem kostbaren Geschenk wollte sie nichts verändern.

»Alles in Ordnung mit dir?«, fragte er leise und trat auf sie zu.

Lyra nickte und schmiegte sich an ihn.

»Und du?«, fragte sie zurück.

»Also … ich habe heute schon den größten Psychopathen im Rudel der Thorn unschädlich gemacht und zum ersten Mal seit zweihundert Jahren die Sonne gesehen. Außerdem halte ich die Frau in den Armen, die ich liebe … für einen Tag ist das gar nicht so schlecht.«

»Ich liebe dich auch, weißt du«, sagte Lyra. Er wurde ganz steif, und sein hoffnungsvoller Blick zerriss Lyra schier das Herz. Er hatte so viel durchgemacht. Hatte so viel verloren. Es erfüllte Lyra mit Demut, dass er noch immer fähig war, so zu lieben, und dass er ihr diese Liebe schenkte. Nichts anderes konnte auch nur annähernd so wichtig sein. Sie hatte so viele Gedanken an ihre Zukunft im Rudel verschwendet, dass sie beinahe das Beste übersehen hätte, was das Schicksal für sie bereithielt.

Sie wünschte sich, sie hätte nicht so lange gebraucht, um das zu begreifen. Dafür würde sie dieses Geschenk aber auch für den Rest ihres Lebens zu schätzen wissen.

»Wenn es dir nichts ausmacht, würde ich das gern noch tausendmal und mehr hören«, sagte Jaden. Lyra lächelte und gab ihm einen zärtlichen Kuss.

»Ich liebe dich. Ich liebe dich. Ich liebe dich«, erwiderte sie und unterstrich jeden Satz mit einem Kuss. »Damit schon mal ein Anfang gemacht ist.«

»Ein Anfang«, murmelte Jaden. »Den Anfang haben wir jetzt geschafft, nicht wahr? Die Frage ist nur, meine Liebe, wie soll es jetzt weitergehen?«

Sie wusste, sie würde sich das in Ruhe durch den Kopf gehen lassen müssen. Sie mussten klären, was jeder von ihnen brauchte und wollte. Selbst wenn man ihr erlauben würde, hierher zurückzukehren – wollte sie das? Lyra konnte es nicht mehr sagen. Da gab es so manches, das noch zu besprechen war, vor allem zwischen ihr und ihrem Vater. Aber im Moment spielte das alles keine Rolle … denn das Wichtigste war hier, in ihren Armen.

»Ich gehe überall hin. Hauptsache du kommst mit«, sagte sie. »Ist das ein guter Ausgangspunkt?«

»Das gefällt mir.« Jaden lächelte sie liebevoll an. »Aber irgendwann werden wir uns entscheiden müssen, wo wir leben wollen.«

Lyra zog ihn an sich und flüsterte ihm zu, was ihr Herz ihr sagte.

»Ich habe mich schon entschieden.«

Epilog

Einen Monat später

Die schlanke graue Wölfin stand in der Mitte des Kreises, aus dem ihr letzter Gegner gerade hinaustaumelte und dann zu Boden stürzte. Von ihren Zähnen hing eine Kette mit einem Mondsteinanhänger herab, ihr Familientalisman und Glücksbringer für diese Vollmondnacht der Prüfung. Ihr Atem ging stoßweise, Adrenalin schoss durch ihre Adern, und jetzt begann die Menge um sie herum, laute Heullaute auszustoßen.

Es war vorbei. Sie hatte gewonnen.

Lyra verwandelte sich wieder in eine langbeinige Frau und warf sich ihrem dunkelhaarigen Geliebten in die Arme, der sie hochhob und herumwirbelte. Er strahlte über das ganze gut aussehende Vampirgesicht, dann reichte er sie an ihren Vater weiter. Dorien Blacks goldene Augen funkelten vor Stolz. Seit er an der Schwelle zum Tod gestanden hatte, hatte sich einiges zwischen ihm und seiner Tochter geändert. Er wirkte jetzt trauriger, aber auch deutlich sanfter. Und er legte nicht mehr so viel Wert auf Traditionen, wenn klar war, dass es eine bessere Lösung gab.

»Ich schulde dir immer noch einen Gefallen«, sagte er zu Jaden und ließ seine Tochter widerstrebend los, damit sie sich wieder an ihren Freund schmiegen konnte. »Sag, was du möchtest, Junge. Ich schulde dir mehr, als ich mit Worten ausdrücken könnte.«

Lyra sah Jaden an und grinste. Sie hatte ihn vorgewarnt, er solle sich auf so etwas gefasst machen. Und sie wusste, dass seine Bitte trotz des warmen Empfangs, den ihr Rudel ihm bereitet hatte, für einigen Wirbel sorgen würde. Für guten Wirbel, hoffte sie. Es war höchste Zeit, die alten Trennlinien zu beseitigen.

»Ich hätte da schon einen Wunsch«, erwiderte Jaden, dessen Augen in der Dunkelheit hell funkelten. »Aber dafür ist hier nicht der richtige Ort.«

»Unsinn!«, polterte Dorien. »Kein besserer Ort als das Hier und Jetzt. Das habe ich am eigenen Leib erfahren müssen.«

»Na gut.« Jaden wechselte rasch einen Blick mit Lyra. »Erinnern Sie sich noch, was wir bei meinem ersten Besuch als Grund vorgeschoben haben? Dass es darum geht, Verbindungen zwischen den Thorn und den Lilim zu knüpfen?«

»Mmmh. Ja.« Jetzt klang Dorien wachsam. Lyra konnte sich ein leises Lachen nicht verkneifen. Das war erst der Anfang. Offensichtlich war sie nicht die Einzige, die die Welt der Nacht ein bisschen durcheinanderwirbeln wollte.

»Ich kenne da jemanden, der noch ein paar gute, starke Wachen sucht. Was meinen Sie … wer von Ihren Männern und Frauen könnte Interesse haben, ein paar Monate bei einer Dynastie von Katzenvampiren zu verbringen?«

Im Licht des Vollmonds feierten die Thorn ihr zukünftiges Alphatier. Und Lyra Black tanzte, ihr Mal mit den im Sprung begriffenen Katzen und Wölfen stolz enthüllt, in den Armen des Vampirs, den sie liebte.

Danksagung

Wie immer danke ich von ganzem Herzen jener Gruppe von Leuten, die mich antreibt, unterstützt und dem, was ich schreibe, den richtigen Schliff gibt. Selina McLemore, Inbegriff der Großartigkeit. Damit ist alles gesagt. Latoya Smith mit ihren fast schon beängstigenden organisatorischen Fähigkeiten. Ihre E-Mails bringen mich zum Lächeln, selbst wenn mir darin noch mehr Arbeit aufgeladen wird. Das ist wahres Können. Kevan Lyon, die beste Agentin weltweit. Meinem Mann Brian, Fels in der Brandung. Danke, dass du nie die Flucht ergreifst, obwohl du weißt, wie ich mich gegen Ende eines Romans aufführe. Meiner Mom und meinem Dad. Danke für eure Liebe und für gelegentliche Überprüfungen meines Geisteszustands. Meinen Schwestern im Geiste, Cheryl, Marie, Cindy und Linda. Danke, dass ihr meine Freundinnen seid – und genauso verschroben wie ich. Und nicht zu vergessen, meinen Leserinnen und Lesern. Was für eine unglaubliche Fangemeinde ihr doch seid! Für euch lohnt sich die Reise, jedes Mal aufs Neue.

Aus dem Nähkästchen geplaudert

Liebe Leserinnen und Leser,

»wenn Hunde und Katzen zusammenleben … Massenhysterie!«

Oft kam mir dieser Satz von Peter Venkman in den Sinn, während ich *Verborgene Träume* schrieb, das zweite Buch meiner Reihe »Erben des Blutes«. Das liegt daran, dass seine Bemerkung die Grundlage für diesen Roman ist. Nun gut – nicht unbedingt der Teil mit der Massenhysterie. Aber ich wollte unbedingt herausfinden, was passieren würde, wenn einer meiner Katzengestaltwandlervampire eine entzückende Frau kennenlernt, die einer anderen Spezies angehört und völlig unerreichbar für ihn ist. Diese Geschichte handelt davon, wie ein Katzenvampir auf eine Werwölfin trifft – und ein größeres Hindernis kann es für eine Beziehung kaum geben.

Ich stehe auf unheilvolle Beziehungsgeschichten, solange sie nur gut ausgehen – ich bin heute noch traumatisiert von *Romeo und Julia* –, aber so etwas zu schreiben erwies sich als schwieriger, als ich gedacht hatte. Ich setze meine Figuren ganz gern von Zeit zu Zeit gewissen Qualen aus, aber gegen das Zusammenkommen der beiden sprach dermaßen viel, dass ich mich manchmal gefragt habe, wie sie das bloß hinkriegen sollten. Jaden Harrison und Lyra Black sind von Natur aus Feinde. In der Welt, in der sie leben, gibt es keine Beziehungen zwischen Vampiren und Werwölfen. Die Vampire beherrschen die

Städte, während sich die Wolfsrudel eher in ländlichen Gegenden aufhalten. Die Feindschaft zwischen den Spezies ist trotz vieler Jahre relativen Friedens ungebrochen. Die Werwölfe halten die Vampire für arrogante, wertlose Blutsauger; die Vampire wiederum halten die Wölfe für wilde, unbeherrschte, gewalttätige Bestien. Man geht sich möglichst aus dem Weg, und so war es äußerst unwahrscheinlich, dass sich Jadens und Lyras Wege jemals kreuzen würden. Dennoch geschah es – und diese Begegnung hinterließ bei beiden einen bleibenden Eindruck.

Wenn Sie *Dunkles Erwachen* gelesen haben, werden Sie sich an die gut aussehende Werwölfin erinnern, die sich aus dem Staub machte, nachdem Jaden sie beleidigt hatte. Was sie in einem Sicheren Vampirhaus zu suchen hatte, blieb ein Rätsel; aber in *Verborgene Träume* werden Sie feststellen, dass Lyra viel größere Probleme hat als einen unhöflichen Vampir. Sie ist das einzige Kind des Leittiers ihres Rudels und damit eigentlich seine natürliche Nachfolgerin. Doch es gibt da ein Problem: Lyra ist eine Frau, und die Werwolfgesellschaft ist patriarchalisch. Die dort vorherrschende Meinung, wo der Platz einer Frau ist, würde den meisten Frauen des 21. Jahrhunderts einen Schauder über den Rücken jagen. Aber das ist nun einmal Lyras Familie und Lyras Welt, und statt sie zu verlassen, ist Lyra wild entschlossen zu zeigen, was in ihr steckt. Bei der Prüfung, die in solchen Fällen für die Nachfolgeregelung angesetzt wird, will sie sich das Recht erkämpfen, das Rudel anführen zu dürfen. Doch dafür muss sie sich eine Kampfstrategie aneignen, mit der sie gegen ihre männlichen Bewerber eine Chance hat. Die Zeit läuft, und es scheint immer aussichtsloser, jemanden zu finden, der ihr die nötigen Tricks beibringt. Doch dann eröffnet sich ihr durch die Begegnung mit einer Person, an die sie sich nur ungern erinnert, eine Chance …

Wolf und Katze sind eine hochexplosive Mischung aus Misstrauen, Draufgängertum und Zurückhaltung, ungezügelter Wildheit und wortloser Intensität. Ihre Zusammenarbeit wird mit schiefen Blicken bedacht, und eine Beziehung zwischen ihnen ist strikt verboten. Aber einem blauäugigen Cait Sith kann selbst die sturste Werwölfin auf Dauer nicht widerstehen. Schon nach kurzer Zeit beginnen sich sowohl Lyra als auch Jaden zu fragen, ob sich nicht ein Weg jenseits des traditionellen »wie Hund und Katze« finden lässt. Zumindest falls die Kräfte im Rudel, die sich gegen die Beziehung der beiden stellen, Lyras Chancen nicht zunichtemachen – oder Lyra gar töten.

Wenn Sie wissen möchten, wie Lyra und Jaden zueinanderfinden und ob Venkman mit seiner Bemerkung recht behält, Liebesaffären zwischen Katze und Hund seien der Vorhof zur Hölle, dann werden Sie nicht umhin kommen, dieses Buch zu lesen. Und wenn Sie es lieben, wie die Funken sprühen, wenn Gegensätze sich anziehen, dann begleiten Sie mich zum Rudel der Thorn, wo ein ziellos durchs Leben streunender Vampirkater endlich seine große Liebe gefunden hat.

Kendra Leigh Castle

Erben des Blutes

Dunkler Fluch

Roman

Das Blut bestimmt ihr Schicksal …

Der Jahrhunderte alte Vampirclan der Ptolemy wurde einst mit einem finsteren Fluch belegt. Königin Arsinöe beauftragt den Vampir und Gestaltwandler Tynan MacGillivray, eine Seherin ausfindig zu machen, die dem Clan endlich Frieden bringen soll. Als der attraktive Außenseiter auf Lily Quinn trifft, ist er sich sicher, die Richtige gefunden zu haben. Da versuchen die Feinde der Ptolemy, Lily zu töten, und es wird klar, dass die junge Frau weit mehr Macht besitzt, als angenommen.

»Ein neuer Stern am Himmel der Romantic Fantasy!« *Romantic Times*

Band 1 der Serie
368 Seiten, kartoniert mit Klappe
€ 9,99 [D]
ISBN 978-3-8025-8652-1

Thea Harrison

Die Welt der Alten Völker

Romantic Fantasy

Diese Roman-Reihe macht einfach süchtig!

Thea Harrison entführt euch in die Welt der Alten Völker: Starke Frauen – Gestaltwandlerinnen, Feen, Vampire und eine Seherin – müssen sich schweren Prüfungen und auch ihren Gefühlen stellen! Doch an ihrer Seite finden sich stets furchtlose Helden, die dabei helfen, jede Gefahr zu meistern! Lass dich entführen in eine düstere und faszinierende Welt!

»Die perfekte Mischung aus Liebesroman, Action und Drama!« *Romantic Times*

Band 1: Im Bann des Drachen
ISBN 978-3-8025-8625-5

Band 2: Gebieter des Sturms
ISBN 978-3-8025-8650-7

Band 3: Der Kuss des Greifen
ISBN 978-3-8025-8651-4

Band 4: Das Feuer des Dämons
ISBN 978-3-8025-9088-7

www.egmont-lyx.de

LYX
EGMONT

Suzanne Brockmann

Mindhunter

Tödliche Gabe

Roman

Ein dunkles Schicksal …

Der ehemalige Navy SEAL Shane Laughlin lässt sich von einem geheimnisvollen Institut, wo Menschen mit besonderen mentalen Fähigkeiten ausgebildet werden, als Testsubjekt engagieren. Am Institut begegnet Shane der hübschen Michelle Mackenzie wieder, die ihm nach einem One-Night-Stand nicht mehr aus dem Kopf will. Doch Michelle besitzt eine ebenso faszinierende wie gefährliche Gabe.

»Rasante Action und emotionale Durchschlagskraft. Eine fantastische neue Serie!«
Romantic Times

Band 1 der Serie
640 Seiten, kartoniert mit Klappe
€ 9,99 [D]
ISBN 978-3-8025-8904-1